JACQUELINE SHEEHAN

Ein Hauch von Ewigkeit

Buch

Anna O'Shea ist an einem Punkt in ihrem Leben angekommen, wo die Dinge einfach besser werden *müssen*, denn schlimmer kann es gar nicht mehr werden. Frisch geschieden landet sie nach einem schrecklichen Rückflug von einem Kurztrip nach Irland wieder in den USA — und erfährt, dass ihr einziger Bruder einen schweren Unfall hatte. Er liegt im Krankenhaus, und sie muss sich um seinen Sohn kümmern. Nachdem sie ihren Bruder im Krankenhaus besucht und ihren aufsässigen Neffen Joseph unter ihre Fittiche genommen hat, hofft sie auf ein paar Stunden Schlaf, bevor die Familie zu einer Krisensitzung zusammenkommt.

Doch alles kommt anders, als sie nachts aufwacht und sieht, wie Joseph in ihrem noch nicht ausgepackten Koffer wühlt und ein Päckchen in Händen hält, das Anna von einer mysteriösen Fremden in Irland überreicht bekommen hat. Anna und Joseph zerren an dem Päckchen, und dann passiert das Unvorstellbare: Sie werden durch Zeit und Raum geschleudert — und erwachen im Irland des 19. Jahrhunderts.

Obwohl die Umstände mehr als verstörend sind, entdecken sowohl Anna als auch Joseph für sie vollkommen neue Stärken und Fähigkeiten. Und sie verlieben sich, jeder auf seine Weise, in das Land und seine Menschen.

Und welches Geheimnis umgibt Madigan, den irischen Wolfshund, den beide in ihr Herz schließen?

Autorin

Jacqueline Sheehan wuchs in Neuengland auf und lebt heute in Massachusetts. Sie arbeitet als Autorin und Psychologin. Außerdem leitet sie verschiedene Schreibseminare. Sie hat bereits zwei Romane und zahlreiche Essays und Artikel veröffentlicht.

Jacqueline Sheehan

Ein Hauch von Ewigkeit

Roman

Aus dem Amerikanischen
von Barbara Röhl

blanvalet

Die amerikanische Originalausgabe erschien 2009
unter dem Titel »Now & Then« bei Avon, an imprint of
HarperCollins Publishers, New York

MIX
Papier aus verantwortungsvollen Quellen
FSC® C014496

Verlagsgruppe Random House FSC-DEU-0100
Das FSC®-zertifizierte Papier *Holmen Book Cream* für dieses Buch
liefert Holmen Paper, Hallstavik, Schweden.

1. Auflage
Deutsche Erstausgabe Januar 2012
bei Blanvalet, einem Unternehmen der
Verlagsgruppe Random House GmbH, München.

Published by arrangement with Jacqueline Sheehan
Dieses Werk wurde vermittelt durch die Literarische Agentur
Thomas Schlück GmbH, 30827 Garbsen
Umschlagillustration: © Johannes Wiebel | punchdesign, München,
unter Verwendung eines Motivs von Anyka/Shutterstock.
Redaktion: Anita Hirtreiter
DF · Herstellung: sam
Satz: Uhl + Massopust, Aalen
Druck und Bindung: GGP Media GmbH, Pößneck
Printed in Germany
ISBN: 978-3-442-37586-8

www.blanvalet.de

Harry Francis Sheehan
1906–1959

»Orientierung auf See«
von Wendy Mnookin

Am Ende des Piers.

Wo die Boote einlaufen. Wo die Boote hinausfahren.
An dem Steinhaufen, der am Ende des Tages die Sonne verschluckt.

An der Wegbiegung. An der letzten Düne.

Vor dem Hotdog-Stand. An der Kneipentür.
Am Schuppen, an der Werft, bei den ausrangierten gelben Booten, den zerbrochenen Muschelschalen.

Du dachtest, ich würde mich der Verzweiflung überlassen.
Aber heute ist heute, wohin ich auch sehe. Und ich sehe überallhin.

1

Die Fremdenführerin dirigierte die Gruppe über einen mit Seilen abgesperrten Weg durch einen kalten Raum. Jetzt, Anfang September, wurde die Luft schon kühler, aber Anna bezweifelte, dass das Schloss jemals wirklich angenehm warm wurde. Schlösser waren teuer im Unterhalt; die Steuern waren furchtbar hoch, und wenn die Eigentümer den Familienbesitz erhalten wollten, mussten sie sich der Demütigung aussetzen, ihr Zuhause einmal wöchentlich als Touristenattraktion herzuzeigen.

Anna gefiel es nicht, durch Wohnzimmer zu laufen, in denen auf Beistelltischchen Familienfotos standen. Sie hatte auf einen raubeinigen Geist gehofft, damit sie sich eine Vorstellung davon machen konnte, wie Renaissance-Menschen, deren Finger fettig vom Räucherfisch waren, Honigmet herunterkippten und sich Hunde mit borstigem Fell, umgeben von einem Haufen Knochen, auf dem Boden wälzten. Der Gedanke behagte ihr nicht, dass sie der Preis war, den die heutigen Besitzer zahlen mussten, um ihren Besitz nicht zu verlieren.

Nachdem die Fremdenführerin lautlos ihre Besucher durchgezählt hatte, führte sie sie weiter in die Bibliothek. An einer Wand standen Bücherregale mit ledergebundenen Bänden, und an der gegenüberliegenden hingen Bilder.

»Dieses Stück Stoff« – die Führerin wies mit dem Arm darauf – »… ist alles, was noch von dem Feenbanner übrig ist.«

Im Schloss wurden die verschlissenen Überreste eines Banners aufbewahrt. Der ausgebleichte Stoff hing in einem

Glasrahmen an einer nach Norden zeigenden Wand, wo er vor Sonnenlicht geschützt war.

»Was für ein Stoff ist das?«, erkundigte sich eine Frau, die bisher noch kein einziges Wort gesagt hatte.

»Seide. Sehen Sie, wie es ausfranst? Leinen, der andere Stoff, der damals für solche Zwecke zur Verfügung stand, hat eine gröbere Struktur, und außerdem bleichen die Farben auf Leinen stärker aus«, erklärte die Führerin. »Niemand weiß genau, woher diese Flagge stammt, aber nach der Überlieferung besaß sie die Macht, den hiesigen Clan vor der Vernichtung zu retten. Doch wie alle guten Geschichten hat auch diese einen Haken: Sie konnte nämlich nur dreimal eingesetzt werden. Daher können Sie sich vorstellen, dass man sie für die schlimmsten Katastrophen aufgespart hat, zum Beispiel wenn Invasoren vor den Toren standen und der Clan keine andere Möglichkeit sah, einem Massaker zu entrinnen. Dann wurde das Feenbanner gehisst.«

Die Führerin war eine gute Geschichtenerzählerin. Jetzt hielt sie inne, weil sie wusste, dass die Legende Fragen aufwerfen würde. Sie ließ die Spannung steigen, bis das Unvermeidliche geschah und jemand sie zum Weitersprechen drängte. Ein kleiner Junge mit einem Red-Sox-Basecap reckte die Hand in die Höhe.

»Ja?«

»Haben sie den Zauber aufgebraucht? Haben sie die Fahne alle drei Male benutzt?«

»Wir wissen, dass sie einmal im Jahr 1490 und noch einmal 1580 eingesetzt wurde, aber wir sind uns nicht sicher, ob sie noch einmal in Gebrauch genommen wurde. In dieser Zeit kämpften die Clans sowohl gegeneinander als auch gegen Invasoren von jenseits des Meeres. Das Leben war voller Gefahren. Ich vermute eher, dass sie noch einmal eingesetzt wurde; wenn nicht, würden wir wahrscheinlich nicht hier in diesem Schloss stehen. Es befindet sich nämlich seit über siebenhundert Jahren im Besitz derselben Familie.« Sie schaute auf die Uhr und wies mit dem linken Arm in Richtung Tür. »Gehen wir weiter zu den Schlafgemächern.«

Anders als in den Vereinigten Staaten war in Irland alles so unvorstellbar alt. Die Menschen auf der Grünen Insel sprachen von einem Tag, der siebenhundert Jahre zurücklag, wie die Amerikaner über die Zeit, als Eisenhower Präsident gewesen war. Man erinnerte sich an Streitigkeiten, die 1251 in einem Dorf stattgefunden hatten, als wären sie gestern geschehen. Die Zeit verlief spiralig wie ein Stück Schnur, das um einen Stock gewickelt ist. Seit ihrer Scheidung hatte Anna das Gefühl, dass die Zeit langsamer verging und ein dunkler, fauliger Schlamm jede ihrer Bewegungen verlangsamte. Seit sie in der Kanzlei gekündigt hatte, vergaß sie manchmal, welches Datum sie hatten.

Dreimal, das Banner wirkte dreimal. Hatte auch Anna nur drei Versuche frei gehabt? Das erste Mal war nicht das schlimmste gewesen, denn da wusste Anna noch nicht, dass danach eine zweite und eine dritte Fehlgeburt kommen würden. Die erste hatte sie für einen Zufall gehalten. Damals arbeiteten Anna und Steve in ihren Kanzleien siebzig, wenn nötig achtzig Stunden die Woche. Sie sahen sich morgens, bevor sie sich auf den Weg in die Büros und Gerichtssäle von Boston machten, wenn beim Duschen, Kaffeetrinken und Anziehen alles drunter und drüber ging; und dann erst wieder am Abend. Als sie zum ersten Mal schwanger wurde, teilte sie ihm das per SMS mit: *schw.* Mehr schrieb sie nicht, nachdem sie gleich nach ihrer Ankunft in der Kanzlei auf die Damentoilette gegangen war und den Teststreifen in den Urinstrahl gehalten hatte.

Zu diesem Zeitpunkt war sie genau drei Wochen schwanger gewesen. Nach sechs Wochen erzählte sie es ihrer Mutter, ihrem Bruder, Steves Eltern und Jasper, ihrem Freund aus dem Jurastudium.

»Du hast meine Erlaubnis, das Baby Jasper zu nennen«, hatte er zurückgemailt. »Junge oder Mädchen ist mir egal. Stellst du das Video von der Geburt bei YouTube ein?«

»Du bist ein Idiot, sogar für einen Anwalt«, antwortete Anna.

Jasper war gleich nach dem Examen aus Boston geflüchtet und lebte jetzt in Los Angeles, wo er sich auf Medienrecht spezialisiert hatte.

»Wie kann man bloß Medienrecht ernst nehmen?«, meinte Anna.

»Wie kann man bloß Vertragsrecht ernst nehmen?«, hielt Jasper ihr entgegen. »Los, krieg dein Kind.«

Nach etwas über zwei Monaten zog ihre Gebärmutter sich in heftigen Krämpfen zusammen, und sie verlor ihr Baby. Anna war schockiert über die entschlossene Gegenwehr ihres Körpers und die Sturzflut von Blut, die Steve und sie eines Sonntagmorgens um vier weckte.

Sie kauerte sich weinend auf der Toilette zusammen, und Steve, der nur seine blaue Unterwäsche von Man Silk trug, hockte neben ihr und drückte die Stirn an ihre Schenkel. Sie hatten beide keine Worte dafür.

Das war das erste Mal gewesen. Sechs Monate später geschah es erneut. Von ihrer zweiten Schwangerschaft hatten sie nur Annas Mutter erzählt. Die Fehlgeburt – ein Wort, das Anna hasste, weil es ähnlich wie Fehlurteil klang – passierte, als Steve sich wegen eines Falls in Atlanta aufhielt. Sie rief ihn an.

»Ist schon okay«, sagte er im Marriott-Hotel in sein Handy. »Wir versuchen es wieder.« Im Hintergrund hatte sie Stimmengewirr und ein helles, perlendes Lachen gehört, das wie schwebende Kristalle klang.

Beim dritten Mal, wieder ein halbes Jahr später, war sie mit dem Auto von Boston nach Greenfield unterwegs gewesen, um ihre Mutter zu besuchen, als sich ihre Gebärmutter erneut zusammenkrampfte und sie das Baby verlor. Sie befand sich auf der Route 2 und fuhr der Sonne entgegen, und es war schwierig, von der Straße abzufahren. Kein Ort schien ihr der richtige zu sein – nicht Finchburg, nicht dort. Sie hielt durch, bis sie in die Einfahrt ihrer Mutter einbog. Auf den letzten dreißig Meilen hatte sie sich ein dunkelgraues Handtuch zwischen die Beine gestopft.

Anna hupte, und ihre Mutter kam mit einem Stapel Mathearbeiten von der Highschool in der Hand nach draußen gelaufen. Anna winkte sie an den Wagen heran und sah, wie das Lächeln auf dem Gesicht ihrer Mutter verflog, genau wie ihr eigenes.

»Ich hatte gerade wieder eine Fehlgeburt. Warum schaffe ich das nicht? Wieso kann ich kein Baby bekommen? Was stimmt mit mir nicht? Was ist mit uns allen los?« Anna öffnete die Autotür und spürte, wie ein weiterer, heftiger Krampf ihr die Luft aus den Lungen trieb.

»Komm nach drinnen, und wir rufen deinen Arzt an. Mit den esoterischen Fragen beschäftigen wir uns später«, sagte ihre Mutter, legte fest die Hand unter Annas Ellbogen und zog sie hoch.

Anna flüchtete zum Ausgang des Schlosses und versuchte verzweifelt, die Bilder fehlgegangener Schwangerschaften aus dem Kopf zu bekommen. Der Rest der Gruppe folgte der Führerin zu den Schlafzimmern. Sie konnte es nicht abwarten, nach draußen zu kommen, mochte nicht mehr in dem armen Schloss bleiben, das man aufgetakelt hatte, als solle es nach Disneyland versetzt werden. Anna hatte das unangenehme Gefühl, zu den Invasoren zu gehören, die das Feenbanner vertrieben haben mussten. Touristen pfählten die Anwohner zwar nicht auf spitzen Stangen und plünderten auch nicht das Schloss, aber sie zerstörten mit ihrem Glotzen und ihren gereckten Zeigefingern die Fortdauer eines Ortes. Irgendwann lockten sie die riesigen Supermärkte an die Ortsränder, woraufhin die winzigen Dörfer mit ihren uralten, in Familienbesitz befindlichen Läden ausstarben. Anna konnte sich nicht vorstellen, wie ihre Freundin Harper es aushielt, ihren Lebensunterhalt damit zu verdienen, dass sie die Aufmerksamkeit auf ansonsten ruhige Orte lenkte, damit sie anschließend von Besuchern mit Digitalkameras überfallen wurden.

Andererseits hatte sie dankbar Harpers Einladung angenommen, sie auf einer Reise zu begleiten, auf der sie über Schottland, Wales und schließlich Irland schreiben würde. Anna war vierunddreißig, und ihr Leben war ruiniert.

Sie trat nach draußen in die milde, nördliche Sonne und ließ das Relikt einer anderen Zeit hinter sich. Über den unbefestigten Weg schlenderte sie in Richtung Parkplatz.

»Pssst.«

Anna wandte den Kopf zu einem Wacholderbusch, erhaschte aber nur einen Blick auf einen Farbtupfer – eine bunte wollene Strickmütze, in der Blau-, Rosa- und Violetttöne und alle Farben, die in den Hügeln, Felsen und Feldern vorkamen, verarbeitet waren. Sie trat um den Strauch herum und sah eine kleine Frau vor sich.

»Meinen Sie mich?«, fragte Anna. Zu Hause hätte sie eine Fremde, die hinter ihr her zischte, wohl ignoriert, aber hier, im Land der unerbittlichen Höflichkeit, reagierte sie darauf. Das weiße Haar der Frau wurde im Nacken von einer Spange zusammengehalten, und ihre Kleidung sah aus wie etwas, das die Menschen in einem zwanzig Jahre alten National-Geographic-Artikel über das bezaubernde Irland getragen hätten. Der Pullover war bis zum Hals zugeknöpft, und der Rock aus abgetragenem Karostoff reichte bis knapp unter ihre Knie. Sie hielt eine gelb-blaue Plastiktüte in der Hand.

»Hallo, Liebes. Ich dachte schon, Sie kommen nie wieder heraus. Ich habe eine Kleinigkeit für Sie.«

Die Frau hatte nicht zu der Gruppe Kulturbeflissener aus dem Schloss gehört. Aber sie war eindeutig Irin, zu erfüllt von der Kultur, um sie suchen zu müssen. Das Jurastudium und ein paar unglückliche Jahre in einer Kanzlei hatten Anna Argwohn gelehrt. In ihrer letzten Recherche über Vertragsrecht war es um englische Verträge mit den Iren während der britischen Besatzung gegangen. Dem Alter dieser Frau nach zu urteilen hatte sie die Jahre erlebt, in denen sich Irland mühsam aus einer katastrophalen Wirtschaftslage, die der eines Drittweltlandes nicht unähnlich war, hochgearbeitet hatte. Doch auf dieser Reise übte Anna sich im Kampf gegen ihre Dämonen aus dem Jurastudium; die Juristerei hatte sie hinter sich.

Die Frau neigte den Kopf zur Seite und musterte Anna aufmerksam. »Ich habe Sie gesehen, als Sie hineingegangen sind. Sie sind nicht annähernd so groß, wie man mir sagte. Für eine Amerikanerin meine ich; für eine Amerikanerin sind Sie nicht groß.«

»Warten Sie auf jemanden, der mit der Führung unterwegs ist?«, fragte Anna.

»Oh nein. Nicht auf diese Leute.«

»Vielleicht verwechseln Sie mich mit jemandem«, meinte Anna. »Seit ich hier bin, ist mir aufgefallen, dass mir Menschen sagen, ich käme ihnen irgendwie bekannt vor, wie eine Cousine oder Schwester, oder ihre Schulfreundin. Meine Familie stammt ursprünglich aus Irland, aber wir haben es nicht genau recherchiert. Wir haben keinen einzigen

Genealogen in der ganzen Familie.« Anna warf einen Blick zurück zum Eingang des Schlosses, um Harper nicht zu verpassen, wenn sie herauskam.

»Nein, ich habe auf Sie gewartet, länger als Sie sich vorstellen können. Es ist so viel Zeit vergangen, dass die Lage in Amerika schlimmer geworden sein und sich furchtbar viel Unglück angestaut haben muss. Ich hatte schon überlegt, selbst zu kommen, aber meinesgleichen stoßen furchtbare Dinge zu, wenn wir über das Meer reisen. Doch jetzt lassen Sie mich nicht den ganzen Tag reden. In ein paar Minuten kommt Ihre Freundin durch die Tür.«

Sie kramte in der Plastiktüte herum. »Hier ist es.« Sie zog ein kleines, in braunes Papier gewickeltes Bündel hervor, das ordentlich mit Klebeband umwickelt war, wie es alle Ladenbesitzer in Irland machten. Es war weich und ungefähr so groß wie ein Kartenspiel. Sie legte es Anna in die Hände.

»Nehmen Sie es jetzt. Hier, stecken Sie es in Ihren Rucksack. Sie werden es brauchen. Etwas anderes kann ich im Moment weder für Sie noch für die anderen tun«, erklärte sie und legte ihre kühle Hand auf Annas Wange. »Mehr dürfte ich eigentlich gar nicht sagen, aber ich hatte ja keine Ahnung, dass Sie so schlecht, so tieftraurig aussehen würden. Die Liebe wird Sie zwingen, sich einem furchtbaren Grauen zu stellen. Sie können den Ruf ignorieren, doch dann stehen Sie ganz allein da. Und das wäre ein großer Jammer.«

Anna verfiel in Trance, aus der sie sich nicht losreißen konnte.

Vom Schlosstor her schrie Harper zu ihr herüber. »Ich komme, bin schon unterwegs. Ich musste beim Andenkenladen anhalten. Du glaubst ja nicht, wie viel Zeug man sich bei diesen Reiseartikeln zusammenkauft.«

Anna drehte sich um und sah, dass Harper mit einem kleinen Stapel Päckchen beladen war – zweifellos noch mehr Wollstoff und ein paar Bücher. Plötzlich stolperte Harper auf den unebenen Steinen, und die Päckchen ergossen sich vor sie wie eine Flutwelle aus Souvenirs. Anna rannte hin, um ihr zu helfen. Einmal schaute sie sich nach der alten Frau um, doch diese hatte sich abgewandt und ging lebhaften Schrittes den Weg zum Parkplatz entlang. Anna hob ein paar Päckchen auf, und Harper klopfte sich den Staub von der Hose.

»Danke«, sagte Harper. »Komm, wir stecken alles in deinen Rucksack. Sortieren können wir den Kram später.«

»Diese Frau hat mir gerade ein kleines Päckchen gegeben«, erklärte Anna.

»Passiert mir ständig, sobald die Leute hören, ich sei Reiseschriftstellerin. Ich kann nicht glauben, dass heute schon unser letzter Abend ist. Lass uns dieses Zeug in der Pension abladen und dann in ein Pub gehen, um etwas Gutes zu essen und ein paar Bier zu trinken. Morgen früh fliegen wir.«

2

In der Touristenklasse der Aer-Lingus-Maschine rappelte es, als immer stärkere Windstöße auf das Flugzeug trafen. Harper, die in der ersten Klasse saß, war nach hinten gekommen, um Anna hektisch flüsternd zu erklären, dass der Pilot versuchen wollte, Boston noch vor dem Sturm zu erreichen. Er hatte ihn auf dem Radar gesehen, einen gewaltigen Wirbel, der vom oberen Michigan herunterkam, über Pennsylvania an Tempo zulegte und praktisch der Interstate 90 bis nach Boston folgte. Die Landung in Boston war wegen des hohen Luftverkehrsaufkommens auch bei besten Wetterbedingungen schwierig. Der heranziehende Sturm konnte da ein Chaos auslösen.

»Denk immer daran, dass wir in einem Flugzeug sicherer sind als im Auto«, sagte Harper.

»Danke für den Tipp«, gab Anna zurück.

Die Zeichen zum Anschnallen blinkten auf, und die Stewardessen sammelten alle noch übrigen Getränke in schwarze Plastiktüten ein. Sie hielten sich an den Sitzen fest und erklärten, bis Boston seien es noch dreißig Minuten.

Als das Flugzeug vom Himmel zu fallen schien und sich dann wieder abfing, begannen sich vor Anna zwei Männer zu übergeben, zuerst einer und dann der andere. Sie reichte ihnen noch drei Brechtüten aus ihrer eigenen Reihe und hoffte, dass das ausreichen würde, um mit dem ziemlich gewaltig klingenden Ereignis fertig zu werden. Bei dem Geruch fingen noch andere Passagiere an zu würgen. Einmal, als das Flugzeug sich heftig nach rechts und dann ebenso gewaltig nach links wälzte, hatte sie den Eindruck, sie hätten sich überschlagen, wenn sie sich auch nur ein paar Zentimeter weiter in eine der beiden Richtungen bewegt hätten.

Trotz der Mahnungen des Flugpersonals, die Mobiltelefone ausgeschaltet zu lassen, zogen Passagiere Handys hervor, um Ehepartner, Kinder und Freunde anzurufen. Eines der Gepäckabteile sprang auf, und zwei Rucksäcke von Land's End flogen heraus, gefolgt von einer Plastiktüte aus dem Duty-Free-Shop. Anna und die beiden anderen Passagiere, die in ihrer Reihe saßen, fassten sich an den Händen und drückten fest zu. Einer hieß Robert, kam aus Glasgow und wollte seinen Cousin in Boston besuchen. Durch eines seiner Ohrläppchen war ein sehr großes Loch gestochen, in dem ein silberner Pflock saß, und er war in schwarzes Leder gekleidet. Er hatte Anna sofort erklärt, er sei schwul, und sich in langen Spekulationen darüber ergangen, welche amerikanischen Schauspieler homosexuell seien. Jetzt umklammerte er Annas linke Hand und die rechte der älteren Dame aus Vermont, die auf seiner anderen Seite saß. Anna wünschte, sie wäre noch einmal zur Toilette gegangen, denn zum ersten Mal seit ihrer Kleinkinderzeit fürchtete sie, sie könnte sich hier auf ihrem Platz in die Hosen machen.

Sie wollte nicht fünf Monate nach der Scheidung im Atlantik sterben. So unfair konnte die Welt einfach nicht sein. Aber andererseits hatte sie, als Steven sie verließ, auch geglaubt, eine größere Ungerechtigkeit könne es nicht geben. Noch mehr hätte er sie nicht verletzen können.

Für sein Geständnis hatte er sich ausgerechnet ihrer beider liebstes Thai-Restaurant in Boston ausgesucht. Anna hatte in ihren Shrimps und dem Pfannengemüse mit Zitronengras herumgestochert. Sie räusperte sich. Seit Monaten ahnte sie schon etwas.

»Wann hattest du eigentlich vor, es mir zu sagen?«, fragte sie.

Stevens Blick huschte zur Tür, als suche er nach einem Fluchtweg.

»Es gibt nicht viele Gründe dafür, diese Frage zu stellen. Wie hast du es herausgefunden? Nein, das ist nicht der Punkt. Der Punkt ist, dass ich mich mit jemand anderem treffe.«

Sie legte die Gabel weg. »Du triffst dich mit jemandem? Mit einer anderen Frau? Du kannst dich mit keiner anderen verabreden. Du bist verheiratet. Mit mir.«

»Tut mir leid, in dieser Sache stehe ich zwangsläufig wie der Bösewicht da. Ich habe kein Recht, etwas von dir zu verlangen; aber könntest du mich bitte nicht in eines deiner Kreuzverhöre nehmen wie vor Gericht?«

Sie schob ihren Teller weg und stieß dabei gegen sein Wasserglas. Seine Hand schoss heran und fing es auf. Sie schaute nach unten und erkannte frustriert, dass ihre Hände zitterten.

»Hast du sie kennengelernt, als ich mit der ersten Fehlgeburt im Krankenhaus lag, oder bei der zweiten? Der dritten? Ist das bei dir so eine Entscheidung wie bei Heinrich dem Achten? Sag mir nicht, dass sie schwanger ist.«

Steven schaute auf sein Reishäufchen hinunter.

»Oh. Sie ist schwanger«, sagte Anna.

Anna sank in den gepolsterten Sitz der Nische zurück. Unversehens hatten sie ihre Fehlgeburten eingeholt, ihr unleugbares Scheitern, und sie stürzte in ein tiefes Loch aus Verbitterung, aus dem sie nicht wieder herauskam.

Drei war eine entsetzliche Zahl, ein Triumvirat von Fehlgeburten, von Föten, die unfähig waren, sich zu halten. Sie hingen am Uterus wie an einer Klippe, stürzten ab und wurden von einem Monsun aus Blut und Verrat davongespült. Nach einer Fehlgeburt gab es nichts zu sagen. Angemessene Worte existierten nicht, denn Fehlgeburten wurden durch unbekannte Mächte verursacht oder waren bestenfalls unaufhaltsam wie ein Blitzschlag. Doch abends, wenn sie vom Wachzustand in den Schlummer glitt, konnte sie ihrer Unzulänglichkeit nicht entrinnen. Babys aller Arten weigerten sich, in ihrem Inneren zu wachsen, weil sie keine Umgebung hervorgebracht hatte, in der sich ein Baby geliebt fühlte. War das ihr Familienerbe, das von den Männern ausgelebt und von den Frauen als brennender Schmerz erlitten wurde?

Anna sah die Geister von Babys vor sich, die überlegten, ins Leben einzutreten, und sich auf Grund unerfindlicher Kriterien eine Mutter und einen Vater aussuchten. Und wenn diese Beinahe-Babys Anna wählten, stellten sie bald fest, dass sie einen Fehler gemacht hatten, und nahmen den Schleudersitz. Auch Steven war ihr entglitten, ganz ähnlich wie die Beinahe-Babys, und hatte sich in das fruchtbare

Delta von Rita verliebt, der Empfangssekretärin ihrer Zahnklinik, die wie das blühende Leben aussah. Ein Beinahe-Baby war in einem farblich perfekt abgestimmten Uterus gelandet und hatte sich angeschnallt, um bis zum Schluss an Bord von Mutterschiff Rita mitzufahren.

»Verdammte Scheiße!«, schrie Robert. Während sie in dem rüttelnden Flugzeug umhergeworfen wurden, zerquetschte er ihr fast die Hand. »Ich will nicht in Amerika sterben! Oh, Entschuldigung. Nichts gegen Amerika, aber ich möchte doch lieber in Schottland enden.«

Er musste einen entsetzten Ausdruck in Annas Gesicht gesehen haben, etwas, das seine Schutzhülle aus Leder und Piercings durchdrang.

»Ach was, niemand wird heute sterben. Nicht wir. Wir haben noch ein großartiges Leben vor uns.«

Sie schaute nach unten, sah ein wässriges Rinnsal Erbrochenes unter ihren Schuhen und zog die Füße hoch.

»Bordpersonal zur Landung bereit machen.«

Mit einem vertrauten Geräusch fuhr das Fahrwerk aus. Sie beugte sich zu ihren beiden Nachbarn hinüber. »Ich bin gerade geschieden worden«, erklärte sie, so laut sie konnte, damit sie sie bei dem Höllenlärm verstanden. »Wir müssen es einfach schaffen.« Mehr als alles andere wollte sie glauben, dass es stimmte; dass das Schlimmste gekommen und vorübergegangen war.

Seit der Scheidung lebte sie in Rockport, einer Küstenstadt eine Stunde nördlich von Boston. Ein Haus direkt am Wasser konnte sie sich nicht leisten; ihres lag eine halbe Meile landeinwärts. Aber in den Monaten gleich nach der Scheidung hatte sie sich auf den gewaltigen grauen Felsplatten niedergelassen, die Land und Meer trennten. Ihre Mutter hatte einmal gesagt, zu Ruhe und Frieden sei sie einfach nicht veranlagt, doch sie entdeckte, dass das Brüllen des Windes und des Ozeans ihren Schmerz über die Scheidung eine Zeitlang lindern konnten, und dafür war sie dankbar gewesen. Stürmische Tage hatte sie am liebsten gemocht. Dann hatte sie den Reißverschluss ihrer Gore-Tex-Jacke bis zum Hals geschlossen und die Kapuze hochgezogen. In Regenhosen, die jedem Wolkenbruch trotzten, hatte sie auf den harten Felsbergen gesessen, aufs Meer hinausgesehen und die Augen zusammengekniffen, um den praktisch horizontal auf sie eindringenden Regen abzuwehren. Das war ihre Art von Therapie gewesen; hart, zermürbend und aufreibend. An den Felsen reagierte sie alles ab. Sie feilte sich sogar die Nägel daran, bis ihre Fingerkuppen bluteten. Sie hatte den Drang, ihren Schmerz abzuschälen, ihn mit harten Schlägen zu zähmen. Jedes Mal, wenn jemand den Kopf neigte und meinte: »Ich weiß, wie schwer eine Scheidung ist«, hatte sie die Sekunden gezählt, bis sie zu den Felsen rennen, sich lang auf ihren dicken, harten Leib werfen und nehmen konnte, was der Ozean und der Wind ihr schenkten.

Anna verabschiedete sich von Harper, die gerade einmal dreißig Minuten Zeit hatte, um ihren Anschlussflug nach Chicago zu erwischen.

»Alles wird gut werden. Wer einen Triathlon um Boston schafft, der überlebt auch eine Scheidung. Ich habe großartige Bilder von dir, wie du überall in Wales und Schottland joggst. Vielleicht sollte ich das zu meinem Thema machen: *Rennen mit Anna.* Ich schicke dir den ersten Entwurf«, meinte Harper, während sie zu ihrem Gate davonging.

Als die Aufregung des Flugs nachließ, spürte Anna einen unkontrollierbaren Drang zu schlafen. Und das tat sie auch, und zwar tief, dreißig Minuten auf einem Stuhl bei Starbucks, die Füße auf ihr Gepäck gelegt. Anschließend musste sie, nachdem sie in dem labyrinthischen Parkhaus ihren Wagen gefunden hatte, noch eine Stunde Richtung Norden fahren, um Rockport zu erreichen. Es regnete heftig, und ihr wurde klar, dass Harper wirklich Recht gehabt hatte: Es war viel gefährlicher, bei diesem Regen Auto zu fahren, als durch den Sturm zu fliegen. In ihrem Wagen konnte viel mehr schiefgehen. Es herrschte ein hoffnungsloses Verkehrschaos.

Als sie in Rockport in ihre Einfahrt einbog, lag das Haus dunkel und verlassen vor ihr. Sie hatte gewusst, dass es leer sein würde, aber seit der Scheidung gab es Momente, in denen sie sich verzweifelt danach sehnte, die Lichter wären an und Schritte kämen die Treppe hinunter. Dabei war dies nicht einmal das Haus, das sie gemeinsam mit Steven bewohnt hatte. Auf dem Tisch in der Diele türmte sich die Post. Der Kater war bei ihrer Nachbarin untergebracht, und jetzt war es zu spät, um ihn noch zu holen. Es war Mitternacht – in Irland beinahe Zeit, aufzuwachen und eine gute Tasse Tee zu trinken.

Anna schlüpfte aus ihren Sachen und warf sie im Bad in Richtung Wäschekorb. Sie zog ein Stück Zahnseide aus dem Spender und quetschte den mit Pfefferminz parfümierten Faden zwischen all ihren Zähnen hindurch, gefolgt von gründlichem Zähneputzen. Dann schaltete sie den Deckenventilator ein, damit die stickige, warme Luft in Bewegung kam, und glitt nackt zwischen die Laken, die sie vor drei Wochen, am Tag vor ihrer Abreise, noch gewechselt hatte. Ihr Körper zuckte heftig, als wäre sie von einem Berg gefallen, und dann sackte sie plötzlich weg, und der Schlaf umfing sie.

Eine Stimme drang in ihr Bewusstsein und holte sie aus dem Schlummer. Verwirrt schaute sie auf ihren Radiowecker – zwanzig vor eins am Morgen – und fragte sich, wer in aller Welt um diese Zeit redete. »Anna«, hörte sie dann, »bestimmt bist du noch nicht zurück, und ich habe ein schlechtes Gefühl dabei, dir eine solche Nachricht zu hinterlassen …« Es war die Stimme ihrer Mutter, tief und volltönend, aber etwas stimmte daran nicht. Das Unheil schwappte in ihr Haus, als wäre ein Damm gebrochen. Der Apparat musste viermal geläutet haben, ohne dass Anna es gehört hatte. Sie robbte an den Bettrand, um das Telefon auf dem Nachttisch abzunehmen.

»Hier bin ich. Was ist passiert?«

»Oh, du bist da. Bist du gerade zurückgekommen? Anna, dein Bruder hatte einen schweren Unfall. Ich bin schon im Krankenhaus in Hartford. Er ist noch im OP. Es sieht … kompliziert aus.«

Als Anna im Krankenhaus in Hartford eintraf, war sie sich bewusst, dass ein Teil von ihr unter Jetlag und Schlafmangel litt. Doch ein anderer lief auf Hochtouren, seit sie gehört hatte, dass Patrick lebensgefährlich verletzt war. Sie bedauerte jede Gelegenheit, bei der sie einen Besuch bei ihm ausgelassen hatte, bereute alles, was sie je zu ihrem älteren Bruder darüber gesagt hatte, wie er seinen Sohn behandelte. Sie musste eine vollständige Liste ihrer Missetaten anlegen, denn sie wollte nicht, dass er starb. Sie wollte mit ihm über Musik, Essen und Politik streiten. Anna hatte geglaubt, sie hätte noch den Rest ihres Lebens Zeit, sich mit Patrick in die Haare zu kriegen und sich von ihm kritisieren zu lassen, weil sie eine zwielichtige Anwältin war. Sie beide waren noch nicht fertig miteinander. Er war sechs Jahre älter als sie und hatte sich buchstäblich mit der Machete durch seine Kindheit gehackt und gegen ihren Vater als seinen Feind gekämpft. Anna hatte es gehasst, im selben Raum mit den beiden zu sein, und kaum ertragen, ihre Mutter wieder und wieder in Tränen ausbrechen zu sehen. Patrick hatte nur das

Haus zu betreten brauchen, und ihrem Vater hatte sich das Nackenfell gesträubt wie bei einem Hund.

Das einzige Gute an der Fahrt von Rockport nach Hartford war, dass sie dem in die Stadt rollenden Berufsverkehr zuvorkam. Es war vier Uhr morgens.

Ihre Mutter sah mit einem Mal kleiner aus; Wartezimmer in Krankenhäusern hatten diese Wirkung auf Menschen. Sie ließen sie zusammenschrumpfen, bis von ihnen nur noch Angst und Haut und ein zu schneller Herzschlag übrig waren. Anna schloss ihre Mutter in die Arme, roch an ihrem Haar und sog eine Mischung aus Essig und Mandelduft ein. Ihre Mutter fühlte sich feucht an, wie wenn ihre Haut geweint hätte.

»Tu so, als könntest du mich nicht riechen, Ma. Ich habe seit zwei Tagen nicht gebadet und stinke wie ein Flugzeug voll kotzender Menschen. Was ist passiert?«

Ihre Mutter, die Chinos und ein langärmliges Baumwollhemd über einem Tanktop trug, tätschelte Anna den Rücken und zog sie neben sich auf einen Stuhl. »Wir wissen nur, dass sie Pat aus dem Autowrack herausschneiden mussten. Sie sind sich nicht sicher, ob er es schafft. So haben es die Ärzte allerdings nicht gesagt; sie haben erklärt, dass sich bei Kopfverletzungen der Zustand schnell ändern kann und dass wir darauf vorbereitet sein müssen, dass es so oder so ausgehen kann.«

Ihre Stimme zitterte, und bei »Kopfverletzungen« kam sie ins Stottern, so dass es klang wie »Ko … ko … ko … kopfverletzungen«, als wäre es zu schrecklich, »Kopf« zu sagen. Anna hatte das Gefühl, mit Säure übergossen zu werden, die vom Kopf über ihren Hals bis in den Magen rann. Jeder Zentimeter ihrer Eingeweide drohte sich von innen heraus aufzulösen. Anna schaute sich in dem Warteraum um und sah, dass Alice, die beste Freundin ihrer Mutter, draußen vor der Tür stand. Alice zog ein Stück Papier aus der hinteren Hosentasche.

»Und ein Unglück kommt selten allein«, meinte Alice. »Dein Bruder war nämlich unterwegs, um Joseph abzuholen. Dein Neffe sitzt in Newark, New Jersey, im Gefängnis. Die Haftanstalt von Essex County, hieß es. Wir hätten gar nichts davon erfahren, wenn ich nicht bei Patrick vorbeigefahren wäre, um nach Informationen über seine Versicherung zu suchen. Ich habe seinen Anrufbeantworter abgehört, und eine Nachricht ging ungefähr so: ›Wo zum Teufel stecken Sie, holen Sie Ihr Kind ab.‹ Anna, jemand muss deinen Neffen holen.«

Alice und Annas Mutter, Mary Louise, waren seit über dreißig Jahren befreundet; seit der Zeit, als sie zusammen in der Highschool von Greenfield, wo Patrick und Joseph lebten, angefangen hatten. Alice unterrichtete Latein und Mary Louise Mathematik. Beide gingen sie auf die sechzig zu, aber keine von ihnen dachte daran, in Pension zu gehen. Alice war hochgewachsen, hager und vom Tennisspielen im Sommer gebräunt. Mary Louise besaß das, was sie den Körper einer Bäuerin nannte – sie war klein, kräftig und stämmig, mit schönen breiten Hüften.

Als Anna den Namen ihres Neffen hörte, fuhr sie zusammen. Sie hatte kein richtiges Gespräch mehr mit ihm führen können, seit er zehn war; jetzt war er sechzehn, hatte einen schlechten Haarschnitt und schien bemüht, ständig die Augen zusammenzukneifen, um finster auszusehen.

»Warum sitzt er im Gefängnis?«

Mary Louise ließ nie etwas auf ihren einzigen Enkel kommen. »Angeblich hat er zusammen mit seinem Freund Oscar ein Auto gestohlen«, erklärte sie jetzt. »Offensichtlich sind sie bis New Jersey gekommen. Die State Police behauptet, sie hätten vielleicht Drogen gefunden. Sie drohen, Joseph in den Erwachsenenvollzug zu stecken. Du holst ihn doch, oder? Ich verlasse dieses Krankenhaus nicht. Ehe ich nicht weiß, wie es Patrick geht, werde ich weder auf den Parkplatz, in die Cafeteria noch auf die Toilette gehen. Und du musst Joseph erklären, was mit seinem Vater los ist.«

Sie hatte keinen Verhandlungsspielraum. Anna hätte am liebsten beides getan, aber mehr als alles andere wollte sie bei ihrem Bruder sein und gegenüber dem Krankenhaus als seine Fürsprecherin auftreten. Sie wusste, dass er sich das gewünscht hätte und dass er sie bewachen würde wie ein Pitbull, sollte sie bewusstlos im Krankenhaus liegen.

»Müssen wir Kaution stellen?«, erkundigte sich Mary Louise.

»Nicht, solange sie ihn als Jugendstraftäter behandeln«, erklärte Anna. Sie hatte ihr Haar zu einem Knoten gedreht und mit zwei Essstäbchen festgesteckt. Die Bambusstäbchen lösten sich nach und nach, und ihr kastanienbraunes Haar bauschte sich im Nacken. Sie spürte, wie eines der Stäbchen gefährlich ins Rutschen geriet, und suchte in ihrer Tasche nach etwas anderem, um ihr Haar zusammenzuhalten. Alice reichte ihr ein überzogenes Haargummi von der Sorte, die sie im Drugstore dutzendweise kaufte.

»Ich fahre nicht, bevor ich Patrick nicht gesehen habe. Joseph ist in diesem Szenario nicht die wichtigste Person. Wenn ich ein paar Stunden später dorthin komme, erleidet er keinen Schaden, außer dass er sich vor Angst in die Hosen macht«, meinte Anna, die ihr Haar jetzt fest zurückfrisiert hatte. »Obwohl ein Aufenthalt im Gefängnis von Essex County möglicherweise seine neue kriminelle Karriere fördern wird.«

Wenn sie sofort aufbrach, konnte sie in fünf Stunden dort sein – sechs vielleicht, wenn man berücksichtigte, dass sie mitten in den Berufsverkehr geraten würde. Sie hatte nur ein paar Sachen aus ihrem Reisegepäck genommen und sich im Vorbeigehen den kleinen Rucksack geschnappt, in dem sich einmal Kleidung zum Wechseln und eine Zahnbürste befanden. Aber der Junge würde warten müssen, bis Anna mehr über Patricks Zustand erfuhr, denn vorher würde sie sich nicht von der Stelle rühren.

Zwei Stunden später betrat ein Arzt den Raum, in dem sie saßen. »Mrs O'Shea?«

Langsam stand Mary Louise auf, als müsse sie sich gegen einen katastrophalen Schlag wappnen. Anna bemerkte, dass die Zehennägel ihrer Mutter perfekt gepflegt und braun lackiert waren. Sie achtete sehr auf ihre Zehennägel und ging alle zwei Wochen zur Pediküre. »Ich möchte, dass etwas in meinem Leben vollkommen ist«, erklärte sie stets, »und wenn es nur meine Zehennägel sind, dann muss das halt reichen.«

Der Chirurg stand breitbeinig da und hatte die Hände vor dem Becken zusammengelegt. Anna erhob sich und hielt den Rucksack vor dem Bauch fest. Alice, die sich, seit sie im Krankenhaus angekommen war, noch nicht gesetzt hatte, sank langsam auf einen grünen, mit PVC bezogenen Stuhl. Sie drückte die Knie zusammen, beugte sich, die Ellbogen auf die Schenkel gestützt, vor und legte die Hände so um den Kopf, dass die Finger auf ihre Augen zeigten.

»Im Moment ist Patrick stabil. Wir mussten die Blutung in seinem Gehirn lindern. Dazu bohren wir ein Loch in den Schädel.«

Mary Louise stieß einen Laut aus, der klang wie Luft, die quietschend aus einem Ballon entweicht.

Der Arzt, der blaue OP-Kleidung trug, sprach weiter. »Sein Bein konnten wir komplett richten; es könnte allerdings kürzer bleiben, weil es an drei Stellen gebrochen war. Einen

Beckenbruch hatte er ebenfalls. Aber die Knochen werden zusammenwachsen. Bei Autounfällen wünschen wir uns Knochenbrüche beinahe, da wir so verdammt gut darin sind, Knochen zu heilen …« Einen Moment lang zögerte er, nahm die Hände vor seinem Becken weg und legte sie vor der Brust zusammen wie zum Gebet. »Hirnschäden dagegen sind unberechenbar. Momentan halten wir ihn im künstlichen Koma und warten ab. Doch er muss so schnell wie möglich nach Boston verlegt werden.« Er hob die Hände an sein Gesicht, so dass die beiden Zeigefinger auf seinen breiten, weichen Lippen lagen und darauf klopften. »Er ist jung und stark. Patrick ist großartig in Form. In meiner Branche heißt das schon einiges. Hat er eine Frau, Kinder?«

Anna sah Alice an; Mary Louise wandte den Kopf, um beide anzuschauen. Jetzt waren sie Verschwörer, Patricks Makler, die in seinem Sinne handelten, während er bewusstlos war.

Mary Louise richtete sich kerzengerade auf. »Er ist Witwer. Seine Frau ist vor zwölf Jahren durch einen Sturz vom Pferd gestorben. Er hat einen wunderbaren Sohn. Ich habe einen wunderbaren Enkel, Joseph. Er hält sich momentan in einem anderen Bundesstaat auf, aber wir planen gerade, ihn nach Hause zu holen.«

Der Chirurg nickte. »Gut. Das beruht jetzt nicht auf wissenschaftlichen Erkenntnissen, sondern ist reine Beobachtung. Aber wenn ein Kind im Spiel ist, habe ich schon oft erlebt, dass Menschen heftiger kämpfen, um sich von solchen Verletzungen zu erholen. Sie haben einen Grund zurückzukommen.«

Später, als sie einzeln auf die Intensivstation gingen, um Patrick zu sehen, erkannte Anna ihn nicht. Sein Gesicht war aufgequollen und mit schweren Blutergüssen überzogen.

Am stärksten bestürzte sie das Klebeband, das den Schlauch für die künstliche Beatmung an seinem Mund festhielt. Er war mit Klebeband umwickelt wie ein Päckchen oder etwas, das zerbrochen ist; eine Tasse, ein Kinderspielzeug oder eine der Glasscheiben über ihrer Spüle, die zu reparieren sie zu beschäftigt gewesen war. Sie hatte Reparaturband über eine der Scheiben geklebt, und es sah scheußlich aus. Ihr Bruder ebenfalls. Auf der Suche nach einer Stelle an seinem Körper, die sie berühren konnte, spähte sie unter das Laken. Sein rechter Fuß sah angeschwollen, aber unverletzt aus. Anna schaute aus der Tür, um festzustellen, ob sich jemand vom Pflegepersonal in der Nähe befand. Dann legte sie vorsichtig ihre flache Hand an seinen Fuß und stellte sich vor, wie eine Strömung aus dem heißen Erdinneren durch ihren Körper und in Patrick hinein lief. Wäre Patrick bei Bewusstsein gewesen, hätte sie das in einer Million Jahren nicht getan, und sie wusste, dass sie ihm nie davon erzählen würde, wenn er wieder gesund war. Wenn, nicht falls. Noch dachte sie nicht über das *falls* nach.

»Gehören Sie zur Familie?«

Anna fuhr zusammen, und sie glättete das Laken, das den Fuß ihres Bruders bedeckte. Eine junge Frau stand an der Tür. Der Stoff ihrer Schwesternuniform war mit Katzen und Hunden bedruckt.

»Patrick ist mein Bruder.«

»Das mit seinem Unfall tut mir leid. Als er eingeliefert wurde, hatte ich Dienst, und einer der Sanitäter hat mir erzählt, er hätte im Krankenwagen gesprochen. Er dachte, es würde für Sie vielleicht etwas bedeuten. Die Worte Ihres Bruders waren: ›Pass auf den Eckstein auf!‹ Sagt Ihnen das etwas?«

Blitzschnell ging Anna alle Möglichkeiten durch, aber ergebnislos. Sie schüttelte den Kopf.

»Nur das? Nichts weiter?«

»Bei Hirnverletzungen kann man nur sehr schwer feststellen, was wirklich los ist. Ebenso gut kann nur ein wildes Durcheinander von Bildern und merkwürdigen Impulsen durch seinen Kopf rasen. Oder er wollte den Helfern wirklich etwas mitteilen. Jedenfalls dachte ich, dass Sie es vielleicht wissen möchten. Ich hatte die Sache schon fast vergessen und wollte zu meinem Wagen gehen, als es mir wieder eingefallen ist. Viel Glück«, sagte sie, hängte sich die Handtasche über die Schulter und ging.

In dem abgetrennten Warteraum der Intensivstation, einem blassgelb gestrichenen Raum, in dem all das Entsetzen und die Trauer vergangener Besucher in der Luft hingen, traf Anna auf ihre Mutter und Alice. An der Wand war ein Fernseher befestigt, und es lief eine Kochsendung. Die Moderatorin zeigte die Herstellung frischer Bratwurst aus Hühnerfleisch.

»Wir müssen euren Vater benachrichtigen«, erklärte Mary Louise. »Wenn du etwas von ihm gehört hast, musst du es mir sagen. Du musst.«

Soso, mehr braucht es also nicht, dachte Anna. *Ein Bohrloch in Patricks Kopf und ein Gehirn, das vielleicht nie wieder wie vorher ist, und schon war der Name ihres Vaters wieder im Spiel.* Ihr Vater war vor zwanzig Jahren fortgegangen und nie zurückgekehrt, hatte weder Geburtstagskarten geschickt noch zu Schulabschlüssen oder Geburten gratuliert. Soviel Anna wusste, hatte ihr Vater keine Ahnung, was aus seiner Familie geworden war, nachdem er weggegangen war.

Nach ihrer Zulassung als Anwältin vor sieben Jahren hatte Anna einen Detektiv engagiert, der ihren Vater tatsächlich fand. Er lebte in Thailand und unterrichtete Englisch. Charles O'Shea, Englischdozent in Bangkok. Anna hatte seine Adresse tagelang bei sich getragen, bevor sie Kontakt zu ihm aufnahm. Schließlich hatte sie ihm eine E-Mail geschrieben. »Dein Sohn, Deine Tochter und Deine Exfrau führen ohne Dich ein großartiges Leben. Aber ich weiß, wo Du wohnst. Wie konntest Du nur, Dad? Ich habe Dich geliebt.«

Anna erinnerte sich an das letzte Mal, als sie ihren Vater gesehen hatte, und hatte das Gefühl, wieder vierzehn zu sein. Sie war nach Hause gekommen und von heulenden Sirenen, Polizeiautos, blitzenden Lichtern und einem Krankenwagen empfangen worden. Während sie mit klopfendem Herzen ins Haus rannte, schob er sich mit blutendem, verschwitztem Gesicht an ihr vorbei nach draußen.

»Daddy«, schrie sie, »komm zurück!«

Patrick war zwanzig gewesen. Für alle sah es aus, wie wenn Patrick und sein Vater versucht hätten, sich gegenseitig umzubringen. Beide waren blutig geschlagen. Patrick war vollständig ausgewachsen und konnte sich endlich wehren.

Mary Louise kam aus Patricks Zimmer, die Stirn gerunzelt und eine Medizinflasche in der Hand.

Anna nahm einen Besen und begann, das zerbrochene Glas aufzufegen, weil sie zu viel Angst hatte, etwas anderes zu tun, obwohl ihre Mutter sie warnte, sie könne sich an den Scherben schneiden. Sie wollte alles saubermachen. Viermal fegte sie ein Kehrblech voller zerbrochenem Glas auf und schüttete es in den Mülleimer auf der Veranda.

Die Küchenlampe, die sonst an einer kunstvoll verschlungenen Kette hing, baumelte jetzt schief über dem Kopf ihrer Mutter, über ihrem zu einem pilzförmigen Bob geschnittenen Haar.

»Ist er in Ordnung?«, fragte Anna.

Ihre Mutter stellte die Medizinflasche auf die Arbeitsplatte. »Du meinst die gebrochene Nase und die Rippen?

Knochen heilen wieder. Sorgen mache ich mir um den Rest von ihm. Ich hätte zu Hause sein müssen.«

»Wenn Daddy das noch einmal tut, rufe ich die Polizei«, erklärte Anna. Sie schloss die Verandatür, um die Nachbarn aus dem Viertel, die den Krankenwagen und das Blaulicht gesehen hatten, und ihre Schulfreude, die alles darüber erfahren würden, auszusperren.

»Es wird kein nächstes Mal geben. Komm her, Liebes«, sagte ihre Mutter und klopfte auf den Stuhl neben ihr.

Anna roch etwas Schlimmeres als den moschusartigen Raubtiergeruch, den der Kampf zurückgelassen hatte, etwas, das nach ihr griff.

»Dein Vater wird nicht zurückkommen.«

Die schon brüchigen Fundamente ihrer Existenz gerieten ins Wanken, und ihr war, als explodiere sie von innen nach außen. Ihr Gleichgewicht verließ sie als Erstes, und sie wurde ohnmächtig. So etwas passiert, wenn ein Vater abhaut.

Danach ging Geld auf Mary Louises Konto ein; Charles hatte sich seine Pension vorzeitig auszahlen lassen.

Im Wartezimmer starrte Anna ihre Mutter anklagend an. »Du glaubst, Patrick schafft es nicht. Das wäre der einzige Grund, Kontakt zu Daddy aufzunehmen. Du meinst, er hat verdient, davon zu erfahren.« Sie hatte nicht *Daddy* sagen wollen. Das klang, als wäre sie wieder ein kleines Mädchen.

Zwischen Mary Louises Brauen stand eine tiefe Falte. »Ihr beiden Kinder konntet euch eure Eltern nicht aussuchen. Patrick braucht seinen Vater jetzt. Was Charlie braucht, ist mir ziemlich egal. Du weißt doch, wie man ihn erreichen kann, oder?«

»Ja. Ich habe ihm einmal eine E-Mail geschickt. Ich

schreibe ihm, sobald ich unseren Möchtegern-Gangster abgeholt habe.«

3

Anna wartete in der Rezeptionshalle der Strafanstalt. Jugendknast nannten die jungen Leute sie, ebenso wie die Freunde ihres Bruders, als sie Teenager gewesen waren und sich bei ihren harmlosen Vandalismus-Aktionen wie Guerilla-Kämpfer gefühlt hatten. Patrick war nie bei einer seiner Missetaten erwischt worden.

Die Türen, die ins Innere des Gebäudes führten, waren mit Metalldetektoren ausgestattet. Warum hatte Joseph in New Jersey gegen das Gesetz verstoßen? Das würde alles nicht leicht werden. Der Staat New Jersey hatte offenbar lange Zeit nicht daran gedacht, diesen Raum zu streichen. Die Wände des Empfangsraums waren hellblau gehalten. Vermutlich sollte die Farbe beruhigend wirken und tobende Jugendliche bändigen. Anna wusste nicht genau, was ihr Neffe getan hatte, und ein Teil von ihr klammerte sich an die Hoffnung, dass seine Tat völlig unbedeutend war oder jemand einen Fehler begangen hatte.

Seit zwei Tagen hatte sie nicht mehr richtig geschlafen; ihre Augen waren trocken, nachdem sie bei Regen und Nebel von Hartford hierher gefahren war und fünf Stunden lang auf den Highway gestarrt hatte. Jedes Mal, wenn sie sich den angeschwollenen, bandagierten Kopf ihres Bruders vorstellte, das Beatmungsgerät, das die Luft in seinen zerbrochenen Körper hinein und wieder heraus zwang, und den Chor blitzender Maschinen, die in seinem Zimmer piepten und summten, spürte sie die Angst wie ein hohles Gefühl im Magen.

Ihr Neffe hatte keine Ahnung, dass sein Vater ihn nicht abholen würde, weil er einen Unfall gehabt hatte. Anna hatte verlangt, mit dem Direktor der Strafanstalt zu sprechen, der aber nicht da war, obwohl es bereits halb zwölf Uhr vormittags war. Der Vollzugsbeamte an der Rezeption erklärte, ehe der Direktor nicht eingetroffen sei, werde sich nichts tun. Sie würde bis nach der Mittagspause warten, denn da kehrten die Betreuer zurück.

Anna trat an den Schreibtisch mit der schulterhohen Barriere, die sie von dem Beamten trennte.

»Mein Bruder hatte einen sehr schweren Unfall, als er auf dem Weg war, seinen Sohn, Joseph O'Shea, abzuholen. Deswegen ist gestern niemand gekommen. Mein Bruder liegt momentan in Hartford auf der Intensivstation. Können Sie Joseph bitte einfach freilassen, damit ich ihn mit nach Hause nehmen kann?«, fragte Anna. Sie hatte bereits ihren Führerschein vorgelegt. »Hier ist die Telefonnummer des Krankenhauses. Sie können anrufen und alles überprüfen.«

Der Vollzugsbeamte hörte ihr mit ausdrucksloser Miene zu. »Ich hatte Nachtschicht, lege also eine Doppelschicht ein. Ich weiß nicht, wer Sie sind, und dieser junge Bursche hat in einem anderen Staat Drogen genommen, in einem gestohlenen Fahrzeug.«

Was er nicht sagte, war: »… und es tut mir leid wegen Ihres Bruders.« Der Beamte hatte ein kleines Fernsehgerät unter der Theke stehen und beabsichtigte offenbar, weiter hineinzusehen. An einem besseren Tag hätte Anna Verständnis aufgebracht, sie hätte begriffen, dass dieser Mann eine Nachtschicht hinter sich hatte und sein Schlaf- und Wachrhythmus durcheinander war, weswegen er nicht so reagierte wie alle anderen Menschen. Sie hätte gewusst, dass dieser Mann einen unsichtbaren, undurchdringlichen Schutzwall um sein Herz aufgerichtet hatte, der ihm über die schlimmsten Zeiten hinweghalf, wenn um zwei Uhr morgens zugekokste Jugendliche brüllend durch den Warteraum gestoßen wurden. Aber jetzt gerade hatte sie keine Lust, sich Gedanken über ihn zu machen.

Anna sah auf die Uhr. Viertel vor zwölf. Sie setzte sich und kritzelte eine Nachricht auf einen Zettel, trat wieder an die Theke und schob dem Beamten die Notiz zu. »Ich gehe nach draußen zu meinem Wagen und versuche, eine Stunde oder so die Augen zuzumachen. Bitte geben Sie dem ersten Aufsichtsbeamten oder Betreuer, der hereinkommt, diese Nachricht. Sagen Sie ihnen, dass Joseph O'Sheas Tante hier ist, um ihn abzuholen, und dass ich im Namen meines Bruders handle. Und ich bin Anwältin.« Der Beamte schob den Zettel an die Seite der Theke und nickte ihr verhalten zu, als teile er sich seinen Energiehaushalt sehr sorgfältig ein.

Sie schob ihren Autositz so weit wie möglich zurück, fuhr die Fenster um ein Viertel hinunter und hoffte, dass ihr der gegenüberliegende Baum die ganze Stunde lang Schatten spenden würde. Ob es gefährlich war, im Wagen zu schlafen? War sie auf dem Parkplatz einer Jugendstrafanstalt sicherer oder weniger sicher als anderswo? Würden bewaffnete Beamte es bemerken und ihr zu Hilfe kommen, falls jemand in ihren Wagen griff? Anna schloss die Augen, hielt aber die Ohren offen wie eine Katze. Halb schlafend und halb sprungbereit zusammengekauert dämmerte sie dahin.

Joe war mit einem erwartungsvollen Gesichtsausdruck geboren worden, als wolle er sagen »ich warte«, als hätte er den Anfang der Geschichte gehört und sei jetzt bereit für ihr Ende. Patrick hatte darauf bestanden, dass Anna sie besuchen kam, um seinen neugeborenen Sohn zu sehen, was gar nicht zu ihm passte. Es war ihr erstes Jahr am College gewesen, nur einen Monat vor den Abschlussprüfungen, aber die plötzliche Beharrlichkeit ihres Bruders hatte sie neugierig gemacht. Mit den Vielfliegermeilen ihres Freundes war sie von Chicago nach Hartford geflogen. Ihre Mutter hatte sie am Flughafen abgeholt und nach Greenfield, Massachusetts, gefahren, wo Patrick damals mit seiner Frau und dem Baby lebte. Er hatte Anna nie erzählt, wo er Tiffany kennengelernt hatte, seine kleine, blasse Frau, die sich gern stundenlang in einer Couchecke zusammenrollte und las. Oh nein, hatte Anna gedacht, sie ist zu empfindsam, sie wird es nicht lange mit Patrick aushalten.

Patrick und Tiffany hatten in einem dieser typisch amerikanischen einstöckigen Vorstadthäuser aus den Fünfzigerjahren gewohnt, das sich, seit es gebaut worden war, überhaupt nicht verändert hatte. Sie hatten zwei Meilen vom Stadtzentrum entfernt gelebt, neben den paar anderen übriggebliebenen ärmlichen Häusern.

Anna und ihre Mutter waren in die schlammige Einfahrt eingebogen.

»Die beiden könnten etwas Kies gut gebrauchen«, hatte ihre Mutter gemeint, während sie den Motor abstellte.

Tiffany hatte die einfache Sperrholztür geöffnet. Sie sah blass und erschöpft aus. Anna hatte sie umarmt und das Gefühl gehabt, sie werde ihre frischgebackene Schwägerin womöglich erdrücken; so als seien Tiffanys Knochen mit Luft gefüllt und nur ihre Schuhe hinderten sie daran davonzuschweben. Tiffany hatte sich das dünne Haar aus den Augen gestrichen und gelächelt.

»Kommt rein, er ist mit Joey in der Küche«, hatte sie gesagt.

Wie immer hatte sich Anna gegen die Unberechenbarkeit ihres Bruders gewappnet, den eventuellen Fall, dass sie etwas sagen oder tun könnte, das zu einem seiner Wutausbrüche führen würde. Nach den Anweisungen ihrer Mutter hatte sie für das Baby einen blauen Jersey-Schlafanzug mit kleinen Lämmchen gekauft. Sie war Tiffany in die Küche gefolgt, doch dann war ihr das Geschenk wieder eingefallen.

»Hey, ich habe etwas für den Kleinen …«, hatte sie begonnen, sich aber unterbrochen, als sie Patrick in einem weißen T-Shirt und Jeans erblickte, der das Kind in den Armen trug. Das Baby hatte aus seinen dunklen Augen unverwandt zu seinem Vater aufgesehen. Patrick hatte seinen Zeigefinger neben die Hand des Babys gelegt, und das Kind hatte zugepackt und hielt jetzt den Finger seines Vaters mit der ganzen Faust fest. Anna hatte noch nie gesehen, wie jemand Patrick so festhielt; jeder andere hätte Angst davor gehabt. Doch dieser kleine Junge kannte seinen Vater noch nicht, und daher klammerte er sich weiter an ihn und machte ihm sein vollkommenes Vertrauen zum Geschenk. Patricks Miene war weich geworden.

Er hatte zu seiner Schwester und zu seiner Mutter aufgeschaut. »Ich liebe dieses Baby«, hatte er erklärt. Anna hatte noch nie gehört, dass Patrick das über jemanden sagte.

Die im Zenit stehende Sonne und die Hitze im Wagen weckten Anna aus ihren Tagträumen. Sie hatte nicht geschlafen, jedenfalls nicht so ruhig und tief, wie sie es sich ersehnte, aber sie hatte die Augen geschlossen, und jetzt brannten sie nicht mehr von der Müdigkeit, die die nächtliche Fahrt hinterlassen hatte. Sie stellte den Sitz wieder hoch, machte die Fenster zu und ging zurück in die Strafanstalt.

Sie vermutete, dass sie gegen drei Uhr auf der Straße sein würden. Doch es dauerte noch vier Stunden, bis Anna Joseph endlich zu Gesicht bekam. Nach einem Berg Papierkram und zahlreichen Anrufen wurde er schließlich in ihre

Obhut entlassen. Die Anklage lautete auf Autodiebstahl in Massachusetts; und wenn die Substanz, die die Polizei gefunden hatte, positiv auf illegale Drogen getestet wurde, würden sie zur Gerichtsverhandlung nach New Jersey zurückkehren müssen.

Zuerst bemerkte sie seine verächtlich halb geschlossenen Augen. Aus seinen Laufschuhen waren die Schnürsenkel herausgezogen. Hatten die Beamten ihn für besonders selbstmordgefährdet gehalten, oder war es allgemein üblich, dass jeder Häftling seine Schuhbänder abliefern musste? Anna wusste es nicht; bis heute Morgen war sie noch nie in einem Gefängnis oder einer Jugendstrafanstalt gewesen. Sie war nicht diese Art von Anwältin. Vertragsrecht hatte nichts mit Gefängnissen zu tun.

Sie sah zu, wie ihr Neffe zwischen zwei Wachmännern einen mit schwarzen Platten gefliesten Flur entlangging. Mit verhangenem Blick sah er in die Ferne und ignorierte die Männer rechts und links von ihm, obwohl er sie aus den Augenwinkeln im Blick behielt. Anna erkannte, dass es Joseph schreckliche Angst einjagte, zwischen zwei bewaffneten, uniformierten Wachleuten zu gehen; da war es eine vollkommen verständliche Reaktion, eine arrogante Haltung an den Tag zu legen. Ein Wachmann drückte auf einen Knopf an der Außentür, und ein Mann an der Theke schlug auf einen anderen Knopf, worauf sich eine Metalltür mit einem dröhnenden Scheppern öffnete.

Anna hatte mit dem Beamten, der für die Aufnahme verantwortlich war, bereits ausführlich über Joe und den Unfall seines Vaters gesprochen. Der Staat New Jersey war froh, einen weiteren jugendlichen Autodieb loszuwerden. Joseph würde an die Gerichtsbarkeit von Massachusetts überstellt und in Annas Obhut entlassen werden. Das hieß, wenn Anna ihn nicht zuerst umbrachte.

Joseph schaute auf, um seine Tante zwei Sekunden lang zu mustern, und sprach dann den Wachmann rechts von ihm an.

»Was hat die hier zu suchen? Wo ist mein Vater?«

Der Beamte schob Joseph eine große Ziplock-Tüte zu. Darin befanden sich unter anderem seine Schnürsenkel, Streichhölzer, ein paar zusammengerollte Dollarscheine und ein Taschenmesser. Es war später Nachmittag, die heißeste Zeit des Tages, und die Klimaanlagen an den Fenstern schepperten und hämmerten laut vor sich hin. Das ganze Personal wusste inzwischen Bescheid darüber, dass der Vater des Jungen einen Autounfall gehabt hatte, als er unterwegs gewesen war, um seinen Sohn abzuholen.

Joseph schien den plötzlichen Stimmungswechsel zu spüren. Einer der Wärter legte ihm die Hand auf die Schulter. »Viel Glück, mein Sohn«, sagte er.

Mit seiner Plastiktüte ging Joseph in den Warteraum. Die Zungen seiner Schuhe flatterten und verhedderten sich mit seinem ausgefransten Hosensaum. Mit drei Jahren wäre er auf Anna zugerannt, um sie zu begrüßen, hätte sich an ihre Beine geklammert und an ihrer Hand gezogen. Mit zehn hätte er eine halbe Stunde gebraucht, um mit ihr warm zu werden, doch jetzt wahrte er zwei Armeslängen Abstand von ihr. Tatsächlich hatte sie ihn seit mehreren Jahren nicht berührt.

»Komm schon«, sagte Anna und stopfte die Papiere in ihren Rucksack, wobei sie sich wünschte, sie hätte ihren professioneller aussehenden Aktenkoffer dabei. »Nichts wie weg hier.«

Joe stieß die Türflügel auf und ließ sie auf seine Tante zurückschwingen, ohne sich umzusehen. Anna seufzte. Sie traten in die dicke Septemberluft hinaus, die stinkend, übel riechend und verschmutzt war.

»Ich muss mit dir über deinen Vater sprechen«, rief sie ihm nach und erreichte, dass er auf dem Gehweg stehen blieb. »Aber lass uns zuerst in den Wagen steigen, dann kann ich die Klimaanlage einschalten, während wir reden.«

Er war schon fast einen Meter achtzig groß, größer als sein Vater. Um in ihren grünen Subaru zu steigen, musste er sich förmlich zusammenklappen. Mit der rechten Hand griff er nach unten und fand den Hebel, mit dem sich der Sitz zurückschieben ließ. Anna startete den Motor, fuhr ihr Fenster herunter, um die kochend heiße Luft hinauszulassen, und schaltete die Klimaanlage auf die höchste Stufe.

»Dein Vater hatte auf dem Weg hierher einen Unfall«, erklärte Anna.

In einer Krise wählte sie immer den direkten Weg. Anna legte großen Wert auf Fakten, und sie wollte, dass er die Fakten erfuhr. Auf Händchenhalten verstand sie sich nicht gut. Der Ruck, der den Jungen durchlief, schockierte sie allerdings. Auf seinem Hals erschienen rote Flecken, die sich seinen Nacken hinauf und über seine Wangen weiter ausbreiteten.

Anna beeilte sich, weitere Informationen nachzuliefern. »Er liegt in einem Krankenhaus in Hartford. Das war das nächste Krankenhaus, aber er soll nach Boston verlegt werden. Deine Großmutter ist bei ihm. Er hat eine Kopfverletzung und ein gebrochenes Bein. Ich bin hergekommen, so schnell ich konnte. Ich bin gerade erst von meiner Reise zurück.« Anna wartete darauf, dass der Junge etwas sagte. Dann knallte Joseph die Faust auf das Armaturenbrett.

»Ich habe ihm gesagt, dass er langsam fahren soll! Ich habe ihm gesagt, er soll aufpassen«, schrie er.

»Grandma hat mit der Autobahnpolizei geredet. Sie haben gesagt, er sei ins Schleudern geraten, als jemand auf dem Highway plötzlich gebremst hat. Er hat sich halb um seine Achse gedreht, ist in den entgegenkommenden Verkehr geraten und dann mit der Mittelplanke zusammengestoßen. Der Truck hat sich überschlagen und ist gegen ein paar Felsen gekracht.«

Die Einzelheiten gaben Joseph etwas, auf das er sich konzentrieren konnte.

»Wo? Was für Felsen? Wir sind hundertmal über diese Straße gefahren.«

Eine sinnlose Frage eigentlich; es kam nicht darauf an, welcher Felsbrocken den Truck zerquetscht hatte. Aber Anna war froh, dass der Junge einfach angeschnallt in ihrem Wagen saß und mit ihr redete. Sie verließ den Parkplatz der Strafanstalt. Sie hatte sich die Wegbeschreibung auf einem Stück Papier notiert und versuchte sie jetzt rückwärts zu entschlüsseln. Sie stellte den Zettel auf den Aschenbecher.

»Wird er sterben?«

Mit seinem verquollenen Gesicht, den blauen Augen und dem Beatmungsschlauch, der mit Klebeband über seinem Mund befestigt war, hatte Patrick ein ziemlich überzeugendes Bild von einem Sterbenden abgegeben. Sie dachte daran, was der Arzt ihr erklärt hatte: Bei Kopfverletzungen musste man mit allem rechnen. Manche Menschen erholten sich verblüffend gut, aber es konnte auch furchtbar schiefgehen.

»Dein Vater liegt auf der Intensivstation. Die Ärzte haben ihn in ein künstliches Koma versetzt, um die Schwellung in seinem Gehirn zu kontrollieren«, sagte Anna, während sie auf die vierspurige Straße einbog. Sie suchte nach Straßenschildern. Sie beschloss, ihm nicht zu erzählen, dass man ein Loch in seinen Schädel gebohrt hatte, um den Druck zu senken.

Auf dieser Fahrt mit ihrem Neffen konnte sie absolut nicht einschätzen, wie viel ein Jugendlicher verkraften konnte oder welche Information für Joseph am wichtigsten war. Ihr Kopf dröhnte. Durch den Schlafmangel fühlte ihr Hirn sich an, wie wenn es mit einem Felsbrocken bearbeitet worden wäre. Sie griff nach ihrer Sonnenbrille, die sie an der Sonnenblende festgeklemmt hatte. Es war fünf Uhr nachmittags, und als sie den Wagen nach Norden lenkte, traf die Sonne sie von links.

»Das ist alles meine Schuld, Tante Ann, oder?«, sagte der Junge.

Er hatte sie seit Jahren nicht mehr »Tante Ann« genannt. Sie riskierte einen Blick, und einen Moment lang sah er wieder vertraut aus. Sein lockiges braunes Haar war an der Stirn schweißnass, genau wie damals mit acht, wenn er mit den Nachbarskindern umhergerannt war. Sie rief sich noch einmal ins Gedächtnis, dass sie ihn Joseph und nicht Joey nennen musste; er hatte kürzlich auf der neuen Anrede bestanden.

»Wir rufen gleich morgen früh an, um zu hören, wie es ihm geht. Dann fahren wir ins Krankenhaus. Und Grandma hat mir bestimmt eine Nachricht auf dem Anrufbeantworter hinterlassen.«

»Wieso hast du kein Handy? Jeder hat eins. Handys sind für solche Situationen gedacht«, meinte er.

»Als Anwältin hatte ich zu viel mit Handys und Blackberrys zu tun. Ich versuche, ohne sie zu leben. Vielleicht ein Fehler. He, dein Vater hat nach dem Unfall etwas gesagt. Eine der Schwestern hat mir davon erzählt. Er sagte: ›Pass auf den Eckstein auf!‹, oder so etwas. Hast du irgendeine Vorstellung, wovon er geredet hat?«

Der Junge schüttelte den Kopf.

Sie kamen nach Newark und gerieten in die Rushhour. Anna zog in Betracht, vom Highway abzufahren, Zuflucht an einer Tankstelle zu suchen und zu warten, bis der letzte Berufsverkehr nachließ und zurück ins dicht bevölkerte

Newark strömte. Aber dies war ein Notfall, und der durch die katastrophalen Umstände ausgelöste Adrenalinstoß trieb sie weiter. Sie roch die säuerliche Ausdünstung der Krise in ihrem eigenen Atem; sie musste weiterfahren. Und so schlichen sie stundenlang dahin und versuchten den Verkehr mit purer Willenskraft zu beschleunigen.

Sie hatte vergessen, etwas zu essen, dachte aber daran, den Jungen zu fragen, ob er etwas zu sich genommen habe. Joseph war berühmt dafür, dass er nicht einen Hamburger aß, sondern zwei oder drei, und nicht ein Glas Milch herunterstürzte, sondern zwei. Er wollte nichts. Seine Furcht schien knisternd und beinahe greifbar im Inneren von Annas Wagen zu stehen.

»Was ist passiert? Wegen des Wagens, meine ich. Wem habt ihr das Auto gestohlen?«, fragte sie, während sie weiterkrochen. Im Lauf der letzten Stunde war ihr nach und nach heißer Zorn in die Kehle gestiegen. Autodiebstahl? Drogen? War das der Anfang von Josephs Ende? War er schon verloren?

Joseph zuckte die Achseln und verschränkte die Arme vor der Brust. Er versuchte, sich krumm hinzusetzen, und ließ die rechte Schulter sinken, so dass sein Körper von Anna wegwies. »Keine Ahnung. Nichts«, sagte er.

»Ich habe dich gerade aus dem Gefängnis geholt. ›Keine Ahnung‹ ist die falsche Antwort. Und wann hast du eigentlich angefangen, Drogen zu nehmen?«

»Wir haben das Auto nicht gestohlen. Es gehört Oscars Großmutter. Er hat gesagt, sie würde nichts davon merken, weil sie nicht mehr damit fährt.« Er redete mit dem Fenster auf der Beifahrerseite.

»Und wer ist Oscar?«

»Ein Freund. Er ist mein Freund.«

Die Anwältin in Anna erwachte langsam zum Leben.

»Aber Oscar hat das Auto genommen, ohne die Besitzerin zu fragen, oder? Wird sie Anzeige erstatten?«

Er zuckte mit den Achseln. »Weiß nicht. Seine Eltern sind gleich gekommen und haben ihn abgeholt. Gibt es nicht ein Gesetz, dass Familienmitglieder untereinander keine Anzeige erstatten dürfen?«

»Nein, es existiert absolut kein Gesetz, das die Leute daran hindert. Anwälte leben davon, dass Familien dazu neigen, einander schlimme Dinge anzutun und sich gegenseitig verhaften zu lassen. Was ist jetzt mit den Drogen?« Anna trommelte mit den Fingern auf das Steuer und starrte das hintere Ende eines Sattelschleppers an.

»Er hatte was für uns beide dabei, doch das hatten wir schon eingeworfen. Ich dachte nicht, dass Oscar noch was anderes im Wagen hätte. Als die Cops uns angehalten haben, haben sie das Auto auseinandergenommen und etwas im Handschuhfach gefunden. Mein Vater bringt mich um.«

»Dein Vater wird noch eine ganze Zeit nicht in der Lage sein, dich umzubringen. Sein Zustand muss sich ganz gehörig verbessern, bevor du dir deswegen Sorgen zu machen brauchst«, meinte Anna.

Endlich rollte der Verkehr weiter.

4

»Warum fahren wir zu dir?«, erkundigte sich Joseph. »Du wohnst doch ungefähr drei Stunden von Greenfield entfernt, oder?«

Es war zehn Uhr abends. Seit dem späten Nachmittag

hatten sie die Klimaanlage pausenlos laufen lassen, und die plötzliche Stille, die ohne den eiskalten Luftstrom im Wagen herrschte, erschreckte sie beinahe.

»Weil es weniger weit zum Krankenhaus in Boston ist. Du weißt doch noch, dass er dorthin geflogen werden soll. Außerdem habe ich geschworen, dich im Auge zu behalten. Ich konnte dich nur herausholen, da ich versprochen habe, die Verantwortung für dich zu übernehmen.« Nachdem Anna die Klimaanlage ausgeschaltet hatte, kurbelte sie ihr Fenster herunter und ließ die Luft herein, die bei Einbruch der Nacht endlich abgekühlt war.

Auch Joseph drehte sein Fenster hinunter. »Die Fenster im Truck meines Vaters sind automatisch. Hast du die hier extra bestellen müssen?«

Anna ignorierte seinen Sarkasmus. Sie schaltete in den dritten Gang, um die steil ansteigende Straße, die zu ihrem Haus führte, hinaufzufahren. An ihrem Briefkasten wendete sie und parkte vor der Garage, die im Lauf des letzten Jahres unglücklicherweise eine Schieflage entwickelt hatte. Eine über Bewegungsmelder gesteuerte Lampe tauchte die Einfahrt und den Weg, der zum Haus führte, in helles Licht.

»Lass uns Grandma anrufen, damit sie weiß, dass wir zurück sind.«

Als ihre Mutter anrief, um sie über den Unfall zu verständigen, hatte sie gerade Zeit gehabt, ein paar ihrer Gepäckstücke zu öffnen, so dass sich der feuchte Geruch Irlands und des Ozeans in ihrem Haus ausbreitete. Mit einem Anflug von Trauer erinnerte sie sich an den weichen Schaum dunklen Biers und die klamme Kühle, die von den Steinmauern ausging. Sie ließ sich von der seltsamen Geruchskombination in einen Tagtraum davontragen, der sie weit von Intensivstationen und einsilbigen Neffen fortführte.

Hätte sie weglaufen können, wäre sie dorthin geflüchtet – nach Irland.

»Und wo soll ich schlafen?«, fragte Joseph.

Es war Jahre her, seit der Junge darum gebettelt hatte, bei ihr übernachten zu dürfen, auf ihrem Teich mit seinen Freunden Schlittschuh zu fahren oder sich samstagmorgens Zeichentrickfilme anzusehen. Sie sprachen nicht einmal über diese Zeit. Anna vermutete, es wäre seinem jugendlichen Ego peinlich, dass er je auf ihren Schoß geklettert war, an ihrer Hand gezogen oder Plätzchen mit ihr gebacken hatte.

»Du weißt doch, wo das Gästezimmer ist. Ich hänge dir ein Handtuch ins Bad. Wir brechen gegen sieben Uhr morgens auf. Ich wecke dich.« Sie unterbrach sich und sah zu ihrem Neffen auf, der über den letzten Sommer zehn Zentimeter gewachsen sein musste. Aber er wurde innerlich von Zorn zerfressen. Das erkannte sie daran, wie er seine Hände fest zusammenkrampfte. Und wie er mit ihr redete, ohne sie anzusehen. *Oh bitte,* dachte sie, *nicht Joseph, das darf nicht auch mit ihm passieren.* Verdammt sollte Patrick sein, und verdammt auch ihr Vater. Sie weigerte sich, über ihren Vater nachzudenken; in ihrem Kopf war nur Platz für eine begrenzte Zahl an Katastrophen.

Joseph hatte sich das Haar nicht so kurz geschoren, dass es fast wie rasiert wirkte – so wie es bei den Sportlern an seiner Schule beliebt war. Wenn sie in der Gegend war, hatte sie sich bei seinen Ringkämpfen sehen lassen. Sein Haar war länger, umspielte lockig seinen Kragen und hing ihm in die Augen. Er besaß das gleiche dunkle Haar wie sein Vater, als hätten die Gene seiner Mutter, die goldblond gewesen war, keinen Anteil an dieser Mischung. Aber wenn die Veranlagung, verletzlich zu sein, sich von scharfen Worten niederschmettern zu lassen, genetisch bedingt war, dann besaß er eindeutig Tiffanys Sensibilität.

Es war ein verheerender Schlag für ihn gewesen, im Alter von vier Jahren die Mutter zu verlieren. Anna betete nur, dass Joseph nicht noch einen Verlust würde verkraften müssen.

»Gute Nacht, Joey.« Der Kosename war ihr herausgerutscht, und einen Moment lang strich er sich das Haar aus den Augen und richtete den Blick auf Anna. Er hatte es nicht vergessen. Sie wusste, dass er sich an die alten Zeiten erinnerte, als er nach Milky Way und Kinderschweiß gerochen und bei ihr zu Hause eine Spielzeugkiste für ihn gestanden hatte.

Anna überlegte, wann sie zuletzt geschlafen hatte. Vielleicht eine oder zwei Stunden nach ihrer Rückkehr aus Europa, bevor ihre Mutter sie an Patricks Krankenbett gerufen hatte. Auf dem ganzen Rückflug von Irland war sie wach geblieben. Und in der letzten Nacht ihrer Reise hatte sie schlecht geschlafen; vor einem längeren Flug ging ihr das immer so. In der Hoffnung, Joseph zum Duschen zu ermuntern, ob jetzt oder morgen früh, warf sie ein Handtuch ins Bad. Warum wuschen sich pubertierende Jungs nicht öfter? Als ihr Bruder ein Teenager geworden war und sie als Grundschülerin zu ihm aufgesehen hatte, da hatte ihre Mutter Patrick immer wieder sanft, aber beharrlich ans Duschen erinnert; allerdings nie, wenn ihr Vater zu Hause war. Mary Louise hatte sorgfältig darauf geachtet, in Charles' Gegenwart nie etwas anzusprechen, was man als Patricks Manko hätte auslegen können. Solange Anna denken konnte, hatte ihr Vater immer auf jeden Fehler bei dem Jungen gelauert. Dann hatte er sich auf ihn gestürzt und ihn mit höhnischen Bemerkungen wie »dumm«, »idiotisch« und »nutzlos« beschämt. Entsetzt hatte Anna zugesehen, wie Charles unerbittlich wie eine Hyäne auf Patrick losgegangen war und seine Beute gepackt hatte. Jeder Moment dieser Horrorshow hatte sich Anna eingebrannt, und sie schwor sich, dass sie sich davor schützen würde, sich so sehr wie Patrick nach Liebe zu sehnen.

Joseph schloss seine Zimmertür, bevor sie noch etwas anderes zu ihm sagen konnte. Sie knipste das Licht in der Küche aus, warf einen verzweifelten Blick auf ihr achtlos ins Wohnzimmer geworfenes Gepäck und löschte auch dort die Lampe. Eingeschlagene Päckchen, Geschenke für Familienmitglieder und Freunde, lugten aus ihrem großen Koffer hervor. Sie konnte sich nicht vorstellen, wann sie einen Moment Zeit finden sollte, um eines davon zu öffnen. Sie ging in ihr Zimmer und schloss die Tür. Dann ließ sie Hose und Bluse zu Boden fallen, streifte die Unterwäsche ab und hakte ihren BH auf. Anna brauchte jetzt eine tröstliche Berührung, und ihr war gleich, woher sie stammte. Daher zog sie die unterste Schublade ihrer Kommode auf und nahm ein großes T-Shirt von ihrem Exmann und ein Paar seidene Boxershorts heraus, mit denen sie ihn einst aufgezogen hatte. Die Marke – Man Silk – hatte ihr monatelang Munition für ihre Scherze geliefert. Jetzt war es, als schenke seine Unterwäsche ihr Sicherheit.

»Er war nicht der Richtige für dich«, hatte ihr Freund Jasper gemeint, als sie von der Affäre erfahren hatte. »Er war nie gut genug für dich, glaub mir. Komm nach Kalifornien.« Aber sie hatte sich noch nie einsamer gefühlt als in diesem Moment und sehnte sich nach den Überresten der Beziehung, die Steve und sie gehabt hatten. Durch die feuchte Sommerluft fühlten sich die Laken klamm an, wie wenn sie geweint hätten. Sobald ihr Kopf das Kissen berührte, sank sie in tiefen Schlaf.

5

Joseph lag auf der Bettdecke. Dies war der schlimmste Tag seines Lebens, und er wusste nicht, wie er es schaffen sollte, ihn noch eine Minute, eine Stunde länger zu überleben. Doch er musste stark sein für seinen Vater, musste dazu beitragen, dass es ihm besser ging. Danach würde er jede Strafe akzeptieren, die Patrick über ihn verhängte; er wollte nur, dass er zurückkam, wieder gesund wurde.

Er hatte seinen Vater noch nie krank oder verletzt gesehen, nicht wirklich verletzt. Von seiner Arbeit als Steinmetz waren Patricks Hände ständig aufgescheuert und schwielig, aber nachdem sein Vater jetzt mehrere Vollzeitkräfte eingestellt hatte, konnte er sich mehr auf die Entwürfe konzentrieren, und seine Hände sahen gar nicht mehr so schlimm aus. Joseph stellte sich seinen Vater vor, wie er ihn zuletzt vor zwei Tagen gesehen hatte, als sie beide morgens ihre Frühstücksflocken gegessen hatten. Patrick hatte gedankenverloren die Hände um eine Tasse Kaffee gelegt, und kurz war die Morgensonne darauf gefallen und hatte die dunklen Haare beleuchtet, die auf seinen Fingern wuchsen, und die rissigen Fingernägel. Joseph hatte auf seine eigenen Hände hinuntergeschaut, die noch schmal und nicht von körperlicher Arbeit gezeichnet waren. Würden seine Hände später einmal aussehen wie die seines Vaters? War das der natürliche Lauf der Welt?

Er zog sich das Kissen übers Gesicht und weinte, denn er wollte nicht, dass Anna ihn hörte und womöglich versuchte, ihn zu trösten. Außerdem war er nicht mehr so gern mit seiner Tante zusammen. Warum flippten Leute bloß immer aus, wenn sie sich scheiden ließen? Als er ein Kind war, hatte er mit Anna immer Spaß gehabt. Sie war der einzige Mensch, der wusste, wie hart sein Vater sein konnte, und er hatte mit ihr reden können. Dann hatten sich Onkel Steve und Anna vor einem Jahr scheiden lassen, und sie hatte ihren Job gekündigt. Jetzt fühlte er sich in ihrer Nähe immer schlecht. Vielleicht mochte sie ihn auch einfach nicht mehr; er war sich sicher, dass sein Vater ihn die meiste Zeit nicht leiden konnte. Er wischte sich das Gesicht mit seinem schmutzigen Shirt ab.

Joseph streifte Jeans und Shirt ab und zog die Decke hoch. Seine Füße hingen unten aus dem Bett, so dass er sich krumm auf die Seite legen musste. Wie war es nur möglich, dass alles so schnell derart den Bach hinuntergegangen war? Im Gefängnis hatte er zu große Angst gehabt, um zu schlafen, und nun schlummerte er in Annas Gästezimmer innerhalb von Minuten ein.

Er träumte, dass er eine Aderpresse war, die um das Bein seines Vaters lag. »Kollegen«, erklärte er den Medizinern in seinem Traum, »wir müssen die Blutung der Arterie eindämmen.« Als er schwitzend im Haus seiner Tante erwachte, dauerte es eine ganze Minute, bis er begriff, wo er war. Er hatte das Gefühl, in der Luft zu schweben, ohne einen vertrauten Gegenstand. Dann traf ihn die Erkenntnis, dass sein Vater einen Unfall gehabt hatte, wie ein Schlag. Endlich tröpfelten auch die Erinnerungen an die lange Autofahrt nach Rockport mit Anna und das Grauen der Jugendstrafanstalt, wo man ihm die Schnürbänder weggenommen hatte, langsam in sein Hirn. Er schloss die Augen wieder; der Schlaf musste einfach besser sein als diese Realität.

Sofort befand er sich wieder in seinem Traum, in dem sein Vater und die Ärzte erneut vorkamen. Dieses Mal stand er am Bett seines Vaters und bot ihm eine blaue Vase an, die sein ganzes Blut enthielt. Aber sein Vater, der merkwürdigerweise unverletzt war, weigerte sich, sie anzunehmen. Stattdessen hielt er Joseph ein Mathematikbuch hin, das bei einem Kapitel über absolute Werte aufgeschlagen war. Patrick war wieder sein wahres Ich, sein absoluter Wert, ohne Zorn und Hass oder grausame Worte und Ohrfeigen. Die Augen seines Vaters waren Murmeln von einem warmen Braun und weicher, als Joseph sie je gesehen hatte. Patrick wies auf etwas in dem Buch, ein Foto von etwas, das flatterte wie eine Motte, und Joseph wünschte, er könnte es besser erkennen. »Öffne es für Anna, Kumpel. Wir alle brauchen es jetzt«, sagte sein Vater.

Keuchend wie ein Fisch auf dem Trockenen brach Joseph in den Wachzustand. Er erwachte in dem Bewusstsein, dass es etwas gab, das seinen Vater retten konnte, und ließ sich ohne nachzudenken dorthin führen.

6

Der Laut kratzte an ihren Augenlidern und drang in ihr wehrloses Hirn. Der Schlaf hatte sie tief in eine Kluft erschöpften, regungslosen Schlummers gesogen, in dem die Muskeln gelähmt waren und das Gehirn unzensiert wanderte. Das Geräusch packte sie an den Ohren, zog sie weiter und weiter nach oben und zerrte dabei ihr widerstrebendes Bewusstsein mit. Ihr wurde klar, dass jemand die Plastik-Reißverschlüsse an ihren Koffern öffnete. Sie hatte die Tür angelehnt und unverschlossen gelassen, und ein langer Strahl schwachen Lichts drang in ihr Zimmer wie ein Messer.

Joseph. Warum war er wach? Die Sonne war noch nicht aufgegangen. Sie wälzte sich auf die Seite, schob sich mit dem linken Arm hoch und schwang die Beine aus dem Bett. Annas Füße trafen auf den kühlen Holzboden. Sie stand auf, und das weite Hemd fiel bis auf ihre Schenkel. Sie überlegte, die Jeans anzuziehen, die auf dem Boden lagen, entschied sich aber dagegen. Aus dem Wohnzimmer drang das Knistern von Papier, das zusammengeknüllt oder auseinandergezogen wurde. Ein Blick auf den Radiowecker zeigte ihr, dass es nachtschlafende drei Uhr achtundvierzig waren. Es würde erst in einigen Stunden hell werden. Um diese Zeit klang jeder Laut im Haus lauter: das Brummen des Kühlschranks, das Knarren der Bodendielen und das Zerknüllen von Papier. Sie trat in die Tür, schaute hinaus und sah, dass das Licht aus dem Flur zur Linken drang, der zum Wohnzimmer führte.

Was machte er da? Wahrscheinlich konnte er nicht schlafen. Sie sollte ihn ruhig durchs Haus streifen lassen; das war nicht gefährlich. Aber warum hatte sie dann Angst, was stimmte hier nicht? Sie musste vorsichtig sein, denn erste Reaktionen, die nicht auf genug Informationen basierten, konnten täuschen. Und dennoch läuteten in ihrem ganzen Körper schon die Alarmglocken. Wieder hörte sie Papier rascheln, und der Umstand, dass sie sich nicht vorstellen konnte, was der Junge da trieb, was er aus- oder einpackte, trieb sie schließlich den Flur entlang. Sie folgte dem Lichtschein, und da war Joseph, dessen Haar vom Schlafen verdrückt war und auf der einen Seite seines Kopfes zu Berge stand. Er beugte sich über Annas Koffer und wandte ihr sein Hinterteil zu. Er trug eine weiße Unterhose. Anna blieb stehen; er hatte sie noch nicht gehört, weil er vollständig in sein Tun vertieft war. Als er aufstand, hielt er ein kleines braunes Päckchen in der Hand, eines von vielen, die mit Klebeband verschnürt waren.

Lautlos trat Anna auf ihren Neffen zu und betrachtete

seinen nackten Rücken. Noch war er nicht in die Breite gegangen, aber die Dreiecke zwischen seinen Schultern und den hervorstehenden Schulterblättern deuteten an, wo sich bald Muskelpakete bilden würden. Joseph war so schnell gewachsen. War es richtig, dass sie nur ein T-Shirt und Unterwäsche trug, oder würde sie einen von ihnen oder sie beide in Verlegenheit bringen? Aber das hier war eine Krise, in der es um Leben und Tod ging. Patrick schwebte zwischen Leben und Tod und hing an einem Beatmungsschlauch, der die Luft in seinen Körper zwang. Sie sah sich zwischen ihrem Bruder und ihrem heranwachsenden Neffen stehen und sah in der noch unerschlossenen Kraft seines Rückens Erinnerungen an Patrick. Bestimmt hatte die quälende Angst um seinen Vater den Jungen nicht schlafen lassen.

»Joey«, sprach sie ihn in einem Anflug von Zärtlichkeit mit seinem Kindernamen an, streckte im selben Moment die Hand aus und berührte seine Schulter. Er sprang hoch, fuhr zurück und starrte Anna mit offenem Mund an wie ein Tier, das in der Falle sitzt. Anna zuckte zurück.

»Tut mir leid, ich wollte dich nicht erschrecken. Alles in Ordnung?«, fragte sie und erstarrte dann.

Er war herumgewirbelt, und in seinen Händen hielt er das halb geöffnete Päckchen, aus dessen Papier ein Stück Stoff herausquoll. Was machte er da? Doch nicht Joseph, der Junge, mit dem sie im Sommer zum Schwimmen gegangen war, der Junge, der ihr sein erstes Kunstprojekt aus dem Feriencamp gezeigt hatte. Stand die Welt auf dem Kopf, und er war verloren und warf in gestohlenen Autos in New Jersey Ecstasy ein?

»Was treibst du da?«

»Ich bin aufgewacht und wusste, dass ich etwas finden musste. In meinem Traum hat mein Vater mir gesagt, ich solle etwas suchen, und da bin ich einfach hergekommen.

Ich habe geträumt…« Joseph stand inmitten von Annas zerwühltem Gepäck und wirkte mit einem Mal schockiert. Er schaute auf seine Hände hinunter. »Es ist nicht so, wie du denkst, Anna…«

Die Tage, in denen sie kaum geschlafen hatte, trafen auf die Übelkeit, die sie heruntergeschluckt hatte, als sie ihren Bruder in der Intensivstation sah, und die Fahrt nach New Jersey und zurück, um Joseph aus dem Gefängnis zu holen. Die Kollision war gewaltig. Donnerwolken explodierten in Annas Hirn, Blitze zuckten durch ihren Schädel. Sie packte den Jungen am Arm.

»Warum durchwühlst du mein Gepäck? Hast du den Verstand verloren?« Sie konnte nicht aufhören. »Was ist bloß los mit dir?« Wie aus weiter Ferne sah sie, wie jung seine aufgerissenen Augen wirkten. Er hielt etwas, das ihr gehörte, in den Händen; ein Stück Stoff, das so fließend wie Wasser war. Sie griff danach, und beide hielten es fest. Kaum hatten beide den Stoff berührt, hörte Anna ein Brausen, und etwas Riesiges sog ihr die Luft aus den Lungen. Flutwelle, Tornado, Bombenangriff durch Terroristen… all das huschte ihr drei Sekunden lang durch den Kopf, und dann überwältigten vollständige Finsternis und das Gefühl, dass sie sich mit großer Geschwindigkeit bewegte, alle anderen Empfindungen.

7

Wenn Anna früher darüber nachgedacht hatte, wie sich das Sterben anfühlen würde oder, genauer gesagt, der Moment danach, stellte sie sich vor, wie sie von einer Zeit in eine andere wechselte, nach außen schoss, das Rund der Erdatmosphäre verließ und für eine lange Zeit zu einem Ausläufer wurde, der wogte und sich zusammenzog, bis sie in eine körperlose Existenz überging. Im College hatte sie einmal Ecstasy genommen – nun ja, zweimal – und vielleicht nicht nur diese Substanz, denn sie hatte wirklich gefühlt, wie die Verankerungen, die sie an ihren Körper banden, sich lösten. Genau deswegen wollte sie auch nicht, dass ihr Neffe Drogen nahm. Man konnte sich von seinem Körper lösen und nie zurückkehren. Man konnte das Gefühl haben zu sterben, und Anna wollte nicht, dass Joseph so etwas widerfuhr. Während ihrer Drogenreise hatte etwas sich von ihr gelöst und war in die Lüfte aufgestiegen, wo es von harmonischen Lichtern abgeprallt war. Daher war es vielleicht nicht nur Ecstasy gewesen; sie hatte nie erfahren, was für eine Droge sie für eine Zeitlang in Partikel gespalten hatte. Aber sie hatte gedacht, Sterben würde ähnlich sein.

Allerdings hätte sie nie mit den Fischen gerechnet, damit, dass sie unter Wasser atmen konnte und dass es Wasser, keine Luft war. Klang und Wasser waren das Transportsystem. Schlau, sehr schlau.

Sie versuchte, ihren Körper anzusehen, um festzustellen, ob er noch da war. Mit größter Mühe und enormer Konzentration wandte sie den Blick nach links unten, wo ihre Hand sein sollte, und erblickte in weiter Ferne das verschwommene Bild einer Hand, die mit einer anderen verflochten war. Die Anstrengung erschöpfte sie und arbeitete gegen alles, was an ihr vorbeischwamm, die Fischschwärme, die aufwühlenden Wale und plötzlich sanftmütigen Haie. Wenn sie tot war, warum konnte sie ihren Körper dann noch sehen? Das hier war etwas anderes.

Bewegte sie sich über dem Meeresboden? Irgendwo an einer Stelle zwischen ihren Rippen ließ sie los und bewegte sich vorwärts, nach außen und unten. *Ich streue mich aus,* dachte sie, *wie Schrot aus einem Gewehrschuss.* Aber sie war nicht allein gekommen. Joseph und sie waren zusammen davongerissen worden; einen Moment lang hatte sie gesehen, wie er an ihr vorbeigerast war. Sie schoss nicht allein dieses Loch hinunter. Sie waren in ihrem Haus gewesen und hatten miteinander gerungen. Und bevor ihre Gedanken sich wieder auflösten, griff sie, so weit sie konnte, in eine Richtung hinaus, um den Jungen zu finden, spürte aber nichts.

Zeitreise, dachte sie. Sie erkannte das Gefühl nicht, weil sie es schon einmal erlebt hätte oder jemanden kannte, der durch die Korridore der Zeit davongerutscht wäre. Es lag an den Fischen und daran, dass es keine andere Erklärung gab.

Anna würgte und spürte, wie ein Schwall Wasser aus ihren Lungen rann. Es war mit dem Salz und der Säure aus ihrem Magen vermischt, denn sie spuckte auch das Wasser aus, das sie gerade geschluckt hatte. Ihr Bauch war aufgescheuert, nachdem sie von den Gezeiten davongezerrt und von den Wogen herumgeworfen worden war. Hatte sie sich etwas gebrochen? Während sie lang hingestreckt auf der Seite lag, hörte sie das Donnern der Brandung, das so laut war wie ein Flugzeugtriebwerk. Salz und Sand brannten in ihren Augen, aber sie ließ sie offen und wartete darauf, dass die Welt um sie herum Konturen annahm. Sie lag zwischen zwei glitschigen Felsbrocken eingeklemmt, die mit Tang überzogen waren und aussahen wie große grüne Lasagneplatten.

Der überwältigende Lärm wurde durch den tobenden, jaulenden Wind verursacht. Als Kind war sie einmal mit ihrer Familie nach Hammonasset Beach gefahren, und ein Sturm war auf die Küste des Long-Island-Sunds getroffen. Der Wind hatte sie nicht sprechen lassen; sie hatte damit experimentiert und sogar geschrien, so laut sie konnte. Aber sie hatte ihre eigene Stimme nicht gehört, weil der Wind jeden Laut erfasst, mitgerissen und zerstreut hatte.

Jetzt prüfte sie diesen Wind und stieß einen Laut aus. »Hallo«, krächzte sie. Nur die Vibration an ihrem Gaumen teilte ihr mit, dass sie ein Wort gesprochen hatte. Anna schob sich in eine sitzende Haltung hoch, ließ die Hände über ihren Rumpf gleiten und überprüfte ihren Körper. Gut, das Wichtigste war da: Kopf, Rumpf und Arme. War es Nacht, oder hatte das scharfe Salzwasser ihren Blick getrübt? Was immer der Grund sein mochte, sie konnte ihren eigenen Körper kaum erkennen. Sie fuhr mit den Händen an ihrem rechten Bein hinunter. Gut, jetzt das linke. Eiskalte Hände trafen auf einen nackten Oberschenkel, und als ihre Hände unter ihr Knie glitten, stießen sie auf aufgerissene Haut, und sie spürte eine weitere Lautvibration, die ohne den verfluchten Wind als Schrei hörbar gewesen wäre. Etwas wie ein elektrischer Schlag lief ihr Bein herauf. Sie beugte den Kopf so weit wie möglich auf ihr linkes Bein zu und sah schockiert, dass eine tiefe Wunde sie anstarrte. Das Bein war bis auf den Knochen aufgerissen, ein ausgezackter Längsriss. Sie grub in ihrer Erinnerung, da musste doch eine Information darüber sein. Aber nichts; nur Gedankenfragmente, in denen Fische und Collegeerinnerungen vorkamen.

Hektisch überprüfte sie erneut ihr anderes Bein, denn sie wusste, wie viel davon abhing, wenigstens ein gesundes Bein zu haben. Ihre Zehen waren blutig, nachdem sie über das Ufer geschleift worden waren, aber sonst war sie unverletzt. Sie trug noch das, was einmal ein weißes T-Shirt gewesen war. Jetzt waren davon nur noch das Halsbündchen und ein Stoffstreifen übrig, der gerade eben eine Brust bedeckte. Sie fasste an ihre Taille und berührte das, was Boxershorts sein mussten oder es einmal gewesen waren. Die Unterwäsche ihres Exmannes. Der Bund war noch vorhanden, doch der

Stoff, der daran gehangen hatte, war abgerissen, und es war nur noch ein dünner Streifen von der Breite ihrer Handfläche da. Schützend zog sie ihn so weit herum, dass er vor ihrer Vorderseite herabhing. Oh Gott, irgendjemand würde sie so finden.

Alles, was sie in dem Moment, als sie aus ihrem Haus gerissen worden war, gedacht hatte, war verschwunden. War sie auf dem Heimweg von Irland mit dem Flugzeug abgestürzt? Ihr Gedächtnis war ein Flickenteppich aus kurzen, hellen Szenen, die nichts miteinander zu tun hatten. An den schrecklichen Unfall ihres Bruders konnte sie sich erinnern. Und an ihren Neffen. Sie zuckte zusammen, und die Angst trug dazu bei, einen klaren Kopf zu bekommen. Joseph, sie hatte ihn in New Jersey abgeholt, und sie waren Ewigkeiten gefahren, bis sie vor Schlafmangel hätte schreien können. Wo war er? Sie stand auf, denn der Gedanke an ihren Neffen drückte ihr quälend auf die Brust. Sie legte ihr ganzes Gewicht auf ihr rechtes Bein. »Joseph«, schrie sie, die Hände um den Mund gelegt. Doch der Wind packte mit gierigen Fingern nach dem Namen und wehte ihn meilenweit weg.

Als ihre Augen sich auf ihre Umgebung einstellten, erkannte sie die dunklen Umrisse weiterer Felsbrocken, einen Strand und graues Licht, das entweder Morgen- oder Abenddämmerung sein konnte. Sie hob einen langen Streifen Seetang auf, wickelte ihn um ihre Wade und steckte das eine Ende so gut wie möglich fest. Bedauernd sah sie auf die Überreste ihrer Kleidung hinunter und wusste, dass sie ihrer Verletzung eines oder sogar beide Stücke würde opfern müssen. Ob man wohl die Welt der Frauen in diejenigen einteilen konnte, die sich lieber mit nur einem Stück Stoff über den Brüsten retten lassen wollten, und diejenigen, die lieber ihre Geschlechtsteile bedecken würden? Nein, der wirkliche

Unterschied bestand zwischen denen, die sich fürs Überleben entschieden, und denen, die ihre Eitelkeit über alles stellten. Sie zog die Überreste des T-Shirts von ihrem Hals und sicherte den Verband aus Seetang damit, indem sie den Stoff so fest zuzog, wie sie es ertragen konnte.

Sie begann über die Felsen zu klettern, um Hilfe zu suchen, und schlug die Richtung ein, bei der sie das Meer zur Rechten hatte. Zwei Dinge wusste Anna: Sie konnte an Unterkühlung oder dem Schock sterben, und Joseph konnte – falls er seine harte Landung im Ozean überlebt hatte – ebenfalls sterben. Sie musste ihn finden.

Nachdem sie sich eine Weile schmerzhaft langsam am Ufer entlanggeschleppt hatte, blieb sie stehen, weil ihr die Kälte tief in die Knochen drang. Sie zog in Betracht, dass das alles ein Traum sein könnte, denn bis auf ihre verschwommenen Gedanken über Tod und Zeitreisen hatte sie keine logische Erklärung für ihre Lage. Wenn es ein Traum war, dann vielleicht ein Klartraum, denn alles war so verblüffend real. Ihre Zimmergenossin im College hatte ständig Bücher über Träume gewälzt und erklärt, Klarträume, also vollständiges Bewusstsein während eines Traums, seien das Größte. In dem schwachen Licht sah sie auf ihre Füße hinunter, und die bläuliche Färbung, die ihre Beine und Füße aufwiesen, war entschieden nicht traumhaft. Wenn das hier ein Klartraum war, hätte sie alles hier verändern können, fliegen, die Landschaft umformen; allzu rasch wurde ihr klar, dass sie sich nicht in einem Traum befand. Die Felsen und das Ufer waren glitschig, und sie stürzte und schlug sich das Steißbein, das auf einen harten Stein prallte, heftig an. Der stechende Schmerz, der aus der hässlichen Risswunde an ihrem linken Bein heraufschoss, pochte und hämmerte beinahe hörbar.

Sie umrundete die Ecke einer Felsspitze und betrat eine

geschütztere Bucht. Noch immer sah sie keinen Menschen. War es möglich, dass ganz einfach niemand an dieser Küste wohnte? Und was für eine Küste war das? Der Wind blies unverdrossen, und Anna wurde immer schläfriger. Die Felsen erschienen ihr als vollkommen akzeptabler Schlafplatz. Sie erinnerte sich daran, wie sie einmal in New Mexico gewandert war, in der Nähe des Reservats der Mescalero-Apachen. In über zehntausend Fuß Höhe hatte Anna gespürt, wie die Müdigkeit sie so überwältigte, dass ihr die Augen zufielen. »Ich bleibe hier und mache ein Nickerchen auf dieser Wiese«, hatte sie ihren Begleitern erklärt. »Holt mich auf dem Rückweg ab.« Sie hatte wunderbar geschlummert. Vielleicht würde sie hier genauso gut schlafen.

Nein! Das damals war die Höhenkrankheit gewesen, etwas ganz anderes als das hier. Sie schüttelte den Kopf. Salz und Sand beschwerten ihr Haar. Felsen, die glitschig vom Regen und Salzwasser waren, gaben keine guten Schlafplätze ab, und wenn sie sich eine Rast gönnte, konnte sie allzu leicht in einen Schockzustand geraten. Wenn sie starb, gab es keine Hoffnung für Joseph.

Sie ging weiter, setzte einen Fuß vor den anderen. Der Boden stieg ein wenig an, und dann befand sich Gras unter ihren Füßen. Das war die gute Nachricht. Die schlechte war, dass das schmale Lichtband, das durch die Wolken gedrungen war, nicht die Morgen-, sondern die Abenddämmerung darstellte; rasch und bedrohlich brach die Dunkelheit über sie herein. Anna hatte sich noch nie so gefürchtet. Sie begann unkontrollierbar zu zittern, als ihr Körper Wärme zu erzeugen versuchte.

Letzten Januar hatte Anna einen Kurs belegt, bei dem es darum ging, den Winter von Nord-Vermont im Freien zu überleben. Das grundlegende Mantra *Trocken bleiben, um jeden Preis trocken bleiben* war schon auf der Strecke geblieben.

Aber da war noch etwas anderes gewesen, was der Trainier immer und immer wieder gesagt hatte. Jetzt wäre die absolut beste Zeit gewesen, sich an den Rest zu erinnern. Ja! Alle Opfer, die sie je geborgen hatten, hatten eines gemeinsam gehabt: Dehydration. Das war es; Austrocknung war fast so lebensgefährlich wie Unterkühlung. Wie überaus interessant. Sie brauchte also Wasser.

Sie kletterte weiter aufwärts und bewegte sich vom Ozean weg; ließ die donnernden Wogen hinter sich zurück. Und Halluzinationen; sowohl Unterkühlung als auch Austrocknung konnten Halluzinationen auslösen. Welcher Teil hiervon wohl die Halluzination war? In ihrem Survival-Kurs im Winter hätte sie die Hand gehoben und die Frage einem ihrer in wasserdichte Schutzkleidung gehüllten Trainer gestellt. Jetzt wäre ein guter Zeitpunkt, die Frage zu stellen, denn Anna sah zwei Lichter, die in unregelmäßigen Abständen hüpfend näher kamen.

Während sie darüber nachdachte, fiel ihr auf, dass sie inzwischen auf den Knien lag. Sie konnte sich nicht erinnern, wie es dazu gekommen war, aber sie wusste, dass es nicht gut für ihr Bein war, das sie mit einem guten, kräftigen Stück knittrigen Seegrases verbunden hatte. Anna fiel nach vorn und befand sich auf Augenhöhe mit einem einladenden Felsstück, in dem eine leichte Einbuchtung mit Wasser gefüllt war. Sie lag flach auf dem Bauch, in einer Lage, die ihr erlaubte, mit ihrer angeschwollenen Zunge an dem Stein zu lecken. »Wasser«, hatte ihr Trainer erklärt, »wird Sie retten.«

Sie hörte eine Stimme, die den Wind übertönte.

»Hier ist einer. Glaubst du, es sind noch mehr angespült worden?«

Anna drückte mit der linken Wange eine Delle in den nassen Sand. Sie wusste, dass sie aufstehen und ihre Retter begrüßen sollte; das wäre das Richtige in dieser Situation gewesen. Und sie wünschte sich so sehr, ihnen dafür zu danken, dass sie sie gefunden hatten. Aber mehr als alles andere ersehnte sie sich den Moment, in dem ihre Hände sie berühren und ihr damit bestätigen würden, dass sie am Leben war. Bald würden sie sie anfassen, und dann war sie gerettet. Die ersten Hände legten sich um ihre Schultern, und sie hörte, wie ein Stöhnen über ihre Lippen drang.

»Der hier lebt. Kalt wie der Tod, aber er ist noch am Leben.«

Jedes Wort hörte sich fremd und vertraut zugleich an. Die Aussprache klang irgendwie gedreht und kraus, wo ihre glatt war. Diese Menschen sprachen Englisch, doch sie stammten eindeutig aus einem anderen Land, waren Touristen aus Irland oder von den britischen Inseln. Hände, eine an ihrer Hüfte und eine weitere an ihrer Schulter, drehten sie auf den Rücken.

»Jessas und Maria, eine Frau! Bedeckt ihre Blöße.«

Anna schloss die Augen und überließ sich den warmen Händen.

8

Sie hatte nicht geschlafen. Anna wusste nicht, was sie getan hatte, aber dazu dröhnte ihr Kopf zu stark, ihre Augen waren zu heiß, und überall auf der Haut spürte sie heftigen Schmerz. Und jetzt brannte etwas in ihrem Bein, im Knochen. Ihre Zunge war geschwollen und trocken.

Durch ein Fenster fiel grelles Licht, und sie konnte sehen, dass der Himmel blau war. Sie kniff die Augen zu. Das, was von ihrem denkenden Gehirn übrig war – der große Frontallappen –, registrierte hohes Fieber, Lichtempfindlichkeit und den Umstand, dass ihre Haut bei jeder Berührung weh tat. Wo zum Teufel war sie?

Als sie sich auf die Ellbogen hochschob, tanzten schwarze Punkte vor ihr her. Sie spürte, dass eine Wolldecke auf ihr lag. Anna setzte sich auf und schwang die Beine herum. Sobald ihre Füße die Bodendielen berührten, stieß sie einen gellenden Schrei aus und sackte weg, brach zusammen wie ein Konstruktionsspielzeug, an dem ein Teil fehlt.

Die Bodenbretter waren eiskalt, und Annas fiebrige Haut sog die Kühle ein wie einen stärkenden Trunk. Trotz des brennenden Schmerzes in ihrem Bein drückte sie dankbar das Gesicht auf den Boden und spreizte die Hände, um die kühle Frische aufzunehmen. *Austausch,* dachte sie, *ein Austausch von Energie.* Anna nahm die Kälte in sich auf und gab das Feuer ihres Fiebers zurück. Das ging ihr durch den Kopf, als sie laute Schritte hörte und das metallische Schleifen, mit dem ein Türriegel zurückgeschoben wurde, und dann spürte sie einen Luftzug, der ihr über den Boden entgegenwehte.

»Na, na, das war doch nicht nötig. Wenn du aufstehen musst, wäre ich doch sofort hier gewesen«, sagte eine Frau, die eindeutig nicht von hier war.

Anna, die noch immer mit dem Gesicht nach unten auf dem Boden lag, versuchte sich mit den Händen hochzustemmen, um etwas anderes zu sehen als die Schuhe der Frau – Stiefel eigentlich. Sie drückte und hob sich ein wenig vom Boden, als richte sie ihre Brust zu einer Yoga-Stellung auf, deren Name ihr im Moment entfiel … Löwe, Lotus, Kobra oder so etwas. Das Problem war nur, dass sie nicht hochkam.

»Ich kann nicht aufstehen«, sagte Anna mehr verblüfft als alles andere.

»Natürlich, Liebes. Tom, komm her und hilf mir, sie aufzurichten. Sie ist aus dem Bett gefallen.«

Neue Schritte, härter, länger. Zwei Hände fassten unter ihre Achseln, halfen ihr in eine aufrechte Stellung und manövrierten sie auf das Bett. Die beiden setzten sie auf das Lager, und die Frau hob ihre Beine und legte sie auf die Matratze. Wieder schoss ein Schmerz wie von einem heißen Schüreisen durch ihr Bein, und sie schrie auf. Sie krallte die Finger in die Wolldecke und kniff die Augen zu. Sie musste einen Fixpunkt finden. Wo war sie? Hatte es eine Naturkatastrophe gegeben? War das hier ein Katastrophenzentrum des Roten Kreuzes? Offensichtlich hatte sie jede Orientierung verloren.

Zuletzt war sie zusammen mit ihrem Neffen zu Hause gewesen. Ihr Neffe. Anna riss die Augen auf. »Wo ist Joseph?«

Zum ersten Mal schaute Anna die Frau und den Mann an, die neben ihr standen. Die beiden wandten kaum merklich die Köpfe und wechselten besorgte Blicke. Die Frau trug ein langes Kleid, das an der Taille lose anlag. Ihre Ärmel waren hochgekrempelt und ihre Hände rissig und rot. Anna verschätzte sich grundsätzlich, wenn sie das Alter anderer zu erraten versuchte, aber sie vermutete, dass diese Frau in den Dreißigern war. Ihr rötliches Haar hatte sie aus dem Gesicht frisiert, und es hing über ihren Rücken hinunter. Die Frau wandte sich an den Mann, der neben ihr stand.

»Sie ist nicht von hier, Tom. Und wenn diese Hebamme nicht bald hier ist, wird sie nicht lange bei uns bleiben. Bringst du ihr einen Whisky? Ich hole noch nasse Tücher und versuche, das Fieber herunterzubringen, obwohl es dazu vielleicht schon zu weit fortgeschritten ist.«

Anna fühlte sich plötzlich erschöpft und sank zurück. Einen Arzt – sie brauchte einen Arzt, keine Hebamme. Wussten die beiden nicht, dass sie nicht schwanger war? Ja, ein Arzt würde alles in Ordnung bringen. Sie konnte weiterschlafen.

Anna träumte. Eine Armee schwarz gekleideter Männer verfolgte sie und wollte ihr das Bein abschneiden. Dann tauchte ihr Bruder in einer Badehose auf, sein jüngeres Ich von zehn oder elf Jahren. Er streckte ihr die Hand entgegen. »Nimm die Punkte, Annie«, sagte er.

Sie wachte auf. Zum ersten Mal seit unbestimmter Zeit fühlte ihr Kopf sich klarer an. Der Unterschied war dramatisch. Sie rührte sich nicht, dachte aber über die Dinge nach, die auf ihrer Checkliste standen: ihre Kontoauszüge überprüfen, die Post durchgehen, ihre Mutter anrufen… Oh nein, jetzt erinnerte sie sich. Der Unfall. Ihr Bruder.

Sie setzte sich auf und erkannte den Raum wieder, den sie schon einmal gesehen hatte. Die weiß getünchten Wände, die, nach der Tiefe des Fenstersimses zu urteilen, sehr dick waren.

»Hey«, schrie ist. »Hey, ist hier jemand?« Sie warf einen Blick auf ihr sackartiges weißes Nachthemd und sah sich nach ihren Kleidern um. Nachdem sie die Decke zurückgeschlagen hatte, wollte sie die Beine aus dem Bett schwingen. Doch auf einem Bein lag ein feuchtes Tuch, das sie herunterzog. Sie hielt inne und starrte darauf. Große schwarze Punkte, sechs oder sieben, saßen beiderseits eines hässlichen Schnitts an ihrem Bein. Sie streckte die Hand aus, um sie wegzuwischen. Sie waren feucht und warm, und als sie sie berührte, bewegten sie sich und pulsierten leicht, wie man es von Blutegeln erwartete. Blutegel.

»Nehmen Sie sie weg! Holen Sie sie von mir herunter!«

Die Tür flog auf. Eine vertraut wirkende Frau kam herein und eilte an ihr Bett.

»Alles ist gut. Du brauchst nicht zu schreien. Die Blutegel haben ihre Arbeit getan. Tom, bring mir eine Kerze, nein, lieber die Laterne. Wir müssen die Blutegel abnehmen, auch wenn sie noch nicht bis zum Bersten gefüllt sind.«

Anna hatte sich am Bettrand aufgerichtet. Sie zog das Vorderteil ihres Nachthemds ein wenig vom Körper weg und spähte nach unten, um festzustellen, ob noch irgendwo anders an ihr Blutegel saßen.

»Sind da noch andere Blutegel? Auf meinem Rücken vielleicht?« Ihr ganzer Körper fühlte sich an, als wäre er voller schwarzer Egel, die sie aussaugten.

»Nein, Liebes, nur dort, wo sie gebraucht werden. Jetzt halt still, und wir nehmen sie ab.«

So ist es, wenn man den Verstand verliert. Man wacht im Meer treibend auf, und dann kriecht man in den zerfetzten Überresten des T-Shirts seines Exmanns und seiner blauen Man-Silk-Boxershorts eine Felsküste entlang. Ach ja, und man wickelt dicken, schleimigen Seetang um sein Bein, weil daran eine offene Wunde klafft. Dann wacht man auf, und Blutegel saugen einem das Bein aus. Die Egel werden entfernt, angeblich, da sie ihre Arbeit getan haben. Anschließend bekommt man einen langen Leinenrock und eine Bluse angezogen, und man steht im Freien und begreift es mit einem Mal; das ist Wahnsinn, denn man hat keine Ahnung, wie man hergekommen ist oder wo man sich befindet. Alles ist falsch.

Anna schaute aus dem Fenster. Die strohgedeckten Dächer waren verkehrt, der Mann, der vor den Pflug gespannt war, war falsch. Angesichts des Akzents der Menschen und der Landschaft war sie sich ziemlich sicher, dass dies Irland war, und das war ganz und gar verkehrt. Und es war nicht die Gegenwart, nicht Annas Gegenwart.

Einen Moment lang meldete ihr Verstand sich zu Wort. Rohypnol, die Party-Vergewaltigungsdroge; das war es! Isolationisten, die zurück zum Landleben wollten, hatten sie unter Drogen gesetzt und entführt. Diese Version konnte sie in ihr Weltbild integrieren, denn sie beinhaltete die Möglichkeit, dass sie sich noch immer in der Gegenwart befand, im Jetzt.

Es war Zeit, aufzustehen und sich genauer in der Umgebung umzusehen. Vorbei an den drei Kindern, die hinter ihrer Mutter Schutz suchten, als hätte Anna vor, sie zu fressen, humpelte sie aus der Haustür. Anna ließ eine Hand auf dem Türrahmen liegen und betrachtete die Steinmauern, die Felder, die Scheune hinter dem Haus und die ausgefahrene Straße, die an dem Häuschen vorbeiführte. Die Frau, die sich als Glenis vorgestellt hatte, hatte auch gemeint, frische Luft werde ihr guttun.

Durch die niedrige Tür trat Anna ins Haus zurück. »Könnte ich kurz mit Ihnen reden, Glenis?«

»Sicher. Michael, geh deinem Vater helfen, und nimm die zwei Kleinen mit.« Glenis trug eine Schürze, die so viel wie möglich von ihrem Kleid bedeckte. Die Kinder drückten sich aus der Tür und beäugten Anna misstrauisch. Glenis schaute Anna erwartungsvoll an und nutzte die Pause, um die Finger in einen Schmalztopf zu tauchen und sich das Fett in die geröteten Hände zu reiben.

»Ich kann mich nicht erinnern, wie ich hierhergekommen bin, und ich weiß nicht, wo ich mich befinde«, erklärte Anna.

»Du hast einen furchtbaren Schrecken hinter dir. Wir glauben, dass irgendwo an der Küste ein Schiff untergegangen ist; das passiert öfter, als mir lieb ist. Wir finden immer irgendwelches Treibgut an den Felsen. Und als du gefunden wurdest, warst du kalt wie Eisen. Ich war mir nicht sicher, ob wir dich warm bekommen würden, wenn du weißt, was ich meine. Ich dachte, der Erzengel hätte dich schon bei den Zehen gepackt.«

Anna gab keine Antwort. Nein, dachte sie, ich war auf keinem Schiff. Ich bin keine Schiffbrüchige.

Glenis fuhr fort. »Und woher kommst du, wo bist du in See gestochen, wenn ich fragen darf?«

Was in aller Welt sollte Anna darauf sagen? Alles war so falsch, und sie hatte offensichtlich den Verstand verloren. Vielleicht hatte sie einen Schlaganfall erlitten; sie war erst vierunddreißig, aber möglich war alles. Vielleicht hörte sie nicht wirklich, was die Leute sagten. Auch ihr Sehvermögen konnte betroffen sein. Sie segnete jede Minute ihres Jurastudiums, das sie gezwungen hatte, alle Aspekte einer Situation auszuloten.

»Ich komme aus Amerika. Massachusetts«, sagte sie.

Glenis stieß einen Seufzer aus, und ihre Schultern sanken ein wenig tiefer. »Amerika, das erklärt vieles. Also haben nicht die Briten dich geschickt?«

Anna überlegte, aus welchem Grund Glenis in diese spezielle Richtung dachte. Die Briten?

»Glenis, wo sind wir? Was für eine Stadt ist das?« Anna hatte den Eindruck, als zirpten Grillen in ihrem Kopf. Sie hielt sich an einer Stuhllehne fest.

»Wir sind nicht in einer richtigen Stadt, aber der nächste Ort heißt Kinsale. Das Dorf liegt ein Stück hügelab. Hilft dir das weiter?«, fragte Glenis.

»Und das Datum, können Sie mir das Datum sagen?«, erkundigte sich Anna.

»Spätsommer, wie du siehst. Kurz vor der zweiten Kartoffelernte im September«, erklärte die Frau.

»Nein, das Jahr. Sagen Sie mir, welches Jahr wir haben.« Anna drehte sich der Magen um, und sie wich in Richtung Tür zurück. Glenis rief ihr hinterher.

»Nun ja, 1844 eben«, sagte sie. Anna schaffte es gerade noch bis zur Tür und erbrach sich über die Steinstufen.

Anna wog ihre Optionen ab. Sie konnte die Situation aus zwei Blickwinkeln betrachten und gründlich über jeden davon nachdenken. Eine Möglichkeit war, dass diese Menschen einem isolierten, fanatischen Kult angehörten und glauben wollten, im Jahr 1844 zu leben, und dass sie sie aus irgendeinem Grund unter Drogen gesetzt und entführt hatten. Wenn das wirklich eine Entführung gewesen war, dann war sie vollkommen bruchlos vor sich gegangen, so perfekt koordiniert, dass sie Anna aus ihrem Leben gerissen hatten, wie man im Zoogeschäft einen Goldfisch aus einem Aquarium holt. Woran erinnerte sie sich als Letztes? Ihre Fahrt nach New Jersey, um Joseph aus dem Gefängnis zu holen, und die lange, bedrückende Heimfahrt. Dann war sie ins Bett gesunken, war später aufgewacht und hatte Joe im Wohnzimmer gesehen. Und was war danach gewesen?

Um festen Boden unter die Füße zu bekommen, hielt sie bewusst inne und rief sich ihr Haus in allen Einzelheiten ins Gedächtnis. Den neuen Edelstahl-Kühlschrank mit den Doppeltüren, einen Stapel Post und Zeitungen, ihre Espresso-Maschine, die sie selten benutzte, den Herd und den Backofen, die dicke hölzerne Arbeitsplatte, das Spülbecken mit dem geschwungenen Wasserhahn und den Küchenabfall-Zerkleinerer, den sie ebenfalls kaum gebrauchte. Ja, all die Geräte, die ganze Elektrizität, die hinter den Wandpaneelen durch ihr Haus lief, zwischen den Stützelementen der Wände; elektrischer Strom und die Steckdosen, durch die er in die Geräte floss.

In Annas Haus war elektrischer Strom allgegenwärtig. Sie sah hinaus und konnte keine Stromleitungen erkennen. Dann saß sie stundenlang auf einer Bank im Freien und hörte keine Flugzeuge und auch keinen sonstigen Hinweis darauf, dass irgendwo Maschinen liefen. Aber wenn diese Leute irgendwelche rückwärtsgewandten Sektierer waren, die beweisen wollten, dass sie natürlich leben konnten, ohne Elektrizität und die benzinbetriebenen Kompromisse des täglichen Lebens, dann hatte das alles eine gute Seite. Sie konnte entkommen; es war nur eine Frage der Zeit. Sie konnte diese Theorie sogar prüfen und Glenis sagen, sie würde einen Spaziergang machen.

Die andere Möglichkeit besagte, dass dies die Vergangenheit war, dass sie hundertvierundsechzig Jahre zurückgereist war und in Fleisch und Blut zwischen Menschen, Schafen, Häusern, Vögeln und Rauch aus der Vergangenheit stand. Dies könnte 1844 sein, genau wie Glenis behauptet hatte.

Seit ihrer Teenagerzeit hatte Anna jede Ausgabe der Zeitschrift *Discover* gelesen und deren wissenschaftlich untermauerte Artikel verschlungen. Sie hatte versucht, die Stringtheorie zu verstehen, und den Eindruck gewonnen, dass die Zeit sich in wellenförmiger Bewegung befand wie ein Band. Und hatte sie sich nicht als Kind gewünscht, in die Vergangenheit reisen oder in die Zukunft fliegen zu können? Als Teenager hatte sie sich gefragt, wie es wohl wäre, in der Vergangenheit zu leben und äußerst coole Klamotten aus der Gegenwart zu tragen. Würden die Menschen zwanzig Jahre in der Vergangenheit wahrnehmen, dass ihre Kleidung innovativ und großartig war, oder würden sie sie wie einen bunten Hund behandeln? Würden sie Anna mit offenem Mund anstarren und auf sie losgehen, ihr die Augen und die bunten Federn herausreißen? Man konnte alles überprüfen, und Anna war in der Lage, ihre Optionen auszutesten.

Sie trat an die Haustür, wo Glenis saß und einem kleinen Mädchen die Zöpfe flocht. Glenis saß auf der Schwelle, und das Kind hockte zwischen den Falten des langen Kleides seiner Mutter auf dem Boden. Das Mädchen hatte das dunkle Haar seines Vaters geerbt, nicht das dichte rötliche seiner Mutter.

»Ich war nicht allein auf dem Schiff, Glenis. Ich war mit meinem Neffen unterwegs, und ich muss ihn suchen.«

Glenis befestigte den Zopf des Mädchens mit einem Stück Schnur.

»Ist das vielleicht dieser Joseph? Du hast von ihm gesprochen, als du krank warst. Anscheinend steckte der Knabe in Schwierigkeiten. Und du fragst erst jetzt nach ihm? Ich würde sagen, dass dein Kopf noch immer ganz schlimm umnebelt ist.«

»Nein, meinem Kopf geht es wieder besser. Ich würde gern die Stelle sehen, an der man mich gefunden hat. Könnten Sie mich dorthin bringen?«

»Du bist erst einen Tag wieder auf. Du übertreibst es, wenn du glaubst, den langen Weg zum Strand und zu den Klippen bewältigen zu können.«

Anna hätte am liebsten protestiert. Der Gedanke an ihre Mutter, ihren Bruder und ihren vermissten Neffen lastete schwer auf ihren Schultern, und sie wusste, dass sie sich sofort auf die Suche nach Joseph hätte machen müssen. Sie musste sich ein Bild von der Lage machen und nach jeder noch so kleinen Information über ihn suchen. Das ging ihr durch den Kopf, als plötzlich der Boden auf sie zuzurasen schien.

»Tom, sie ist wieder umgefallen! Du hattest Recht; sie ist viel zu früh aufgestanden.«

Anna spürte, wie starke Arme sie hochhoben und zurück ins Cottage trugen. Sie legten sie wieder ins Bett, und sie fiel in einen unruhigen Schlaf, in dem sie langsam akzeptierte, dass sie sich in einer anderen Zeit befand.

9

Taleen war dabei, als der hübsche Knabe gebracht wurde. Er war nackt und gerade aus dem Meer gefischt worden. Noch nie hatte sie einen so reizenden, schönen Jungen gesehen. Sie vermutete, dass er noch kein Mann war; seine Schultern waren noch nicht breiter geworden, und das Haar in seinem Gesicht wurde zwar schon dunkler, war aber weich und spärlich.

John Carrol, ein Böttchermeister, hatte ihn auf dem langen Strand von Tramore gefunden. Er erklärte, die Feen hätten ihn aus dem Tiefschlaf geweckt und seien plappernd um sein Fenster geflattert, bis er aufgestanden war, seine Laterne angezündet hatte und die zwei Meilen bis zum Meer hinuntergegangen war. Als man ihn später fragte, warum er direkt zum Schiffbruch-Strand, wie man ihn nannte, gegangen sei, wusste er keine Antwort darauf. Bei seiner Ankunft hatte er den Jungen zusammengerollt wie einen Seehund zwischen breiten Seetangstreifen gefunden, durch die seine weiße Haut hindurchblitzte. Der Junge war kalt wie der Tod gewesen und hatte sich nicht wecken lassen. John Carrol hatte seinen Mantel ausgezogen, den Knaben hineingelegt und ihn wie ein Kind nach Mitford Estate getragen, denn Deirdre, Taleens Mutter, arbeitete in der Küche des Guts, und jeder wusste, dass sie die beste *liaig* von Waterford County war. Sie konnte einem neugeborenen Kalb helfen, das nicht atmete, und eine Mutter retten, die bei der Geburt fast ihr ganzes Blut verloren hatte. Deirdre würde wissen, ob diesem Knaben geholfen werden konnte.

John Carrol schob den Riegel der Küchentür zurück und stand selbst kurz davor, unter dem Gewicht des Jungen zusammenzubrechen. Über dem mit Asche abgedeckten Feuer hing noch ein Topf. Er wusste, dass der Gutsherr nicht anwesend war; alle Iren wussten, wenn er auf Reisen ging, und stießen einen kollektiven Seufzer der Erleichterung aus, sobald er fort war. Aber selbst wenn er zu Hause gewesen wäre, hätte er nicht gehört, wie John Carrol nach Deirdre rief, da der Herr zwei Stockwerke über den Kammern der Dienstboten schlief. John Carrol legte den Knaben auf den Tisch, und der Mantel klappte auf.

»Komm schnell, Deirdre, der hier stirbt noch an der Kälte und dem verfluchten Wasser!«

Deirdre tauchte an der Tür auf, gefolgt von ihrer Tochter Taleen, deren Augen leuchteten. Die beiden kamen heran, standen in der Tür und betrachteten den nackten Jungen mit seiner feuchtglänzenden Haut und dem dunklen Haar. Ehe die Frau ein Wort sagen konnte, ging die steckendürre Taleen geradewegs zu ihm hin und legte die Hände auf seine Fußsohlen, die runzlig vom Wasser waren. Der Knabe erschauerte und keuchte wie ein Fisch, den man aus dem Meer gezogen hat.

Deirdres Hand flog zu ihrem Herzen. »Oh, Liebling«, sagte sie, »ich wünschte, das hättest du nicht getan. Es ist zu früh für dich. Aber jetzt hat es begonnen.«

Taleen war fünf gewesen, als sie von ihrer Mutter zum ersten Mal den Ausdruck »Gabe« gehört hatte. »Das Kind hat die Gabe.« Sie hatte sich gefragt, wovon ihre Mutter gesprochen hatte. Was war dieses Ding, das ein anderes Kind hatte, und würde sie es auch irgendwann bekommen?

Nach ihrem Abendessen, das aus dunklem Brot und Butter bestand, hatte Taleen ihre Mutter nach der Gabe gefragt.

»Was ist es? Kann man es anziehen oder essen? Und wenn

man es essen kann, gibt das Kind dann anderen Kindern etwas davon ab?«

Ihre Mutter hatte das Mädchen in einen guten Quilt eingewickelt. Der Frühling war nass und kalt gewesen, und der Teil des Hauses, in dem sie wohnten, brauchte den ganzen Sommer, um sich aufzuwärmen; und jetzt war es noch nicht annähernd so weit. Sie wohnten tief unter dem Haus neben Master Mitfords großer Küche. Ihr Schlafzimmer schloss sich direkt an die Küche an, und Taleens Träume waren erfüllt von den Düften nach kalter Buttersauce und Schmorgerichten, allen möglichen Arten von Kartoffeln und dem Wildgeflügel, das am Tag nach einer Jagd den ganzen Tag köchelte. Sogar jetzt, in den Quilt gewickelt, roch Taleen an ihrer Mutter, die neben ihr hockte, die Essenz eines ganzen Tags in der Küche, die sie umschwebte wie eine sanfte Wolke.

»Du bist nun alt genug«, hatte ihre Mutter geantwortet. »Du wirst dich daran erinnern, was wir besprechen. In diesem Alter bildet sich das Gedächtnis gut und stark heraus. Ich habe von dir gesprochen: Du, mein liebes Kind, bist diejenige, die das zweite Gesicht besitzt.«

Taleen hatte sich aufgesetzt, so dass der Quilt von ihren Schultern gerutscht war. »Ich habe es? Aber wo ist es? Ist es weggeräumt?«

»Nein, oder höchstens in dir drinnen, wo es darauf wartet, dass man es übt, so wie man die Fiedel spielen lernt. Weißt du noch, wie du mir am Sonntag erzählt hast, der Eiermann werde nicht kommen, weil er das Fieber bekommen hat? Das ist das zweite Gesicht. Oder als du wusstest, dass zwei Junge aus dem letzten Wurf der Wolfshündin tot geboren würden? Das ist das zweite Gesicht. Nicht jeder kann diese Dinge sehen. Du bekommst sie als Erste zu sehen, vor allen anderen Leuten. Obwohl ich dir sagen muss, dass ich nie begriffen habe, wo der Sinn darin sein soll. Das zweite Gesicht wird von der Mutter an die Tochter vererbt – genauer gesagt an die siebte Tochter, und das bist du. Wenn die Leute wissen, dass du das zweite Gesicht hast, sind sie Tag und Nacht hinter dir her und wollen, dass du ihnen dieses oder jenes sagst: Wird er mich lieben, wird das Baby überleben, und wird die Ernte dieses Jahr überreich oder katastrophal ausfallen? Wir sehen die Zukunft ein wenig vor allen anderen. Wenn die Leute nur ein bisschen abwarten würden, könnten sie es auch sehen. Aber sie wollen nicht warten.«

Taleen hatte aufmerksam gelauscht, denn ihre Mutter hatte in einem ganz anderen Ton gesprochen als je zuvor.

»Meinst du, dass niemand anderer sehen konnte, dass zwei der Welpen in dem Wurf tot sein würden? Dass sie die traurigen Augen im Bauch der Mama nicht gesehen haben? Und du sagst, dass nur du und ich solche Dinge erkennen?«

»Ja, das sage ich. Und es kommt noch mehr, Kleines, obwohl ich an manchen Tagen meine besten Stiefel dafür geben würde, das zweite Gesicht nicht zu haben. Meine Gabe bezieht sich mehr auf den Körper, deswegen kann ich Kranke heilen. Mein zweites Gesicht bezieht sich auf Lunge und Magen und schmerzende Muskeln. Wir müssen abwarten, wie sich deine Gabe entwickelt. Die Gabe findet schon ihren richtigen Platz, wenn du älter bist.« Und Deirdre hatte die kleine Taleen wieder in den Quilt gewickelt und ihr Zeit gelassen, das Neue, das sie erfahren hatte, zu verdauen.

In den Wochen nach dieser Enthüllung hatte Taleen ihre Mutter nach allem ausgefragt. Sie musste herausfinden, welchen Teil der Welt sie mit ihrer Gabe sah und was die anderen Menschen ebenfalls wahrnehmen konnten.

Sieht Miss Fiona, dass ihr Backenzahn gezogen werden muss? Nein. Hat Master Mitford gewusst, dass sein bestes Pferd auf dem Ritt nach Limerick einen Huf verlieren würde? Nein. Wussten die Bauern, dass bei der nächsten Ernte die

Kartoffeln dick und zahlreich sein würden? Oh ja, und ob sie das wussten.

Und so kam es zehn Jahre später, dass Taleen sich angezogen und das Feuer vorbereitet hatte und schon wartete, als John Carrol den Knaben brachte, den er am Strand aufgelesen hatte wie ein Wesen, das der Ozean verschmäht und ausgespuckt hatte. In der Küche war es warm; eine Hühnerbrühe war fertig, und zwei Quilts lagen bereit, um ihn einzuhüllen. Nachdem Taleen den Jungen berührt hatte und er wieder atmete, befahl Deirdre zwei Männern, sich rechts und links neben ihn zu legen, die Arme um ihn zu schlingen und so die Kälte aus seinem Körper zu ziehen.

Taleen stand zu Füßen des Jungen. Sie verflocht ihre Finger mit seinen Zehen, etwas, das sie noch nie zuvor getan hatte. Aber sie wusste, dass sie es tun musste, weil sie ihn so an diesen Ort binden konnte. Wenn sie die Finger um seine Zehen schlang, würde sie ihn an sich fesseln, und er konnte sie nie verlassen.

10

Wo immer er war, es war nicht die Haftanstalt von Essex County, und es war auch nicht sein Zuhause. Es geschahen doch noch Zeichen und Wunder; im Gefängnis hatte er gehofft und gebetet, etwas würde ihn aus seinem ruinierten Leben retten. Niemals, nicht in einer Million Jahren, hatte er sich vorgestellt, dass er in einem Gefängnis in New Jersey landen würde. Jeder zu Hause würde davon erfahren; er würde aus dem Ringer-Team fliegen, und sein Vater würde ihn umbringen. Moment, da war noch etwas anderes mit seinem Vater. Was war es? Und Anna hatte auch damit zu tun. Aber bevor er sich vollständig erinnern konnte, zogen sich diese Gedanken in die entfernten Winkel seines Hirns zurück, wo sie dunkel und still wurden und eine übersüße Melodie summten, die ihn wieder in den Schlaf wiegte. Er träumte von dem Kiesfundament, das sein Vater in die Gräben legte, um darauf neue Steinmauern zu errichten, und den akribisch geschichteten Lagen aus Steinbrocken, die ineinander verkeilt wurden, als hätten sie ihr ganzes Leben lang darauf gewartet zusammenzukommen. Fest gemauert in der Erde, hatte sein Vater immer dazu gesagt.

Als er aufwachte, roch er Essen und hörte leise Stimmen. Eine grobe Decke kratzte an seinem Hals. Rasch fuhr er sich mit der Hand über den Rumpf und stellte fest, dass er nackt war. Er hielt die Decke fest gepackt und setzte sich auf. Er befand sich in einer Art Bett, einem kratzigen, knarrenden Bett, wie wenn die Matratze mit – Moment mal – Stroh oder Maishülsen ausgestopft wäre. Vor ihm befand sich ein kleiner Kamin, in dem ein Feuer schwelte und qualmte.

Die Stimmen kamen aus dem Raum nebenan. Joseph stand auf, wickelte sich in die Decke und schlich auf Zehenspitzen zur Tür. Er legte ein Ohr an die Tür und versuchte zu hören, was die Leute redeten, doch dann wurde ihm plötzlich schwindlig, und er sackte gegen die Tür, dass die Angeln klapperten. Alle Gespräche auf der anderen Seite der Tür verstummten. Joseph fand sein Gleichgewicht wieder und ging von der Tür weg. Er trat zurück und stellte sich auf das Schlimmste ein, nämlich noch mehr Ärger, selbst wenn das hier weder das Gefängnis noch zu Hause war.

Knarrend öffnete sich die Tür, und ihm schwappte ein Luftschwall voller Wärme und Licht entgegen. Als er den Essensgeruch einsog und sich seine Lungen weiteten, fühlte seine Brust sich hart und heiß zugleich an, und er hustete, was sich wie ein trockenes, schmerzhaftes Bellen anhörte.

»Du hast den halben Atlantik eingeatmet, Bursche. Deine Lungen werden sich noch ein paar Tage lang anfühlen, als wären sie mit glühenden Schüreisen ausgekratzt worden. Aber du bist dem Tod noch einmal von der Schippe gesprungen und hast dem Teufel deine Seele vorenthalten; und jetzt hat der Beelzebub sich zum Schmollen ins Moor zurückgezogen und wartet auf den nächsten armen Kerl, um ihn zu fangen.«

Joseph hörte zu husten auf. Er rieb sich die Brust, als könnte ihm das helfen, und starrte den Mann an, der ihn angesprochen hatte. Joseph war seine Aussprache aufgefallen; der Mann klang wie jemand aus dem Kino. Seine Kleider sahen anders aus – sogar Joseph sah, dass etwas damit nicht stimmte. Die Schuhe, die Schuhe waren verkehrt. Keine Sportschuhe. Dieser Kerl trug Lederschuhe, und sie hatten eine Schnalle. Hinter ihm stand eine Frau in einem langen Kleid und einer Schürze, und neben der Frau ein Mädchen mit den größten Augen, die er je gesehen hatte. Sie hatte blaue, von dunklen Wimpern umrahmte Augen und ein verhaltenes Lächeln, wie wenn sie ein Geheimnis kenne und niemandem davon etwas verrate. Das Mädchen war dünn und schwamm in seinem langen Kleid. Joseph wusste, dass er nur durch den Raum zu gehen bräuchte, um es mit einem Arm hochzuheben.

Die Frau wandte sich an das Mädchen. »Du wirst oben gebraucht, Taleen. Wir kümmern uns um den Knaben.«

Der Mann trat auf ihn zu. »Ich bin Finn. Ich habe dich nicht gefunden, das war John Carrol, aber ich habe dafür gesorgt, dass du hierbleiben kannst, bei der Frau, die dich in der ganzen Grafschaft am besten pflegen kann.«

Die Frau seufzte. »Um unser aller willen, gib dem Jungen etwas zum Anziehen. So kann er nicht zu uns hineinkommen.« Von einem Stuhl nahm sie eine Hose und ein Hemd. Der Stuhl schleifte über den Steinboden. Stein … er kannte niemanden, der einen Steinboden hatte. Nur einmal hatte er einen gesehen, als er seinen Vater zur Arbeit begleitet hatte …

»Hier«, sagte sie. »Das wird reichen müssen.«

Joseph war einmal mit seiner Großmutter im Old Sturbridge Village gewesen. Sie war Lehrerin, und jeder Geburtstag wurde mit einem Ausflug begangen. Sie fuhren dann an einen Ort wie Sturbridge, ein wieder aufgebautes Dorf aus der Pionierzeit, ins Marinemuseum Mystic Seaport oder ins Bostoner Naturwissenschaftsmuseum. Mit dreizehn hatte er sich zum letzten Mal überreden lassen, mit ihr zu fahren. Er fragte sich, ob er irgendwo in einem rekonstruierten historischen Dorf gelandet war, aber das ergab keinen Sinn.

Die Frau drückte Joseph die Kleidungsstücke in die Hand – in die freie Hand, die nicht verzweifelt die Decke festhielt. »Ich bin Deirdre. Eben hast du meine Tochter Taleen gesehen. Kannst du sprechen? Hast du einen Namen?«

»Joseph, ich heiße Joseph. Wo bin ich?«

Finn neigte den Kopf zur Seite. »Du bist aus dem Meer gezogen worden. Man hat dich halb ertrunken und unterkühlt am Strand von Tramore gefunden. Du warst bleich wie der Tod, und der Teufel hatte dich schon in den Klauen.«

»Ich war im Meer?«

Deirdre und Finn wechselten einen kurzen Blick. Aus einem Topf, der über dem Feuer hing, schöpfte sie eine dampfend heiße Flüssigkeit. »Aye, und du hast zu viel davon eingeatmet. Deswegen hustest du. Zieh deine Sachen an, junger Joseph, und dann komm und iss diese Suppe. Die wird den letzten Rest des Meeres aus dir herausziehen.«

Er ging wieder in sein Zimmer, schloss die Tür und ließ

die Decke fallen. Bei dem Stapel Kleidung, den Deirdre ihm gegeben hatte, befand sich keine Unterhose. Er zuckte die Achseln und zog die Hose an. Auch kein Reißverschluss. Er knöpfte die Hose zu und hielt dann inne. Vorsichtig lehnte er sich an die Tür und legte das Ohr leicht gegen das Holz. »Der Bursche ist kein Ire«, hörte er Finn sagen. »Wir müssen Mr Edwards jetzt Bescheid geben. Und er wird es Colonel Mitford berichten wollen. Für einen jungen Iren wird er sich nicht interessieren, aber dieser Bursche stammt aus Amerika. Ich habe den Akzent schon bei den Matrosen gehört, die nach Cork und Tramore kommen.«

Joseph zog sich das Hemd über den Kopf und schloss die oberen paar Knöpfe. Die Ärmel waren lang, aber nicht lang genug für seine Arme; die Manschetten endeten etliche Zentimeter über seinen Handgelenken. Hatten diese Leute keine T-Shirts? Etwas anderes brauchte er nicht. Er war barfuß und konnte nirgendwo Schuhe entdecken. Wie hieß die Frau noch, die ihm die Hose und das Hemd gegeben hatte? Deirdre. Er öffnete die Tür zur Küche, denn sie hatte ihm gesagt, er solle zurückkommen und die Suppe essen. Joseph setzte sich auf einen Stuhl mit gerader Lehne und schnüffelte an der Suppenschüssel. Die Suppe roch okay, so wie etwas Komisches, das seine Großmutter gekocht haben könnte. Momentan war ihm ziemlich gleich, wer sie zubereitet hatte. Sein Magen fühlte sich ausgehöhlt an, als hätte man ihm die Eingeweide ausgepumpt. Er steckte den Löffel in die dicke Suppe und entdeckte Kartoffelstücke. Das würde reichen müssen, bis er sich an einer Pizza oder einem Sandwich satt essen konnte.

Also, wo befand er sich? Old Sturbridge Village hatte er bereits in Betracht gezogen. Oder vielleicht eine Reality-TV-Sendung, so etwas wie *Survivor*. Klar, das war es; die Leute hatten sich verpflichtet, ein Jahr in der Vergangenheit zu leben, um festzustellen, ob sie damit fertig wurden. Und sehr realistisch war das Ganze auch. Ihm gefiel der große Kamin, der gusseiserne Topf, der über dem Feuer hing, der Berg Kartoffeln, der in einer entfernten Ecke aufgehäuft lag. Oh nein, das war einfach zu eklig: Auf einem Tisch lag ein kopfloses Huhn, an dem noch alle Federn waren.

Wo immer er sein mochte, er würde sich die größte Mühe geben, nicht in Schwierigkeiten zu geraten, bis er sich über seine nächsten Schritte im Klaren war. Er hatte schon genug Probleme, zum Beispiel eine Akte bei der Polizei.

Über eine Treppe am anderen Ende des Raums kehrte Deirdre in die Küche zurück. Sie trug ein Paar Stiefel in der Hand und etwas, das wie Kniestrümpfe aussah, die Art, wie sie von Mädchen getragen wurden.

»Ich weiß nicht, ob die hier richtig passen werden, aber sie sind das Beste, was wir auftreiben konnten. Während du auf dem Weg der Besserung warst, ist mir aufgefallen, dass du ziemlich große Füße hast. Du hast nämlich drei Tage lang geschlafen und gezittert. Ich sehe, dass du die Suppe aufgegessen hast. Du bist bestimmt ausgehungert, das sind alle jungen Burschen; und du hast in der ganzen Zeit, die du schon bei uns bist, nur ein paar Schluck Wasser getrunken.«

Während Deirdre sprach, ging sie langsam um ihn herum, als wolle sie einen Scan oder ein Röntgenbild von ihm aufnehmen, auf der Suche nach etwas, das sie nicht sehen konnte.

»Ihre Suppe war gut. Danke«, sagte Joseph und versuchte sich an jede Regel zu erinnern, die seine Großmutter ihn gelehrt hatte. Sag bitte und danke, verabschiede dich, wenn du gehst, biete deine Hilfe beim Aufräumen an, trag Einkäufe und halte anderen die Türen auf. Was sonst noch, was sollte er sonst noch tun?

»Ich weiß nicht, wo ich bin«, platzte er heraus. »Was machen Sie alle hier? Ich meine, warum sind Sie so angezogen?«

Deirdre hörte auf, den Jungen zu umkreisen. Sie hatte dunkles Haar, das nahe ihren Schläfen von einer weißen Strähne durchzogen war. Es war nach hinten frisiert und kompliziert rund um ihren Kopf festgesteckt, aber ihre Haut war glatt und frisch und erinnerte Joseph an einen Pfirsich.

»Finn meint, dass du aus Amerika kommst. Stimmt das? Finn hier ist Schlachter, und die kennen sich mit Kadavern besser aus als mit Menschen. Warst du auf einem der Schiffe? Wir haben schon öfter, als du dir vorstellen kannst, erlebt, wie Schiffe vor den Inseln auf Grund laufen und ein Leck schlagen.«

Mit einem Mal wurde Joseph klar, dass er das hier wie ein Computerspiel spielen konnte, wie eines dieser Fantasy-Spiele, die zu Hause bei seinem Freund Oscar ständig liefen. Oscar hatte immer eine Strategie im Kopf, wenn er seine Figuren schuf. Joseph brauchte einen Vorteil, und er musste Punkte sammeln. Er brauchte Zeit zum Nachdenken, um herauszubekommen, was hier los war. Spielte ihm vielleicht sein Verstand einen merkwürdigen Streich? Aber er wollte diesen Leuten nicht verraten, woher er kam, noch nicht, denn er wollte nicht, dass sie seinen Vater oder die Polizei anriefen.

Anna hatte ihm einmal erzählt, manchmal sei es auf Reisen einfacher, wenn man den Leuten sagte, man sei aus Kanada; zumindest war sie schon versucht gewesen, es zu tun. Warum kam ihm das plötzlich in den Kopf? Er musste seinen Spielzug machen und Deirdre sagen, woher er kam. Und dabei keinen Fehler begehen.

»Nein, nicht Amerika. Kanada«, erklärte Joseph und sah Deirdre unverwandt in die Augen.

Er sah etwas über ihr Gesicht huschen, so als könne die

Frau seine Gedanken glasklar lesen. Aber er wagte es nicht, auf einmal eine andere Geschichte zu erzählen. Er hatte sich entschieden und musste dabei bleiben. Deirdre wandte sich ab und nahm seine Suppenschüssel, um sie aufzufüllen.

In der Zeit, die Deirdre brauchte, um ihm eine zweite Schale Suppe aufzutragen, beschloss Joseph, dass er von zu Hause weglaufen musste, um nie zurückzukehren. So war es besser. Beim Essen bekam er zunehmend wieder einen klaren Kopf. Die Suppe wärmte seinen ganzen Körper. Er brauchte einen Plan, und dieses Mal einen guten und keinen halbfertigen Plan, wie ihn Oscar und er ausgeheckt hatten, als sein Freund anrief und meinte, komm rüber, ich habe etwas für uns dabei und die Schlüssel vom Wagen meiner Großmutter, lass uns nach New Jersey fahren. Das war großartig ausgegangen. Oscars Eltern waren innerhalb von Stunden gekommen und hatten ihn abgeholt, und er hatte geheult wie ein Baby aus der dritten Klasse, als er freigelassen wurde. Aber er hatte bestimmt nicht so viel Angst gehabt wie Joseph, nachdem er allein zurückgeblieben war.

Wo immer er sein mochte, die Leute hier kannten nur seinen Vornamen, und er würde dafür sorgen, dass es auch dabei blieb. Joseph wollte nicht nach Hause geschickt werden. Er brauchte Zeit, um eine Strategie auszuarbeiten. So hatte es ihm sein Trainer beim Ringen immer erklärt: Man musste dem Gegner gedanklich drei Züge voraus sein. Und man musste seine ersten Spielzüge so rasch machen, dass der Gegner keine Zeit zum Denken hatte. Und schließlich und endlich niemals, niemals aufgeben, selbst wenn man hoffnungslos auf der Matte festgenagelt war. Aber wer war sein Gegner?

Durch einen Korridor am anderen Ende des Raums ging Deirdre wieder fort. Er zog die Socken und die Stiefel an, die sie ihm gegeben hatte. Die Socken ließen sich nicht richtig dehnen und schienen aus so etwas wie Wolle zu bestehen, was er hasste, weil sie auf seiner Haut juckten. Doch sobald er die Stiefel anzog, war er froh darüber, dass die Socken seine Füße abpolsterten. Unbequemere Schuhe hätten sie ihm kaum geben können. Die Kleidung unterstrich den Gedanken, dass er sich in dem alten *Dungeons and Dragons*-Spiel befand, wo sich alle verrückt verkleideten und einen Spielcharakter darstellten.

Tiefe, volltönende Stimmen aus dem Treppenhaus ließen ihn aufstehen. Finn und ein anderer Mann tauchten auf.

»Joseph, das ist Mr Edwards, der Verwalter von Colonel Mitford, in dessen Haus du dich befindest. Ich habe Mr Edwards gesagt, du könntest dich noch nicht erinnern, wie es dazu kam, dass du in unseren schönen Wassern getrieben bist«, sagte Finn. »Er steht nach wie vor unter Schock, das ist alles«, setzte er dann, an Mr Edwards gewandt, in einem theatralisch lauten Flüstern hinzu. »Lassen Sie ihm Zeit. Er ist ziemlich durcheinander.«

Mr Edwards war viel feiner gekleidet als Finn oder Deirdre. Er trug eine Weste unter seinem Jackett und eine Krawatte, die wie ein Halstuch gebunden war. Joseph vermutete, dass er auf der sozialen Leiter ein paar Stufen höher stand.

Der Verwalter schaute den Jungen an und musterte ihn von Kopf bis Fuß. »Finn sagt, du seist Amerikaner. Ist das richtig?«

»Nein, ich komme aus Kanada.«

Finn blickte zu Deirdre und zog eine Augenbraue hoch, was Mr Edwards nicht sehen konnte.

Das Gesicht des Verwalters leuchtete interessiert auf, und seine Lippen bildeten ein lautloses »Oh«. »Der Colonel hegt ein besonderes Interesse an Kanada. Er besitzt dort Land. Daher wird er dich sehen wollen. Er mag die Iren nicht; wenn ein irischer Bursche an der Küste angespült worden wäre, würde er nichts um ihn geben. Folge mir.«

Kurz spürte Joseph Panik bei dem Gedanken, von den Menschen, die er gerade kennengelernt hatte, weggeführt zu werden. Keiner von ihnen hatte ihm etwas getan; sie hatten ihm sogar zu essen und etwas zum Anziehen gegeben. Und jetzt wurde er anderswohin gebracht.

»Könnten Sie mir zuerst sagen, wo ich mich befinde?«

Mr Edwards sah sich mit finsterer Miene zu dem Jungen um. »Du bist zwischen Waterford und Tramore«, erklärte er.

»Und wo liegen Waterford und Tramore?«

Eine schwere Stille breitete sich über die weitläufige Küche und verdichtete sich, bis sie fast zu pulsieren schien.

»Du bist in Irland, Junge.«

Diese vollkommen widersinnige Aussage erschütterte Joseph, und er begann sich kaum merklich vor- und zurückzuwiegen. Er nahm breitbeinig Aufstellung wie ein Ringer, das Gewicht gleichmäßig verteilt, die Knie gebeugt und den Körper ausbalanciert. Von Kopf bis Fuß pulsierte er vor brodelnder Energie. Er setzte zuerst einen Fuß vor, dann den anderen und wiegte sich dabei. Er war in Irland, irgendjemand log hier, und er würde mit diesem Burschen, der aussah wie der stellvertretende Direktor seiner Highschool, nirgendwo hingehen. Irgendetwas hier war so falsch, wie noch nie etwas falsch gewesen war, nicht einmal in New Jersey im Gefängnis. Er versuchte abzuschätzen, welchen der Männer er würde niederschlagen müssen. Der mit der Krawatte würde sich nicht einmal wehren, wenn er den Kopf einzog und Finn umwarf. Joseph begann, seine Energie in seiner Körpermitte zu konzentrieren.

Plötzlich fühlte er, wie sich eine Hand auf seinen Arm legte, und dann stand Deirdre vor ihm. Sie hatte sich zwischen ihn und Mr Edwards geschoben und ihre kleine heiße Hand fest um sein Handgelenk gelegt. Ihr ganzer Körper drückte sich seitlich gegen seine rechte Flanke.

»Sollten wir dieses Arrangement nicht noch einmal bedenken? Der Knabe befindet sich in einem Zustand der Verwirrung, wie ich ihn schon bei Seeleuten erlebt habe, nachdem das Meer ihren Verstand durchgerüttelt hatte. Lassen wir doch den Jungen etwas frische Luft schnappen und geben ihm noch den Rest des Tages Zeit, seine Nerven zu beruhigen, bevor Sie ihn Mr Mitford vorstellen. Ich glaube nicht, dass er angetan wäre, wenn der Knabe sich übergibt wie ein kranker Hund oder, noch schlimmer, sich in die Hosen macht. Ich weiß genau das Richtige für ihn – eine warme Brise, ein bisschen heißen Whisky für seinen Magen und einen ordentlichen Spaziergang durch die Stadt«, erklärte Deirdre.

Joseph hörte auf, sich zu wiegen. Mr Edwards wich zurück und legte eine Körperlänge Abstand zwischen sich und den Jungen. Er räusperte sich.

»Dann eben heute Abend. Tu, was immer du so tust«, sagte er und neigte spöttisch den Kopf. Dann drehte er sich auf dem Absatz um und entfernte sich in Richtung Treppe.

Deirdre ließ Joseph los und wandte sich an Finn.

»Hol Taleen und die Köchinnen aus der Abendschicht. Sag ihnen, dass ich sie jetzt in der Küche brauche. Der Junge und ich gehen aus. Er muss sehen, wo er sich befindet«, sagte sie.

Josephs Beine entspannten sich, und er ließ sich aus der Tür führen. Er folgte Deirdre, als hätte er sein ganzes Leben lang nichts anderes getan. Sie sprach ihn über die Schulter an, während sie eine schwere Tür, die nach draußen führte, aufstemmte.

»Mach dich fertig, Junge. Du musst dir viel ansehen, und ich bete zu Gott, dass dein Hirn abkühlt. Hitzköpfigen Burschen ergeht es hier nicht gut, ob sie nun aus Kanada oder Tramore kommen.«

Joseph trat in den hellen Sonnenschein hinaus und beschattete automatisch die Augen mit der Hand.

»Komm hier entlang«, befahl Deirdre, »und schau dich um.«

Für eine so kleine Frau bewegte Deirdre sich schnell und wich feuchten Pferdeäpfeln aus wie eine Tänzerin. Josephs Muskeln fühlten sich mit einem Mal schlaff und unkoordiniert an. Er musste sich große Mühe geben, mit ihr mitzuhalten, und rutschte immer wieder auf den unberechenbaren Pflastersteinen aus. Zu ihrer Rechten verlief eine hohe Gartenmauer, die ihm den Blick versperrte. Eher zufällig wandte Joseph den Kopf, um zu sehen, woher sie gekommen waren. Dann drückte er den Rücken an die Mauer und ließ sich gegen die fest gefügten Felsbrocken sinken.

»Moment mal«, sagte er. »Kommen wir gerade von dort? Das sieht wie ein Schloss aus, jedenfalls beinahe.« Mit dem Handrücken rieb er sich die Augen. »Sagen Sie mir noch einmal, wo wir sind.«

Deirdre machte kehrt, sah den Jungen an und musterte forschend sein Gesicht.

»Gib mir deine Hände«, befahl sie. Sie untersuchte seine Handflächen, die Handrücken und seine größtenteils sauberen Fingernägel. Rasch rieb sie mit den Daumen über seine flachen Hände und gab sie dann frei.

»Das Anwesen hier heißt Glenville. Sieh genau hin; dies ist eines der schönsten Herrenhäuser in Waterford County. Ich arbeite seit meiner Kindheit für diese Familie, also länger, als du dir vorstellen kannst. Taleen ist mein jüngstes und letztes Kind. Du würdest ohnehin nicht glauben, wie viele Kinder ich zur Welt gebracht habe, daher verrate ich es dir nicht. Wie alt bist du, Junge?«

Normalerweise konnte Joseph es nicht leiden, wenn Frauen vom Kinderkriegen redeten, weil das meist in Horrorgeschichten über Geburten und unaussprechliche Dinge endete. Deirdres Stimme aber klang so melodisch, dass er sich willig von ihren Worten mitnehmen ließ, auf ihnen dahinglitt und sie sich auf der Zunge zergehen ließ.

»Wie alt ich bin?«, wiederholte er und blinzelte in das helle Tageslicht. »Sechzehn.«

Sicher konnte es nicht schaden, wenn er ihr sein Alter verriet. Lügen wäre wohl ohnehin sinnlos gewesen, weil sie Mutter war, und Mütter wussten immer genau, wie alt Kinder waren. Doch er durfte nicht vergessen, dass er aus Kanada kam. Bei dieser Geschichte musste er bleiben. Montreal, Kanada. Er war einmal in Montreal gewesen.

»Sechzehn Jahre«, summte Deirdre, als wolle sie gleich zu singen anfangen. »Du arbeitest nicht. Du bist kein Stallbursche, du schaufelst nicht, du baust nicht, du hämmerst nicht, du hackst kein Holz, nichts davon. Keine Spur von Schwielen an deinen Händen.«

»Nein. Ich gehe zur Schule, deswegen. In Montreal.«

Drei Männer gingen an ihnen vorbei. Sie trugen Hosen, die eine merkwürdige Länge hatten und etliche Zentimeter über ihren Schuhen endeten. Ihre Lederwesten waren mit dunklen Flecken übersät. Einer schleppte ein fest zugeschnürtes Bündel Holzscheite, ein anderer einen Sack voller Werkzeug, eine Handsäge und andere Gegenstände, die Joseph nicht erkannte. Der dritte Mann trug einen leeren Holzkübel.

Deirdre nickte ihnen zu. »Macht an der Küchentür Halt und sagt, dass ihr alle von der Suppe essen sollt, die ich gekocht habe. Sagt ihnen das.«

Je genauer er sich umsah, umso mehr dachte er an Oscar und sein Computerspiel, in dem es genauso ausgesehen hatte wie hier. Oscar war süchtig nach *World of Warcraft*. Joseph hatte es ausprobiert, und es hatte ihm gefallen, aber es hatte ihn nicht so gepackt wie Oscar, der tage- und wochenlang in das Spiel eintauchte, bis sein Vater ihn aus seinem Zimmer zerren musste, damit er etwas aß oder duschte. Oscar hatte sich einen eigenen Avatar geschaffen, einen Charakter, der sich auf einer Mission befand und hilfreiche Kräfte wie Wiederherstellung oder die Fähigkeit, Menschen zu Statuen erstarren zu lassen, besaß. Vielleicht waren ja die Leute, die er hier sah, so verrückt auf das Spiel, dass sie sich alle wie ihre Rollen kleideten und mit einem komischen Akzent sprachen.

Und dann schoss ihm schmerzhaft ein Gedanke durch den Kopf, und er erinnerte sich an das Wasser und daran, wie er mit furchtbarer Geschwindigkeit hindurchgezogen worden war und atmen musste. Mit einer Gewissheit, die ihm den Magen umdrehte, hatte er gespürt, wie sein Körper von innen nach außen gestülpt wurde. Und Anna – er war zusammen mit Anna irgendwohin gegangen, und sie waren auseinandergerissen worden, als dieses laute, saugende Geräusch ihm fast das Trommelfell gesprengt hatte.

Er schaute zurück zum Herrenhaus, das jetzt eine Footballfeld-Länge hinter ihnen lag. Die Mauern des Gebäudes, die von der Sonne des Spätnachmittags angestrahlt wurden, schimmerten golden. Das Bauwerk schien gar kein Ende zu nehmen und war an einigen Stellen vier Stockwerke hoch.

»Das ist kein Hotel, oder? Dort lebt nur eine einzige Familie?«

»Ja, eine Familie, die im Geld schwimmt«, gab Deirdre zurück. »Kannst du noch weitergehen, oder wirst du mir noch ohnmächtig? Wenn wir bis nach Tramore laufen, dann beruhigt dich das vielleicht und bringt dir einen Teil deiner Orientierung zurück, die du offensichtlich im Meer verloren hast.«

Joseph rieb mit den Fingern über die Steinmauer. Die raue

Körnung des Steins fühlte sich unter seinen Fingerkuppen real an. Auch Deirdres Hände waren wirklich gewesen; der Geruch der Pferdeäpfel war echt.

»Ich gehe mit Ihnen«, sagte er.

Und sie gingen und gingen. Erst, als sie ungefähr eine halbe Stunde später auf einer tief ausgefahrenen unbefestigten Straße herauskamen, hielt Deirdre an.

»Wir haben soeben die Grenze von Mitfords Besitz hinter uns gelassen. Jetzt lass uns, nachdem die Last der Arbeit von uns genommen ist, gemächlicher gehen und dich ins Dorf bringen.«

Joseph roch die salzige Luft, die ihnen entgegenwehte. Er wollte Anna anrufen, um ihr mitzuteilen, dass er am Leben war. Am liebsten hätte er Deirdre gefragt, ob es dort ein Internetcafé gab und ob er sich ein Handy leihen konnte, aber die Worte fühlten sich bereits falsch an und blieben ihm im Hals stecken, bevor er sie über die Lippen brachte. Er sah zum Himmel auf und wusste schon, dass dort keine Kondensstreifen sein würden, keine Flugzeuge. Der schweigende Himmel erschreckte ihn am tiefsten.

Nur einmal in seinem ganzen Leben, als er ein kleiner Junge in der dritten Klasse gewesen war, hatte er erlebt, dass der Himmel verstummte. Sein Vater hatte ihn darauf aufmerksam gemacht. Nach dem Anschlag auf das World Trade Center war drei Tage lang der Flugverkehr eingestellt worden.

»Komm her, Joey«, hatte sein Vater ihn von ihrer asphaltierten Einfahrt aus gerufen. »Vergiss das nie. Denk daran, wenn es am Himmel still wird, dann steckt die Welt in ganz großen Schwierigkeiten.«

Und genau das bedeutete ein Himmel ohne das ferne Brummen von Motoren, die Flugzeuge antrieben, für ihn. Keine Flugzeuge, keine Jets, nichts. Er folgte Deirdre in einigen Schritten Abstand – jedenfalls, bis sie stehen blieb und die Hände in die Hüften stemmte. »Sieh zu, dass du gleichauf mit mir bleibst«, erklärte sie ihm bestimmt. »Ich mag es nicht, wenn jemand hinter mir geht. Komm jetzt weiter.«

Seite an Seite setzten sie ihren Weg fort. Zunächst blieben sie auf der ausgefahrenen Straße, überquerten dann über einen tief ausgetretenen Fußweg ein Feld und folgten einem Pfad durch die Wälder, auf dem sich Joseph wie in einem Tunnel vorkam. Deirdre war klein und reichte ihm nur bis zur Schulter. Wie bei ihrer Tochter Taleen – an die er während dieses Spaziergangs schon zwanzig Mal gedacht hatte – war ihr Haar sehr dunkel; es war nicht braun, sondern hatte eine satte Farbe wie die von alten Möbeln. Deirdre musste alt sein, so alt wie sein Vater, aber sie bewegte sich nicht so wie alte Leute, die ihre Körpermasse mühsam herumschleppten.

Nachdem sie die Wälder hinter sich gelassen hatten, mussten sie eine Steinmauer überwinden. Deirdre verblüffte ihn, indem sie flotten Schrittes darauf zuging und darübersprang, wobei sie ihren langen Rock nur gerade so hoch hob, dass Joseph den oberen Rand ihrer Stiefel sehen konnte. Sie sprang wie ein Reh oder eine Katze, als hätte die Schwerkraft keine Wirkung auf sie, so dass sie ohne Anlauf in die Höhe springen konnte. Einen Moment lang schien sie ihn vergessen zu haben, aber nach ihrem Gazellensprung wandte sie sich schüchtern lächelnd an ihn.

»Ach ja, die kleinen Freuden bereiten doch das größte Vergnügen. Komm weiter, jetzt ist es nur noch eine Meile bis zum Dorf.«

Und dann gingen sie durch schmale Straßen, von denen manche in Kurven verliefen und andere gepflastert waren. Joseph hörte den Ort summen, wie wenn jemand die Lautstärke hochgedreht hätte: Babys schrien, Pferde klapperten einher, und ein Mann schärfte eine Axtklinge an einem runden Wetzstein, den er mit einem Fußpedal antrieb. Aus einem Fenster in einer Seitenstraße kippte jemand eine Schüssel Wasser. Plötzlich befanden sie sich in der Ortsmitte, und unterhalb der Stadt sah er den Hafen, in dem dicht an dicht Schiffe aller Größen ankerten. Er schaute so weit er konnte nach links, wo der breite, lange Strand lag, dann nach rechts und schließlich in die Richtung, aus der sie gekommen waren. Dann ließ er den Blick erneut über die Schiffe schweifen.

Obwohl Joseph an kaum etwas anderes denken konnte, wollte er Deirdre nicht nach dem Datum fragen. Er wollte es schriftlich vor sich sehen. Etwas war passiert, als er mit Anna zusammen gewesen war. Irgendwie waren sie beide ins Wasser gesaugt und dann auseinandergerissen worden. Aber er wusste genau, wo er stand: Er war ein Junge, der einen Riesenhaufen Ärger hatte und verhaftet worden war, weil er sich wie ein Trottel in einem gestohlenen Auto mit Ecstasy hatte erwischen lassen; vielen Dank auch, Oscar. Und Anna … Er wusste noch, wie er die Hand nach ihr ausgestreckt und sich an ihr festgeklammert hatte, während sie sich in so etwas wie Luft auflöste.

»Kann ich hier irgendwo eine Zeitung lesen?«, erkundigte er sich.

Deirdre neigte den Kopf und dachte über seine Frage nach. »Es stimmt schon, dass wir das geschriebene Wort lieben, und wir haben Zeitungen. Auf der anderen Seite könntest du deswegen Probleme bekommen. Was ist dir lieber?«

Joseph überschlug rasch, was er bis jetzt wusste. »Ich nehme die Probleme«, meinte er und dachte an seine Lage und den schweigenden Himmel.

»Das dachte ich mir schon.«

Sie führte ihn eine schmalere Straße entlang und blieb vor

einer Tür stehen, über der ein Schild hing. »Buchbinderei Thomas Fitzgerald« stand darauf.

Deirdre öffnete die Tür und trat ein. Sie grüßte einen Mann, der sich über einen Tisch beugte und mit einem Arm kräftig einen Prägestempel nach unten drückte. Deirdre sprach mit ihm in einer anderen Sprache, deren Klang Joseph aufmerken ließ. War das Deutsch oder Holländisch? Was war das? Er konnte nur sehen, dass der Mann ihn anstarrte und den Kopf schüttelte. Dann redete Deirdre sanft und begütigend auf ihn ein, beugte sich über den Tisch und lachte und sprach immer weiter, bis der Mann aufhörte, sich zu sträuben. Er schloss eine Schublade auf, zog eine Zeitung hervor und reichte sie Joseph.

»Du kannst sie hier lesen, Bursche«, versetzte er ärgerlich, überlegte es sich aber rasch anders. »Entschuldige meine Manieren. Deirdre hat dich hergebracht, und das sollte für jeden von uns als Empfehlung ausreichen. Doch du musst die Zeitung hier in meiner Werkstatt lesen. Es ist die *Nation*, und das betrachten manche Briten schon fast als Hochverrat.«

Joseph begriff fast nichts von dem, was der Mann gesagt hatte. Er hatte noch nie von einer Zeitung namens *Nation* gehört; allerdings las er auch nicht besonders oft Zeitung, wenn er nicht unbedingt musste oder sein Ringerteam von der Highschool nicht darin erwähnt wurde. Aber die lange Einleitung hatte ihn ungeduldig gemacht; er wollte die Titelseite und das Datum sehen. Er nahm die Zeitung, und Tom Fitzgerald wies mit einer Kopfbewegung auf eine Holzbank, die an der gegenüberliegenden Wand stand.

»Denk daran, dass sie über einen Monat alt ist. So lange braucht die Zeitung, um hierherzugelangen, und sie ist von so vielen Augen gelesen worden, dass kaum noch Druckerschwärze auf den Seiten sein dürfte.«

Deirdre warf dem Jungen einen Blick zu. »Komm mit mir nach draußen, Mann«, sagte sie zu Tom. »Die Sonne scheint, und du siehst so schimmlig aus wie die vom Licht abgewandte Seite eines Baums.«

Toms Stuhl kratzte über den Boden, und dann traten die beiden durch die niedrige Tür auf die Straße hinaus. Joseph spähte aus einem Fenster und sah, dass sie sich nicht weit von der Tür wegbewegten. Schnell schlug er die Zeitung auf, und sein Blick glitt sofort zum Titel. *The Nation. 12. August 1844. Erscheinungsort: Dublin.* Wenn das, was der Mann sagte, stimmte, mussten sie ungefähr den 12. September 1844 haben.

In seinem Inneren klickten hörbar die Rädchen, und eine noch prekäre neue Realität trat an ihren Platz. Nur ein kleiner Teil seiner selbst hatte sich an seine erste Theorie geklammert – dass er in ein Computerspiel oder in eine dieser Fernsehsendungen mit versteckter Kamera hineingeraten war. Alles, nur nicht das hier. Der Teil von ihm, der nach dieser Erklärung gegriffen hatte, war ein Kind gewesen, und dieses Kind war plötzlich nicht mehr da. Wenn Anna hier gewesen wäre, hätte sie sich bestimmt einen Reim auf all das machen können, allerdings hatte er keine Ahnung, wo sie steckte.

Da er nicht wusste, was er sonst tun sollte, begann er die Zeitung auf der Suche nach zusätzlichen Informationen zu überfliegen. Aber sie war voll mit Politik – der Art von Zeug, bei dem sich seine Augen vor Langeweile verdrehten. Doch er wusste, dass er sich konzentrieren musste; er konnte sich nicht wie ein Kleinkind benehmen.

Mehrere Male sprang ihn das Wort *Autonomie* an. Darum ging es in der ganzen Zeitung; die Forderung nach Autonomie. Vielleicht würde dieser Kerl ihm erlauben, die Zeitung mit zu dem Ort zu nehmen, von dem Deirdre und er gekommen waren, wenn er versprach, sie zurückzugeben. Joseph steckte den Kopf aus dem Fenster, das merkwürdigerweise keine Glasscheibe besaß. Stattdessen waren innen und außen Fensterläden angebracht.

»Kann ich mir das hier ausleihen? Ich gebe es auch zurück.«

Tom und Deirdre wirkten wie vom Donner gerührt. Tom warf zuerst Deirdre, dann Joseph einen anklagenden Blick zu. »Wohin willst du es mitnehmen, auf den Mitford-Besitz? Bist du verrückt?«

Was hatte er denn Falsches gesagt? Moment mal, Deirdre hatte etwas über Probleme gesagt. Er konnte wirklich keine weiteren Schwierigkeiten gebrauchen.

»Tut mir leid, ich wollte sie nur genauer lesen. Aber eigentlich wollte ich lediglich das Datum wissen. Deswegen war ich so durcheinander. Verstehen Sie, durch den Unfall, nach dem man mich aus dem Meer gezogen hat, habe ich mein Zeitgefühl verloren.«

Er kam sich albern vor, weil er durch das Fenster mit den beiden redete, daher zog er seinen Kopf zurück, ging zur Tür und hielt Tom die Zeitung entgegen. Sobald das Tageslicht auf die Zeitung fiel, fuhr Tom erneut zusammen und erstarrte wie ein wachsamer Hund, dem sich das Fell sträubt. Er schob Joseph nach drinnen zurück und baute sich zusammen mit Deirdre vor ihm auf.

»Ich hatte einen wunderbaren Tag und habe friedlich eine Seite gesetzt, und jetzt zapple ich wie ein Fisch auf dem Trockenen. Wir wollen die verdammte Zeitung wegräumen.« Er schob sie unter seine Werkbank, unter einen hölzernen Setzkasten, der schwer mit winzigen Drucklettern beladen war.

Er wandte sich an Joseph. »Du bist nicht von hier, Junge, das höre ich an deiner Stimme, daher trifft dich keine Schuld. Und Deirdre hat mir erzählt, dass du aus Kanada stammst und unser furchterregender Ozean dich ausgespuckt hat.«

Joseph schluckte und schickte sich an, diese Lüge ein weiteres Mal über die Lippen zu bringen. »Ja, aus Kanada. Viel anderes weiß ich nicht mehr aus der Zeit vor meiner Rettung.« Zum ersten Mal kam er auf die Idee, die offensichtliche Frage zu stellen. »Haben Sie am Ufer noch andere Schiffbrüchige gefunden?«

Tom sah Deirdre erwartungsvoll an und überließ die Antwort ihr. Ein Lichtschimmer, der von der Tür her einfiel, ließ Deirdres Augen aufleuchten, und Joseph fiel zum ersten Mal auf, dass sie grüner waren als alles andere, was er je gesehen hatte. So grün, dass es nicht natürlich aussah – jedenfalls hatte er so etwas Grünes noch nie an einem Menschen gesehen. Deirdre trat aus dem Licht weg und näher zu Joseph, und ihre saphirgrünen Augen nahmen erneut einen blaugrünen Ton an, der weniger umwerfend, aber auch weniger verstörend war.

»Jedes Mal, wenn jemand ans Ufer gespült wird, ob lebendig oder tot, suchen wir die Küste in beide Richtungen meilenweit ab. Die Strömung ist entsetzlich stark; du kannst dir nicht vorstellen, wie weit etwas, das auf dem Wasser treibt, getragen werden kann. Aber nein, wir haben in beide Richtungen fünfzehn Meilen weit Nachricht gegeben, dass man Ausschau halten soll. Doch du warst der Einzige. Und wir haben von keinem Schiffsunglück gehört.« Sie hielt inne. »Natürlich hören wir nicht immer davon. Manche Schiffe sinken auch einfach; sie werden unter die Oberfläche gezogen, und es bleibt kein verdammtes Fetzchen von ihnen übrig.« Sie warf Tom kurz einen Blick zu.

»So ist es. Deine Leute müssen ja krank vor Sorge sein, Junge.«

Joseph brauchte Zeit, um den Rest seiner Geschichte zu formulieren; er musste vorsichtig sein. Hier konnte ihm Oscars Erfahrung mit den Computerspielen zustattenkommen. Er musste sich einen Avatar schaffen, eine Persönlichkeit und eine Geschichte und vielleicht sogar eine Mission. Der Gedanke drückte Joseph nieder wie eine schwere Last.

»Natürlich wirst du an deine Familie schreiben wollen, um sie über dein Missgeschick zu unterrichten«, meinte Deirdre.

»Ja, natürlich«, gab Joseph zurück. *Und was für einen Namen soll ich mir ausdenken und welche falsche Adresse benutzen?* Nicht, dass es darauf angekommen wäre. Doch er sprach den Gedanken nicht aus. Er rief sich ins Gedächtnis, dass er gründlicher nachdenken musste als je zuvor. Das hier war nicht die Highschool; er konnte nicht in sein Heft kritzeln, SMS an Oscar schreiben oder im Geschichtsunterricht einschlafen. Er musste diese Sache eher angehen wie einen Ringkampf – leichtfüßig sein, den nächsten Zug seines Gegners voraussehen, bevor dieser selbst wusste, was er tat, und entschlossen und schnell zuschlagen.

Sie gingen zum Mitford-Gut zurück. Unter ihren Füßen stieg die Landschaft beständig an. Auf dem Rückweg fühlte sich Joseph wie ein anderer Mensch. Er war von einem Wissen erfüllt, das in seinem Inneren herumhüpfte, sich plappernd um jeden Synapsen- und Neuronenknoten legte und ihre Struktur veränderte, bis die Anstrengung ihn erschöpfte. Plötzlich zog die Sehnsucht nach seiner Familie ihm die Kehle zusammen. Hieß das, dass er seinen Vater, seine Großmutter, ja sogar Anna nie wiedersehen würde? Moment mal, warum war eigentlich nicht sein Vater nach New Jersey gefahren, um ihn abzuholen? Er hielt Schritt mit Deirdre, doch dann ließ ihn die plötzliche Angst um seinen Vater so abrupt erstarren, als wäre er gegen eine Steinmauer gelaufen. Er fiel auf die Knie und hielt sich den Kopf.

»Was hast du?« Deirdre war an seiner Seite und kauerte neben ihm. Sie legte ihm ihre kühle Handfläche auf die Stirn. »Komm, setz dich auf dein Hinterteil, und steck den Kopf zwischen die Knie. Fieber hast du keines, aber gut geht es dir dennoch nicht.«

»Es ist mein Vater; etwas stimmt nicht mit meinem Vater.« Die Worte entrangen sich ihm mühsam, jedes einzelne quetschte sich durch seinen Hals. Er setzte sich auf, wandte sich von Deirdre ab und wischte sich die Tränen aus dem Gesicht. »Ich weiß, dass etwas nicht in Ordnung ist, kann mich allerdings nicht daran erinnern, kann es nicht sehen.«

Deirdre wartete, die Arme um die angezogenen Knie geschlungen. Als er sich räusperte und versuchte, zu sich zu kommen, indem er sich die Hände an seinem Hemd abwischte, stand sie auf. »Du wirst dich an alles erinnern, was du wissen musst. Manchmal ist es eine Gnade, uns nicht zu erinnern, und dieses Nicht-Wissen wiegt uns wie einen Säugling, bis wir wieder bei Kräften sind. Ich behalte dich im Auge. Manche Leute würden sagen, das sei ein großer Jammer, und andere, dass es gut so ist. Wir werden sehen, was auf dich zutrifft.«

Sie hatten den steilsten Teil der Straße zurückgelegt und schauten beide zurück, übers Meer hinaus.

»Colonel Mitford wird bei Sonnenuntergang von seinem Ausritt mit den Hunden zurückkehren. Von der Jagd«, erklärte Deirdre. »Wenn ich könnte, würde ich dich noch einen Tag von ihm fernhalten. Aber sobald er hört, dass du da bist, wird er dich inspizieren wollen, verstehst du; so als wärst du ein Vogel von einem spanischen Schiff oder ein Affe von der afrikanischen Küste. Wir hatten einmal einen kleinen Affen, der durch das ganze Gutshaus lief; ein grauenhafter Anblick war das. Die Einsamkeit des Wesens war so groß, dass ich es kaum ertragen konnte. Und dann, eines

Tages, war die Kreatur verschwunden. Ich weiß nicht, ob der Colonel seines Spielzeugs überdrüssig geworden ist oder ob das unglückliche Ding entkommen konnte. Wenn der Affe weggelaufen ist, dann haben wir hier so viele Nebelkrähen und Seeadler, dass sie ihn sicher getötet haben.«

Ihre Geschichte beunruhigte Joseph. Musste er irgendwie dem Gutsherrn, wenn er denn so hieß, geopfert werden, als gäbe es kein Entkommen? Würde er so enden wie der Affe, abgeschoben und von Vögeln in Stücke gerissen?

Sie befanden sich jetzt auf dem Waldweg, dessen Blätterdach wie ein Tunnel wirkte. Die Nachmittagssonne fiel in schmalen Lichtbündeln hindurch. Er hörte nur seine eigenen Schritte und kaum wahrnehmbare Laute von Deirdre, wie wenn sie den Boden nur fast berührte. Dann kamen sie in dem weit offenen Gelände heraus, und Deirdre beschleunigte ihren Schritt.

»Ich weiß, dass du am liebsten vor Erschöpfung umfallen würdest, Junge, aber jetzt ist keine Zeit zum Verweilen.«

Als sie wieder in die weitläufige Küche des Herrenhauses traten, drückte Deirdre ihn auf einen Stuhl. Der frische, blutige Kadaver eines Rehs war ausgenommen worden, und seine Keulen hingen jetzt über den Arbeitstischen.

»Iss das«, sagte sie und schob den letzten Rest der Suppe vor Joseph hin. »Hol ihm eine Scheibe Schinken, Finn. Ich hatte ganz vergessen, wie schnell junge Burschen ihr Essen verdauen.«

Finn öffnete eine Tür zu etwas, das wie ein Wandschrank aussah, verschwand einen Moment und kehrte mit einem dicken Brocken Fleisch zurück. Joseph spürte, wie ihm das Wasser im Mund zusammenlief und sein Magen einen erfreuten Satz tat. Er hatte die Mädchen in der Highschool, die Vegetarierinnen waren, nie verstanden. *Karnickel* hatte sein

Vater sie genannt. Nein, Finn war nicht der einzige andere Mensch, an den er sich erinnerte. Wo steckte Taleen? Er sah sich in der Küche um.

Finn zog ein langes Messer aus einer Schublade und schnitt ein Endstück von dem Fleisch ab. Er reichte es dem Jungen.

»Könntest du es vielleicht auf einen Teller legen, Mann?«, fragte Deirdre seufzend.

Obwohl Finn lächelte und freundlich dreinblickte, entging Joseph der Hauch von Geringschätzung nicht, mit dem er ihm schließlich das Fleisch hinschob.

»Warum traust du ihm?«, wollte Finn wissen. »Wieso hast du ihn aufgenommen wie Daniel O'Connell höchstpersönlich? Wir wissen nichts über ihn, und er weiß schon viel zu gut über uns Bescheid.«

Deirdre band sich bereits eine frische Schürze um. »Es macht mich wirklich ganz schwindlig, wie schnell der Klatsch umgeht. Welches Schandmaul hat dir erzählt, wo wir waren und mit wem wir gesprochen haben?«

Finn zuckte die Achseln und warf Joseph von der Seite einen Blick zu. »Was kommt es darauf an, wer die Nachricht überbracht hat?«

Joseph biss ein Stück von dem Fleisch ab und begann zu kauen. Kurz blickte er zu Finn und Deirdre auf. Das Fleisch war trocken. Das nächste Stück tunkte er in die Suppe und hoffte, dass es dadurch weicher werden würde.

»Wir wissen zumindest, dass er kein Brite ist, und er ist nur ein junger Bengel. Wenn je ein Mensch Unterstützung gebraucht hat, bevor man ihn unserem Colonel Mitford zum Fraß vorwirft, dann er«, meinte sie.

»Wunderbar«, erwiderte Finn. »Und angenommen, nur angenommen, dass er die undankbaren Äußerungen, die du gerade so offen kundgetan hast, an unseren Herrn weitergibt? Was dann? Ich habe noch nie erlebt, dass du die Vorsicht in den Wind geschlagen hast, nicht ein einziges Mal. Und du bringst so viele Menschen in Gefahr. Siehst du denn nicht, dass der Junge kein Ire ist?«

Joseph hörte zu essen auf und sah Deirdre an. Er wollte ihr begreiflich machen, dass er nie etwas sagen oder tun würde, was ihr schadete.

»Ich verstehe«, sagte er. »Deirdre ist mit mir nach Tramore gegangen, um festzustellen, ob ich mich an mehr von dem erinnern kann, was geschah, als ich angespült wurde. Ich habe die Schiffe im Hafen angesehen und keines davon erkannt. Dann sind wir zurückgegangen. Das war alles.«

Ohne einen Kommentar neigte Deirdre den Kopf zur Seite und schaute Finn an.

»Er hat eine schnelle Auffassungsgabe und anscheinend Grips im Kopf. Um unser aller willen hoffe ich, dass das ausreicht«, meinte Finn.

Wie auf das Stichwort hin öffnete sich, auf ihren rostigen Angeln quietschend, die Tür zum Treppenhaus. Mr Edwards tauchte auf und trat nur so weit wie möglich in die Küche herein.

»Komm mit, Bursche. Der Herr reitet in diesem Moment herbei, und du sollst das Erste sein, was er bei seiner Rückkehr sieht. Dein Glück, dass seine Jagd üppig war.«

Joseph schob seinen Stuhl zurück und spähte dabei verstohlen zu Deirdre auf. Sie nickte kaum merklich und trat beiseite, um ihn vorbeizulassen. Er meinte, im Vorübergehen zu hören, wie sie etwas sagte. Vielleicht hatte sie aber auch nur gehustet, um ihren Hals freizumachen. Ganz sicher war er sich nicht. Doch wenn sie etwas gesagt hatte, dann war es »Vorsicht« gewesen.

»Folge mir«, befahl Mr Edwards ihm.

Je weiter sie die Küche hinter sich ließen, umso größer wurde alles an dem Herrenhaus. Die Türen wurden breiter und höher und die hölzernen Bodendielen weitläufiger. Die Fenster bestanden nicht länger nur aus einfachem Glas, sondern waren aus Buntglas gefertigt. Joseph folgte seinem Führer durch mit Holzpaneelen ausgestattete Gänge und Räume, die einzig und allein dem Zweck zu dienen schienen, gewaltige Porträts auszustellen. Schließlich hielten sie in der weitläufigen Empfangshalle an. Der Boden bestand aus gewaltigen Steinplatten, und die Wände waren mit üppigen Stuckornamenten bedeckt. Ein riesiges Gemälde empfing ihn, auf dem eine bunte Jagdszene zu sehen war. Der Jäger stand mit polierten Stiefeln inmitten seiner aufgehäuften Beute: tote Fasanen, ein gewaltiger Hirsch, dem die blutige Zunge in einem unwahrscheinlichen Winkel aus dem Maul hing, alle möglichen Arten von Enten und ein kleiner Berg Kaninchen; alles, was der Jäger in seinem Blutrausch erlegt hatte.

In der riesigen Eingangshalle begann sich Joseph kleiner und bedeutungsloser zu fühlen. Da hörte er eine laute, polternde Stimme, das Knallen harter Stiefelsohlen und das selbstzufriedene Geplauder von Männern, die gemeinsam etwas vollbracht haben. Über einen Gang zur Rechten kamen sie näher.

Herein traten Männer in Reitkleidung. Ein Duft nach geöltem Leder und Pferden zog vor ihnen her. Als sie Joseph bei Mr Edwards sahen, blieben sie abrupt stehen.

»Was soll das? Haben Sie einen Dieb gefangen, Edwards, noch ein Stück irisches Lumpenpack, das unser Gut ausplündert? Genau zur rechten Zeit; wir haben noch ein paar Kugeln übrig«, sagte einer der Männer. Sein sandfarbenes Haar war nach hinten frisiert und hinter ein Ohr gesteckt. Die anderen drei Männer brachen in dröhnendes Gelächter aus.

Mr Edwards deutete eine Verbeugung an. »Dieser Knabe, der im Übrigen kein Ire ist, Sir, wurde am Strand angespült gefunden und atmete kaum noch. Ich wusste, dass Sie ihn sofort würden sehen wollen. Er stammt aus der Provinz Kanada, Sir, und ist ein gebildeter, anständiger Bursche.«

»Aus den Provinzen? Dann sehen Sie zu, dass er aus diesen Lumpen herauskommt. Was soll er von uns denken, dass wir ihm Fetzen von den Iren anbieten? Sag mir deinen Namen.«

Natürlich würde der Hausherr seinen Namen wissen wollen. Warum hatte er nicht besser darüber nachgedacht? In Josephs Kopf überschlugen sich Nachrichtensendungen und Fragmente von Fernsehbildern aus England. Plötzlich war sein Hirn leer, als hätte er in seinem ganzen Leben von keinem Menschen aus England gehört. Dann fiel ihm der einzige Name ein, den er mit England in Verbindung brachte.

»Joseph Blair, Sir, und ich freue mich sehr, Sie kennenzulernen.«

11

Joseph erwachte im hohen Rang eines geehrten Gastes auf Colonel Richard Mitfords Gut, einem Zustand, der seine kühnsten Erwartungen übertraf. Dass er in eine andere Zeit versetzt worden war, störte ihn im Vergleich zu den Vorteilen wenig. Er war in eine privilegierte Existenz gerutscht, die wie für ihn geschaffen war.

Mr Edwards brachte einen Stapel Kleidung, die enger genäht worden war, damit sie ihm mit seinen schmalen Hüften und langen Armen und Beinen passte. Joseph trug jetzt einen Gehrock aus fein gewebtem Wollstoff, darunter eine Weste und auf der Haut ein gestärktes Leinenhemd. Sein Gastgeber hatte ihm kniehohe Stiefel zukommen lassen, die schwarz wie Ebenholz glänzten. Ein Diener hatte sie poliert und in Josephs Schlafzimmer gebracht, und er hatte ihm heute Morgen geholfen, die Stiefel anzuziehen. Der Colonel hatte davon gesprochen, dass sie am Nachmittag ausreiten würden.

Das Essen hatte man Joseph an einem langen Tisch im Speisezimmer aufgetragen. Jetzt beendete er ein Mahl, das aus etwas zu stark durchgebratenem Fasan, Kartoffeln in Sahne-Kräuter-Sauce und Brot bestand. Letzteres war so feucht und reichhaltig und hatte eine solche Geschmacksexplosion auf seiner Zunge hervorgerufen, dass er mit einer Erektion darauf reagiert hatte. Auf den Hauptgang folgten unidentifizierbare Beeren mit einer Sauce, die irgendwie nach Vanilleeis schmeckte, nur, dass sie viel wärmer war. Und das war erst das Mittagessen.

Während er von seinem Platz am Tisch auf die gepflegten Gartenanlagen hinaussah, trat ein Junge ein, um nach dem Kamin zu sehen. Er sah aus, als wäre er ungefähr in Josephs Alter.

»Guten Morgen, Sir. Der Colonel wollte, dass ich nachsehe, ob Sie ein Feuer brauchen, obwohl es mir zu früh dafür erscheint. Nicht, dass ich etwas gegen die Entscheidung des Colonels einwenden wollte, doch es ist ein warmer Tag«, erklärte er.

Noch nie hatte jemand Joseph mit »Sir« angesprochen, und die Anrede kam ihm unangenehm gewichtig vor. Er schob seinen Stuhl zurück, stand auf und trat an den Kamin. Er streckte die Hand aus.

»Ich bin Joseph. Was ist deine Aufgabe hier?«

»Mein Name ist Con, eine Abkürzung für Connor, aber

so nennt mich niemand. Sie fragen, was ich arbeite? Bei kaltem Wetter versorge ich die Kamine, und wenn ich kann, helfe ich meinem Vater, dem Steinmetz. Kann ich etwas für Sie tun, Sir?«

Joseph brannte auf die Gesellschaft eines Gleichaltrigen.

»Könntest du mich auf dem Besitz herumführen? Ich würde gern die Ställe und die Jagdhunde sehen.«

»Aye. Ich bin gerade auf dem Weg in die Stallungen. Dann kommen Sie mit.«

Der Colonel hatte sich wortreich und aufgeregt vergewissert, dass er alles bekam, was er an Kleidung und Stiefeln brauchte. Er hatte seinem Gast auch eine Führung über seinen Besitz versprochen, aber Joseph wollte das Gut auch aus der Perspektive der Dienstboten kennenlernen, um Taleen finden zu können. Er hatte sie einmal mit einem großen Hund gesehen und auch anderswo Hunde gehört.

Die beiden jungen Burschen verließen das Herrenhaus, wandten sich nach links und gingen die lange Auffahrt entlang. Die Stallungen hinter dem Haus nahmen fast genauso viel Platz ein wie das Gebäude selbst.

»Diese Hunderasse ist so alt wie Irland, das sagt jedenfalls Deirdre«, bemerkte Con und öffnete die Tür zu den Ställen. »Sie hat gesagt, sie hätten uns einst vor Wölfen geschützt und die Wölfe daran gehindert, unsere Schafe und die kleinen Kälber zu fressen. Wölfe gibt es allerdings schon lange keine mehr.«

Die Türangeln quietschten. Joseph fand, dass in Irland alles knarrte. Vielleicht lag es an der salzigen Luft, die ständig das Eisen der Angeln angriff, Moleküle herauslöste und Unebenheiten erzeugte, so dass Metall auf Metall knirschte.

»Der Colonel schwärmt für alles Irische, nur von den Iren hält er nichts. Er will zwanzig Wolfshunde auf seinem Besitz haben, als Wachhunde, verstehen Sie, weil er gehört hat, dass der alte irische Adel auf jedem Gut zwanzig Hunde hielt. Aber seine Hunde wollen sich einfach nicht vermehren, jedenfalls nicht oft. Deirdre glaubt, die Wolfshunde würden Irland verlassen, als hätten sie beschlossen, dass ihre Arbeit getan sei.«

Joseph folgte Con in den hinteren Teil der Stallungen, vorbei an Pferden mit hervorquellenden Augen, die die Köpfe zurückwarfen, als Con vorüberging, und die Nüstern blähten, um den Geruch der Besucher aufzunehmen.

»Im Frühjahr hatten wir einen Wurf, doch die Tiere entwickeln sich nicht gut, und der Wurf war klein, nur vier Welpen. Einer kam tot zur Welt und hat nicht einen einzigen Atemzug getan. Ein Weibchen hat Husten bekommen und zu saugen aufgehört. Es ist bald gestorben. Einem anderen ist es auch nicht gut ergangen …« Con hielt inne und schien mit sich zu Rate zu gehen, ob er noch mehr sagen sollte.

Joseph hörte ein Rascheln, etwas wie ein Kratzen.

»Wir haben den Kümmerling dann behalten. Der Colonel hat befohlen, ihn zu ersäufen, aber das habe ich nicht übers Herz gebracht. Ich habe ihn zu Deirdre getragen, und sobald Taleen ihn gesehen hatte, war alles geregelt. Taleen sorgt für den Kümmerling. Sie kommt bei jeder Gelegenheit her, und der Kümmerling hat sich an sie angeschlossen.«

Interessiert war Joseph vorher schon gewesen, jetzt war er fasziniert.

»Er ist also Taleens Hund?«, fragte er.

»Das ist er. Jedenfalls so weit, wie wir auf dem Gut des Colonels etwas besitzen dürfen. Wenn Deirdre nicht mit dem Colonel gesprochen und ihm eingeredet hätte, das Ganze sei seine Idee, wäre der Welpe Fraß für die Möwen gewesen.«

Con schob die Tür zu einem weiteren Teil des Guts auf. Drei erwachsene graue Wolfshunde hoben die Köpfe, um die Menschen ungeniert zu taxieren. Der starre Blick überrumpelte Joseph; der ungerührte, ernste Ausdruck in diesen Augen erweckte in ihm den Wunsch, er hätte nie etwas Falsches getan. Ein dunkelgrauer Hund stand auf, dessen pure Größe Joseph verblüffte. Die Hündin dagegen bewegte sich leichten Schritts; die Schwerkraft wagte anscheinend nicht, sie herabzuziehen, zog nicht an ihrer Masse, so dass sie zu schweben schien. Ihre Fußballen federten vom Boden ab.

Bevor das graue Tier den Hof überquert hatte, hüpfte ein anderer, jüngerer Hund in die Mitte, sprang das ältere Tier an und schleckte ihm feucht den Hals ab. Dann schoss er von der Hündin weg und stolzierte auf Con und Joseph zu. Seine riesigen Pranken platschten hörbar über den Boden.

»Ist das etwa der Kümmerling?«, fragte Joseph und lachte zum ersten Mal seit seinem Sturz durch die Zeit. Er setzte ein Knie auf den Boden. Der Welpe, dessen Fell die Farbe von Haferflocken hatte, betrachtete das als Einladung zum Spielen und legte beide Vordertatzen auf Josephs angewinkeltes Bein.

Kaum hatte der Welpe Josephs ganze Aufmerksamkeit auf sich gezogen, umkreisten die drei erwachsenen Hunde ihn lautlos. Sie überragten ihn ein wenig. Ihr Fell war grob und struppig. Die Hunde mussten an der Schulter über neunzig Zentimeter hoch sein und am Kopf einen Meter zwanzig. Plötzlich hatte Joseph den Impuls aufzustehen.

»Nicht.«

Sie klang genauso, wie er es sich vorgestellt hatte. Nein, besser, hundertmal besser, als ob ihre Stimme Kristalle in der Luft bildete. Er hatte keine Ahnung, woher Taleen gekommen war, aber wahrscheinlich waren seine Aussichten besser, wenn er ihr gehorchte.

»Beweg dich noch nicht. Die Tiere müssen dich beschnuppern und ansehen. Sie wollen wissen, was es mit dir auf sich hat.«

Oh nein. Er hoffte, dass sie nicht wirklich erkennen konnten, was mit ihm los war. Die drei monströs riesigen Hunde näherten sich ihm bedrohlich, während der Welpe, dem der Ernst der Inspektion nicht bewusst war, ihm das Gesicht ableckte. Sie schnupperten an seinen Kleidern, seinem Haar. Vorsichtig streckte er seine flache Hand aus, an der die Tiere schnüffelten. Was ihn aus der Fassung brachte, waren die Augen, dieser überaus eindringliche, unverwandte Blick aus ihren bernsteinfarbenen Augen.

»Jetzt steh auf«, sagte Taleen.

Übertrieben langsam erhob er sich und versuchte, seine flatternden Nerven zu beruhigen. Zuerst steckte das Männchen – dessen Geschlecht aus Josephs vorheriger Haltung offensichtlich gewesen war –, dann eines der Weibchen wie selbstverständlich die Schnauze in seinen Schritt. Joseph betete, dass sein bestes Stück richtig roch, was immer das in diesem Fall sein mochte.

»Sie beschnüffeln dich auf ihre spezielle Weise, um herauszufinden, woher du kommst. Lass ihnen ein bisschen Zeit.«

Joseph unterwarf sich der ausgedehnten Überprüfung seines Schritts. Plötzlich stellte das Männchen sich verblüffend behutsam auf die Hinterbeine und legte Joseph die Vorderpfoten auf die Schultern. Der Hund war größer als er, und Joseph verstand die Botschaft laut und deutlich. Er hatte noch nie so große Hunde gesehen. Das Männchen ließ sich wieder auf den Boden fallen. Die drei erwachsenen Hunde wedelten feierlich mit dem Schwanz und kehrten dann zu ihren Ruheplätzen zurück.

»Das hier ist Madigan. In der alten irischen Sprache bedeutet das ›kleines Hündchen‹. Passend, findest du nicht?«

Joseph nickte. Irgendwie brachte er bei Taleen nichts anderes fertig. Seine Zunge trocknete aus, und er hatte das

Gefühl, als sei sein Hirn weit fort. Er konnte sich nicht darauf verlassen, welche Worte ihm über die Lippen kamen.

»Der Colonel und ich reiten heute aus«, sagte er und bedauerte es sofort. Seine Worte klangen dumm.

»Na, dann lauf lieber zu. Lass ihn nicht warten«, gab sie zurück.

Als er davonging, stand Taleen neben Madigan und hatte ihr leicht die Hand auf den Kopf gelegt. Für eine so große Hündin brachte Madigan, die noch ein Welpe war, es fertig, bemerkenswert albern und ganz anders als die ernsten älteren Hunde auszusehen. Joseph brachte ein Winken zustande, das wahrscheinlich ebenso albern aussah wie Madigan.

Joseph war sechzehn und hatte bis auf seine Großmutter, seine Tante und seine Lieblingslehrerin aus der zweiten Klasse, Mrs O'Connor, in die er verliebt gewesen war, noch nie jemanden geküsst. Die Küsse seiner weiblichen Verwandten waren Wangenküsse gewesen, unentrinnbar und peinlich. Am meisten hatte er die Momente gehasst, wenn er seine Großmutter und seine Tante begrüßte. Seine Tante dagegen hatte anscheinend keine Lust mehr, ihn auf die Wange zu küssen, und stellte daher nicht länger ein großes Problem dar. Wahrscheinlich hatte sie es aufgegeben. Aber bei seiner Großmutter war das etwas anderes; größtenteils glaubte er, dass sie ihn liebte, und er mochte es, wie sie roch. Außerdem war sie immer für ihn da, wie sie es versprochen hatte.

Mrs O'Connor, die in der zweiten Klasse seine Lehrerin gewesen war, hatte dem siebenjährigen Joseph ein köstliches, genüssliches Prickeln über den Körper laufen lassen. Während der ersten Hälfte des Jahres hatte er sich vergessen und sie Mommy gerufen, wenn er seine Rechenaufgabe besonders schnell beendet hatte. Zwei Jungen in der vordersten Reihe hatten es gehört und zogen ihn in der Pause damit auf. In der Woche darauf hatten dieselben zwei Jungen, Alex und Jeremy, Mrs O'Connor allerdings ebenfalls mit Mommy angesprochen, so dass sie quitt waren.

Seine Lehrerin war schöner gewesen als jede Frau, die er je gesehen hatte, und er hatte sich vorgestellt, dass er sie eines Tages heiraten würde. Am letzten Schultag hatte Mrs O'Connor sich hingekniet und alle Kinder umarmt. Einige der Kinder, darunter Joseph, hatten sie auf die Wange geküsst. Ihre Wange war so weich gewesen und ihr Haar hatte so köstlich geduftet, dass er sich gefragt hatte, warum Tiger und Bären Mrs O'Connor nicht einfach auffraßen. Wenn sie jemals zum Camping fuhr, würden die Bären sie bestimmt für eine Süßigkeit halten und in ihr Zelt einbrechen. Sie hatte jedem Kind eine lange Bemerkung auf das Jahreszeugnis geschrieben, und sie hatte gesagt, dass Joseph rasch lernte und gut in allem war, was er ausprobierte.

Josephs Vater hatte kein Wort über das Zeugnis verloren, es aber auf dem Küchentisch liegen gelassen, als reiche es aus, dass er es gelesen hatte. Josephs Grandma hatte es gefunden, vor Freude aufgeschrien und es in feierlichem Ton immer wieder vorgelesen. Trotzdem war es nicht genau dasselbe gewesen, denn er hatte gehofft, sein Vater würde ihn loben.

Wenn seine Mutter noch gelebt hätte, wäre alles anders gewesen. Sie hätte ihn über alles geliebt. Er war sich nie sicher, ob er sich an sie erinnerte oder nur an die Geschichten, die seine Großmutter und seine Tante ihm erzählt hatten. Er war in der Lage, alle Einzelheiten über ihren Tod vorzutragen. Sie hatte sich das Bein gebrochen, als sie bei einem einfachen Geländeritt vom Pferd gefallen war, etwas, das in sechs Wochen hätte heilen müssen. Das Reiten war seit ihrer Kindheit ihre Freude gewesen, und Patrick hatte sie zu ihrem Geburtstag mit einem geführten Reitausflug überrascht. Doch dann war ein Blutgerinnsel aus ihrem gebrochenen Oberschenkel in ihr Gehirn gewandert. Keine gewöhnliche Verletzung, hatte jeder gesagt. Nein, nicht gewöhnlich, sie hatte nur Josephs Leben verändert.

Dennoch hatte er nicht gezögert, als der Colonel ihn zum Reiten eingeladen hatte. Genau das hatte er sich immer gewünscht.

12

Im Jahr 1844 hätte Anna allerhand gut gebrauchen können. Reparatur-Klebeband zum Beispiel. Warum war sie nicht zusammen mit einer dicken grauen Rolle Reparatur-Klebeband durch die Zeit transportiert worden? Sie hätte es um ihre Schuhe wickeln können, an denen sich ein Teil des Leders von der Sohle gelöst hatte. Sie hätte damit einen Rocksaum anheften oder ein gesplittertes Tor im Zaun richten können. Doch Anna hatte weder Reparatur-Klebeband noch Aspirin, Antibiotika, Tampons oder Zitronensaft, um ihre Ernährung mit ein wenig Vitamin C aufzubessern; und auch keine Zahnseide, obwohl sie schon versucht hatte, einen Faden zwischen ihren Zähnen durchzuziehen. Sie hatte ihre Gastgeber verblüfft, indem sie ihre Zähne mit einem faserig gekauten Stöckchen putzte. Sie hatte keine Fleecejacke. Was hätte sie nicht für eine leichte Fleecejacke gegeben, und für Reißverschlüsse und Deodorant? Für alle, nicht nur für sie.

Aus dem einundzwanzigsten Jahrhundert hatte sie nur noch zwei merkwürdige, nutzlose Kleidungsfetzen – den zerfetzten Bund von den Boxershorts ihres Exmanns und den Hals und eine Schulter seines T-Shirts. Beides hatte Anna getragen, als sie durch die Zeit gestürzt und am anderen Ende, Salzwasser erbrechend, wieder aufgetaucht war.

Glenis hatte die Stofffetzen aufbewahrt, aber sie hatte sie Anna erst gezeigt, als diese seit vier Tagen wieder gehen konnte, ohne dass sie durch den rasenden Schmerz in ihrem noch immer eiternden Bein in Ohnmacht fiel. Anna konnte jetzt allein vom Bett aufstehen und im Cottage und der Scheune herumhumpeln. An diesem Punkt zog Glenis die Überreste der Boxershorts aus der Tasche. »Sag mir, Liebes, was genau ist Man Silk?«, fragte sie.

Anna sah, dass das Etikett mit dem Markennamen noch am Bund hing. Ihre Hand schoss wie von selbst vor, um den Stoff zu packen, der sie plötzlich daran erinnerte, wer sie war und wo sie am liebsten gewesen wäre. Sie zog das Stück Stoff ans Gesicht.

»Ich könnte mir denken, dass dir deine Familie fehlt. Und das ist ja auch kein Wunder. Ich kann mir nicht vorstellen, wie es mir ergehen würde, wenn ich nackt und halb ertrunken aus dem Meer gezogen würde. Wir bringen dich dorthin zurück, wo du hingehörst«, erklärte Glenis.

»Aber erst, wenn ich Joseph gefunden habe. Das ist das Wichtigste. Wo immer er steckt, er muss entsetzliche Angst haben.« Verstohlen steckte sie das zerfetzte Stück Stoff in die Tasche.

»Genau. Tom und ich werden weitersagen, dass man nach ihm Ausschau halten soll. Ein junger Bursche, sagst du? Und natürlich ebenfalls Amerikaner? Erzähl mir noch einmal von dem Schiff, auf dem ihr unterwegs wart.«

»Joseph ist gerade sechzehn, und er ist noch nie gereist. Er wird nicht wissen, wie er sich durchschlagen soll. Und er macht sich große Sorgen um seinen Vater, meinen Bruder, der einen schweren Unfall hatte…« Anna hielt inne; sie wollte, dass ihre Geschichte schlüssig klang und in diese Zeit ohne Radio oder Telegrafen passte. Warum sollten sie beide nach Irland gereist sein, wenn Patrick verletzt worden war? Sie musste daran denken, langsamer vorzugehen; diese Welt bewegte sich gemächlicher, und Nachrichten wurden nicht ohne Zeitverlust übermittelt. Sie rieb sich den Unterschenkel, um Zeit zum Nachdenken zu schinden.

»Wie geht es dem Bein?«

»Besser, aber gerade eben habe ich einen scharfen Schmerz gespürt. Ich glaube, ich ruhe mich kurz aus.« Anna lehnte den Rücken gegen den Zaun. »Unser Ziel war Frankreich. Wir wollten meinen Bruder holen, nachdem wir die Nachricht von seinem schrecklichen Unfall erhalten hatten. Er ist Anwalt und lebt seit zwei Jahren in Frankreich. Wir hatten einen Brief bekommen, in dem es hieß, er sei gestürzt. Wie genau, das weiß ich nicht, und es stand nicht darin; doch er hat immer wieder das Bewusstsein verloren. Wir haben sofort eine Passage gebucht, um ihm zur Seite zu stehen und ihn nach Hause zu holen«, erklärte Anna. Verblüfft und verlegen schlug sie die Hände vors Gesicht; sie weinte. Nicht wegen der erfundenen Geschichte, die sie Glenis auftischte, sondern weil ihr plötzlich Patricks Bild vor Augen stand: grausig, aufgequollen, bis zur Unkenntlichkeit voller Blutergüsse, an Plastikschläuchen hängend und von elektrischen Impulsen durchzuckt. Ob er überhaupt noch lebte?

»Lass nur, du brauchst mir nicht alles zu erzählen. Nimm dich zusammen. Bevor du nicht weiter zu Kräften kommst, kannst du weder deinem Bruder noch dem jungen Burschen eine Hilfe sein«, sagte Glenis. Sie rieb Anna mit ihrer kratzigen, schwieligen Handfläche über die Hand.

Das war die erste zärtliche Berührung, die ihr jemand angesichts von Patricks Unglück zuteilwerden ließ, und sie nahm sie dankbar an – trotz ihrer Lüge und des Umstands, dass Patrick noch nicht einmal existierte.

Täglich unternahm Anna heimliche Expeditionen, um die Lage auszukundschaften. Und sie quetschte Glenis nach Geografie aus.

»Was liegt östlich von uns? Wie weit ist es bis nach Dublin? Wo befindet sich der größte Hafen? Habt ihr vielleicht von anderen Schiffbrüchigen gehört?«

Sie achtete darauf, jeden Bezug auf das einundzwanzigste Jahrhundert zu vermeiden, doch das fiel ihr sehr schwer. Es war einfach, Wörter wie *E-Mail, Website, Computer, Auto, Handy, Flugzeug* unausgesprochen zu lassen, denn jeder Blick erinnerte sie daran, dass Elektrizität und Verbrennungsmotoren nicht existierten. Ab und zu rutschte ihr allerdings ein Wort aus ihrer eigenen Zeit heraus, zum Beispiel, als sie Tom verkündete, sie wolle ins Bad.

»Entschuldigung, aber wie meinst du das?«, fragte er.

Einen Moment lang verschlug es Anna den Atem. »Ach, das ist nur ein amerikanischer Ausdruck; so nennen wir den Abort, den … ähm … Abtritt.«

»Also, das wäre der letzte Ort, an dem ich baden möchte«, fiel Glenis von der Tür aus ein.

Sie wusste nicht, was passieren würde, wenn sie ihnen von der Zukunft erzählte. Glaubten die Iren an Hexen? Steinigten sie Menschen, die anders als andere waren? Oder würden sie glauben, sie sei verrückt? Und welches Los erwartete hier jemanden, der verrückt war? Bis jetzt hatte sie all ihre Fehler und Merkwürdigkeiten mit ihrer Herkunft aus Amerika erklärt.

Beim letzten Mal hatte Anna sich das Haar unter der Dusche gewaschen, mit heißem Wasser und Shampoo, das nach Zitrone und Teebaumöl roch, und der Schaum war über ihre Brüste und ihre Hüften gelaufen und hatte sich in ihrem Schamhaar verfangen. Sie hatte sich die Beine rasiert; es war Sommer gewesen, und Anna mochte es, wie glatt ihre Beine nach dem Rasieren schimmerten. Sie hatte die Dusche abgedreht und sich mit einem frischen Handtuch abgetrocknet, das aus dem Trockner kam und leicht mit irgendeiner Chemikalie parfümiert war. Anschließend hatte sie sich Arme und Beine eingeölt und Bodylotion aufgetragen, Deo unter ihre Achseln gegeben, sich im Gesicht mit Sonnenschutzfaktor 15 eingecremt und ein wenig Styling-Gel in ihr braunes Haar geknetet. Anna hatte keine Ahnung, wie lange es her war, seit sie abrupt am Strand von Kinsale, Irland, gelandet war. Glenis hatte gesagt, sie hätte fünf Tage lang gefiebert und fantasiert. Als sie wieder gehen konnte, hatte sie begonnen, die Tage zu zählen; seitdem waren weitere acht Tage vergangen. Also hatte Anna sich zwei Wochen lang nicht die Haare gewaschen. Sie wusste, dass sie viel mehr und weit dringendere Sorgen hatte, wie zum Beispiel die Frage, wo ihr Neffe steckte und ob er überhaupt noch lebte. Doch mit einem Mal war der Wunsch, sich das Haar zu waschen, übermächtig geworden.

Toms und Glenis' Haus hatte kein fließendes Wasser, aber draußen gab es einen Brunnen. Anna betastete ihr Haar und erkannte, dass ihre Retter irgendwie das Salz ausgespült hatten. Jetzt musste es allerdings wirklich gewaschen werden. Ihre Locken hatten sich zu fettigen Strähnen geteilt, so dass sie ihr Haar aus lauter Verzweiflung so straff wie möglich nach hinten kämmte. Sie bat Tom um zwei bleistiftlange Holzstückchen, die sie geduldig mit einem Messer bearbeitete, bis sie wie chinesische Essstäbchen aussahen. Dann drehte sie ihr Haar zu einem fettigen Dutt zusammen und befestigte ihn mit den Stäbchen. Glenis hatte zugesehen.

»Also, das ist ja ein einfacher Einfall«, meinte sie. »Ist das jetzt Mode in den Kolonien oder in Frankreich, was glaubst du? Ich wäre nie draufgekommen, mein Haar mit Stöckchen festzustecken.«

»Komm«, sagte Anna. »Ich zeige dir, wie es geht.« Anna löste Glenis' Haar, das mit Garn festgehalten wurde, drehte es an ihrem Hinterkopf zu einem festen Knoten und steckte die beiden Stäbchen so hinein, dass sie ein »X« bildeten.

»Hübsch«, meinte Anna und bewunderte ihr Werk. »Kannst du mir vielleicht jetzt einen Tipp geben, wie ich mir das Haar waschen kann? Ich meine, hast du Seife oder etwas Ähnliches, das ich benutzen könnte? Ich hole das Wasser und mache es auch selbst heiß.«

Glenis wirkte verblüfft. »Aber wieso denn bloß? Hast du dir etwas auf den Kopf geschüttet? Ich habe dir doch erzählt, dass wir das Salz aus deinem Haar herausgeholt haben. Wenn man Meersalz lässt, wo es ist, frisst es sich durch alles hindurch, ob Stoff oder Haar.«

Anna war damit aufgewachsen, sich jeden zweiten Tag die Haare zu waschen. Während einer besonders heiklen Phase in der Highschool, als sie schockiert über die Gerüche gewesen war, die ihr Körper hervorbringen konnte, hatte sie sich das Haar jeden Tag gewaschen. Und dann waren da die Pflegeprodukte gewesen. Überteuerte Spülungen mit Zitronen- oder Grapefruitduft, die nach dem Shampoo angewendet wurden. In ihrem heimischen Bad standen allerhand Plastikflaschen mit Haargel, Cremes und Pasten, die Tonerde, Alkohol, Glykol, Paraffin, Farb- und Duftstoffe enthielten, zusammen mit Kaufanreizen und großen Versprechungen.

Anna überlegte, was sie benutzen könnte. »Hättest du vielleicht etwas Asche und ein ganz klein wenig Apfelwein oder Essig übrig? Ich glaube, daraus kann ich etwas zusammenmischen.«

»Und du darfst nichts dagegen haben, wenn ich dabei zuschaue, denn so etwas habe ich noch nie gesehen.«

Anna hievte einen Eimer Wasser aus dem Brunnen, schleppte ihn nach drinnen und erhitzte die Hälfte davon über dem Torffeuer. Dann trug sie den Kessel mit dem heißen und den Holzeimer mit dem kalten Wasser nach draußen. Sie hatte eine Handvoll Asche und eine kleine Menge Essig zur Verfügung. Im letzten Moment sah sie sich um und nahm eine Handvoll Kies auf, den sie neben die Asche streute. Sie tauchte ihr langes Haar in den Eimer, damit es so nass wie möglich wurde. Als Nächstes verrührte sie Asche mit ein wenig Wasser, rieb sich die Mischung ins Haar und schrubbte die langen Strähnen von den Spitzen bis zur Kopfhaut. Anna benutzte die kleinen sandigen Kiesel, um noch kräftiger zu rubbeln, und hoffte, dass der Sand das angesammelte Hautfett und den Schmutz abschaben wurde. Zuerst hatte sie sich schreckliche Gedanken über Läuse gemacht, doch niemand aus Toms und Glenis' Familie hatte welche, und Glenis war ziemlich empört gewesen, als Anna ihr von ihren Sorgen erzählt hatte. »Wir haben schon Wanzen gehabt, aber niemals Läuse«, hatte Glenis leicht verärgert geantwortet.

Glenis beobachtete Anna dabei, wie sie sich den Sand ins Haar rieb, und erbot sich, ihr zu helfen.

»Das ist eine Aufgabe für zwei Frauen. Allein bekommst du den ganzen Sand nie heraus«, meinte sie und krempelte die Ärmel hoch.

Anna konnte sich nicht erinnern, wann ihr einmal jemand anderer das Haar gewaschen hätte, ausgenommen, wenn sie in einem Frisiersalon dafür bezahlt hatte, damals in ihrem anderen Leben – besser gesagt in ihrer Zukunft, in die sie sich verzweifelt zurücksehnte.

Glenis goss das kalte Wasser über Annas Haar und rieb

und schüttelte es dabei. Die letzte Spülung bestand aus verdünntem Essig und noch mehr Wasser.

»Wie bist du denn nur draufgekommen, dieses Gemisch für dein Haar zu benutzen?«

Anna hielt inne. Wie sie draufgekommen war? Durch den Chemieunterricht am College, ein Fach, in dem man von ihr verlangt hatte, die ph-Werte alltäglicher Substanzen zu kennen – das einzig wirklich Wissenswerte, das sie aus einem Semester des Leidens mitgenommen hatte. Der junge Professor hatte versucht, den Unterricht interessant für die Studenten zu machen, indem er sie gebeten hatte, unter Einbeziehung dessen, was sie über ph-Werte wussten, ihre eigenen Körperpflege- und Badeprodukte zu kreieren. Anna und ihre Zimmergenossin hatten sich ein behelfsmäßiges Shampoo ausgedacht, das irgendwie den Weg in ihr Langzeitgedächtnis gefunden hatte.

»In der Schule, ich habe es in der Schule gelernt«, antwortete Anna, als Glenis sie mit einem letzten Schwall kalten Wassers übergoss.

Später am Abend, als alle drei Kinder so satt waren, wie es nach einem Abendessen aus Bratkartoffeln und Buttermilch möglich war, und die Eltern endlich die Beine hochlegten, erzählte Glenis eine mitreißende Geschichte darüber, wie sie Anna das Haar gewaschen hatte, und brachte die Kinder damit zum Lachen.

»Und dann, als ich ihr einen Eimer kaltes Wasser übergekippt habe, war sie fröhlich wie eine Feldlerche und hat ihr nasses Haar geschüttelt«, schloss Glenis. Anna zuckte hilflos die Achseln.

»Wir sind in Amerika eben etwas sonderbar«, erklärte Anna. Sie hoffte, dass sie sich weiter hinter ihren ausländischen Eigenheiten verstecken konnte.

Tom fertigte ihr einen Spazierstock, der mit kleinen Knoten überzogen war. Sie verliehen ihm ein menschliches Aussehen, als wäre der Stock ein langer arthritischer Finger. Den obersten Holzknoten glättete er so, dass er perfekt in ihrer Handfläche lag, und brachte geschickt eine Einbuchtung an, durch die sie bequem die Hand um den Schaft legen konnte. Michael, der älteste Sohn, hatte ihm geholfen, zu Anfang die Rinde abzuschaben. Alles in allem hatte die Herstellung des Gehstocks vier Tage in Anspruch genommen. Am letzten Tag schnitzte Tom den Buchstaben »A« seitlich in den Stock.

Er übergab ihr den Stock. »Er sollte verhindern, dass du fällst, bis dein Bein besser wird«, meinte er. »Und wenn das Bein richtig verheilt ist, kannst du mit dem Stock über die Moore und die Berge wandern. So gut ist er nämlich, auch wenn ich es selbst sage.«

Hier, wo es keine Armbanduhren gab, keinen minutengenauen Terminplan, den man einhalten musste, verging die Zeit anders. Keine Meetings um Punkt elf Uhr, keine Fristen, die exakt um sechzehn Uhr abliefen. Stattdessen maß Anna die Zeit, indem sie ihrem Bein beim Heilen zusah, vom Haus zu der unbefestigten Straße und dann zum Feld humpelte. Dann kehrte sie erschöpft zurück und grübelte über ihre groteske Lage nach. Sie war in die Vergangenheit gerissen worden, wo sie ihrer Familie keine Hilfe sein konnte, und rang darum, einen Sinn oder etwas Logik in den Ereignissen zu erkennen. Anna glaubte nicht an ein willkürliches Chaos; sie suchte nach Verbindungen, die ihr eine Erklärung für ihre Zeitreise lieferten. Das Jurastudium hatte sie gelehrt, in jeder Lage zuerst die Fakten zu betrachten und dann das Gesetz, das darauf anzuwenden war. Bis jetzt ergaben die Fakten jedoch keinen Sinn, und sie fand erst recht keine Regel, der sie hätten folgen können. Was steckte dahinter, wenn man in die Vergangenheit transportiert wurde? War es willkürlich oder etwas, das speziell Anna und Joseph betraf?

Jeden Tag fragte sie Tom und Glenis, ob es Nachricht über einen amerikanischen Jungen gebe, der unter ähnlichen Umständen gefunden worden war. Sie hatten versprochen, die Nachbarn zu informieren und die Frage von Dorf zu Dorf verbreiten zu lassen.

»Bestimmt wäre doch jemandem ein junger Bursche aufgefallen, der eindeutig nicht von hier stammt. Habt ihr heute etwas gehört?«, wollte sie zum wiederholten Mal wissen, nachdem sie in das adrette Häuschen mit seinem dicken Reetdach zurückgekehrt war. Entlang der ausgefahrenen Straße, die nach Kinsale führte, blühten nach wie vor späte Herbstblumen.

»Wenn wir etwas gehört hätten, dann hätten wir es dir bestimmt gesagt«, erklärte Tom. Er trug noch immer seine dicke Lederschürze, die ihn vor den weiß glühenden Kohlen, die er in seiner Schmiede brauchte, schützte. Sie nahm die Verärgerung in seiner Stimme wahr, die Erschöpfung, die daher rührte, dass er widerspenstiges Metall zwang, zweckdienliche Formen wie Türangeln, Hufe oder Räder anzunehmen. Sie schnappte den kurzen Blick auf, den Glenis ihm zuwarf, und die Seitwärtsneigung ihres Kopfes – diese lautlose Verständigung zwischen Eheleuten. Anna war sich sicher, was sie sagen wollte: *Hey, entspann dich; sie macht sich nur Sorgen, und du bist müde und hungrig.* Aber andererseits hielt momentan nichts, dessen Anna sich sicher war, einer Überprüfung besonders gut stand.

Im Oktober hörte das Bein zu nässen auf, und die Wundränder waren zusammengewachsen. Anna stellte sich vor, wie die Moleküle der Muskeln und der Haut unter der Oberfläche wieder stärker wurden. Die Narbe war hochrot, und sie bezweifelte, dass sie jemals unauffällig sein würde.

Nein, das hier würde ein Rennstreifen bleiben, den man von der anderen Seite eines halbdunklen Raums aus erkennen konnte. Aber momentan war Anna die Einzige, die ihre Narbe sah, denn ansonsten wurde sie von ihrem langen Kleid verborgen.

Einer der Gründe für Annas täglichen Spaziergang zur nahegelegenen Weide war es gewesen, wieder neue Kräfte zu tanken. Eines Tages bat sie Glenis, sie zum Meeresufer zu bringen, damit sie sehen konnte, wo man sie gefunden hatte. Glenis erklärte sich bereit, das Pferd anzuspannen und mit dem Karren zu dem Uferstück zu fahren, wo Anna gefunden worden war.

An dem Morgen, für den sie ihren Ausflug geplant hatten, herrschte dichter Nebel, und Anna sorgte sich zuerst, dass damit die Fahrt zur Küste erledigt sein könnte.

Doch Glenis lachte nur. »Wenn wir wegen des Nebels alles fallen lassen würden, müssten wir den ganzen Tag im Bett bleiben. Bis Mittag oder noch eher wird er sich aufgelöst haben.«

Anna hätte nicht sagen können, ob sie nach Süden, Osten oder Westen fuhren, weil die Straßen sich in Kurven dahinschlängelten, und selbst als sie sich der Meeresküste näherten, fühlte sie sich immer noch verwirrt, da sie nicht genau wusste, wo sie lag. Nachdem sie eine angenehme Stelle gefunden hatten, an der Klippen in Sicht waren, trat Glenis auf die Bremse des Karrens und schwang sich hinunter. Anna nahm ihren Stock und ließ sich vorsichtig zu Boden gleiten. Nach wie vor achtete sie darauf, dass der größte Teil ihres Gewichts auf dem gesunden Bein lastete. Sie folgte Glenis über das kurz abgeweidete Gelände, in dem vieles darauf hinwies, dass sich in der Nähe Schafe befanden: An spillerigen Büschen hingen Wollbüschel, und der Boden war mit den Kotklümpchen der Tiere übersät.

»Hier hat es begonnen«, erklärte Glenis. »Die Bauern, die näher an den Klippen leben, haben die Lichter eines Schiffs gesehen und wussten gleich, dass es den Felsen zu nahe gekommen war. Wir bräuchten hier wirklich einen guten Leuchtturm. Es sind schon viel zu viele aufgetriebene Leichen hier ans Ufer gespült worden, denen die Fische die Augen herausgefressen hatten.«

Anna zuckte zusammen. »Bitte, Glenis! Mein Neffe war bei mir, und mir gefällt es nicht, ihn mir ohne Augen vorzustellen.« Sie hatte inzwischen gelernt, dass Glenis immer die Wahrheit sagte, ohne mit der Wimper zu zucken.

Die beiden Frauen sahen auf den Atlantik hinaus, und der Wind trieb ihnen die Kleider gegen die Beine. Zwischen den Klippen führte ein Weg zum Strand hinunter.

Glenis wies nach links. »Das da mit den Schiffen und dem Rauch, der von der Hafenstadt aufsteigt, ist Kinsale.« Mit einer Kopfbewegung bedeutete sie Anna, dass sie weitergehen würden.

»Wenn er tot ist, braucht er seine Augen nicht mehr, da können die Fische sie ebenso gut haben. Andererseits essen wir natürlich die Fische …«

»Glenis!«, fauchte Anna. Dann dachte sie noch einmal darüber nach. Sie brauchte ihre Hilfe. »Hör zu, es tut mir leid. Dort, wo ich herkomme, in der Stadt, haben wir nicht täglich mit dem Tod zu tun wie ihr. Ich habe weder Schafe noch Kühe, nicht einmal Hühner. Aber ich muss meinen Neffen unbedingt finden. Ich weiß, dass er am Leben ist. Und ich bin schuld, weil ich ihn gezwungen habe, mich auf diese Reise zu begleiten. Und mein Bruder ist so schwer verletzt. Verstehst du, warum ich nicht ruhen kann, bis ich ihn gefunden habe? Würdest du nicht das Gleiche tun?«

»Aye, ich würde Klarheit haben wollen. Ich würde wissen wollen, ob ihn das Meer nun geholt hat oder nicht.«

Glenis war einige Jahre jünger als Anna, was sie schockiert hatte, als sie davon erfuhr. Glenis war achtundzwanzig, sechs Jahre jünger als Anna. Abgesehen von den drei Kindern, die Anna kannte, war ein weiteres bei der Geburt gestorben, und ein fünftes war noch vor seinem ersten Geburtstag einer Brustfellentzündung erlegen. »Dann hast du keine Kinder?«, hatte Glenis gefragt, als hätte sie Annas Gedanken gelesen.

Anna wusste, dass diese Befragung rasch aus dem Ruder laufen konnte. Sie formulierte ihre Antwort vorsichtig und versuchte, Glenis' Reaktionen vorherzusehen.

»Ich hatte drei Fehlgeburten, und dann hat mein Mann sich von mir getrennt. Nicht nur wegen der Fehlgeburten, aber das war schon teilweise der Grund. Er hat mich wegen einer anderen Frau verlassen. Man hat uns die Scheidung gewährt«, erklärte sie und wusste, dass der Teil mit der Scheidung Glenis schockieren würde. Die Scheidung war in Irland erst seit 1997 legal.

»Das gibt es in Amerika? Dann bist du frei und kannst wieder heiraten, deinen eigenen Weg gehen. Bestimmt bist du nicht katholisch.« Glenis wies mit einer Kopfbewegung auf eine Abzweigung von dem Pfad, der zum Meer führte, und schlug sie ein.

»Wir sind katholisch, aber auf eine eher formlose Art. Wir gehen nicht oft zur Messe.«

»Bist du deswegen geschieden? Hat man dich aus der Kirche ausgeschlossen?«

»Nein. Als Kind wollte ich auch andere Glaubensrichtungen ausprobieren. Und dann beschloss ich, meine eigene Beziehung zu Gott zu finden.« Anna bremste sich, um nicht weiter über die katholische Kirche zu sprechen; ihre Erfahrungen hatten nichts mit der Zeit zu tun, in der Glenis und sie sich befanden. Was hätte Glenis wohl von ihrem schwulen Freund Jasper gehalten oder von Frauen, die mehr

Rechte innerhalb der Kirche forderten, darunter das Recht, Gottesdienste abzuhalten?

»Und, ist dir das gelungen?« Glenis stemmte die Hände in die Hüften. Eine Möwe ließ sich von einer günstigen Luftströmung nach oben tragen. Dann schwebte sie über den beiden Frauen und beobachtete sie.

Anna wollte sich nicht auf eine Debatte mit Glenis einlassen, denn sie fühlte sich unzulänglich, was die Einzelheiten der Religion anging, und hatte sich weit von dem Katholizismus entfernt, den ihre Eltern aufgegeben hatten.

»Zeig mir noch einmal, wo ich gefunden worden sein soll. Gehen wir den Pfad hinunter, bis mein Bein protestiert.«

Anna folgte Glenis über die Serpentine, stützte sich auf ihren Wanderstock und sog die feuchte Salzluft ein, die vom Meer heranwehte. Glenis schaute zurück, um festzustellen, wie Anna zurechtkam.

»Ich bin auf diesen Pfaden groß geworden, so dass es für mich keinen Unterschied macht, ob ich hier wandere, im Haus herumlaufe oder die Straße entlanggehe, um beim Nachbarn Milch einzutauschen. Aber du wirst es nicht lange aushalten. Denk daran, es geht nicht nur ums Hinuntergehen; wir müssen auch wieder nach oben, und tragen werde ich dich nicht.«

Anna war bereits schweißüberströmt, solche Mühe machte es ihr, das verletzte Bein nicht mit ihrem vollen Gewicht zu belasten. Schweißperlen rannen ihr den Rücken hinunter und in den Rockbund. Die Entfernung, die sie vom Strand trennte, wirkte unüberwindlich, und der Rückweg nach oben sah genauso aus. Sie befanden sich auf einem flachen Teil des Wegs, einem ebenen Stück, nach dem er um die nächste Ecke bog und abwärtsführte. Sie setzte die Füße auf den tief eingetretenen Pfad, dem seit Hunderten von Jahren Menschen und Tiere folgten.

»Da könntest du Recht haben. Sollen wir hier anhalten und uns ausruhen?«, fragte Anna.

»Wir werden rasten und dankbar sein, wenn wir wieder oben sind.«

Anna schaute auf. Schon jetzt ragte die Spitze der Klippe hoch und weit entfernt über ihnen auf. Sie fand eine weiche Stelle zwischen den Felsen und setzte sich. Glenis tat es ihr nach. Annas Bein pochte vor Schmerz.

»Warum hat eigentlich jemand am Ufer gesucht, als ich gefunden wurde?«, erkundigte sich Anna.

»Das hier gehört zu der Hauptschifffahrtsroute, die das irische Cobh mit England und Frankreich verbindet. Die Schiffe ankern oft eine Meile vor dem Ufer und schicken kleinere Boote, um Passagiere oder Fracht an Land zu bringen. Bei Stürmen wie dem, bei dem du gefunden wurdest, laufen oft Schiffe auf Grund. Alles, was aus ihren Wracks an den Strand gespült wird, darf man an sich nehmen. Und wir sind alle am Meer aufgewachsen – wir kennen seinen Rhythmus, und einige von uns können sagen, wenn es etwas ausgespuckt hat, das gerettet werden muss. Dich zum Beispiel.«

»Hat man nach anderen Überlebenden Ausschau gehalten, nachdem ich gefunden wurde?«

»Sicher haben wir das. Wir haben die Strände durchkämmt. Dazu haben wir uns die Wolfshunde des alten Mr Sweeney ausgeliehen und sie in jede Richtung meilenweit am Strand entlanglaufen lassen. Wenn da eine Spur von einem Menschen gewesen wäre, hätten die Hunde sie gewittert. Das war ja das Merkwürdige. Wir haben keinen weiteren Menschen gefunden, ob lebend oder tot, und kein einziges Stück Treibgut. Schon eigenartig, findest du nicht?«

»Oh, ich finde das alles sehr merkwürdig«, meinte Anna. Sie stützte sich auf die Ellbogen und lehnte sich zurück. Aus dieser Perspektive hob sich Glenis' Gesicht vor der Sonne als Silhouette ab, und ihr Haar leuchtete rötlich auf. Aber Anna meinte, einen scharfen Ton in ihrer Stimme wahrgenommen zu haben; etwas, das aus innerer Härte und Narbengewebe bestand. Misstraute Glenis ihrer Geschichte? Anna wusste, dass es besser war, sich nicht zu offenbaren, solange Glenis ihr keine direkte Frage stellte. Im Laufe der Zeitalter hatten sich unzählige Verdächtige bei der Polizei inkriminiert, weil sie weitergeschwafelt hatten, statt einfach zu schweigen. Schweigen war in diesem Fall Gold. Anna allerdings war nur teilweise erfolgreich gewesen. Sie setzte sich wieder auf, so dass Glenis ihr nicht länger von Sonnenlicht umhüllt erschien.

»Ich kann mich nicht orientieren. Wie weit ist es von hier bis nach Kinsale?«

Glenis sah über das Meer hinaus und zeigte nach links. »Ungefähr vier Meilen in diese Richtung. Fünfzehn Meilen weiter liegt Cork, das einem Menschengewimmel gleicht, wenn es je eines gegeben hat. Cobh ist der hauptsächliche Hafen für Cork, eine winzige Insel in der Bucht.«

»Sollten wir jetzt versuchen zurückzugehen?«, fragte Anna. »Danke, dass du hier angehalten hast und wir nicht versucht haben, bis zum Fuß der Klippe zu gehen. Schon der Weg hierher hat mich erschöpft. Du bist klüger als ich. Und danke dafür, dass du mich gepflegt und in dein Heim aufgenommen hast. Noch nie ist jemand so freundlich zu mir gewesen, nicht so.«

Glenis legte die Hand auf Annas Ellbogen und stützte sie beim Aufstehen. »Natürlich, Freunde helfen einander. So kommen wir alle durchs Leben. Daran ist nichts Besonderes. Komm jetzt, wir werden langsam gehen wie zwei alte Damen, die ganz in Schwarz gekleidet sind.« Glenis schüttelte den Kopf, als wolle sie das Bild, das sie gerade heraufbeschworen hatte, verscheuchen. »Nein, wir wollen uns noch nicht vorstellen, dass wir Schwarz tragen. Lass uns an diesem schönen Tag nicht trauern. Schreite kräftig aus, so munter, wie du kannst, meine Freundin.«

Sie gingen gemeinsam über den Pfad. Glenis summte eine Melodie, aber Anna dachte nur an Cork mit seinem Menschengewimmel, in dem sich ein Teenager gut verstecken konnte. Falls er noch am Leben war.

13

Wenn Joseph sich bei Nacht durch das Herrenhaus bewegen wollte, musste er zuerst die Angeln an seiner Zimmertür und den sechs weiteren Türen ölen, die in die unteren Etagen und die Küche führten. Durch den Küchentrakt gelangte man in das Dienstbotenquartier. Was wäre wohl dem 3-in-1-Öl oder dem WD-40-Spray am ähnlichsten? Waltran war erreichbar, und an Schmalz konnte er leicht herankommen; aber er machte sich Sorgen, dass dann das Haus womöglich riechen könnte, als wäre hier ein Tier verendet.

Zu Anfang entnahm er eine kleine Menge Tran aus einer der Lampen in der Bibliothek und gab zuerst ein, zwei Tropfen in die Angeln seiner eigenen Tür. Seine Tür war die wichtigste. Sobald sie keine Geräusche mehr verursachte, könnte er sich ungehindert um die anderen kümmern. Wie konnten die Leute hier bloß schlafen, während diese riesigen Türen quiekten wie abgestochene Schweine? Über Tag bewegte er die Tür immer wieder, bis er zufrieden damit war, wie reibungslos das Metall über das Öl glitt. Dann ließ er zwei Tage vergehen, damit sich alle daran gewöhnten, dass die Tür zu seinem Gästezimmer nicht mehr quietschte, sondern still blieb, wenn er sie öffnete.

Einige Tage später goss er eine kleine Menge Tran aus einer anderen Lampe ab, dieses Mal in der Waffenkammer, und ölte die Angeln der Tür, die von dem Flügel des Hauses, in dem sich die Schlafzimmer befanden, in die repräsentativen Wohnräume führte. Die Eingangstür zum Haus war wichtig. Die Hunde draußen heulten, sobald die Türen des Herrenhauses geöffnet wurden; daher musste er an ihnen arbeiten, wenn die Hunde durch die lärmende Geschäftigkeit des Tages abgelenkt waren. Bis er bei der Eingangstür ankam, hatte er sich an Dutzenden von Türen geübt und war ebenso schnell wie geschickt geworden. Anschließend arbeitete Joseph sich weiter zum Küchentrakt vor. Indem er alle paar Tage eine Tür ölte, kam er drei Wochen nach dem Start seines Projekts dort an. Jetzt konnte er zu Taleen gelangen, ohne den Colonel oder Mr Edwards zu alarmieren; konnte tun, wonach er sich seit dem ersten Tag, an dem er sie gesehen hatte, sehnte. Es war, als rufe sie jede Nacht nach ihm. Er hörte ihre Stimme in seinem Kopf. Niemand hatte je seinen Namen so ausgesprochen wie Taleen bei den wenigen Gelegenheiten, bei denen sie allein gewesen waren.

Joseph nutzte jeden Vorwand, um sich mit Deirdre zu unterhalten, weil er hoffte, Taleen in der Küche anzutreffen. Er hatte versucht, das Mädchen nicht anzustarren, die Hitze, die von ihrem schmalen Körper ausstrahlte, nicht zu spüren und nicht den Blick auf ihrem weißen Hals und den schwarzen Haarsträhnchen, die aus ihrer Haube entwischten, ruhen zu lassen. Jedes Mal, wenn sie den Kopf wandte und zu ihm aufsah, war ihm, als müsse sein Körper explodieren.

Joseph wusste, wie sich Taleens Hände auf seiner Haut anfühlen würden, bevor sie ihn jemals berührt hatte. Er wusste, dass sie nicht besonders weich sein würden, denn in dem riesigen Küchentrakt im Untergeschoss arbeitete sie furchtbar schwer und führte die Anweisungen ihrer Mutter Deirdre aus, der allmächtigen Herrscherin über die Welt der Dienstboten. Aber er stellte sich ihre Hände warm vor, wie gerade aus dem Badewasser gezogen.

Als Taleen ihn dann tatsächlich berührte, erinnerte sich sein Körper plötzlich daran, dass sie das schon einmal getan hatte. Sie begegneten einander auf der steinernen Treppe. Er war hinuntergegangen und hatte mit seinen britischen Stiefeln gescheppert wie das Schlagzeug einer Band. Sie dagegen war heraufgehuscht wie ein Vögelchen und hatte kaum die Stufen berührt. Aber das war nicht möglich; er wusste, dass sie die Stufen berühren musste. Oder war sie vielleicht wie die Enten auf dem Teich, die über das Wasser zu laufen schienen und mit den Flügeln abwärtsschlugen, um sich auf der Oberfläche zu halten? Die beiden kamen gleichzeitig an der schmalen Biegung der Treppe an. Sie streckte den Arm aus, vielleicht, um zu verhindern, dass er gegen sie stieß. Doch irgendwie endete die Bewegung damit, dass ihre Handfläche gegen seinen Solarplexus drückte. Was hatte ihm sein Vater noch über das Erden von Leitungen und Elektrizität erzählt? Er war sich nicht sicher, denn dieser Teil seines Lebens wurde täglich verschwommener – bis auf die Erinnerung an das Erden, was immer das genau war, denn genauso fühlte es sich an, als Taleen die Hand ausstreckte und seinen plötzlich verletzlichen Rumpf unterhalb des Rippenbogens berührte. Ein beinahe erschreckender Energiestoß ging von ihrer Hand aus, jagte sein Rückgrat hinunter, erzeugte eine gewaltige Unruhe in seinem Penis und sauste dann seine Beine entlang, um an den Sohlen seiner blitzblank polierten Stiefel auszutreten. Auch der Speichel in seinem Mund hatte sich südwärts verflüchtigt, so dass sich seine Zunge dick und schwer anfühlte.

»Taleen«, brachte er heraus und wurde reich belohnt, da ein strahlendes Lächeln auf ihr schmales Gesicht trat. Sie legte ihre Hand auf seinen Unterarm und ließ sie dort zehn Sekunden lang ruhen, dann erstaunliche zwanzig. Er legte die andere Hand auf ihre, und so standen sie da.

»Ich habe dich schon einmal berührt, als die Männer dich aus dem Meer gezogen haben. Da warst du nackt und kalt. Meine Mutter hatte die Männer weggeschickt, um die Kaminfeuer mit Asche abzudecken. Ich habe meine Hände auf deine Füße gelegt und angefangen, dich zu wärmen.«

Nackt? Sein im einundzwanzigsten Jahrhundert geprägtes Gehirn bäumte sich auf. Sie hatte ihn nackt gesehen? Eine rote Flut nahm ihren Ausgang auf seiner Brust und floss aufwärts wie der Nil. Er spürte, wie die Hitze aufstieg und alles auf ihrem Weg in Flammen aufgehen ließ, bis die Welle seine Ohren erreichte. Plötzlich hörten sie andere Schritte, die von oben kamen, schroff und rhythmisch. Eine äußere Macht drohte sie auseinanderzureißen.

»An der hinteren Gartenmauer, heute Abend«, sagte Joseph zwei Sekunden, bevor Mr Edwards sie erreichte. Joseph und Taleen schossen auseinander; er ging nach unten, sie stieg nach oben.

Später, als Joseph sich sicher war, dass der Colonel sich zum Schlafen zurückgezogen hatte, schlich er mit den Stiefeln in der Hand aus seinem Zimmer, tappte bis zum Ende des Gangs und durch den nächsten, dann in die darunterliegende Etage, durch die zwei großen Wohnräume und aus der Seitentür, wo er sich setzte und die Stiefel anzog. Alle Türen hatten sich lautlos, glatt und gut geölt geöffnet. Er hatte sich darauf verlassen, dass der Himmel klar sein würde, weil er sich wünschte, der Vollmond würde auf sie herabsehen. Und da ihm jetzt das ganze Universum wohlgesonnen war, war der Himmel in der Tat ungewöhnlich klar. Der Vollmond warf weiches Licht über den Gartenweg. Joseph blieb auf dem Gras und drückte sich an die dicken Gartenmauern, die dazu erbaut waren, die Obstbäume zu wärmen und so ihr Wachstum zu fördern. Und dort, am Ende der alten Mauer, wurde die neue errichtet. Gerade heute hatte er noch den Steinmetz besucht. Da, da war sie, und neben ihr war als dunkler Umriss die Hündin Madigan zu erkennen. Mit ihrer langgestreckten Schnauze und den beeindruckenden Fangzähnen wirkte sie mit jedem Zoll wie ein Drache.

Joseph war noch nie einem anderen Menschen so nahe gewesen, nicht auf diese Weise und nicht in dieser Absicht. Daher hatte er noch nie die Worte gebraucht, um zu beschreiben, warum sein Hals so rot anlief. Falls es solche Worte gab, hatte er sie von Oscar oder den Jungs im Ringer-Team nicht gehört. Existierten solche Worte? Er fühlte sich plötzlich so schüchtern, dass er sich sorgte, er könnte zu weinen anfangen. Worte polterten ohne sein Zutun aus seinem Mund.

»Ich habe dich einmal in meinen Beinen gespürt, bevor wir uns je begegnet sind. Ich kann es dir nicht erklären«, sagte er. »Es ist wie eine Erinnerung.«

Ohne zu zögern ergriff Taleen eine seiner Hände und dann die andere, bis sie einander so dicht gegenüberstanden, dass kaum noch Raum zwischen ihnen war. Sie umarmten sich, als wäre es ihnen von jeher bestimmt, sich genau in diesem Moment an dieser Stelle der Gartenmauer zu finden. Joseph stieß einen Seufzer aus, mit dem er sein altes Leben losließ und sich in ein neues, frisches Leben stürzte, das von Taleen erfüllt war.

Mit einem Mal sprang Madigan auf und legte Joseph die Pfoten auf die Schultern, so dass das Mädchen zwischen der Hündin und dem Jungen fast zerquetscht wurde. Madigans langgestreckte Schnauze befand sich auf Josephs Augenhöhe.

»Kein Problem, Madigan. Komm herunter. Los, komm herunter«, sagte Taleen mit fröhlicher Stimme und schob das Tier von seinem Schoß.

»Sie beschützt dich. Das ist gut«, meinte Joseph, fand den empfindsamen Punkt hinter Madigans Ohren und rieb ihn fest.

»Ist Schutz denn das, was ich brauche?«, fragte Taleen. Ehe Joseph antworten konnte, tat sie das Außerordentlichste, was er je erlebt hatte. Sie stellte sich auf die Zehenspitzen, fasste sein Gesicht und zog ihn an sich. Dann rieb sie die Wange an seiner, erst auf der einen, dann auf der anderen Seite. Er hatte schon Katzen genau das Gleiche tun sehen, um etwas als ihren Besitz zu markieren und ihren Geruch zu hinterlassen.

Die Oktoberkälte kühlte die beiden nicht ab. Sie sanken zu Boden, und ihre Kleider fielen von ihnen ab wie Herbstlaub. Ihre Haut war herrlich weich, und ihre dünnen Arme und Beine waren erstaunlich muskulös. Er streichelte ihre Brüste, und ein leises Keuchen drang über ihre Lippen. Als sie sein Geschlecht berührte, veränderte sich alles, was er je über sich selbst geglaubt hatte, und er weinte, ohne sich zu schämen. Er ließ die Hand über ihre Hüften gleiten und fand den weichen, behaarten Hügel.

»Taleen?«

Sie reagierte, indem sie sich an ihn presste. Behutsam liebten sie sich zum ersten Mal und spürten den Schmerz des Neuen. Taleen drückte ihn an sich, und wieder und wieder überkam sie wilde Lust.

Madigan lag schnaubend auf dem Boden und hatte den Kopf auf die Pfoten gelegt. Ab und zu, wenn Joseph aus Taleens verwirrtem Haar aufsah, schaute Madigan ihn aus ihren bernsteinfarbenen Augen an, als wolle sie sagen: *Dann sind wir jetzt also zu dritt.*

14

Joseph ließ die Hände über einen seiner Ärmel hinabgleiten, wo seine Fingerspitzen souverän auf die Manschette und den leichten Widerstand des Wollstoffes trafen. Er sog den berauschenden Duft der Mischung aus Liebe und Macht ein, der sich auf seinem ganzen Körper verbreitete. Hier befand er sich ganz oben auf der sozialen Leiter. Er stellte sich die Gesellschaft wie eine Pyramide vor und genoss es, an der Spitze zu stehen. Die Luft hier oben war belebend, und der Vorteil, nach unten sehen zu können, schenkte ihm ein Gefühl von Unbesiegbarkeit. In der Highschool hatte sein Körper von dem Gewicht geschmerzt, das ihn drückte, weil er so tief unten in der gesellschaftlichen Hierarchie stand und das ganze Gebäude auf den Schultern trug; genau wie hier die Dienstboten das Herrenhaus.

Er begriff nicht, wie sich an der Highschool so schnell Gruppen bildeten, wie die angesagtesten Kids immer genau wussten, wo man zu stehen, wie und mit wem man reden oder was man anziehen musste. Jeder wollte mit den Jugendlichen zusammen sein, die auf lockere Art gescheit waren und keine Pickel hatten; die selbstbewusst dahergingen, als gehöre ihnen die Luft in den muffigen Schulkorridoren. Aber an der Spitze war nur Platz für einige wenige, und sobald diese Schubladen besetzt waren, rutschten die übrigen ab wie ertrinkende Schiffbrüchige, griffen nach dem ersten Stück Treibgut, das ihnen begegnete, und paddelten darauf zum nächstbesten provisorischen Hafen: dem Football-Team, den Skatern, den Möchtegern-Gothics oder, in seinem Fall, dem Ringer-Team. Es war sein einziges Rettungsboot gewesen, und kaum ein sicherer Hafen.

Joseph stand auf und strich mit den Händen über Jackett und Hosenbeine. Schon jetzt spürte er ihren Atem auf dem Gesicht, spürte das Beben seines Fleisches, das sich erhob und zusammenzog, bis er sich anspannte wie eine Bogensehne. Er konnte an nichts anderes denken. Taleen würde jetzt bei ihrer Mutter sein, in dem weitläufigen Küchentrakt im Untergeschoss, wo die Dienstboten für das Herrenhaus kochten. An seinem Bett vorbei trat er ans Fenster, denn er hoffte, einen Blick auf sie zu erhaschen.

Der Gedanke an ihr Haar, an ihre großen Augen, die sich wie Suchscheinwerfer auf ihn richteten, ließ seine Haut prickeln. Niemand hatte ihn je zuvor so angesehen und sein Herz und seinen Bauch erhellt.

Von unten hörte er den Colonel posaunen.

»Wo ist denn mein guter Junge? Wo steckt unser junger Kanadier?«

Joseph warf einen Blick auf sein Spiegelbild. Er schloss den obersten Knopf seiner Weste, richtete sich gerader auf, als er es je zuvor getan hatte, und fuhr sich durchs Haar.

»Bin schon unterwegs, Sir.«

Sie würden den ganzen Tag im Sattel verbringen.

»Ich will dir etwas über die Iren erzählen, Junge«, erklärte der Colonel. »Es fällt schwer, sie zu lenken. Sie sind verschlagen und von einer finsteren, diebischen Bauernschläue. Und siehst du, wie viele Kinder sie haben? Sie können sich nicht beherrschen, und sie können ihre eigenen Leute nicht ernähren. Ohne die Briten würden sie untergehen.«

Der Colonel ritt einen herrlichen Fuchs, und direkt neben ihm saß Joseph auf einem ähnlichen, aber kleineren Tier. Seine Argumentation kam Joseph vertraut vor, doch er konnte sich nicht recht daran erinnern, wo er sie schon einmal gehört hatte. Inzwischen trauerte er jeder geschwänzten

Geschichtsstunde nach, jedem Buch, das er nur widerwillig überflogen hatte, jeder Gelegenheit, bei der seine Großmutter mit ihm über die Ereignisse in Äthiopien oder Darfur hatte reden wollen, alles Gegenden, die ihn nicht interessiert hatten. Genau, das war es – der Colonel klang exakt wie sein Großonkel Elliot, der behauptete, die Mexikaner kämen nach Amerika, um uns die Jobs wegzunehmen, Kinder zu kriegen und dann von der Wohlfahrt zu leben. Er erinnerte sich, wie seine Großmutter in die Luft gegangen war, als ihr Bruder beim Weihnachtsessen eine politische Debatte vom Zaun gebrochen hatte. »Halt den Mund, du scheinheiliger Trottel«, hatte sie schließlich geschimpft. »Ich will mit meiner Familie zusammen sein und mir das Essen schmecken lassen, das die Mexikaner für uns angebaut haben.« Grandma hielt mit ihrer Meinung nicht hinter dem Berg.

»Was würden die Iren denn Ihrer Meinung nach anfangen, Sir, wenn die Briten abziehen würden?«

Der Colonel hielt sein Pferd an, und Joseph tat es ihm nach. Er versuchte dem Colonel in allem nachzueifern. Der Ältere drehte sich leicht im Sattel, der dabei knarrte, und sah den Jungen an. Der Fuchs zuckte mit dem Schwanz und wandte den Kopf, um festzustellen, was da vor sich ging.

»Wenn wir abziehen würden? Warum sollten wir? Glaubst du, wir sollten uns unserer Verantwortung hier entziehen, unser Recht aufgeben, über Gesetzlose zu herrschen, die nicht die geringste Achtung vor dem Wert des Lebens haben? Was für eine absurde Frage. Wir haben hier investiert; dieses Land ist Teil unseres Empires, unseres Schicksals. Du hast bisher nur mein Gut gesehen, einen ausgezeichnet geführten Besitz, der über vierzig Iren, Männer und Frauen, beschäftigt. Möchtest du sehen, was die Iren täten, wenn sie sich selbst überlassen wären? Wir beide werden den Besitz verlassen, und ich will dir zeigen, wogegen wir anstehen.«

Der Colonel zog die Zügel an, und sein Pferd drehte sich um. »Komm mit, Junge. Wir reiten jetzt zurück. Morgen früh brechen wir in Richtung Clonmel auf. Eine gute Woche auf dem flachen Land müsste all deine Fragen beantworten.«

Er trieb sein Pferd weiter, und Joseph folgte ihm. Er hatte bereits gelernt, dass sein Pferd auf den leichtesten Schenkeldruck und den leisesten Zug an den Zügeln reagierte. Dieses Pferd war besser als ein Auto. Nicht, dass er allzu viel Erfahrungen mit dem Autofahren hätte, aber das Pferd war eindeutig besser. Er drückte fester mit den Schenkeln zu und versuchte seine Hüften zu lockern, so dass sein Becken mit den Bewegungen des Pferdes mitschwang. Dieses Abenteuer klang wie ein Campingausflug mit dem Colonel, und Joseph hatte große Lust, seine Erkundungen über das Gebiet des Guts hinaus auszudehnen.

Als sie zum Herrenhaus zurückkehrten, warteten zwei Stallburschen auf sie, um ihnen die Pferde abzunehmen. Woher hatten sie gewusst, wann der Colonel wiederkommen würde? »Macht die Pferde bereit für einen längeren Ausritt«, befahl er. »Gebt in der Küche Bescheid, uns Essen für eine Woche vorzubereiten. Du, du kommst mit uns, um die Pferde zu versorgen. Wir brechen morgen auf.«

Joseph stieg ab und hoffte, dass es ihm genauso gelang wie dem Colonel – zackig und schnell, und am Ende knallte er ein wenig die Hacken zusammen, als seine blitzblank polierten Stiefel auf den Boden trafen.

Er mochte weder Taleen verlassen noch auf den eigenartigen Trost verzichten, den Deirdre ihm spendete, aber die Aufregung angesichts der Reise gab den Ausschlag. Schließlich würde Taleen noch immer da sein, wenn er zurückkehrte.

Nach einem Abendessen aus Innereien und Schweinefleisch war Joseph ein wenig flau im Magen. Der Colonel setzte seine Unterweisung über die Iren fort, während er zugleich vergnüglich dunkle Fleischstücke aufspießte und sie sich in den Mund stopfte. Con hatte ein kräftiges Feuer angezündet, das die Kühle, die Ende Oktober in dem weitläufigen Herrenhaus herrschte, vertrieb. Die Hitze aus dem Kamin machte Joseph schläfrig, und er wünschte sich, die Lektion wäre schon vorüber. Der Colonel musste zugestehen, dass die Iren sich besonders gut auf Pferde verstanden und eine eigenartige Verbundenheit zu ihnen an den Tag legten, die natürlich auf die animalische Natur der Iren zurückzuführen war.

»Deswegen stehen sie den Pferden so nahe. Sie sprechen dieselbe Sprache, die nur aus Grunzen und Schnauben besteht«, erklärte der Colonel und lieferte mit seiner Bemerkung wieder ein Argument für sein ewiges Thema.

Joseph hatte zwei Männern zugehört, die sich in den Stallungen unterhielten, und erkannt, dass sie kein Englisch sprachen. »Welche Sprache sprechen denn die Pferdeknechte?«, fragte er.

»Solange sie hier arbeiten, sprechen sie nur die Sprache des Königs. Wir bekämpfen die irische Sprache Tag und Nacht. Sie ist die Sprache der Rebellion, der Illoyalität und der Papisten. Unentschuldbar. Danke, Junge, du bist mein Auge und mein Ohr.«

Joseph wollte kein Spitzel sein, aber er war berauscht von dem Gefühl, plötzlich privilegiert zu sein, von der Ordnung, der Bequemlichkeit, Köche zu haben und Männer, die seine Kleidung auswählten, ein Pferd für ihn sattelten und den Sattel wieder abnahmen. Es fühlte sich so richtig an, als hätte er sein ganzes Leben lang darauf gewartet, als wäre er in die falsche Familie hineingeboren worden. Der Colonel mochte und schätzte ihn, doch Joseph hatte keine Lust, andere auszuspionieren. Er ruderte zurück, so heftig er konnte.

»Ich glaube, es hat nur an ihrem Akzent gelegen, ich meine, an meinem Akzent. Wie Sie bemerkt haben, rede ich mit ziemlich starkem Akzent; Sie haben es selbst gesagt. Die Männer hätten ebenso gut Englisch sprechen können. Ja, sie haben die ganze Zeit Englisch gesprochen, ich konnte nur nichts mit ihrem Akzent anfangen.«

Der Colonel stellte seinen Whisky so ruckartig ab, dass das bernsteinfarbene Nass sich panisch auftürmte.

»Es gibt nur eine Möglichkeit, das herauszufinden. Wir holen sie her und fragen sie. Nicht, dass man ihnen einen Fußbreit über den Weg trauen könnte, aber ich habe gelernt, ihre Unwahrheiten zu erkennen. Sie sind wie kleine Kinder und können nicht einmal richtig lügen.«

Er läutete eine Glocke, die auf dem Tisch stand. »Edwards, rufen Sie die Stallburschen ins Haus. Sie sollen ihre Stiefel ausziehen, bevor sie hereinkommen.« Er schob seinen Teller mit dem fetten Fleisch weg, wobei ein kleiner See aus öliger Brühe auf den Tisch schwappte.

Joseph begann zu schwitzen, und seine feine Kleidung wurde ihm um die Taille zu eng und schnürte ihn ein. Seine geliebten Stiefel fixierten ihn an seinem Platz wie Anker. Überall anders wäre er lieber gewesen als zusammen mit dem Colonel hier in der großen Halle, wo sie auf die ahnungslosen Stallburschen warteten, die in Wirklichkeit erwachsene Männer waren. Warum nannte der Colonel sie so?

Joseph hörte Mr Edwards' Schritte auf der Treppe, die von der Küche heraufführte. Hinter ihm kamen die Stallburschen. Wie hießen sie noch? Owen und Sean. Mit dem Hut in der Hand traten sie ein. Der saubere, satte Geruch der Pferde umschwebte sie, zusammen mit einem starken Unterton von Heu und Leder.

Der Colonel zwinkerte Joseph verschwörerisch zu. »Guten Abend, die Herren. Unser junger Gast aus Kanada hat sich gefragt, welche Sprache ihr sprecht. Könnt ihr es dem Burschen erklären?«

Joseph war sich sicher, dass Owen und Sean ihn ansehen würden, wütend anstarren und ihm Vorwürfe machen, doch sie würdigten ihn keines Blickes.

Owen antwortete. »Sie haben befohlen, dass wir alle Englisch sprechen. Und das tun wir auch, genau wie jetzt und so, wie es sein soll. Aber zwischen Männern gibt es manchmal kurze Augenblicke, wenn die alte Sprache uns dazu dient, über die Verstorbenen zu reden, zum Beispiel unsere Großeltern, die nur Irisch verstanden haben. Bestimmt hat Mr Joseph das gehört.«

Mr Joseph? Owen war ein kräftig gebauter Mann und sah aus, als wäre er Anfang zwanzig. Mit einem Mal war es Joseph peinlich, dass ein Erwachsener ihn mit »Mister« ansprach.

Der Colonel wandte sich an Joseph. »Siehst du, wie weitschweifig sie immer daherreden? Konntest du aus diesem Geschwafel eine Antwort auf meine Frage heraushören?«

Joseph räusperte sich und betete, dass seine Stimme nicht kieksen würde. »Nachdem ich sie jetzt gehört habe, ist mir klar, dass ich mich geirrt habe. In genau so einem Englisch haben sie sich unterhalten, als ich sie gehört habe. Das Problem ist, dass ich nicht alles verstehe, was sie sagen. Aber ehrlich, ich habe nur Englisch gehört. Mein Fehler.«

Der Colonel fuhr fort, wie wenn Joseph nichts gesagt hätte. »Edwards, könnten Sie unserem Gast erklären, welche Strafe darauf steht, eine verbotene Sprache zu sprechen, die Sprache von Verrätern?«

»Ja, Sir. Das Sprechen des Irischen wird mit sofortiger Entlassung aus den Diensten des Besitzes geahndet. Sollte der Missetäter Pächter eines Hauses auf dem Gut sein, muss er es verlassen.« Mr Edwards sprach zu einem unsichtbaren

Publikum und richtete seine Stimme in den weitläufigen Raum hinein.

»Bin ich nicht zuweilen nachsichtig gewesen?«, wollte der Colonel wissen. Er schnippte etwas weg, das unter seinem Fingernagel saß.

»Ja, Sir. Sie sind zuweilen äußerst nachsichtig gewesen.«

»Würden Sie sagen, dass ich gegenüber den mir Anbefohlenen eine geradezu noble Philanthropie walten lasse?«

Joseph war sich nicht ganz sicher, was »Philanthropie« bedeutete, aber er wusste, was »nobel« war, und fand, dass der Colonel es auf Komplimente anlegte – völlig unnötig, denn er war doch hier der große Mann. Er zappelte in seinen maßgeschneiderten Kleidern herum und hoffte, dass jemand dieses Gespräch beenden würde.

»Sie sind von äußerst nobler Philanthropie, Sir. Und ich darf sagen, dass Ihre Schutzbefohlenen loyal sind, größtenteils auf Grund Ihrer festen Hand und Ihres Wohlwollens«, sagte Mr Edwards.

Der Kerl ist gut, dachte Joseph und betrachtete Mr Edwards mit neu erwachtem Interesse. Zum ersten Mal begriff Joseph, dass Edwards das System für sich nutzte – er wusste nur noch nicht, welches System.

»Ihr könnt alle gehen«, sagte der Colonel. »Und dass es mir nicht wieder vorkommt, dass jemand hier auf britischem Boden Irisch spricht.«

Da, jetzt sah er, dass Seans Gesicht zuckte und er die Fäuste ballte. Mr Edwards ließ sich keine Regung anmerken; seine Miene zeigte eine perfekt einstudierte Leere.

15

»Jemand wie sie könnte genauso gut eine britische Spionin sein, die zu uns geschickt wurde, um festzustellen, ob wir Münzen unter der Matratze horten. Ihre Auftraggeber denken vermutlich, dass wir sie bedauern und sie uns so beschwatzen kann«, meinte Tom.

»Das glaube ich nicht«, gab Glenis zurück. »Schon möglich, dass sie ein wenig töricht ist und sich ein besseres Leben erträumt, in dem sie für die einflussreiche Oberschicht arbeitet. Sie ist bloß ein Mädel mit weichen Händen und bemerkenswert weißen Zähnen, aber trotzdem ein Mädel. Vielleicht hat ihre Familie sie ja vor die Tür gesetzt.«

Anna hatte aufgehört zu atmen und drückte sich unter dem offenen Fenster mit dem Rücken flach an die Seitenwand der Scheune. Sie hatte in der Sonne gesessen und ihre Beinmuskeln gestreckt und wieder angespannt. Die beiden durften sie nicht bemerken.

»Meinst du, dass sie deswegen nicht versucht hat, ihrer Familie eine Nachricht zu schicken?«, fragte Tom.

»Aye. Wenn sie nichts von ihr wissen wollen, wäre das Grund genug. Doch sie ist einsam und allein, Tom, das erkennt man ganz deutlich.«

»Einsam und allein oder nicht, sie muss sich ihren Unterhalt verdienen. Und wenn die Leute sehen, dass sie arbeitet, hören sie vielleicht auch mit ihrem Gezeter auf, sie wäre eine britische Spionin.«

Anna hörte leise Schritte in der Scheune und dann das Quietschen einer Türangel, als die Scheunentür geschlossen wurde. Rasch lief sie auf Zehenspitzen hinter das Gebäude, für den Fall, dass Tom und Glenis hier entlangkommen würden. Bis zu diesem Moment war ihr nicht klar gewesen, in welche Gefahr sie die beiden brachte. Sie hatte nur an sich selbst gedacht, und dabei hatten die beiden ihr nichts als Freundlichkeit erwiesen. Sie hatten ihr das Leben gerettet. Anna spürte, wie vor Scham ihre Magensäure zu brodeln begann und ihr Frühstück aus Buttermilch und Kartoffeln gerinnen ließ.

Aber schlimmer als dieses flaue Gefühl im Magen war der Umstand, dass Glenis eine Lücke in ihrem Schutzpanzer gefunden hatte, der aus ihrer Fähigkeit bestand, schneller als alle anderen zu denken und bei Verhandlungen jeden über den Tisch zu ziehen. Das gehörte zu ihrer Selbstdarstellung als erfolgreiche und bewunderte Juristin. Glenis hatte gesagt, Annas Familie hätte sie vor die Tür gesetzt, und das stimmte. Diese Wahrheit kroch an Annas Rippen entlang wie ein Wurm, ein tropischer Parasit, und bahnte sich einen Weg in ihr Herz. Steve hatte sie verlassen, und ihr Vater ebenfalls.

Angestrengt überlegte Anna, was sie Glenis und Tom zu bieten in der Lage war. Sie erkundigte sich, ob die Kinder vielleicht eine Hauslehrerin gebrauchen könnten. Und so wurden die zwei ältesten Kinder – der zwölfjährige Michael und die achtjährige Mary – ihre ersten Schüler. Die jüngste, Nuala, war erst vier und vergoss bittere Tränen, weil sie nicht dabei sein durfte. Nach der ersten Woche kam eine dritte Schülerin dazu; die kleine Phoebe lebte eine Stunde westlich von ihnen. Phoebe war zehn und die Tochter eines Nachbarn. Anna war erstaunt über die Bezeichnung »Nachbar«, da sie so weit entfernt wohnte, und es verblüffte sie ebenfalls, dass das Kind den Weg allein und zu Fuß zurücklegen durfte.

Anna besaß keine unmittelbare Unterrichtserfahrung, aber sie war bei Eltern großgeworden, die beide Lehrer waren und sie mit den Methoden vertraut gemacht hatten, dass man seinen Unterricht vorbereitete und Neues in kleinen Schritten einführte. Alle Kinder besaßen ein Stück Schiefer, auf dem sie ihre Zahlen und Buchstaben übten. Zuvor war einmal die Woche ein Lehrer in die Gegend gekommen, zu den Familien, die es sich leisten konnten, ihn zu bezahlen, doch er war schon seit Monaten ohne Erklärung ausgeblieben.

»Du glaubst gar nicht, wie schwer es uns fällt, unseren Kindern eine anständige Bildung zu verschaffen«, meinte Glenis, während sie zusah, wie Anna ihren wöchentlichen Unterricht vorbereitete. »Inzwischen dürfen auch die katholischen Kinder die Schule besuchen, aber man behandelt sie wie Dreck. Nur diejenigen, die zur anglikanischen Kirche übergetreten sind, werden gut behandelt. Daher schicken wir die Kleinen lieber in unsere eigenen Heckenschulen im Untergrund, um nicht zuzulassen, dass man mit ihnen umgeht, als wären sie Abschaum.«

»Heute üben wir das Schreiben«, erklärte Anna in ihrer allerersten Unterrichtsstunde, die im vorderen Raum des kleinen Hauses stattfand. »Ich zeige euch einen Brief, den ich an meine Familie in Amerika schreiben muss, um ihnen zu sagen, wo ich bin. Und ich will sie bitten, so schnell zu antworten, wie sie können. Ihr könnt ihnen alle auch einen Satz aufschreiben.«

Die Kinder übten auf den Schieferplatten, bis sie ihre peinlich höflichen Sätze vervollkommnet hatten. Zu Beginn der Stunde fing Anna einen Blick zwischen Glenis und Tom auf, in dem ein Hauch von Erleichterung zu liegen schien.

Rasch erkannte Anna, dass Michael ein Talent für Zahlen hatte. Sie machte ihn mit den Grundlagen der Mathematik vertraut, die er aufsog, als wären die Zahlen Verbindungsstücke, die in seinem Hirn gefehlt hatten. Alles, was mit Zahlen zu tun hatte, leuchtete dem Jungen sofort ein. Anna konnte beinahe sehen, wie die Neuronen in seinem Kopf herumgaloppierten und fröhlich einen Salto rückwärts schlugen, während er genüsslich Zahlen verschlang. Eines Tages, als Anna und der Junge sich durch Addition, Subtraktion und Division geackert hatten, erkannte sie aus ihrer Lehrerfahrung, dass er bereit war, sich in die Algebra zu stürzen. Da hörten sie Tom mit einem harten Unterton nach seinem Sohn rufen. Anna fuhr zusammen. Tief in ihren Eingeweiden schnürte sich etwas zusammen, und sie verfiel in ihre alte Rolle, die für sie so natürlich wie das Atmen war.

»Ist schon okay«, sagte sie zu dem Jungen. »Lauf nach hinten hinaus, durch die Speisekammer, und ich sage, dass du nicht hier warst. Schnell, bevor dein Vater kommt.«

Der Knabe sah sie skeptisch an. »Ich lüge meinen Dad nicht an«, erklärte er. »Er braucht mich, und ich hatte vergessen, was ich ihm versprochen hatte.«

Annas Herz schlug ihr bis zum Hals. Sie hatte ihren Bruder vor ihrem Vater beschützt, wann immer sie konnte. Sie hatte ihn besänftigt, war auf Zehenspitzen geschlichen, hatte gelogen und sich zwischen die beiden geworfen, was es sie auch kostete und auf jede Weise, die sie sich vorstellen konnte. Aber sie hatte nur wenig ausrichten können, um den Gehässigkeiten, mit denen ihr Vater ihren Bruder ununterbrochen quälte, Einhalt zu gebieten.

Und nun war sie plötzlich schuld daran, dass der kleine Michael Probleme mit seinem Vater bekommen würde. Angst ergriff sie. Nachdem sie in einem Haushalt aufgewachsen war, in dem Vater und Sohn einander in ihrem Machtkampf fast totgeschlagen hätten, erstarrte sie wie schon so oft zuvor, als sie Toms Schritte auf den Steinplatten hörte.

Die Küchentür öffnete sich, und da stand Tom mit schlammbedeckten Stiefeln und hielt einen Pferdezaum in der Hand. »Ich kann mir für heute keine zwei zusätzlichen

Arme wachsen lassen. Wann hattest du vor, mir helfen zu kommen?«, fragte er Michael.

»Ach, Dad, Anna wollte mir die größten und komischsten Zahlen beibringen, die ich je gesehen habe. Ich habe die Zeit ganz vergessen. Komme sofort.« Der Junge stand auf, schnappte sich einen harten Brotkanten und ging zu seinem Vater. Als er sich durch die Tür an ihm vorbeiquetschte, berührte er ihn ungezwungen.

Tom zog die Kappe vor Anna. »Bedaure, dir den Schüler zu entführen, aber die Pferde können Zahlen nicht von Steinen unterscheiden.« Lächelnd nickte er ihr zu.

Anna konnte sich nicht erinnern, dass ihr Vater Patrick je anders berührt hatte als in der Absicht, ihm weh zu tun. Sogar wenn er ihm die Hand zu einer angeblich zärtlichen Berührung auf die Schulter legte, sah Anna, wie sich Charles' Bizeps wölbte, er die Finger tief in die schmale Schulter ihres Bruders grub und drohend in die Knochen und die Muskeln griff. Wenn ihre Mutter nicht zu Hause war, reizte Patricks bloße Anwesenheit ihren Vater zu einem schnellen Schlag.

Irgendwo in Annas Erinnerungen war eine Flut von Bildern gespeichert, die davon handelten, wie sie die Wange an die Bartstoppeln ihres Vaters drückte, wenn er ihr einen Gute-Nacht-Kuss gab oder sie auf seine Schultern setzte. Sie wusste nie, was schlimmer war, die zärtlichen oder die gewalttätigen Erinnerungen.

Wenn Patrick und sie nach der Schule gemeinsam zu Hause waren, zog sich ihr Magen voller Angst vor dem nächsten Wutausbruch ihres Vaters zusammen. An solchen Tagen sah sie zu, wie Patrick versuchte, sich unsichtbar zu machen, damit sein Vater ihn nicht sah und so nicht hasste. Er verkroch sich unter der rauen Wolldecke auf der Couch, doch Charles konnte ihn riechen und ging auf ihn los wie ein Stier, der mit den Hörnern auf den empfindsamen Unterbauch seines jungen Rivalen einsticht. Ihr Vater riss die Decke von seinem warmen Körper und setzte den Jungen hilflos der kalten Luft aus.

»Warum versteckst du dich? Hast du etwas ausgefressen? Wieso grinst du so?«, knurrte ihr Vater dann. Und von diesem Moment an konnte nichts und niemand den Gang der Ereignisse aufhalten, bis ihre Mutter durch die Tür trat. Sie wirkte auf ihren Mann wie ein starkes Beruhigungsmittel. Aber wenn ihre Mutter nicht zu Hause war oder ihre Kinder nicht beschützen konnte, weil sie aufgehalten wurde, wusste Anna, dass sie die Einzige war, die zwischen ihrem Vater und ihrem Bruder stand.

Einmal, als Anna sieben gewesen war und schon alt genug, um alle Vorgänge um sich herum zu verstehen, hatte sie entsetzt die plötzlich veränderte Miene ihres Vaters gesehen, der mit seinem üblichen Bier vor dem Abendessen dasaß, während sie darauf warteten, dass Mary Louise von der Highschool, wo sie Mathematik unterrichtete, nach Hause kam. Anna sah auf die Uhr: zehn Minuten nach vier. Heute würde ihre Mutter wegen der Mathematik-AG länger ausbleiben und erst um Viertel vor fünf zu Hause sein. Das war zu lange. Anna hörte, wie ihr Vater drei große Schlucke von seinem Heineken nahm, einer Marke, die für den Vizedirektor der Junior-Highschool in der Nachbarstadt akzeptabel war. Die leere Flasche klirrte auf den Glasuntersetzer.

»Ich habe dich etwas gefragt. Wieso grinst du so?«

Mit seinen dreizehn Jahren war Patrick mager und sehnig. Er war gerade ins Haus getreten, nur um zu erleben, wie sein Vater mit voller Wucht über ihn herfiel. In Annas Augen war Patrick normalerweise riesig und ragte hoch über ihr auf, wenn die beiden allein zu Hause waren und über das Fernsehprogramm stritten oder darüber, wer das letzte

Stück Pizza bekommen sollte. Aber im Vergleich zu ihrem Vater sah er wie ein Stecken aus, den man leicht entzweibrechen konnte.

Patrick versuchte, seine Stellung zu halten und seinen Vater nicht durch eine Bewegung zu reizen. Er umklammerte seinen Rucksack.

»Ich habe an die Schule gedacht, daran, dass Mr Patterson gesagt hat, mein Geschichtsreferat hätte ihm gefallen. Sonst nichts.« Er war in der achten Klasse, und die schlimmsten Dinge, die noch kommen würden, waren noch nicht passiert. Vorsichtig trat Patrick einen Schritt auf den Flur zu, an dem die Kinderzimmer lagen.

Anna sah auf die Uhr. Zwanzig nach vier. Die Zeit schleppte sich quälend langsam dahin. Sie hörte die Wohnzimmeruhr ticken wie einen tropfenden Wasserhahn. Patrick rückte seinen Rucksack kaum merklich herum.

»Ich habe dich gestern aufgefordert, dein Zimmer aufzuräumen. Wahrscheinlich erinnerst du dich nicht mehr. Ich habe beschlossen, dir unter die Arme zu greifen. Warum siehst du es dir nicht an?«, sagte ihr Vater.

Anna wusste, dass das ein Trick war; Charles verhielt sich wie ein Kojote, der einem Hauskätzchen aufmunternd zuschnurrt, bevor er ihm den Hals durchbeißt.

Patrick wich rückwärts aus dem Wohnzimmer zurück und wandte sich erst ab, als er im Flur war. Seine Schritte wurden schneller, je näher er seinem Zimmer kam. Anna folgte ihm. Zuerst konnte sie nicht in sein Zimmer hineinsehen, weil er ihr mit seinem Körper die Sicht versperrte. Dann duckte sie sich unter seinem Arm durch und sah es.

Patricks sämtliche Poster waren von den Wänden gerissen und zerfetzt. Seine Fußballpokale aus der Mittelschule waren von den Sockeln abgebrochen; und alles, alles war in der Mitte des Raums aufgetürmt wie ein Berg Sondermüll.

Patricks Wecker befand sich irgendwo unter diesem Haufen, der sein Leben war. Anna konnte nicht mehr sehen, wie spät es war.

»Ich helfe dir. Ich kann dir helfen, alles in Ordnung zu bringen«, sagte Anna, fasste seine Hand und zog ihn in den Raum. Sie musste dafür sorgen, dass er in seinem Zimmer blieb, bis ihre Mutter nach Hause kam. Patricks Gesicht lief rot an.

Was konnte Anna sonst noch tun? Normalerweise gelang es ihr, ihren Vater oder ihren Bruder abzulenken, aber das hier war etwas anderes. Zum ersten Mal war die Sache aus dem Ruder gelaufen. Sie hörte Charles' Stuhl knarren und dann seine energischen Schritte auf dem Flur. Patrick und Anna standen einander an dem Haufen gegenüber, der aus den zerstörten Besitztümern ihres Bruders bestand, den Papierfetzen, dem aufgestochenen Fußball, den Laken, die zusammen mit den Laufschuhen zu einem Knäuel zusammengedreht waren. Ihr Vater stand in der Tür und lehnte sich mit einer Hüfte an den Rahmen. Lächelnd verschränkte er die Arme. Anna sorgte sich, dass sie erstarren könnte, so wie in ihren Träumen, wenn Alligatoren nach ihren Füßen schnappten.

»Und, wie gefällt es dir? Wenn ich dir das nächste Mal etwas auftrage, erledigst du es. Zwing mich nicht, mir all diese Mühe noch einmal zu machen.«

Patrick bebte vor Zorn. »Ich hätte aufgeräumt. Was wolltest du denn von mir? Sollte ich mein Bett machen? Die Anziehsachen vom Boden aufheben? Ich habe gesehen, wie du selbst deine Sachen auf den Boden geworfen hast.«

Und genau darauf hatte ihr Vater gewartet – auf einen Vorwand, um die Sache eskalieren zu lassen.

»Erzähl mir nichts von meinen Sachen oder meinem Schlafzimmer. Weil das hier nämlich mein Haus ist, und wenn ich dir befehle, dein Zimmer aufzuräumen, wirst du dein verdammtes Zimmer aufräumen.«

»Das hier mache ich nicht weg«, erklärte Patrick.

»Was hast du da gerade zu mir gesagt? Was hast du gesagt?« Ihr Vater trat ins Zimmer und packte Patrick am Kragen. Der Rucksack fiel zu Boden.

»Daddy!«, schrie Anna. »Ich räume sein Zimmer auf.«

Aber keiner der beiden hörte sie. Charles schob Patrick an der Wand hoch, bis die Spitzen seiner Turnschuhe etliche Zentimeter über dem Boden baumelten.

»Was hast du zu mir gesagt?« Sein Gesicht war verzerrt und stellte ein Durcheinander aus geschwollenen Adern, roter Haut und Speichel, der ihm auf den Lippen stand, dar.

Anna stürzte sich auf ihren Vater und zerrte an seinem Arm, doch er schleuderte sie mit einer kraftvollen Bewegung auf den Boden, so dass sie gegen die Fußleiste krachte. Es hatte sich angefühlt, als hätte er sie weggeschmissen, einfach auf den Müll geworfen.

Sie hörte, wie die Haustür geöffnet wurde. Ein Luftschwall brach in das wie mit Vakuum versiegelte Zimmer. Anna rappelte sich auf und wischte sich die Tränen vom Gesicht und ein wenig Schnodder von der Lippe.

»Wo seid ihr denn alle?«, rief ihre Mutter mit ihrer besten Lehrerstimme, die dazu ausgebildet war, bis in den entferntesten Winkel zu dringen.

»Wir sind hier, Mommy. In Patricks Zimmer«, antwortete Anna und sah ihren Vater mit vorgerecktem Kinn an.

Ihr Vater ließ Patrick los und wandte sich der hellen Stimme seiner Frau zu. Die Anwesenheit ihrer Mutter war immer der bestimmende Faktor gewesen, hatte ihren Vater immer aus seinen verheerenden Wutausbrüchen gegenüber Patrick herausgeholt. Aber ihr Einfluss wurde mit jedem neuen Ausbruch geringer.

In dem Jahr, in dem Patrick auf die Highschool kam, wuchs er über den Sommer und bis in den Herbst hinein zehn Zentimeter. Er schoss so unablässig und so schnell in die Höhe, dass Anna meinte, ihn nachts wachsen hören zu können. Sie war sich sicher, dass er mit seiner enormen Größe, seinen riesigen Füßen und seiner tieferen Stimme das Haus sprengen würde. In seinem Zimmer roch sie nicht länger seinen kindlichen Duft, der dem der Jungs in ihrer vierten Klasse glich, und sie spürte, wie sich mit dem neuen Körpergeruch ihres Bruders die Angst um ihren Hals zusammenzog wie eine Schlinge. Sie hatte genug National-Geographic-Reportagen gesehen, um zu wissen, was passierte, wenn in einem Rudel ein Männchen erwachsen wurde. Der alte Bulle, der Elch oder das Alpha-Männchen vertrieben den jungen Bock. Ihr Vater brauchte keinen Vorwand mehr, um auf Patrick loszugehen; er brauchte nur dieses neue Wesen zu wittern, das an die Stelle des Jungen getreten war.

Anna hatte Plätzchen backen gelernt, und ihre Mutter hatte ihr erlaubt, auch allein zu backen. Schließlich war sie alt genug dazu. Rasch rührte sie ein Rezept Kekse mit Schokoladen-Chips an und war zuversichtlich, dass der Geruch ihren Vater und sie alle in ein verworrenes Gefühl von Behagen einlullen würde. Sie lief in den Keller und kramte den Ventilator hervor, den sie im Sommer benutzten. Dann steckte sie ihn in der Nähe der Küche ein, damit das Gefühl von Liebe und Schokolade dicht und kräftig bis in jeden Winkel des Hauses drang.

Sie musste ihren Bruder tarnen, das Haus mit Gerüchen erfüllen und den gefährlichen Männerduft übertünchen, der das letzte bisschen Sicherheit, das Patrick noch geblieben war, zunichtemachen würde. Dann bemerkte Anna etwas Seltsames. Auch ihre Mutter begann zu kochen und stopfte ihre Familie mit aromatischen Rostbraten, Fisch und französischem Käse voll, bis sogar Anna keinen Bissen mehr herunterbrachte. Ohne sich abzusprechen, arbeiteten Mutter und Tochter Hand in Hand. Jeden Abend beim Essen starrte der Vater seinen Sohn argwöhnisch an und blähte die Nasenflügel, um etwas zu wittern, um sich dann doch den köstlichen Gaumenfreuden zu ergeben.

Patrick hatte aufgehört, beim Essen zu sprechen. Aber er trieb momentan keinen Sport und hatte daher keinen Vorwand, nicht zu Hause zu sein. Die Fußball-Herbstsaison war vorüber, und die Saison im Ringen begann erst in zwei Wochen. Sie aßen gerade einen beruhigend wirkenden Brotpudding, der mit einer großen Menge Zimt bestäubt war, als das Telefon klingelte. Lehrer und Schuldirektoren nahmen zu jeder Tageszeit Anrufe entgegen; wahrscheinlich wollte ein Elternteil einer Schülerin, die gerade schluchzend über ihren Mathematikaufgaben saß, Mary Louise sprechen. Wenn der Anruf ihrem Vater galt, dann war ein Elternteil am Apparat, der über die Suspendierung seines Kindes verhandeln wollte. Ihre Mutter ging an das beigefarbene Telefon, das an der Wand angebracht war, und die ganze Familie sah zu, um festzustellen, welcher pädagogische Notfall hier vorlag.

»Alice? Was ist los? Ach, du lieber Gott. Natürlich komme ich.« Alice war die beste Freundin ihrer Mutter und ebenfalls Lehrerin an der Highschool. »Das war Alice. Ihr Mann hatte einen Unfall. Was genau, hat sie nicht gesagt, nur etwas über die Laderampe an der Papierfabrik.« Sie schaute ihre Familie an und ließ ihren Blick eine Sekunde länger auf ihrer Tochter verweilen. »Seid ihr alle okay hier? Ich muss sofort zu ihr fahren. Alice ist im Krankenhaus ganz allein.« Sie zog ihren Mantel an.

Anna spürte ein angstvolles Prickeln, das von ihren Knien ausging. »Nimm Patrick mit, Mommy«, bat sie. »Er könnte fahren. Du siehst viel zu durcheinander aus.« Die Miene ihrer Mutter, ihr Innehalten, die dunkle Wolke, die über ihre Augen huschte, verrieten Anna zum ersten Mal, dass ihre Mutter alles wusste, was geschah, wenn sie das Haus verließ. Dass sie ihre Tochter bewusst als kindliche Vermittlerin einsetzte.

Ihr Vater ließ sein Messer auf den Teller klappern. »Er hat nur den provisorischen Führerschein, um Himmels willen. Es ist besser, wenn du selbst fährst, Mary Louise. Die Kinder haben ihre Hausaufgaben. Du weißt ja nicht, wie lange das dauern wird.« Wer hätte dagegen etwas einwenden können?

Ihre Mutter hatte ihren Mantel an und die Autoschlüssel in der Hand und war unterwegs, um ihrer besten Freundin beizustehen, und Anna wusste, dass sie sie nicht aufhalten konnten. Sie konnte sich nicht weigern zu fahren. An der Tür blieb ihre Mutter noch einmal stehen.

»Ich rufe dich vom Krankenhaus an, Charles. Ich halte euch auf dem Laufenden.«

Das war ein Code, der ihnen allen mitteilte, dass sie sie im Auge behalten würde. Aber das war nicht genug, nicht annähernd.

16

Sie fragte sich, ob sie in Massachusetts jemand als vermisst gemeldet hatte und welche Probleme aus ihrer beider Verschwinden entstanden waren. Wer würde sie vermissen? Steve, ihr Exmann, nicht. Ihre Mutter war bestimmt zutiefst betroffen und untröstlich. Ihr Bruder dagegen, der im Koma lag, konnte nichts Großes tun; er hatte jetzt die einfachste

Aufgabe von allen – er brauchte nur zu schlafen. Selbst beim Atmen unterstützte ihn ein Gerät. Ihre Freundin Harper, ihre Reisegefährtin und Vertraute, die gern spätabends Margaritas trank, würde sie möglicherweise vermissen. Andererseits war sie nach ihrem kurzen Ausflug in keltische Gefilde gleich nach Peru weitergereist. Keine Chance, dass Harper sich Gedanken darüber machen würde, ob Anna etwas zugestoßen war. Ihr anderer Freund aus dem Jurastudium, Jasper, lebte in Los Angeles, wo er sich auf Medienrecht spezialisiert hatte. Wenn er nichts von ihr hörte, würde er ihr Nachrichten auf ihrem Anrufbeantworter hinterlassen, zuerst neugierig und scherzhaft, dann beleidigt und schließlich tief verletzt. Irgendwann würde er ihr Schweigen persönlich nehmen und sich fragen, ob er etwas falsch gemacht hatte. Ihre Freunde wussten, dass sie unterwegs gewesen war, und würden glauben, sie hätte ihren Aufenthalt verlängert. Nur ihre Mutter und Alice würden merken, dass Joseph und sie anscheinend vom Planeten gefallen waren.

Anna musste sich allein einen Reim auf etwas machen, das undurchschaubar zu sein schien. Sie kannte die Regeln nicht, die für Zeitreisen galten. Waren sechs Wochen in der Vergangenheit genauso lang wie sechs Wochen in ihrer Zeit? Oder konnte sie in ihre Zeit zurückkehren, ohne dass es jemand bemerkte, weil dort nur fünf Sekunden vergangen waren? Wand und drehte sich die Zeit wie ein Stück Seegras, das von den Gezeiten mitgezogen wird? Sie begann zu glauben, dass alles, was sie immer für wahr gehalten hatte, nur teilweise oder gar nicht stimmte. Sie hatte miterlebt, wie der fünfjährige Joseph mit den Zeitbegriffen von heute, gestern und morgen kämpfte; sie wusste noch, wie er gesagt hatte: »Wir gehen gestern in den Park«, oder: »Weißt du noch, wie ich morgen vom Fahrrad gefallen bin?« Sie war fasziniert von dem unnatürlichen Raster, das man über das Hirn des

Jungen stülpen musste, um ihn zu zwingen, das allgemein akzeptierte Verständnis von Zeit anzunehmen – dass es eine Vergangenheit, eine Gegenwart und eine Zukunft gab und sie eine gerade Linie bildeten. Jeder wusste das. Die Vergangenheit, die vierundzwanzig Stunden zurückliegt, ist gestern. Die Zukunft, die vierundzwanzig Stunden von hier entfernt liegt, ist morgen. Der Moment, in dem wir Atem holen, ist das Jetzt. Wenn man über eine Woche in der Vergangenheit spricht, setzt man »letzte« davor, zum Beispiel »letzte Woche«. Wenn man eine Woche in die Zukunft denkt, muss man »nächste« hinzufügen, wie in »nächste Woche«. Dadurch, dass Anna es für Joseph auseinanderpflückte, wurde ihr klar, wie schwer das für ein Kind zu verstehen war. Aber sie hätte nie gedacht, dass in Wahrheit sie diejenige war, die vollkommen danebenlag.

Bleib beim Thema. Finde die Regel. Analysiere alles, und dann zieh eine Schlussfolgerung. Im Jurastudium und später in der Kanzlei hatte das so wunderbar funktioniert. Aber hier fiel es ihr schwer, überhaupt das Thema zu bestimmen. Also war die Zeit irgendwie so durchlässig, dass Joseph und sie einen Schalter betätigt hatten und in der Vergangenheit gelandet waren, genau hundertvierundsechzig Jahre vor der Zeit, die sie zuvor irrtümlicherweise für die Gegenwart gehalten hatten. Ihr Verstand wehrte sich gegen die unwahrscheinliche Vorstellung. Die große Frage war das Wie. Und wenn Anna und Joseph so etwas passiert war, gab es vielleicht noch andere? Was oder wer hatte den Schalter betätigt? Und warum unter allen möglichen unwahrscheinlichen Kombinationen ausgerechnet Anna und Joseph? Ging es hier um die Zeit oder um Anna und Joseph?

Anna fiel es schwer, sich daran zu erinnern, was unmittelbar vor dem großen Zeitportal-Express passiert war. Als sie sich im Studium mit der Haftung bei Autounfällen beschäftigt hatte, hatte sie von retrograder Amnesie gehört. Menschen verloren oft die Erinnerung an Ereignisse, die zu einem Unfall geführt hatten, und oft reichte dieser Gedächtnisverlust sogar bis Stunden vor dem Unfall zurück. Es war, als schließe sich das Gehirn durch das Trauma kurz und lösche Gedächtnisspeicher, die kurz vor einem Unfall lagen. Dass sie den Fachbegriff für diese Erinnerungslücke kannte, half Anna nicht viel weiter, denn sie war nach wie vor frustriert, weil sie so wenig wusste.

Wenn sie nicht gerade über ihr altes Leben in Massachusetts nachdachte, ihr Leben in der Zukunft, ihre Mutter, ihren im Krankenhaus liegenden Bruder oder das Schicksal ihres Neffen, dann dachte sie ans Essen. Anna war hungrig. In ihren gesamten vierunddreißig Lebensjahren war sie noch nie so hungrig gewesen. Morgens aß sie zwei Kartoffeln, mittags eine Art Brei, der aus Kartoffeln und Hafer bestand, und wenn es in Toms und Glenis' Häuschen Abend wurde, aßen sie gebackene Kartoffeln. Sie war schon über zwei Monate hier, und wenn sie mit einem zugespitzten Stöckchen in ihren Zähnen herumstocherte, um sie zu reinigen, blutete inzwischen ihr Zahnfleisch. Ihre einst starken Fingernägel, für die sie berühmt gewesen war, begannen zu brechen. Und vor allem sehnte sich Anna nach Proteinen. Sie hing Fantasien über ein nur leicht angebratenes Filet Mignon mit einer Beilage aus vor Butter triefendem Brokkoli nach. Zum Nachtisch wartete ein ganzer Pfirsichkuchen mit Teiggitter auf sie. Der Eiweißmangel hatte so etwas wie einen Schalter tief in ihrem Bauch betätigt, und sie verspürte einen großen Hunger nach Fleisch. Eines Nachts träumte sie von Fleisch, das auf einem schwarzen Kugelgrill briet. Es brutzelte, und die fettigen Rauchfetzen, die davon aufstiegen, rochen so köstlich, dass sie zu weinen anfing.

Sie musste ihre Ernährung verbessern. Sie wünschte sich, im Leben mehr gelernt zu haben als politische Wissenschaften, gefolgt von ihrem Jurastudium. Wenn ihre Collegefreundin Emily in die Vergangenheit versetzt worden wäre, hätte sie gewusst, welche Kräuter und Pflanzen sie suchen musste, um ihre Ernährung zu ergänzen. Anna hatte wenig Ahnung von Pflanzen. Wer hatte schon Zeit gehabt, etwas anderes zu lernen, während man das Jurastudium auf der Überholspur absolvierte, um dann die heiß ersehnte Stelle in einer großen Kanzlei zu ergattern?

Denk nach, denk nach. Sie musste eine Lösung für dieses Problem finden, musste gesund bleiben. Unmöglich, dass sie in der Vergangenheit krank wurde, wo Aspirin und Antibiotika noch nicht erfunden waren und noch niemand von Keimen gehört hatte. Was, wenn sie sich mit Tuberkulose oder der Pest ansteckte und in der Vergangenheit starb? Würde das nicht die Zukunft auslöschen, oder wenigstens ihren Anteil daran? Würde ihr Tod in der Vergangenheit einen Riss im Raum-Zeit-Kontinuum erzeugen, im Universum? Was würde geschehen, wenn sie nie geboren wurde? Was wurde dann aus all den Gelegenheiten, bei denen sie ihren zornigen Vater abgelenkt und Patrick eine Tracht Prügel erspart hatte? Was wäre passiert? Wäre Patrick noch stärker geschädigt worden, hätte sich noch weniger geliebt gefühlt? Wäre ihr Neffe überhaupt geboren worden, hätte Joseph die Kindheit mit seinem sprunghaften Vater durchgestanden, wenn Anna sich nicht seiner angenommen hätte, als er klein war, ihn hierhin und dorthin mitgeschleppt, Plätzchen mit ihm gebacken, ihm Bücher und Malfarben geschickt hätte und all das? Was, wenn er nie geboren würde?

Genau deswegen sind Zeitreisen eine ganz dumme Idee, dachte sie, während sie durch die hochgelegenen Felder, die das Cottage umgaben, streifte. Es konnten immer Fehler auftreten, die die Ordnung des Universums störten. Was war mit den Kindern, die sie unterrichtete? Sie hatte keine Ahnung von der Geschichte der Mathematik. Und, wenn sie etwas lehrte, das im Jahr 1844 nicht anerkannt oder bekannt war? Sie fühlte sich schwerfällig und niedergedrückt. Sie brauchte Nahrung.

Anna dachte angestrengt nach. *Ich brauche Eiweiß, und ich brauche, verdammt noch mal, grünes Gemüse.* Was hatte Emily noch immer getrunken? Genau, Hagebuttentee. Vitamin C aus wilden Hagebutten. Noch hatten die Engländer kein Gesetz gegen das Pflücken von Hagebutten erlassen. Und Fisch und Seetang essen, alles, was aus dem Meer kam und ihr zugänglich war. Sie hatte nicht vor, hier zu sterben.

Anna benutzte den Spazierstock oder *shillalah* nicht mehr. Rasch eilte sie den Hügel hinunter und prüfte dabei ihr Bein. Als sie sich dem Haus näherte, erblickte sie Glenis, die Nuala auf der Hüfte trug.

»Könntest du mir zeigen, wo wilde Rosen wachsen, Glenis? Und du sagtest, dass ihr vorhabt, eine Ladung Seetang aus Kinsale als Dünger zu holen. Ich möchte mit euch fahren«, erklärte Anna. »Ich will Suppe aus Seetang kochen.«

Glenis verzog das Gesicht. »Meine Grannie hat mir immer ihre Seetang-Suppe aufgezwungen. Ich esse bestimmt nichts davon.« Mit einem Zipfel ihrer Schürze wischte sie Nuala die Triefnase ab. »Tom könnte schon ein zusätzliches Paar Hände für die Ladung Seetang gebrauchen. Gerade sagte er noch zu mir, dass es Zeit sei, die Beete im Garten für den Winter abzudecken. Und alte Rosenbüsche stehen an der Straße nach Kinsale, in der Nähe des alten Klosters. Was willst du denn damit?«

»Ich möchte einen Tee aus den Hagebutten kochen«, sagte Anna und nahm das kleine Mädchen auf den Arm, damit Glenis ihre Wäsche aufhängen konnte.

Das Kind sah Anna liebevoll an und legte seine kleine Hand an ihre Wange. »Du bist eine hübsche Lady«, meinte Nuala.

»Aye. Hübsch und seltsam«, setzte Glenis hinzu.

Der Versuch, die irische Sprache zu verstehen, die die Menschen untereinander sprachen, bereitete Anna Kopfschmerzen. Niemand schien von ihr zu erwarten, dass sie die Sprache erlernte. Sie klang anders als alles, was sie bisher gehört hatte, und irgendwie nach Deutsch, das sie ebenfalls nicht verstand. Aber mit dem Deutschen war sie sich nicht sicher; vielleicht war es auch eine slawische Sprache. Sie war dabei, ein paar Substantive zu lernen. Das Wort für »Buch« gefiel ihr: *leahbar,* so ausgesprochen, dass es sich auf das englische *tower* reimte. Und sie mochte noch etwas anderes an dieser Sprache: Sie tauchte tiefer in dieses Land, in die Musik dieses Ortes hinein. Glenis, Tom und die Kinder halfen ihr, ein paar Brocken davon zu lernen.

Die Struktur der Sprache war so, dass sie einen in direkten Kontakt mit dem Gegenüber brachte. Sie lernte, auf die Frage *Gehen Sie zum Schmied?* zu antworten, indem sie die Frage aufnahm und antwortete: *Ich gehe nicht dorthin.* Als Anwältin war sie es gewöhnt, Fragen zu stellen, die sich mit einem klaren Ja oder Nein beantworten ließen. »Du sagst ja oder nein wie die Engländer«, meinte Glenis zu ihr, »als ob sich die ganze Welt danach einteilen ließe. Wir denken da anders. Verstehst du, die Hoffnung kann man uns nicht nehmen. Es gibt immer einen Ort, wo etwas Bestimmtes größtenteils nicht besteht, oder es existiert, aber nur ein wenig. Wir Iren nehmen es viel genauer damit, was existiert und was nicht.«

Glenis konnte jedoch ihr Erstaunen darüber, dass Anna die irische Sprache überhaupt lernte, nicht verbergen. Anna nahm an, dass es mit den vielen Jahren zu tun hatte, während derer sie Fagott gespielt hatte. Der Leiter des Schulorchesters hatte ihnen wiederholt erklärt, junge Leute, die sich mit Musik beschäftigten, lernten auch Sprachen leichter. Annas Mutter hatte darauf bestanden, dass sie in der Mittelschule und in der Highschool ein Instrument lernte, und sie war der Meinung des Musiklehrers gewesen. »Es geht um dein Gehirn«, hatte ihre Mutter erklärt. »Eine Musikausbildung wird Teile deines Hirns entwickeln, die dir helfen werden, Sprachen zu lernen. Vielleicht auch bei der Mathematik, aber da sind die Experten sich noch nicht einig.« Anna hatte sich bis zur achten Klasse mit ihrer Klarinette gequält. Dann hatte der Musiklehrer gesagt, er bräuchte jemanden für das Fagott, und Anna hatte sich gemeldet und es nie bereut. Während der nächsten fünf Jahre hatte sie Fagott gespielt.

Anna versuchte es Glenis zu erklären. »Ich habe eine Musikausbildung erhalten, was einem dabei hilft, Sprachen zu erlernen. Ich habe einfach ein Ohr dafür, das ist alles.«

»Manche Leute freuen sich darüber, dass du beginnst, die Sprache zu sprechen. Andere dagegen sind misstrauisch, und das kann man ihnen nicht ganz verübeln. Kathleen O'Connell soll gesagt haben, das sei der endgültige Beweis dafür, dass du eine britische Spionin bist. Aber ich habe zu ihr gesagt, wann hat denn schon einmal ein Engländer Irisch sprechen können? Sie können es nicht; es ist nicht so, dass sie es nicht wollen, doch sie begreifen es einfach nicht. Anna ist zu klug, um Engländerin zu sein, das habe ich den Leuten gesagt.«

»Danke, Glennie. Wirst du denn Probleme bekommen, wenn ich weiterlerne? Größtenteils schnappe ich es bei den Kindern auf, wenn ich ihnen sonntagabends Unterricht gebe.«

Glenis schnippte sich ein Stück Stroh vom Rock. »Ich möchte, dass meine Kinder einmal mehr als Lasttiere sind. Unterrichte du sie nur weiter, und ich helfe dir beim Irischen.«

Arm in Arm gingen die beiden Frauen durch die Straßen von Kinsale. Plötzlich fühlte Anna sich mutig und zum Scherzen aufgelegt. »*Is mise munteoir*«, sagte sie und hoffte, dass ihre Aussprache passabel war.

Glenis blieb stehen, zog eine Augenbraue hoch und sah zu Anna auf. »Eine Lehrerin bist du allerdings. Eine sehr seltsam klingende Lehrerin, aber ja, meine Liebe, du bist eine Lehrerin.«

17

»Komm mit, ich will dir das beste Pferd in ganz Irland vorstellen. Jedenfalls ist es das für mich«, hatte Glenis gesagt, nachdem sie Tom und den Kindern den mittäglichen Brei aufgetragen hatte. Die beiden Frauen gingen zusammen mit Glenis' Töchtern die lange Straße nach Kinsale entlang. Mary und Nuala hielten sich an den Händen und blieben bei jedem interessanten Farn und den rätselhaften Steinbrocken, die ihre Aufmerksamkeit erweckten, am Straßenrand stehen. Jetzt, Ende Oktober, wehte sogar hier, an der irischen Südküste, ein kühler Wind, und Anna musste sich ein Umschlagtuch über die Schultern legen, wenn ihr die Kälte bis in die Knochen drang.

Die Straße war auf beiden Seiten mit Hecken bestanden, die so hoch waren, dass man die Felder dahinter kaum erkennen konnte. Glenis führte sie einen kleineren Weg entlang, der hügelauf zu einem frisch geweißten Cottage führte. Ein großes, kräftiges Pferd galoppierte über die Weide, bei dessen Anblick die Mädchen in zwitschernde Entzückensrufe ausbrachen.

»O'Connell, O'Connell. Wir sind gekommen, um dich zu besuchen«, verkündete Mary. Beide Mädchen streckten ihre kleinen Hände durch den Zaun, doch sie konnten den Kopf des Pferdes nur erreichen, weil es sich freundlicherweise vorbeugte.

»Das ist der große Daniel O'Connell«, erklärte Glenis, die ebenfalls die Hand ausstreckte, um die dunkle Mähne zu streicheln, die auf eine Seite gefallen war.

»Das ist aber ein merkwürdiger Name für einen Hengst«, meinte Anna, die von Pferden so gut wie keine Ahnung hatte.

Glenis und die Mädchen verstummten und brachen dann in Gelächter aus.

»Also, du kannst mir nicht erzählen, die Pferde in Amerika wären so anders, dass es keinen Unterschied zwischen Wallachen und Hengsten gibt. O'Connell ist ein Wallach, sieh doch«, erklärte Glenis und wies mit einer Kopfbewegung auf die Flanken des Pferdes.

Anna schaute hin und nickte – überzeugend, wie sie hoffte.

»Du weißt doch, dass ein Wallach kastriert ist, oder?«

»Natürlich«, gab Anna zurück und speicherte diese Information in einem fast leeren Ordner über Pferde ab.

»Und sag mir bitte nicht, dass ihr in Amerika nicht von Daniel O'Connell gehört habt! Er ist ein Anführer des irischen Volkes, der Einzige, der es bis ins britische Parlament geschafft hat, und er ist den Engländern ein gehöriger Dorn im Auge«, erklärte Glenis.

Irgendwann hatte Anna aufgehört, sich ständig wegen

ihrer Wissenslücken in der irischen Geschichte zu maßregeln. Sie wusste trotzdem mehr als die meisten Menschen, und das hatte sie größtenteils Jasper zu verdanken, ihrem Freund aus dem Jurastudium. Bei seinem ersten Praktikum in einer Kanzlei hatte es ihn in die historischen Archive verschlagen, wo er über eine irische Klage recherchierte, die den Engländern Völkermord während der Hungerjahre vorwarf. In der Kanzlei lachte man weithin über die Klage, aber man hatte ihm während seiner ersten paar Monate in der Firma diese langweilige Routinearbeit aufgehalst.

In einer seiner langen E-Mails hatte er die Fakten für sie zusammengefasst. »Deinen Leuten ist es nicht erst bei der Hungersnot von 1845 an den Kragen gegangen, sondern sie wurden schon seit Jahrhunderten systematisch aufs Kreuz gelegt. Dass dann zufällig noch ein über die Luft verbreiteter Pilz auftrat, der ihre allerletzte Feldfrucht und damit eine Million Iren vernichtet hat, war da nur noch der Tropfen, der das Fass zum Überlaufen brachte. Weitere zwei Millionen sind dann ausgewandert. Unsere Kanzlei hat die Klage fallen gelassen wie eine heiße Kartoffel. Alles klar?«

Anna wusste, dass die schlimmste Hungersnot aller Zeiten in Irland mit der ersten Kartoffelernte 1845 ausbrechen würde. Und hier stand Glenis und lachte mit ihren beiden Töchtern über Annas Mangel an gesundem Menschenverstand und Allgemeinwissen, ohne etwas von dem Tsunami zu ahnen, der sie in weniger als einem Jahr treffen würde.

»Es gibt zu vieles, was ich nicht weiß«, sagte Anna. Sie bückte sich und hob die zappelnde Nuala hoch. »Sogar dieses kleine Mädchen weiß mehr über Pferde und Daniel O'Connell als ich.« Kurz drückte Anna das Kind und setzte es dann wieder auf den Boden.

Sie verabschiedeten sich von O'Connell und traten den Heimweg an.

Anna erzählte jedem, der es hören wollte, dass sie vor allem Joseph finden musste. Aber die komplexere Frage, was sie tun sollte, sobald sie ihn gefunden hatte, musste zwangsläufig unausgesprochen bleiben – nicht, dass sie gewusst hätte, was sie anderes tun sollte, als zuerst ihn und dann einen Weg nach Hause zu finden. Wenn sie in die eine Richtung durch die Zeit gereist waren, musste es auch einen Weg geben, die Rückreise anzutreten. Und während sie das tat, musste sie Tom und Glenis beschützen und nicht weiter in ihr Leben eingreifen, als sie es bereits getan hatte. Weiter, als am Sonntagnachmittag die Kinder zu unterrichten, konnte sie nicht gehen; Mathematik und Englisch würden den Lauf des Universums schon nicht verändern. Die schriftliche Division musste 1844 genauso funktionieren wie im einundzwanzigsten Jahrhundert.

Obwohl Tom und Glenis ein entsetzlich hartes Leben führten, hatte es auch seine eigene Schönheit. Die beiden waren sich absolut sicher, dass sie für immer zusammen sein würden; das war klar. Um zu überleben, musste man ein Mitglied einer Familie sein, eines »Clans«, wie Glenis es nannte. Sie kannten jeden Menschen im Umkreis von fünfunddreißig Meilen – wenn nicht persönlich, dann über Familienbeziehungen. Ein Mann auf der Halbinsel Beara, einer verlassenen Einöde, hatte vielleicht nie einen Fuß nach Kinsale gesetzt, aber Tom wusste, dass er einen Cousin in Cork hatte, der Steinmetz war. Auf diese Weise war Tom mit dem Mann in den windumtosten Klippen der Halbinsel verbunden.

Anna sehnte sich nach ihrer vertrauten Welt. Zu Hause in Rockport kannte sie nur eine ihrer Nachbarinnen, und das nur, weil der Hund der Nachbarin, ein ungepflegter Zwergpudel, eines Tages vor ihrer Tür gestanden hatte. Anna hatte das zitternde Tier hochgehoben und es zum nächstgelegenen Haus getragen. Wegen eines Hundes, der sich verlaufen hatte, kannte sie eine einzige Nachbarin. Hier in Glenis' und Toms Welt kannte sie schon jetzt weit mehr Menschen, und die Leute wussten über sie Bescheid, ehe sie ihr überhaupt begegneten. Sie wurde langsam zu einem Teil ihrer Familie, und das verriet ihr der Hunger, unter dem sie und alle anderen litten. Vor Hunger war ihr Bauch jetzt nach innen gewölbt; sie fuhr mit den Handflächen über den Bereich zwischen ihren vorstehenden Hüftknochen, dem Schambein und den viel weiter oben liegenden Rippen. Der Hunger verband sie mit Tom und Glenis, ihren drei Kindern und ihrer Sehnsucht nach dem täglichen warmen Brei. Er bestand aus Kartoffeln und Buttermilch, die mit viel Wasser verdünnt wurden, um das Volumen zu vergrößern, damit jeder hungrige Esser eine volle, heiße Portion dieses Grundnahrungsmittels erhielt. Die Seetang-Suppe, auf der Anna bestand, trug wenig dazu bei, den ständigen Hunger zu lindern. Je weniger sie hatten, umso stärker hatte Anna das Gefühl, dass ihr Drang, zu leben und zu essen, sie mit ihnen verband.

Als sie den Rhythmus ihres Lebens besser kennenlernte, fiel ihr auf, dass Menschen kamen und gingen und dazwischen kurz bei Tom in der Schmiede anhielten, um mit ihm zu sprechen. Zuerst bemerkte sie daran nichts anderes als den normalen Alltag in einem Küstendorf. Auch dass es sich oft um Männer handelte, ließ bei ihr keine Alarmglocken läuten. Natürlich würden Männer sich um einen Burschen wie Tom versammeln. Er hatte eine unerschütterliche Art, die andere anzog, eine Sicherheit, die er ausstrahlte, ob er Essen eintauschte, auf seinem Kartoffelfeld arbeitete, mit den anderen Pächtern umging oder sich um ein krankes Kalb kümmerte. Selbstverständlich würde ein stetiger Strom von Männern beim Dorfschmied anhalten, und doch …

Schließlich gelang es Anna, ein Muster zu erkennen. Fast

alle Besuche fanden spätabends statt, was in einer Gemeinde, in der jeder schwer arbeitete, Sinn machte. Die Menschen sparten sich ihre Freizeitaktivitäten auf, bis ihr Tagwerk getan war. Aber was sie auf die Spur brachte, war der Umstand, dass einige Gesichter vollkommen regelmäßig auftauchten. Und dass sie niemals Laternen bei sich hatten, nie.

»Warum tragen eure Freunde eigentlich kein Licht für den Heimweg bei sich?«, erkundigte sich Anna. Tom hatte sich soeben von drei ernst dreinschauenden jungen Männern verabschiedet. »Ich hätte Angst, ohne Licht von einer Klippe zu fallen, besonders an nebligen Abenden wie heute.«

Tom warf zuerst Glenis einen Blick zu, als hätte er alle seine Worte bereits aufgebraucht. Glenis ging quer durch den Raum und bezog neben ihrem Mann Stellung. »Sie kennen die Straßen in- und auswendig, und Lampenöl ist teuer. Es ist unnötig, ein Licht mit sich zu führen«, antwortete sie.

Das Paar war eng zusammengerückt und hatte die Reihen geschlossen. Dicht nebeneinander, ohne Abstand zwischen sich zu lassen, standen sie da, und der eine führte den Gedanken des anderen zu Ende. Anna beneidete die beiden um ihre Gewissheit. Die Frage, ob ihre Ehe von Dauer sein würde, stellte sich nicht; es ging nur ums gemeinsame Überleben. Aber Anna wollte wissen, was die beiden ihr nicht erzählten, denn ihr wurde allmählich klar, dass das Leben hier einen Subtext hatte, und sie wollte wissen, was das war. Jede noch so geringe Erkenntnis mochte dazu beitragen, Joseph und einen Weg nach Hause für sie beide zu finden.

»Natürlich kennen sie die Straßen in- und auswendig. Was habe ich mir nur gedacht? Und jetzt ist es Zeit, dass ich schlafen gehe, ehe ich meinen beiden Gastgebern noch andere Fragen stelle, deren Antwort über alle Maßen offensichtlich ist.« Sie spürte eine plötzliche Zuneigung zu dem jungen Paar und ging in den winzigen Alkoven, wo ihr Bett auf sie wartete. Auf dem Weg küsste sie jeden von ihnen auf die Wange, wie sie es bei so vielen Menschen hier gesehen hatte. Sie waren ihre einzige Verbindung zu Joseph, denn sie hatten versprochen, dass sie ihr helfen würden, ihn zu finden.

Mehrere Tage später ging Anna als Erstes am Morgen zur Tür, um frische Luft zu schnappen, als ein ungewöhnlicher Anblick sie verblüffte. Anna war keine Pferdeliebhaberin; sie fühlte sich von der Größe und Kraft der Tiere eingeschüchtert, denn sie sah immer das Phantom ihrer Schwägerin, die bei einem Reitunfall ums Leben gekommen war, vor Augen. Aber selbst ihr fiel auf, dass die braune Stute, die sie seit Wochen vorsichtig hinter den Ohren kraulte, durch ein geflecktes Tier ersetzt worden war. Die braune Stute war fort. Sie hörte Toms Schritte auf den Steinstufen, der vom frühmorgendlichen Melken zurückkam.

»Tom, jemand hat dein Pferd ausgetauscht«, sagte Anna, und ihr wurde sofort klar, wie schwachsinnig das klang.

Tom sagte nichts. Er stellte den mit warmer Milch gefüllten Eimer ab. Sie hatte begonnen, sich an die unendlich langen Pausen zwischen den Sätzen zu gewöhnen, die die Menschen in dieser Zeit einlegten. Niemals unterbrach jemand einen anderen mitten im Satz. Und die Menschen waren ausgezeichnete Zuhörer und nahmen die Worte eines Sprechers auf, als wären sie zerbrechlich und kostbar. Sie hatte gelernt, bis dreißig zu zählen, nachdem sie eine Frage gestellt hatte. Die Menschen brauchten diese Zeit oder noch länger, um ihre Gedanken zu sammeln. Von Multitasking hatte hier noch niemand etwas gehört.

Der Morgennebel war eisig und drang Anna bis in die Knochen. Sie zählte bis dreißig, doch Tom gab noch immer keine Antwort.

»Wo ist die andere Stute geblieben? Ich weiß, dass ich zu

direkt bin, zu neugierig, aber ich bin nun einmal ein wissbegieriger Mensch und kann nicht umhin, so etwas zu bemerken. So bin ich nun einmal. Als ich gestern Abend schlafen gegangen bin, stand die braune Stute hier. Und jetzt lugt gerade erst die Sonne über den Horizont, und an derselben Stelle steht ein anderes Pferd, das aussieht, wie wenn es aufgepäppelt werden müsste. Was ist passiert?«

Tom nahm den Hut ab, fuhr sich durch das dunkle Haar und setzte den Hut wieder auf. Bis er endlich antwortete, hatte sie noch einmal bis dreißig gezählt.

»Das Gesetz verbietet mir, zwei Pferde zu halten. Und ich kann auch kein Pferd haben, das zu wohlgenährt aussieht. Wenn die Briten sehen, dass ich ein Pferd habe, das mehr als fünf Pfund wert ist, haben sie das Recht, es mir wegzunehmen. Oh, sie zahlen mir schon die fünf Pfund, aber wenn alles mit rechten Dingen zuginge, wäre das Tier viel mehr wert. Wenn ich die Stute also ordentlich füttere und ihre Flanken rund werden, müssen wir sie auf die hochgelegenen Weiden bringen und gegen mein anderes Pferd, auch eine Stute, austauschen, die größtenteils für sich selbst sorgen muss und frisst, was sie in den Hügeln findet. Mein Cousin hat mir heute Nacht das andere Pferd gebracht und ist mit der Stute, die du kennst, davongeritten, um sie auf die Weide zu führen.«

Annas Gedanken schalteten auf juristische Hypergeschwindigkeit und konzentrierten sich auf die Gesetzeslage, wenn man ein Pferd besitzt, das zu viel wert war. Sie betrachtete die gefleckte Stute, deren Rippen und Beckenknochen durch das Fell deutlich zu sehen waren.

»Du musst also vorgeben, nicht mehr zu besitzen als das, was die Briten dir zugestehen.«

»Das ist eine Art, es auszudrücken. Das Gleiche gilt für den Wert unseres Hauses. Wenn wir seinen Zustand verbessern, indem wir zum Beispiel einen weiteren Raum anbauen, erhöht sich der Wert des Hauses, und unsere Pacht steigt. Meist um weit mehr, als das Haus wert ist.«

»Ihr habt zwei Pferde, müsst aber so tun, wie wenn ihr nur eines besäßet. Aber was ist mit O'Connell? Gehört das Pferd euch oder euren Nachbarn? Es schien Glenis schrecklich gern zu mögen.«

»Mögen, sagst du? Diese beiden sind verliebt ineinander. An manchen Tagen würde Glenis lieber den Wallach striegeln, als unseren Porridge zu kochen. Und damit hast du offiziell unser drittes Pferd entdeckt. O'Connell gehört uns seit dem Tag seiner Geburt, doch wir lassen ihn bei unseren guten Nachbarn, damit es aussieht, als sei er ihr Eigentum. Was sollen wir tun? Wir sind nun einmal Iren und lieben Pferde.«

18

»Cork ist reich und fruchtbar. Alles könnte hier gedeihen, einfach alles. Aber die Iren sind ein merkwürdiger Schlag. Ihnen fehlt der Unternehmungsgeist, und das ist eine große Schande«, dozierte der Colonel.

Der Colonel, Joseph und Sean, der Stallbursche, ritten durch die Außenbezirke eines Dorfs. Eine Schafherde wurde durch die engen Straßen getrieben und versperrte den Weg. Zu Josephs Verblüffung lenkte der Colonel sein Pferd beiseite, um die Schafe, denen ein barfüßiger Knabe folgte, vorbeizulassen. Joseph hätte eher vermutet, sein Wohltäter würde auf seinem riesenhaften Tier wütend durch die Herde stürmen.

»Es geht nicht um Würde, Junge, sondern ums Geschäft«, erklärte er, als er Josephs erstaunten Gesichtsausdruck bemerkte. »Auf der anderen Seite der Stadt, was nicht weit entfernt ist, liegt ein Gasthaus, und da werden wir heute Abend absteigen.«

Nachdem die Schafe vorübergezogen waren, ritten sie durch das Dorf und hielten am Farmer's Arms an. Sean glitt vom Pferd und wartete darauf, dass der Colonel abstieg. Dann nahm er alle drei Pferde am Zügel und führte sie in den Stall.

Während sie auf die Tür des Pubs zugingen, erblickte Joseph ein Plakat, das an die Tür genagelt war. *Ringkampf-Turnier der Gemeinde, Samstag.*

»Sehen Sie doch, Sir«, sagte Joseph. Es war ihm nicht schwergefallen, sich daran zu gewöhnen, den Colonel mit »Sir« anzusprechen, etwas, das er noch nie im Leben getan hatte. Ihm fiel auf, wie einfach es war, sich in jemand anderen zu verwandeln. »Morgen findet ein Ringkampf-Turnier statt. Sind wir dann noch hier?«

Der Ältere lächelte. »So, wie diese Leute sich benehmen, glauben sie, das Ringen erfunden zu haben. Vierschrötige Bauern mit Schlamm an den Händen. In England ist das Ringen ein Sport für Gentlemen.«

Der Colonel zog die Tür auf. Der stechende Geruch eines Torffeuers drang ihnen entgegen, durchsetzt mit Aromen von etwas wie Suppe und gefolgt von Schwaden aus Männerschweiß und Pfeifenrauch. Kaum trat Joseph in den Pub, als seine Augen schon zu tränen begannen; er fühlte sich, als hingen winzige Sandkörner in der Luft, die alle in seinen Augen landeten.

»Wirt«, rief der Colonel und verschaffte sich Gehör. Das Gewirr jovialer Stimmen wurde leiser und verstummte dann ganz. »Hast du ein anständiges Zimmer für die Nacht, für mich und den jungen Burschen?«

Das klang weniger nach einer Frage als nach einem Befehl. Der Wirt sah Josephs Vater sehr ähnlich; er war dunkelhaarig und mit Sommersprossen übersät und besaß dunkle Augenbrauen, die zu einer einzigen energischen Linie zusammengewachsen waren. Er wischte sich die Hände an der Hose ab. »Ein Zimmer, Sir? Sicher, wir haben ein Zimmer. Wenn Sie uns einen Augenblick Zeit lassen, macht meine gute Frau das Zimmer für Sie fertig. Wir haben ein schönes Stück Rinderbrust, das gerade gar ist. Nehmen Sie doch Platz, essen Sie einen Happen, und dann ist das Zimmer schon bereit.«

Die anderen Männer im Pub sahen Joseph und den Colonel an, musterten sie aber nur kurz vorsichtig. Dann wandten sie den Blick ab. Joseph brauchte frische Luft. Er war noch nicht an so verräucherte Räume gewöhnt.

»Ich will Sean etwas zur Hand gehen, Sir«, erklärte er und stürzte zur Tür, um aus dem überfüllten Pub herauszukommen. Gierig sog er die frische Luft ein und trabte dann zu den Stallungen, wo er Sean zuletzt gesehen hatte. Er hörte die Erregung des Kampfes, bevor er ihn sah, hörte das zeitlose Stimmengewirr von Menschen, die Wetten abschlossen und andere anfeuerten. Als er zur Rückseite des Gebäudes kam, erblickte er zwei Männer, die einander mit gebeugten Knien umkreisten. Jedem von ihnen stand der Siegeswille ins Gesicht geschrieben. Eine Menschenmenge umgab sie.

»Kommt, Burschen, lasst uns etwas sehen, zeigt, was ihr konnt«, rief einer der Männer in dem Gedränge der Zuschauer.

Ein Ringkampf. Hier und jetzt. Mit einem Mal fühlte sich Joseph verankert und real und brauchte nicht ständig die richtigen Antworten zu erraten wie beim Colonel. Joseph schlängelte sich zwischen den Menschen hindurch wie ein Aal und drängte sich nach vorn durch. Die Sonne des späten

Nachmittags warf einen warmen Schein über die zwei Männer, die einander mit gebeugten Knien und locker hängenden Armen kampfbereit umkreisten und einander ansahen. Endlich etwas, von dem Joseph etwas verstand – Ringen.

Einer der Männer sah aus, als hätte man ihn wegen seiner Größe und Körpermasse ausgesucht. Er musste über einen Meter achtzig messen, vielleicht sogar eins fünfundachtzig. Der andere Mann war leichter gebaut und eher ein Kandidat für die Weltergewichtsklasse. Davon hatte es an Josephs Schule nur wenige gegeben.

Der eine der Kerle musste der hiesige Champion sein. Joseph erkannte sein Selbstvertrauen an der Schulterhaltung, dem Lächeln und der offenen Einladung, die er seinem Gegner gab. Das hier würde nicht lange dauern; der örtliche Gewinner würde diesen Burschen mit dem ersten Wurf auf die Matte legen. Der Meister hatte drahtiges, lockiges rotes Haar und den obligatorischen Stiernacken. Die schräg einfallenden Sonnenstrahlen spielten auf seiner Armbehaarung, und eine Sekunde lang ging ein goldenes Leuchten von ihm aus. Langsam tänzelten die beiden, umkreisten einander. Sie tippten sich gegenseitig auf die Arme, kreisten weiter und brauchten ungefähr eine Million Jahre länger als jeder Ringer an der Highschool. Dann schlug der Champion zu wie eine Grubenotter, drehte seinen glücklosen Gegner um, bevor er überhaupt auf den Boden auftraf, und drückte ihn mit beiden Schulterblättern in die Erde. Die ganze Zeit über hatte er sein breites Grinsen nicht abgelegt, bei dem er alle Zähne zeigte.

»So ist es recht«, jubelten die Männer und Frauen, die sich hinter dem Gasthaus versammelt hatten.

Ein weiterer Gegner, dieses Mal ein größerer und massigerer Mann als der Rothaarige, trat vor. Sein Gewicht verlieh ihm Selbstbewusstsein. Wenn man Gewicht und Schnelligkeit gegeneinander abwog, verlieh die Schnelligkeit einem

Ringer einen eindeutigen Vorteil, und der Rothaarige war schnell. Ein paar Männer aus der Menge feuerten den neuen Herausforderer an.

»Du kannst ihn besiegen, John. Jessas, du könntest ihn zerschmettern.«

John war ein großer Mann mit breiten Schultern und einem mächtigen Bauch. Sein ganzes Leben lang hatte seine Größe ihm Selbstvertrauen verliehen, aber Joseph las an seinen unbeholfenen Bewegungen ab, dass der Rothaarige in der Lage sein würde, ihm auszuweichen und sein Gewicht gegen ihn einzusetzen. Wie ein Bär stürzte John mit ausgebreiteten Armen voran und legte zu viel Gewicht auf den Vorderfuß. Die beiden rangen lange miteinander und hielten einander fest wie unglücklich Verliebte. Dann ließ der Rothaarige den Mann fallen und warf ihn mit drei gekonnten Griffen zu Boden.

Joseph sah einen Baum voller Vögel, komische Krähen, die Deirdre als Nebelkrähen bezeichnet hatte. Sie krächzten einander zu, als gäben sie ein Urteil über die Ringer ab. Dann verstummten sie und schauten alle zugleich auf die beiden Männer in der Mitte der Menschenmenge herunter. Joseph sah zu ihnen auf, wie um zu fragen: *Soll ich?* Eine der Krähen stieß den seltsamen schnatternden Laut aus, den die Tiere manchmal von sich gaben. Joseph interpretierte das als Zeichen.

Als der dicke John vom Boden aufstand und sich den Staub von der Hose und den Ellbogen klopfte, schüttelte er dem Sieger die Hand. Joseph kannte dieses Gefühl, wenn der Gewinner einem die Hand schüttelte. Es fühlte sich genauso an, als hätte er einen an den Eiern gepackt und reiße an den kurzen Härchen. Joseph trat in den mit vereinzelten Stöcken und Steinen grob markierten Kreis. Die Abmessungen des Felds kannte er auswendig.

»Ich fordere Sie heraus, Sir«, erklärte er und versuchte, seine Stimme tiefer klingen zu lassen.

Köpfe fuhren herum, was an seinem Akzent lag. Inzwischen wusste er, dass er sich damit vieles verdarb, aber er konnte nichts dagegen tun, sondern es nur zu seinem Vorteil ausnutzen. Und darauf hoffte er in diesem Fall. Joseph ließ das Schweigen noch ein paar Sekunden lang andauern.

»Ich bin auf Reisen und würde mich geehrt fühlen, wenn Sie meine Herausforderung annähmen«, sagte er und ließ die fremdartig akzentuierten Worte schwer in der alkoholgeschwängerten Luft über der Menge hängen.

Der große Rothaarige wurde den Bruchteil einer Sekunde lang stutzig. Joseph erkannte es daran, dass der Mann kurz die Mundwinkel herabzog, dann aber wieder sein strahlendes Siegerlächeln aufsetzte.

»Gerne, mein Junge, aber sei gewarnt. Ich bin der Meister in dieser Gemeinde. Hast du schon einmal gekämpft, wo du herkommst – wo immer das sein mag?«

»Ach, wirf ihn einfach nieder, damit du es hinter dir hast«, rief ein Mann hinten aus der Menge.

Der Rothaarige grüßte Joseph mit einer Verbeugung. »Tritt vor, Junge, und finde dich schon einmal damit ab, dass dein feiner Putz mit unserem besten Schlamm verschmiert wird.«

Geschwindigkeit, Gleichgewicht und Überraschung. Exaktheit und Beharrlichkeit. Diese Eigenschaften hatte man Joseph beim Ringen vom ersten Tag an eingeprügelt. Und er hatte den Vorteil, dass er den Stil des Rothaarigen schon zwei Runden lang hatte beobachten können. Mehr hatte Joseph noch nie gebraucht, um einen anderen Ringer einzuschätzen.

Joseph trat in den Kreis, und die beiden nickten einander zu. Doch kaum hatte Joseph das Kinn gesenkt, setzte er den Fuß vor, legte die Hand an die Schulter des Rothaarigen und warf ihn zu Boden, was das Lächeln aus seinem Gesicht wischte. Der andere zappelte, aber Joseph schlang geübt ein Bein über ihn, und dann drückte er mit einer kurzen, kräftigen Bewegung, die aus der Mitte seines Rumpfs kam, seine Schulterblätter in die Erde.

»Mach Schluss, der liegt am Boden«, rief ein Mann.

Joseph gab den Rothaarigen frei und streckte dem Unterlegenen seine Siegerhand entgegen, um ihm aufzuhelfen. Er drückte sie noch einmal ausdrücklich.

Aus der Menschenmenge heraus vernahm Joseph eine vertraute Stimme. Es war der Colonel.

»Du bist also Ringer, Junge.«

In den Augen des Colonels erblickte Joseph etwas, das wie Stolz und Bewunderung aussah, und er spürte, wie eine hohle Stelle tief in seiner Brust sich mit Wärme füllte.

»Ja, Sir, ich bin Ringer.«

Joseph wusste, dass alte Leute, zum Beispiel seine Lehrer, keine Ahnung davon hatten, was es hieß, ein Jugendlicher zu sein. Oder sie glaubten, dass es so war wie bei ihnen selbst, als sie jung gewesen waren. Aber sie hatten nicht die geringste Ahnung davon, was es bedeutete, heutzutage ein Teenager zu sein. Davon, dass alle reichen Kinder der Stadt auf Privatschulen gewechselt waren, sobald sie auf die Highschool kamen, und dass der Rest der Kinder, die zurückblieben, rasch Cliquen gebildet hatten, ehe Joseph Zeit gehabt hatte zu überlegen, in welche Gruppe er gehörte. Von da an war er in der Schule in jeder Hinsicht ein Außenseiter gewesen, zusammen mit den paar anderen verwirrten Jugendlichen, die ebenfalls keinen Anschluss gefunden hatten.

Er hatte versucht, das seiner Großmutter zu erklären, die die Fachschaft Mathematik an der Highschool leitete. Wenigstens atmete sie täglich dieselbe abgestandene Luft wie er, in demselben Gebäude, das aussah wie eine Kulisse aus dem Buch von Charles Dickens, das sie hatten lesen müssen.

Bis zur Highschool war Joseph in Naturwissenschaften einer der besten Schüler seiner Klasse gewesen, doch dann hatten seine Leistungen nachgelassen, bis die Schule nur noch eine Qual für ihn gewesen war. »Deine Noten sind in den Keller gerutscht«, hatte seine Großmutter gemeint. »Was ist los?«

Er hatte versucht, es ihr zu erklären. »Wenn die Kids durch die Flure gehen, ist dir schon aufgefallen, dass einige immer zusammen unterwegs sind und irgendwie glücklich aussehen, und sie sind laut und reden miteinander und so etwas?«

»Ja.«

»Und siehst du auch, dass manche sich an die Wände drücken, auf den Boden sehen und beten, dass niemand etwas zu ihnen sagt?«

»Vielleicht.«

»Und dann sind da die Kids, die du nicht siehst, weil kein Lehrer sie überhaupt wahrnimmt, weder die Lehrer noch die Trainer oder der Schulleiter. Das sind die Kids, die sich an einen heranschleichen und zu Suzanna Emmons ›Miststück. Abscheulicher Fettarsch‹ sagen. Oder zu den Förderschülern sagen sie: ›Hau ab, Idiot, und pack lieber im Supermarkt Tüten ein.‹ Zu mir sagen sie: ›Fass mich bloß nicht an, Drecksack, und wage es ja nicht, auf dieser Seite des Flurs zu gehen.‹ Sie sagen auch noch Schlimmeres, aber die schmutzigen Wörter kann ich dir gegenüber nicht aussprechen.«

Seine Großmutter hatte aufgehört, Arbeiten zu korrigieren, und ihre Lesebrille abgenommen.

»Ich bin ein Außenseiter, Gram, und daran wird sich nichts ändern«, hatte er gesagt. »So wird es während der ganzen Highschool sein. Ich hatte keine Ahnung, dass mein Leben so mies sein könnte. Ich habe nicht einmal jemanden, der sich zum Mittagessen zu mir setzt. Die Mittagspause verbringe ich auf dem Klo oder in der Bibliothek.«

Noch nie hatte er jemandem davon erzählt – seinem Vater ganz bestimmt nicht, und auch nicht seiner Tante Anna. Seine Welt war so trist geworden, dass er sich nicht einmal sicher gewesen war, ob er seiner Gram wirklich trauen konnte; aber er hatte ihr immer mehr vertraut als jedem anderen Menschen, daher war es den Versuch wert gewesen.

»Ringen«, erklärte sie schließlich.

»Was?«

»Du hast doch gehört, was ich gesagt habe. Ringen. Deinen Vater hat es gerettet, jedenfalls so weit, wie ihm zu helfen war. Er hat den Nahkampf geliebt, aus dem das Ringen besteht. Und ich glaube, dass ihm auch der körperliche Kontakt gefallen hat. Als er und dein Großvater ihre schlimmsten Zeiten hatten, hat dein Vater die meisten seiner Kämpfe gewonnen. In einem Jahr ist er sogar zu den Staatsmeisterschaften gefahren.«

»Ich erzähle dir, dass mein Leben die reine Hölle ist, und du glaubst, dass es mir helfen wird, wenn ich ins Ringer-Team eintrete?«

»Ich glaube, dass es entscheidend ist, irgendeiner dieser Gruppen beizutreten. Allein schaffst du es nicht. Und warum nicht Ringen? Es ist ein einzigartiger Sport, den es von jeher gibt. Und ich kenne den Trainer.«

Damit war sein Schicksal besiegelt gewesen. Am Nachmittag des folgenden Tages war er zum Sprechzimmer des Trainers gegangen. Nach der Schule hatte er die Sportsachen angezogen und sich mit dem Gesicht voran in eine Matte schubsen lassen. Eines hatte seine Großmutter allerdings nicht gewusst, nämlich dass das Ringen in der Hierarchie der Sportarten an der Highschool nicht einmal auf der untersten Stufe stand. Aber wenigstens hatte er jetzt einen Platz irgendwo auf der Leiter, und dafür war er dankbar gewesen. Und wie seine Großmutter gesagt hatte, wusste man nie, wann das Ringen einem noch nützlich sein konnte.

19

Joseph genoss seinen neuen Status als Meisterringer. Ein Champion? Wer hätte je gedacht, dass aus ihm einmal ein Champion werden würde? Sein Trainer hatte ihm erklärt, je besser er werde, umso weiter werde er aufrücken. Aber Joseph hätte nie gedacht, der Ringkampf könnte ihn so weit bringen. Besonders erfreut war er darüber, dass er hier ohne das peinliche Lycra-Trikot ringen konnte, das den wenigen Zuschauern auf den Rängen jede Erektion verriet. Auch Matten gab es nicht; hier fanden die Kämpfe grundsätzlich auf dem blanken Boden statt. Und natürlich auch keinen Kopfschutz und nichts, was seine Ohren bedeckte. Er machte sich Gedanken darüber, dass eines Tages jemand die Gelegenheit ergreifen und an seinen Ohren reißen würde, einfach, weil er in der Lage dazu war. Endlich etwas, womit sich Joseph auskannte. Nein, er verstand nicht nur etwas davon, sondern er war sogar verdammt fantastisch im Vergleich zu diesen Dorfburschen. Nun, um ehrlich zu sein, den Dorfburschen aus der Vergangenheit.

Der Colonel hatte Joseph schon vorher wie einen hochrangigen Gast behandelt, aber jetzt war er ein Rockstar. Sicher, im Jahr 1844 hatte es noch keine Rockstars gegeben, aber wenn, wäre er einer gewesen. Sobald der Colonel einmal gesehen hatte, dass Joseph den besten Kämpfer der Gemeinde am Boden fixieren konnte wie einen nassen Lappen, hatte sich alles verändert.

Im Lauf der nächsten paar Monate trat Joseph bei vier Ringkampf-Turnieren an, gewann sie alle und brachte dabei kaum sein Haar durcheinander. Er hatte hundertvierundsechzig Jahre auf seiner Seite, in denen der Ringkampf sich bis in seine Zeit mit Hilfe von Wissenschaft und Erfahrung weiterentwickelt hatte. Seine Gegner waren kräftige Männer aus den Dörfern, die sich Ringer nannten. Sie waren der Meinung, dass die harte körperliche Arbeit, die sie als Bauern, Schmiede oder Fischer verrichteten, genug sein müsste, um in einem Sport wie dem Ringen zu gewinnen. Aber der junge Bursche des Colonels aus den Kolonien – Joseph Blair hieß er – schaltete sämtliche hiesigen Gegner mit schockierender Präzision aus.

Jeder Kampf verlief gleich. Joseph beobachtete die Beinarbeit seines Gegners; das war Nummer eins. Als Zweites schüttelte er seinem Rivalen die Hand. Bis jetzt war jeder Ringer, gegen den er angetreten war, schlecht trainiert gewesen. Sie legten es auf ausdauerndes Hin- und Herschieben an, umkreisten einander, um Zeit zu schinden, hielten sich gegenseitig aufrecht und traten sich kräftig vor die Beine. Joseph dagegen war zwei Jahre lang von einem harten Hund trainiert worden, dem er jetzt jedes Mal, wenn er gegen einen großen, massigen Iren antrat, lautlos dankte.

Gerungen wurde barfuß, was Joseph zuerst als Nachteil sah. Er hatte immer leichte, flexible Ringerstiefel getragen, mit denen er auf den Bodenmatten gut Halt fand. Aber beim Barfuß-Kampf auf dem Boden durchschaute er seinen Gegner noch rascher. Die meisten Männer stellten einen Fuß leicht abgewinkelt auf. Dann wusste Joseph, dass er ihn schnell umwerfen konnte. Wenn ein Fuß gerade nach vorn zeigte und einer auch nur fünfzehn Grad von der Mitte wegwies, konnte er einen Angriff gegen das ausgestellte Bein vortäuschen und sich dann auf das gerade Bein stürzen – das zu bewegen der Gegner länger brauchte –, hinter den Oberschenkel greifen und es hochreißen. Dann drehte er den Kerl auf den Rücken und ließ ihn mit beiden Schulterblättern auf den Boden krachen. Anschließend hielt er ihn nieder und ließ wieder los. Sein Gegner wusste nie, wie ihm geschah.

Eine zusätzliche Information lieferte ihm das Händeschütteln. Hätte man Joseph gebeten, es zu erklären, wäre ihm das schwergefallen. Aber er wusste innerhalb eines Augenblicks, in dem Handschweiß und elektrische Impulse ausgetauscht wurden, ob er seinen Gegner besiegen konnte. Jedes Mal konnte Joseph einschätzen, dass er schneller und präziser war als jeder andere Ringer, den er traf, obwohl seine Gegner im Allgemeinen größer und älter waren als er. Gewichtsklassen schienen kaum eine Rolle zu spielen.

Joseph brauchte nie länger als fünf Minuten lang seine ganze Energie in jeden Muskel seines Körpers zu lenken. Bis jetzt hatte es nie länger als drei Minuten gedauert. Seine Kämpfe waren blitzschnell verlaufen; bei seinen ersten Kämpfen gegen die hiesigen Lokalmatadore hatte er das Überraschungsmoment auf seiner Seite gehabt. Jetzt verbreitete sich sein Ruf wie ein Lauffeuer, und er konnte sich nicht mehr auf das Moment der Überraschung verlassen. Er würde auf seine Präzision bauen müssen.

Sein letzter Gegner hatte schon damit gerechnet, dass er schnell sein würde.

»Liefere uns einen echten Kampf, Junge, nicht dieses Zauberwerk, durch das du alle blitzschnell auf den Rücken legst«, hatte er beim Händedruck gesagt.

Aber Joseph hatte nur den flehentlichen Unterton und

den zögernden Händedruck bemerkt und den nach außen gewandten Fuß, der den anderen angreifbar machte.

»Freut mich, Sie kennenzulernen«, hatte Joseph zurückgegeben und dann einen wunderbaren Fireman's Throw vollführt. Sein Trainer hätte gesagt, dass er zu sehr angab, doch die Euphorie darüber, einen kräftigen Mann zu Boden zu werfen, versetzte ihn tagelang in Jubelstimmung.

Der Colonel hatte rasch den Vorteil gesehen, der darin bestand, auf Joseph Blair zu wetten, den merkwürdigen jungen Mann aus Kanada, und er nahm mehr Geld ein, als er bei seinen letzten Pferderennen verdient hatte. Er bot Joseph jeden erdenklichen Luxus und behandelte ihn wie ein Mitglied der königlichen Familie. Joseph tat für den Colonel, was er konnte, brachte ihm bei jedem Kampf Geld ein und war dankbar für das Lob des mächtigsten Mannes, dem er je begegnet war.

So war es also, alles zu haben, verliebt zu sein und bewundert zu werden. Wenn er durch das Dorf Tramore ging, zeigten Kinder mit dem Finger auf ihn und flüsterten hörbar: »Der Meister.« Ab und zu überfielen ihn Gedanken an zu Hause, aber wenn er bemerkte, wie sich die geisterhaften Bilder aus der Zukunft näherten – seine Großmutter, die seine Mathematik-Hausaufgaben kontrollierte, sein Trainer beim Ringen, Anna, sein Vater –, schlug er sie weg, wie er es früher beim T-Ball getan hatte. Seine Großmutter war seine T-Ball-Lehrerin gewesen. Mit umgekehrt aufgesetztem Basecap hatte sie ihm erklärt, wenn er Probleme habe, könne er sie vertreiben, indem er mit aller Kraft auf diesen Ball einschlug. Er stellte sich vor, wie er mit dem Kunststoffschläger alle Gedanken an die Zukunft hoch in die Luft und weit über das Meer hinaus schlug.

Um sich so gut wie möglich an die allgemeine Bevölkerung anzupassen, beschloss er, dass es das Beste war, sich nicht auf eine bestimmte Seite zu schlagen. Sogar jemand, der nur so getan hatte, als läse er sein Geschichtsbuch, konnte erkennen, dass die Iren und die Engländer ein paar gewaltige Probleme miteinander hatten. Er wünschte, er hätte den Iren sagen können, dass für sie alles gut werden würde, dass sie eines Tages wieder ihre Unabhängigkeit und ihr eigenes Land haben würden. Aber im Moment zog er es vor, die Gelegenheit zu nutzen und in beiden Welten zu leben; denn es hatte eindeutig ein paar Nachteile, zu den Iren zu gehören – zum Beispiel ihre Bettelarmut. Er konnte der Liebling des Colonels bleiben und trotzdem mit den Iren befreundet sein, zumindest mit Deirdre und Taleen, und wenn Deirdre auf seiner Seite war, würde kein Ire auf dem Gut ihm in den Weg kommen.

Nur Con schien weniger nett zu ihm zu sein als früher. Zuerst konnte er sich den Grund nicht erklären. Con war ein Junge, genau wie er. Nun ja, nicht genau wie er. Er war Ire und der Sohn des Steinmetzen. Joseph war ebenfalls Ire, nur dass es etwas anderes war, irischer Abstammung zu sein und in Amerika zu leben. Damit zählte er kaum als Ire, und niemand hier brauchte davon zu wissen. Joseph schlich sich hinunter in den Küchentrakt, um mit Deirdre zu reden.

»Hat Con eigentlich nichts anderes zu tun, als dafür zu sorgen, dass die Kaminfeuer brennen?«, erkundigte er sich.

Deirdre kochte Apfelmus und rührte mit einer großen, flachen Schaufel im Kessel. Der Kessel hing an einem Scharnier, so dass man ihn über das Herdfeuer schieben oder nach außen schwenken konnte. Sie kostete von der Apfelmasse, die den Holzlöffel überzog, und warf eine Prise Nelken hinein.

»Wir haben neun Schlafzimmer, einen Ballsaal, die Waffenkammer, die Bibliothek, den Wintergarten – nun ja, der hat keinen Kamin –, den Raum mit der Porzellansammlung, mehrere Ankleidezimmer und die Wäschekammer. Rechne das einmal alles zusammen, und stell dir einen langen, geschäftigen Tag vor, an dem Verwandte aus England zu Besuch sind oder eine Jagd stattfindet. Con steht dann zwei Stunden vor Sonnenaufgang auf und ist, nachdem der letzte Bewohner schläft, noch immer nicht ganz fertig. So lebt er im Winter. Den Rest des Jahres geht er bei seinem Vater, dem Steinmetzen, in die Lehre.«

»Wie lang muss er denn Lehrling bleiben, ich meine, bis er selbst Steinmetz ist?« Joseph saß zusammengekauert neben dem Kamin. Er war durchgefroren aufgewacht, und Deirdre hatte ihm einen Becher heißen Met gegeben, der ihm von innen den Bauch wärmte.

»Ach, in fünf Jahren, würde ich sagen, wenn er sich klug anstellt; und das tut Con. Wenn er dann Steinmetzmeister werden will, dauert das noch weitere Jahre. Doch das entscheiden alles die Steinmetze selbst. Die Hälfte der Zeit sprechen sie ihre eigene Sprache, die weder Irisch noch Englisch ist. Ich versuche sie gar nicht zu verstehen, weil ich dazu nicht genug Platz in meinem Kopf habe, aber sie sprechen die Sprache des Steins, die so langsam ist, wie sich Felsen bewegen und seufzen. Das weiß ich nur, da mein eigener Mann Steinmetz war. Das heißt, mein erster Mann, damals, als ich jung war und ein Kind nach dem anderen geboren habe.«

Ob er fragen sollte, was aus ihrem ersten Mann geworden war? War er Taleens Vater gewesen? Er wollte alles über sie wissen. Wo steckte sie eigentlich? Er stand von seinem warmen Platz auf und ging die Küche entlang, vorbei an den Butterfässchen, die gestern gebracht worden waren, und an den Fässern mit Äpfeln, aus denen sich Deirdre heute Morgen bedient hatte. Er öffnete die Tür zum hinteren Garten und warf einen, wie er hoffte, beiläufigen Blick nach draußen.

»Sie ist heute Morgen nicht hier«, rief Deirdre ihm zu.

Joseph zuckte zusammen. Es verdross ihn, dass seine Absicht so offensichtlich war. Als er durch den langgestreckten Raum schaute, sah er, dass Deirdre ihm den Rücken zukehrte. Er erschauerte, denn er wusste, dass sie sein dringendes Bedürfnis, Taleen zu finden, durchschaut hatte. »Kein Scheiß, Mann«, hätte er zu seinem Freund Oscar gesagt, wenn er hier gewesen wäre, »Deirdre braucht dich nicht mal anzusehen, um zu wissen, was du tust.«

Deirdre schaute Joseph über die Schulter hinweg an.

»Sie ist in der Heckenschule, die sie besucht, wenn der Colonel unterwegs ist. Er findet, dass sie nicht zur Schule zu gehen braucht.«

»Was für eine Schule ist denn das, eine Heckenschule?«

Deirdre schwang den Kessel mit den Äpfeln vom Feuer weg.

»Du weißt nicht viel, oder, Junge? Wahrscheinlich sieht das Leben in den kanadischen Provinzen ganz anders aus. Aber hier erlauben die Engländer den irischen Katholiken nicht, irgendeine Schule zu besuchen. Daher richten sich diejenigen, die etwas zu lehren haben, auf einer Wiese, in einem Unterstand oder einer Scheune ein, und die Kinder gehen dorthin, um Griechisch, Latein und Rechnen zu lernen. Nicht alle Lehrer verstehen sich gut aufs Unterrichten, aber dieser schon.«

Deirdre nahm den Deckel von einem Fass und schnitt mit einem furchterregend langen Messer einen Brocken Schmalz ab, den sie auf den Tisch knallte. Sie schöpfte eine Handvoll Mehl aus einer Schüssel, gab sie auf das Schmalz und begann es mit dem Handballen zu kneten.

Joseph hatte die Bibliothek des Colonels gesehen, wo sich Reihen auf Reihen muffiger Bücher vom Boden bis zur Decke erstreckten. Langsam kam er allerdings dahinter, wer hier was durfte, und wusste, dass der Colonel Taleen nicht erlauben würde, seine Bücher anzurühren. Joseph ersann einen Plan, und er sah schon vor sich, wie er die Bibliothek mit einem oder zwei Büchern unter dem Rock verließ, um sie Taleen zu bringen.

Der Colonel würde noch ungefähr eine Woche unterwegs sein. Er befand sich auf einer Reise nach London. Solange der Colonel fort war, würde Joseph doch sicherlich unbemerkt ein paar Bücher aus der Bibliothek entleihen können. Und selbst wenn er zurückkam … Joseph war sich sicher, dass er sich der vielen Privilegien bedienen konnte, die der Colonel ihm verliehen hatte. Inzwischen läutete er sogar selbst die lange Schnur, die in jedem Raum mit einer Glocke verbunden war und einen eilfertigen Dienstboten herbeirief.

»Danke für das Getränk«, sagte Joseph zu Deirdre und schob den Becher auf den Spültisch zu. Durch das Treppenhaus stieg er in das Hauptgeschoss des Hauses hoch und ging direkt in die Bibliothek. Dort blieb er mitten im Gehen stehen. Plötzlich wusste er, warum Con sich ihm gegenüber so steif verhielt. Er hatte es auf Taleen abgesehen, das war der Grund. Con hatte ein Auge auf Taleen geworfen, und dann war Joseph gekommen. Noch nie war jemand eifersüchtig auf Joseph gewesen, obwohl er selbst in seinem früheren Leben als Außenseiter an der Highschool fast jeden anderen beneidet hatte. Er trat in die Bibliothek und sonnte sich in dem überwältigenden Gefühl, alles zu haben.

Für Taleen hätte er alles getan. Als Joseph zum ersten Mal die Erinnerung an ihren Geruch auf seiner Haut wahrnahm, da hatte sein Herz gezittert und schneller geschlagen. Das Gefühl war ähnlich gewesen, als wäre man hungrig und satt zugleich und Luft rase unter seinen Rippen hindurch, aber anders als alles, was er in seinem ganzen Leben empfunden hatte. War der Himmel vorher blass gewesen, so schien er jetzt in einem grellen Blau zu leuchten, das ihm in den Augen wehtat. Wenn er sie schloss, sah er Taleen und wollte von niemand anderem etwas wissen. Am liebsten hätte er sie hochgehoben und davongetragen. Das war die Art von Liebe, die für immer währte, und es war ein Wunder, dass er sie gefunden hatte.

Wenn er sich fest genug konzentrierte, konnte er seine Gedanken in ihr Herz lenken, davon war er überzeugt. Er strich mit den Fingern über seinen Handrücken, und etwas wie ein elektrischer Schlag durchfuhr ihn. Er konnte nicht ruhig sitzen, sondern nur in einem Rhythmus, den ihm sein pochendes Herzens vorgab, auf und ab gehen. Er konstruierte sich eine Liste von Gründen, sie zu sehen; Möglichkeiten, dem allzu wachsamen Blick des Colonels auszuweichen, wenn dieser zurück sein würde. Joseph wusste mit absoluter Gewissheit, mehr als er je etwas gewusst hatte, dass Taleen ihn begehrte. Er spürte, dass sie ihn wollte, konnte fühlen, dass sie etwas miteinander verband.

Unter solchen Umständen war es das Beste, sich dem Ringkampftraining zu widmen, und Joseph hatte sich bereits einverstanden erklärt, täglich zu üben. Jeden Nachmittag wurden Sean und Owen, die Stallburschen, Joseph als Partner zugeteilt. Aber ehe sie ihm als Sparringspartner von Nutzen sein würden, musste er sie zuerst das Freistilringen lehren. Joseph hatte keine Ahnung, wie man unterrichtete, daher bestanden die Trainingsrunden aus einer Reihe von Demütigungen für die beiden Männer, die Joseph jedes Mal augenblicklich auf den Boden heftete. Dieser Alphastatus fühlte sich an wie eine Droge, wie bei dem einen Mal, als er Ecstasy genommen hatte und ihm vor lauter Überschwang das Herz aufgegangen war.

Owen und Sean allerdings ließen die Köpfe hängen.

»Sie müssen uns eine Chance geben. Wir können nicht Ihre Partner bei dieser Sache sein, wenn wir gar nicht wissen, worum es geht«, klagte Sean, nachdem Joseph ihn wieder einmal auf den Boden geworfen und niedergehalten hatte.

Joseph kämpfte mit dem Drang, die beiden weiter als garantiert unterlegene Gegner zu benutzen. Wie oft würde er diese Gelegenheit bekommen? Er konnte seine Überlegenheit demonstrieren und mit seinem Können prahlen. Und das absolute Sahnehäubchen war, dass Taleen zusah, wie er jeden Trainingskampf gewann. Denn da stand sie und lehnte sich über den Zaun. Ihre zarte Gestalt hing dort wie eine Libelle, die auf ihrem Flug einen Halt einlegt. Ihre Schwingen glitzerten, und neben ihr wachte ihr junger Drache, die Hündin Madigan.

Sie ließ den Blick über das Bild schweifen, das sich ihr bot, und beobachtete, wie Joseph zuerst Owen und dann Sean, der mit hängenden Schultern und widerwillig gegen ihn antrat, auf dem Boden fixierte. Unter ihrem Blick aus der Ferne verhärtete sich ungebeten Josephs Penis, aber als er aufschaute, um Taleen zuzuwinken und ihre Bewunderung aufzusaugen, war sie fort.

Er entließ Sean und Owen und lief ihr nach, dorthin, wo er sie vermutete, auf dem Rückweg in die betriebsame Küche, die Unterwelt ihrer Mutter Deirdre und des ganzen anderen Küchen- und Hauspersonals.

»Hey, Taleen«, rief er, als er sie erblickte. Er beschleunigte seinen Schritt und holte sie ein. Madigan nahm seinen Arm in ihren weichen Mund, eine besondere Begrüßung, die sie allein Joseph vorbehielt.

»Taleen«, sagte er, dieses Mal leiser, und wischte sich den Hundespeichel an der Hose ab. »Hast du unser Ringkampf-Training gesehen?«

Sie fuhr herum, so dass ihre dunklen Locken über ihr

Gesicht flogen. »Training? Nennst du das so? Grausamkeit wäre ein besseres Wort dafür. Du schlägst diese Burschen zusammen, dass ihnen Hören und Sehen vergeht. Sie wissen nicht, was du tust, und sie haben nie in ihrem Leben gerungen, bis ihr, du und dein Colonel, zurückgekommen seid und vor Aufregung geschnattert habt wie die Gänse im Garten, weil du so ein großartiger Ringkämpfer bist. Ich nenne das grausam, Joseph.«

In dieser Nacht fand Joseph keinen Schlaf. Er verbrachte die Stunden damit, darüber nachzudenken, wie Lehrer etwas Neues unterrichteten, aber alles, was ihm einfiel, war die Methode seines Vaters, die aus Anschreien, Demütigen, Tadeln, Türenknallen und einem Strom lästerlicher Flüche bestand. Dann erinnerte er sich daran, wie seine Großmutter ihm Mathematik-Nachhilfestunden gegeben hatte. Sie hatte den Stoff Schritt für Schritt vermittelt, und am Ende hatte es immer Brownies gegeben.

Am nächsten Morgen sprach er mit Deirdre und erklärte ihr, dass die zusätzliche Essensration zu seinem Trainingsplan gehörte.

»Jeden Tag geht das aber nicht, Junge. Schick sie jeden zweiten Tag nach eurem Ringkampf an die Hintertür der Küche. Ich treibe dann schon etwas für sie auf«, sagte Deirdre.

Joseph kündigte Sean und Owen seinen neuen Trainingsplan an.

»Heute beginnen wir mit dem Griff um das Handgelenk. Und wir werden ihn immer wieder üben, bis ihr ihn im Schlaf beherrscht.«

Sean und Owen beäugten ihn argwöhnisch. »Dann haben Sie heute nicht vor, uns in den Boden zu stampfen?«

»Nein. Versteht ihr, das ist doch sinnlos. Macht euch bereit, das Ringen zu lernen, einen Sport für Gentlemen.«

20

In außergewöhnlich kalten Nächten schliefen Deirdre und Taleen in einem Bett. Das kleine Torffeuer glühte, und Mutter und Tochter schmiegten sich aneinander. Beide hatten ihr Haar gelöst, so dass Taleens dunkles Haar sich mit dem ihrer Mutter mischte, in dem erst seit kurzem an den Schläfen weiße Strähnen zu sehen waren.

»Es gibt gute Gründe, das zweite Gesicht nicht zu gebrauchen«, erklärte Deirdre. »Aye, genauso viele Gründe wie dafür, es einzusetzen. Es ist immer da und nagt an dir. Du kannst die Gabe nicht ablegen, man hat allerdings immer die Wahl, sie zu gebrauchen oder nicht, oder davon zu sprechen. Du glaubst doch nicht, dass der Seeadler jemals zu suchen aufhört, oder? Oh, er muss schon schlafen, und wer weiß, was ein Seeadler träumt. Aber wenn er wach ist, hört er nie auf, die Gabe zu gebrauchen, die ihm geschenkt wurde.«

Taleen zupfte an einem Fingernagel, der sie schon den ganzen Tag störte. »Und woher weiß ich, dass es die Gabe ist, die mir keine Ruhe lässt, oder nur etwas, das ich mir über alles wünsche?«

»Genau das meine ich, Tochter. Wie kann ich mit dir über deine Wünsche sprechen, ohne meine eigene Gabe einzusetzen? Ich sehe ihn überall an dir, den jungen Joseph. Ich sehe, dass du ihn begehrst. Ich sehe es auf deinen Schultern, und es tanzt an deinen Ohren entlang.«

Zum ersten Mal machte sich Taleen Sorgen, die übersinnliche Gabe, die sie und ihre Mutter umschwebte, könnte so stark sein, dass ihre Gedanken und Sehnsüchte ihr nicht allein gehörten. »Ich wusste es in dem Moment, als er aus dem Meer gezogen und zu uns gebracht wurde. Mein ganzes Leben war mir dieser Augenblick vorherbestimmt«, meinte sie seufzend.

»Ach Taleen, du bist noch so jung, und eine siebte Tochter lebt so lange, dass es dir eines Tages schwerfallen wird, dich überhaupt daran zu erinnern …«

Taleen setzte sich im Bett auf. »Nein. Das ist keine Kinderschwärmerei. Das glaubst du, doch da irrst du dich.«

Deirdre kniff die Augen zu und sog die Unterlippe unter die obere Zahnreihe. »Der junge Con hat das Zeug zu einem guten Ehemann. Vielleicht jetzt noch nicht, aber eines Tages, wenn ihr beide älter seid. Und er ist Ire. Du kannst die Grenze nicht überschreiten, das wird der Colonel niemals erlauben. Joseph ist keiner von uns«, sagte Deirdre.

Taleen nahm das Zögern in der Stimme ihrer Mutter wahr, ihr Innehalten, die ungewöhnliche Art, wie sie die Lippe einsog.

»Was siehst du mit deiner Gabe?«, verlangte Taleen zu wissen. »Du siehst etwas, was ich nicht sehen kann.«

Deirdre setzte sich auf und kreuzte die Beine.

»Es ist wahr, er stammt von jenseits des Wassers. Er kommt von weither und ist stark und lebhaft, genau der Stoff, aus dem Helden sind. Kein Wunder, dass der Colonel von ihm eingenommen ist, auch wenn er ihn wie ein Rennpferd behandelt, überall mit ihm prahlt und in ganz Irland beim Ringkampf auf ihn wettet.«

Taleen musste ihrer Mutter in allem Recht geben. Vielleicht verstand ihre Mutter sie doch; Joseph war ein Held, und er war zu ihr gekommen.

Ihre Mutter sprach weiter. »Meine Gabe bezieht sich auf die nahe Zukunft und die Vergangenheit und nimmt größtenteils den Körper wahr. Doch seine Zukunft kann ich nicht sehen. Es ist, als wäre sie zu den Sternen hinaufgeschossen, die wir nicht berühren können. Ja, so weit fort«, erklärte Deirdre.

Taleen dachte darüber nach und spürte auf ihrer Haut und in ihrem Atem, dass ihre Mutter die Wahrheit sagte. Das bestärkte sie noch darin, seine Ankunft an den langen Stränden von Tramore wäre ein Wunder gewesen.

»Er ist anders als alle Menschen, die ich je gekannt habe«, sagte sie und erschauerte bei der Erinnerung an seine Berührung.

»Eines beunruhigt mich. Die Hunde gehen mit ihm um, wie sie es eigentlich nur mit Mitgliedern unseres Clans tun. Diese Tiere gehören zu unserer weit zurückreichenden Stammesgeschichte und reagieren nur auf uns. Aber sie behandeln den Jungen wie einen der ihren, und das ist unmöglich. Das bereitet mir mehr Sorgen als alles andere«, sagte Deirdre.

Am nächsten Morgen brachte der dichte Nebel, der vom Meer heranzog, eine Vorahnung des Novemberwetters. Die Kälte begann sich im Land niederzulassen und bahnte sich den Weg in die Häuser. Taleen verschwand rasch nach draußen, bevor sie mit den morgendlichen Arbeiten überhäuft wurde, damit sie ihren unwiderstehlichen Liebesträumen nachhängen konnte. Sie und Madigan huschten in die Stallungen und wärmten sich an der besten Stute des Colonels.

Mit seiner glatten Haut und seinem nach Honig duftenden Atem war der junge Mann wunderschön anzuschauen. Noch nie hatte Taleen jemanden wie ihn gesehen; nicht unter den Seeleuten, die in Tramore an den Docks entlangstolzierten, und erst recht hatte er keine Ähnlichkeit mit einem der jungen Burschen von hier. Joseph war zu ihr gekommen, und das bedeutete, dass es in dieser Welt mehr Magie gab, als selbst ihre Mutter ahnte. Sie hatte Taleen klargemacht, dass sie die Insel niemals verlassen konnte. Die siebte Tochter einer siebten Tochter kann nicht fortgehen, sie darf das Wasser nicht überqueren, das so groß ist, dass man das andere Ufer nicht sieht.

Wenn also in Taleens Leben etwas Wunderbares geschehen sollte, dann musste es zu ihr kommen. Und mit ihrem zweiten Gesicht, dieser Gabe, die von Anbeginn der Zeiten an sie weitergegeben worden war, hatte sie den jungen Mann kommen sehen wie eine leuchtende Welle, die auf sie zurollte.

Es war unverkennbar gewesen, als man ihn aus dem Meer gezogen und er nackt und nach Luft ringend dagelegen hatte, als sie ihre Finger mit seinen Zehen verwoben hatte. Sie hatte etwas wie ein Klingen tief in ihrem Unterleib gespürt, das sich zwischen ihren Beinen fortsetzte, und sie hatte etwas in der Zukunft gesehen, was sie sich nie hatte vorstellen können. Es war größer als die Comeragh-Berge im Westen, und es ging darin nur um Joseph und sie. Sie beide ritten davon wie die mythische Königin Maeve und ihr Gemahl. So großartig war die Vision.

»Er weiß nicht alles darüber, was wir sind«, hatte ihre Mum gesagt. »Er findet, dass ich eine gute Köchin bin und du ein umwerfendes Mädel, und er ist bis über beide Ohren in dich verliebt. Wenn du nach seinesgleichen strebst, wird von dir irgendwann nicht mehr übrig sein als eine tragische Ballade, die von betrunkenen Männern und wehmütigen Frauen gesungen wird. Er ist ein Gentleman, zumindest hält der Colonel ihn dafür.«

Taleen kehrte in die Küche zurück und übernahm die Zubereitung des morgendlichen Porridge und der Puddings, während Deirdre mehrere Kinder aus Tramore behandelte, eines mit einem entsetzlichen Wurmbefall und zwei mit einer heftigen Brustfellentzündung. Sie waren an die Küchentür gekommen, wie es die Patienten immer hielten, wenn sie nicht so schwer litten, dass Deirdre direkt zu ihnen gerufen wurde. Ihre Mutter sagte immer, ihre Gabe beziehe sich auf das Gefäß der Seele. Wenn sie die Hand auflegte, sah sie eine buntschillernde Landkarte, die ihr Entzündungen und verstopfte Därme anzeigte, Herzen, die zu schnell schlugen wie im Fieber, oder große verdichtete Klumpen, die an Stellen saßen, wo sie nicht hingehörten wie in den Nieren oder der Leber. Manchmal konnte Deirdre die Hände auflegen und – unterstützt von Heilkräutern und heißen Tränken – den Krankheitsherd aus der Welt schaffen. Aber bei anderen Gebrechen, besonders bei Knochenleiden wie einem seitlich verformten Rückgrat, hatte sie nur Mitgefühl, Hoffnung und Gebete zu bieten.

Bei siebten Töchtern zeigte sich das zweite Gesicht früh, in ihren jungen Jahren konnte man sich jedoch nie sicher sein, welche Ausprägung ihre Gabe annehmen würde. Manche wurden ausschließlich Knochenheilerinnen, andere wie Deirdre konnten bei den häufigsten Krankheiten die Hände auflegen, und andere konnten hellsehen. Das waren diejenigen, die den Nebel der Zeit teilten und in die Zukunft sahen. Sie waren zwar am gesuchtesten, Deirdres Meinung nach war diese Gabe allerdings auch die gefährlichste, weil die Menschen nie zufrieden mit den Antworten waren, die sie bekamen. Sie wollten wissen, ob sie einen Ehemann oder eine Ehefrau finden würden. Würden sie ein Kind bekommen? Würde die Ernte reichlich ausfallen, und würde ihr Favorit beim Pferderennen gewinnen? Und dann waren sie oft nicht froh darüber, wenn man die Wahrheit sah und sie ihnen enthüllte.

Töchter mit dieser Art von zweitem Gesicht waren besser daran, wenn sie buttern oder Leinen weben lernten. Deirdre hoffte, dass Taleen eine nützliche Gabe entwickeln würde.

»Komm mit mir, wenn ich bei der kleinen Orla die Würmer herausziehe«, hatte sie noch heute Morgen zu Taleen gesagt. »Es ist eine wunderbare Gabe, und wir wollen sehen, ob du sie in dir hast.«

»Ich will keine Kinder mit Würmern heilen, wirklich nicht. Ich will nichts mit Hintern und Würmern zu tun haben. Ich sage dir, was ich sehe. Ich sehe, dass Joseph mit dem Colonel auf dem Heimweg ist. Er hat einen weiteren Kampf gewonnen und ist der Meister, und er strahlt herrlich wie Gold, und nicht einmal der Colonel kann leugnen, wie großartig mein Joseph ist. Sie fahren in der Kutsche und sind bei Einbruch der Dunkelheit hier, und ich werde auf ihn warten.«

21

»Es ist Zeit, dass du mehr von unserer Landschaft siehst, und wenn du mich begleitest, wäre das eine große Hilfe für uns. Dann kann Tom zu Hause bleiben und die große Bestellung an Fassreifen fertig machen, und die Kinder sind bei ihm«, erklärte Glenis.

Anna, die sich bei dem freundlichen Paar gern nützlich machen wollte, wurde sofort munter. Sie war gerade erst von ihrem morgendlichen Besuch auf dem Abort zurückgekehrt.

»Ja, ich tue alles, um euch zu helfen. Wohin gehen wir, und was haben wir vor?«

Glenis stand am Herd und kämpfte mit Nualas Haar, das aussah, als wäre es über Nacht explodiert.

»Wir bringen einen Karren voller Dachstroh zu einem Cousin in Skibbereen. Falls er da ist, fährt er weiter nach

Glengarriff, und du und ich kehren um und kommen nach Hause. Wenn wir ihn nicht antreffen, machen wir beide die ganze Reise allein«, fuhr Glenis fort und zog einen Kamm durch das Haar des Kindes. Nuala zog eine Grimasse und hielt sich am Sitz des Stuhls fest.

»Wann brechen wir auf?«

»Sofort, noch ehe der Morgen vorüber ist. Tom hat schon den Karren beladen und alles gepackt, was wir unterwegs brauchen.«

Offensichtlich entging Anna noch immer ein großer Teil dessen, was hier vor sich ging. Sie hatte keine Ahnung gehabt, dass ihr Pferdekarren in den frühen Morgenstunden, als sie noch geschlafen hatte, gepackt worden war, und nicht mitbekommen, dass Glenis und Tom überhaupt über einen Ausflug, um Dachstroh zu verkaufen, gesprochen hatten. Trotzdem lief sie eilig zu ihrem Bett und holte die beiden Stofffetzen, die sie mit zu Hause verbanden. Sie wünschte, die Erinnerungsstücke wären bedeutungsvoller oder schöner gewesen, aber sie wollte sie bei sich haben, wenn sie auf Reisen ging. Sie waren einfach alles, was ihr noch von ihrem Zuhause geblieben war. Innerhalb einer Stunde brachen sie auf.

Anna und Glenis fuhren auf ihrem Pferdekarren, der von einem übermütigen O'Connell gezogen wurde, einem Pferd von einzigartiger Ausdauer, wenn man Glenis glauben wollte.

Zuerst stellte Anna ganz unschuldige Fragen.

»Ihr habt ja viele Cousins, du und Tom. Wir transportieren also eine Ladung Dachstroh, und du sagst, es seien vierzig Meilen bis zu deinem Cousin. Ist das nicht ein ziemlich weiter Weg, um Stroh zu verkaufen?«

»So lang nun auch wieder nicht«, gab Glenis zurück. »Und wir gebrauchen den Ausdruck ›Cousin‹ in einem ziemlich weiten Sinn. Sagen wir einfach, dass wir alle seit Anbeginn der Zeiten auf irgendeine Weise blutsverwandt sich. Mit der Ausnahme, dass Donal in Skibbereen wirklich ein Cousin von mir ist.«

»Und Tom fand es besser, dass wir beide fahren sollten?«

»Ja, das fand er.« Glenis' üppiges rotes Haar war nach hinten frisiert und wurde von einem der Stäbe gehalten, die Anna für sie geschnitzt hatte. Ein Bausch kürzerer Haare hatte sich gelöst und umrahmte ihr Gesicht mit dünnen Löckchen, die im Takt zu dem Holpern des Karrens hüpften.

Wieder erwachte die Juristin in Anna und erinnerte sich an den nicht abreißenden, aber betont unauffälligen Strom von Besuchern, die in der letzten Woche durch Toms und Glenis' Haus gezogen waren. Sie waren mit dicken, bis zum Bersten gefüllten Ranzen gekommen und mit einer viel leichteren Last gegangen; zur Tarnung hatten sie mit Tom eine Pfeife geraucht oder ein Glas getrunken, oder die Männer hatten bei der zweiten Kartoffelernte geholfen, während Tom ihre Pferde beschlagen hatte. Nein, hier wurde Handel betrieben. Anna drehte sich auf ihrem Sitz um und warf einen Blick auf die fest zusammengeschnürten Strohballen.

»Wir liefern nicht nur Stroh aus, oder?«

Ohne Anna anzusehen, ließ Glenis das Pferd einen Moment lang frei laufen, und das beständige Klappern der Hufe war wie ein Widerhall von Annas Herzschlag. Dann zog Glenis die Zügel an, und das Pferd kam schnaubend zum Halten. Es schüttelte seine dunkle Mähne und stampfte. Die Novembersonne war noch warm, und eine leichte Brise trug den Geruch des Meeres heran. Glenis schlang die Zügel fest um einen polierten Knauf, der vor der Sitzbank angebracht war.

»Ich habe Tom gesagt, dass es nur eine Frage der Zeit sei, bis du dir alles zusammenreimst. Aber er meinte, du könntest nur daran denken, diesen Neffen von dir, Joseph, zu finden, und hättest keine Augen für etwas anders.« Glenis atmete tief ein. »Wir schmuggeln.«

Und sobald Glenis es ausgesprochen hatte, füllten sich die Lücken wie bei den Tausend-Teile-Puzzles mit Vogel-Motiv, die sie zu legen pflegte, wenn die Familie in Vermont Urlaub machte. Plötzlich stand ihr das ganze Bild vor Augen. Es war nicht einfach ein willkürliches Zusammentreffen, wenn die Nachbarn Glenis und Tom bei Nacht besuchten und dabei zufällig zum Bersten gefüllte Säcke bei sich hatten, die sie flach zusammengerollt wieder mitnahmen. Und einmal, nur ein einziges Mal, hatte Anna einen Blick von Tom nicht deuten können. Anna katalogisierte alles, und sein Seitenblick war unverkennbar gewesen. Sie hatte ihn unter *nicht die Wahrheit* abgelegt, obwohl ihr das nicht gefiel. Seitenblicke waren verräterisch.

Die Puzzleteile bewegten sich aufeinander zu und rutschten wie von selbst an den richtigen Platz. Die häufigen Besucher, die kamen, um mit Tom zu plaudern, führten in seiner Schmiede, wo ihre Gespräche durch das Klirren von kaltem auf heißes Metall übertönt wurden, mehr als müßige Männergespräche. Sie waren Schmuggler. Das erklärte alles.

Glenis raffte ihren Rock und sprang vom Karren. »Komm herunter, Anna, wir wollen unsere Beine ausstrecken und das Pferd die seinen ausruhen lassen.« Sie ging auf Annas Seite des Karrens herüber.

Anna spürte die Veränderung in Glenis; es war, als hätte sich eine unsichtbare Trennwand zwischen ihnen beiden aufgelöst. Mit einer Hand zog sie ihren Rock hoch und enthüllte dabei viel mehr nackte Schenkel, als Glenis es getan hatte.

»Gott im Himmel! Musst du das Gartentor so weit aufreißen?«, rief Glenis, als sie die nackte Haut aufblitzen sah.

»Tut mir leid«, gab Anna zurück und sprang zu Boden zu der anderen Frau. Dann gingen sie eine Weide entlang, ziellos, wie Spaziergänger.

Die Irin bückte sich, um einen Stein aufzuheben, der ihre Aufmerksamkeit erweckt hatte. Mit dem Daumen rieb sie über den glatten scheibenförmigen Kiesel, der in ihrer Handfläche lag. »Unter den alten Strafgesetzen hätten wir uns nicht über Wasser halten können, keiner von uns. Die Engländer haben uns mit ihren Embargos die Luft abgedrückt; sie haben uns die Fähigkeit genommen, das zu verkaufen, was wir herstellen und anbauen, und sie weigern sich, anderen Ländern den Handel mit uns zu erlauben. Also bringen wir Waren ins Land und aus dem Land, ohne dass England Nutzen davon hat. Das tun wir seit Generationen.«

Anna trat zur Seite, um getrocknetem Schafsdung auszuweichen, und blieb dann stehen und sah Glenis an. »Ihr seid Schmuggler. Und nicht nur ihr beide. Hat eigentlich jeder Mensch, den ich bisher getroffen habe, beim Schwarzmarkt seine Hände mit im Spiel?«

Hier im grünen Land des Nebels war nichts so, wie es schien. Selbst in ihrer eigenen Zeit hätte Anna mindestens genauso lange gebraucht, um draufzukommen, dass der liebenswürdige Tom ein erstklassiger Schwarzmarkt-Hehler war. Natürlich! Jeder, der seinen Verstand beisammenhatte, würde versuchen, Sanktionen gegen den Handel mit Leinen, Wolle, Getreide und allem anderen, was einträglich aussah, zu umgehen.

Glenis warf einen Blick nach rechts, als stelle sie sich dort all ihre Familienmitglieder und Freunde vor.

»Nun ja, mal sehen«, meinte Glenis nachdenklich. »Mit Ausnahme von ein paar unserer ganz alten Leute – besonders Mr Healy, der behauptet, religiöse Gründe dafür zu haben, dass er nicht schmuggelt – … ja, dann wickelt jeder, den du bisher kennengelernt hast, über Tom und mich das eine oder andere Geschäft ab. Wir bringen die Waren zunächst zu meinem Cousin, und dann teilt er die Ladung auf, überlegt, wo der beste Markt dafür ist, und erledigt den Rest.«

»Was würde passieren, wenn die Briten dieses florierende Unternehmen entdecken würden?«

Glenis griff beschwörend nach Annas Hand und hielt sie zwischen ihren heißen Handflächen. »Wenn wir auffliegen, kommen zuerst wir beide ins Gefängnis. Sie würden uns das Haus und alles, was wir besitzen, wegnehmen. Um uns ins Herz zu treffen, würden sie es niederbrennen. Wenn sie unser Verbrechen abscheulich finden, hängen sie uns. Michael ist zwölf, also ist es möglich, dass sie ihn ebenfalls holen. Dann müssten die beiden Kleinen sich allein durchschlagen.«

Wenn Anna sich eine Schwester hätte aussuchen können, hätte sie Glenis gewählt. Und wenn sie sich eine Freundin bestimmen könnte, wäre es ebenfalls diese sanfte Schmugglerin, die alles aufs Spiel setzte und mit Anna ein Risiko einging.

»Du bist die erste Außenseiterin, die nicht blutsverwandt mit uns ist, und du hast eine ganze Menge Empörung hervorgerufen. Wir haben uns mit dir in große Gefahr begeben. Du könntest uns denunzieren; die halbe Grafschaft Cork betet, dass du es nicht tust.«

Sie hielten einander an den Händen wie Schulmädchen und gingen weiter, bis sie an einen flachen Stein kamen, der zum Sitzen geeignet war. Glenis warf einen Blick zurück zu dem Pferd, das auf drei Beinen zu stehen schien und einen Huf geziert auf den Boden gesetzt hatte wie eine Ballerina, die auf den Spitzen steht. Anna öffnete ihre obersten Knöpfe ein Stück weit und reckte sich in die Sonne.

»Aber warum sollten die Briten darauf hören, was ich zu

sagen hätte? Sie halten nicht allzu viel von den Amerikanern. Wir haben sie gegen alle Wahrscheinlichkeit in unserer Revolution geschlagen, und Nationen haben ein langes Gedächtnis«, gab Anna zu bedenken.

Glenis seufzte. »In manchen Dingen bist du so schwer von Begriff wie ein Stein. Ich habe nicht gesagt, dass *ich* glaube, du würdest uns verraten, sondern ich habe gesagt, dass ein paar entsetzlich nervöse Leute das befürchten. Ich weiß, du würdest so etwas nicht tun. Schließlich habe ich gesehen, wie du unsere Kleinen unterrichtest, und du bist besser als alle Lehrer in den Heckenschulen. Wenn du mit ihnen fertig bist, werden sie richtige Gelehrte sein.«

Glenis stand auf und trat mit dem Absatz gegen einen Steinbrocken, um etwas Gras, das daran klebte, zu entfernen. »Es geht um das Schmuggelgeschäft, verstehst du nicht? Du könntest uns helfen. Wir handeln mit amerikanischen und französischen Schiffen, aber kürzlich haben wir unseren besten amerikanischen Händler verloren. Er meinte, es sei ihm viel zu gefährlich. Du könntest uns helfen, einen neuen Markt in Amerika zu finden; ich weiß, dass du das könntest. Das heißt, wenn du wieder zu Hause bist. Ich habe bei dir so ein Gefühl, als könntest du die richtigen Verbindungen herstellen. Du hast selbst gesagt, dass du für Anwälte arbeitest.«

Anna hatte Glenis erklärt, dass sie Sekretärin für eine Art von Anwälten war; sie hatte gehofft, dass es plausibel klang. Jetzt hätte Anna am liebsten gelacht. Nach Hause zurückkehren. Wie in aller Welt sollte sie das anstellen? Sie begriff ja nicht einmal, wie sie hierhergeraten war, wie es gekommen war, dass sie durch eine Art wassergefüllten Zeittunnel gewirbelt worden war. Dann rief die plötzliche Erwähnung ihres Zuhauses ein säuerliches Gefühl der Sehnsucht in ihrem Mund hervor, das jedes Lachen erstickte.

»Ach, Glennie, ich schwöre, dass ich dir sofort helfen würde, aber ich kann nicht.« Anna drehte die Handflächen nach oben und zuckte die Achseln, eine furchtbar unzulängliche Geste, die diesem Moment nicht angemessen war.

Glenis sah aus, als hätte sie einen schweren Schlag eingesteckt. Rasch klopfte sie sich die Sitzfläche ihres Rocks ab.

»Aye, natürlich. Ich hätte nicht fragen sollen. Na schön, lass uns weiterfahren. Bis zu meinem Cousin haben wir noch einen langen Weg vor uns.«

Was es sie wohl gekostet hatte, Anna um Hilfe zu bitten? Anna stellte sich vor, wie sie Tom direkt gegenübergestanden und ihn überzeugt hatte, dass die Amerikanerin vertrauenswürdig war, dass sie ihnen helfen würde. Glenis hatte ihr Ansehen bei Freunden und Familienmitgliedern aufs Spiel gesetzt, nur damit die Frau, die sie durch ihre Pflege vor dem Tod bewahrt hatte, sie im Stich ließ. Steif ging Glenis davon. Anna sprang von dem Stein auf und rannte ihr nach, um sie einzuholen. Sie fasste Glenis am Arm.

»Es ist nicht nur, dass ich aus Amerika bin …«, begann Anna.

»Nein, aber deswegen habe ich dich gebeten, weil du von dort kommst.«

Glenis' Gesicht war rot angelaufen. Sie presste die Lippen zusammen und runzelte finster die Stirn.

»Hör mich an, das ist nicht alles. Ich werde dir jetzt etwas erzählen, was du wahrscheinlich nicht glauben wirst. Du darfst allerdings mit niemand anderem darüber reden. Versprichst du mir das?«

Glenis nickte.

»Ich möchte, dass du bei etwas schwörst. Schwöre bei deinen Kindern, deinem Mann und allen Menschen, die dir teuer sind«, sagte Anna.

»Gut. Ich schwöre, dass ich das, was du mir sagen wirst,

für mich behalte. Das schwöre ich bei meinen drei süßen Kleinen und allen Kindern, die noch kommen werden.«

Alle Feuchtigkeit in Annas Mund hatte sich verflüchtigt, und ihre Zunge fühlte sich trocken und nutzlos an. Sie hatte sich danach gesehnt, jemandem davon zu erzählen; und der Mensch, dem sie sich am liebsten offenbart hätte, stand direkt vor ihr. Dieser Augenblick würde alles ändern, und Anna hatte keine Ahnung, wie es danach weitergehen sollte. Sie steckte sich einen glatten Stein in den Mund und lutschte heftig daran, um etwas Speichel zu erzeugen.

»Ich bin nicht aus dieser Zeit«, begann sie. »Ich komme aus der Zukunft, so weit aus der Zukunft, dass du es dir nicht vorstellen kannst. Deswegen … deswegen kann ich dir nicht helfen. Im Amerika von heute kenne ich keine Seele. Ich wäre dort genauso gestrandet wie hier. Das ist auch der Grund dafür, warum ich keine Antwort auf meinen Brief erhalten habe.«

Zuerst wurde Glenis' Blick weicher, dann glättete sich ihre verspannte Stirn, und ihre Lippen entspannten sich und teilten sich langsam wieder.

»Ich hatte nie vor, dir davon zu erzählen«, fuhr Anna fort. »Ich dachte, ich könnte dieses Problem allein lösen, ohne dich einweihen zu müssen, denn ich weiß, wie verrückt das klingt, wie absurd. Und du hast keinen Grund, mir zu glauben«, erklärte Anna.

Noch immer sprach Glenis nicht und stand da wie im Boden verwurzelt. Anna hatte das Gefühl, als hätte sich Glenis in die Festplatte eines riesigen Computers verwandelt; ihr Hirn rotierte und überprüfte jeden Moment, seit Anna an den Strand gespült worden war.

»An diesem Punkt solltest du etwas sagen. Ich halte es nicht aus, wenn du mich weiter anstarrst«, meinte Anna.

Glenis schüttelte den Kopf, wie wenn sie einen Fremdkörper loswerden wollte. »Nun, du musst mir schon einen Moment Zeit geben. Ich versuche all das, was du gesagt hast, zu begreifen, und ich neige zu der Meinung, dass du einen ziemlich heftigen Schlag auf den Schädel erhalten hast, den wir in deiner Notlage nicht richtig erkannt haben. Aus der Zukunft? Wenn das stimmt, dann ist es eine ernste Angelegenheit und etwas, dem ich noch nie begegnet bin. Was glaubst du, wie weit dein Ursprung in der Zukunft liegt, und woher weißt du, dass es die Zukunft ist? Und könnte ich mir bitte deinen Kopf ansehen? Denn dort werde ich vielleicht eine Narbe finden, die wir lange übersehen haben.«

Was sollte Anna sagen, um ihr klarzumachen, dass ihr Problem keine Hirnverletzung war oder eine durch ein Trauma ausgelöste Wahnvorstellung über die Zukunft? Und hätte Anna selbst in einer Million Jahren jemandem in ihrer eigenen Gegenwart geglaubt, der behauptete, er käme aus der Zukunft?

»Ich verstehe nicht, wie das passiert ist, wie mein Neffe und ich aus der einen Zeit herausgerissen und in eine andere geschleudert worden sind. Mir fehlen zu viele Informationen. Das Folgende weiß ich aber: Meine Familie stammt aus Irland und ist einige Zeit nach der großen Hungersnot nach Amerika ausgewandert. Vergiss das Letzte, ich sollte dir nichts über die Zukunft verraten, eure Zukunft hier in Irland. Alles in mir sagt mir, dass es falsch ist, jemandem von der Zukunft zu erzählen.«

»Was meinst du mit Hungersnot? Wir haben schon immer Hungersnöte gehabt. Missernten kommen vor, so ist das nun einmal. Wir hatten eine Hungersnot, als ich klein war; meine Mutter sagte, sie sei das Ergebnis von zu viel Bitterkeit auf der Welt gewesen, von zu viel Gier und so weiter. Sie war ein wenig altmodisch. Tom hat gemeint, es habe daran gelegen, dass es zu den falschen Zeiten zu feucht und zu kalt war.«

Anna musste vorsichtiger sein, durfte nicht mir nichts, dir nichts Informationen über die Zukunft ausplaudern. Sie hatte einfach keine Möglichkeit, Glenis ihre Geschichte zu beweisen. Nicht einmal die Stofffetzen, die sie getragen hatte, als sie gefunden worden war, reichten da aus. Der Bund und der Fetzen von dem T-Shirt waren seltsam, wogen aber bei weitem nicht schwer genug, um einen Beweis für eine Zeitreise abzugeben. Und es half niemandem, wenn sie Glenis von den Katastrophen erzählte, die Irland erwarteten; genauso nutzlos wäre es gewesen, ihr Flugzeuge, Raketen, Computer oder Handys zu erklären.

Dann hatte Anna eine Idee. Sie spuckte den Kieselstein aus. »Ich möchte, dass du in meinen Mund schaust und meine Zähne begutachtest. Sag mir, was du siehst«, forderte sie Glenis auf. Sie öffnete den Mund weit und bückte sich, damit Glenis sie genau betrachten konnte.

»Wie ich schon sagte, du hast ungewöhnlich gerade Zähne. So, als hätte jemand sie für dich ausgerichtet. Und was am bemerkenswertesten ist, du hast all deine Zähne, und keiner ist das kleinste bisschen faul.«

»Richtig. Und ich bin vierunddreißig Jahre alt. Kennst du irgendjemand anderen, der noch sämtliche Zähne hat und überhaupt keine schwarzen Stellen daran?«

»Keinen Erwachsenen, nein. Und wir Frauen verlieren ja für jedes Kind, das wir gebären, einen Zahn. Zwei sind mir schon ausgefallen, da bin ich jeden Moment mit dem dritten an der Reihe. Und du hast die allerweißesten Zähne, kein Fleckchen darauf, und alle stehen stramm wie Zaunpfähle, gerade Zaunpfähle. Aber nichts davon beweist, dass du aus der Zukunft kommst, Liebes.«

Anna musste gegen ihre eigenen Regeln verstoßen, von

denen sie vermutete, dass sie allgemein für alle Zeitreisenden galten. Wenn sie Glenis überzeugen wollte – und inzwischen wünschte sie sich beinahe, sie hätte nie angefangen, ihr von der Zukunft zu erzählen –, dann würde sie es beweisen müssen. Aber bei den meisten Dingen über die Zukunft, die sie ihr erzählen konnte, würde Glenis sich vor Lachen ausschütten.

»In meiner Zeit gehen in Amerika die meisten Kinder zu besonderen Ärzten, Zahnärzten, und wenn ihre Zähne von Natur aus krumm gewachsen sind, werden sie mit Metallbändern gerichtet, die sie zwingen, gerade zu stehen. Das heißt, nicht alle Kinder, man muss etwas haben, das sich Krankenversicherung nennt. Ach, diesen Teil überspringen wir lieber. Und alle Kinder putzen sich mehrmals am Tag die Zähne, und beinahe keines bekommt Löcher in den Zähnen. Fast alle Menschen behalten sämtliche Zähne. Das ist jetzt stark vereinfacht, aber du hast mich gebeten, dir eine Sache aus der Zukunft zu erzählen. Wahrscheinlich wird das Universum nicht umgekrempelt, nur weil du diese eine Information kennst.«

»Lass mich noch einmal in deinen Mund sehen«, sagte Glenis.

Dieses Mal setzte Anna sich auf den Boden, kreuzte die Beine und sperrte den Mund auf. Glenis stellte ein Knie auf die Erde und schaute und schaute, während Anna geduldig den Mund aufriss und sich auf Glenis' Bitte hin und her wandte. Als Glenis vollkommen zufrieden war, setzte sie sich auf die Fersen.

»Ist ein herrlicher Anblick da drinnen«, meinte sie.

Anna rieb sich den steifen Kiefer. »Kannst du die Möglichkeit in Betracht ziehen, dass ich aus einer anderen Zeit komme, einer anderen als dieser?«, fragte Anna.

»Erzählst du mir diese wirre Geschichte, um zu erklären,

warum du uns nicht helfen kannst, unsere Waren auf amerikanische Schiffe zu schmuggeln?«

»Nein, ich meine ja, teilweise. Ich kann euch nicht helfen, einen Markt für eure Waren zu finden, weil ich nicht aus dem Amerika dieser Gegenwart stamme. Verstehst du nicht? Ich komme aus einer Zeit, die weit, weit in der Zukunft liegt, und ich erzähle dir davon, weil ich dir vertraue und deine Hilfe brauche. Es muss jemanden geben, der weiß, wie das passiert ist, jemanden, der mir helfen kann. Sobald ich Joseph gefunden habe, müssen wir zurückreisen. Ich bin wie alle anderen Menschen, Glennie. Ich will nach Hause.«

»Ob du nun aus dem Heute oder dem Morgen kommst, wir können trotzdem nicht den ganzen Tag auf dem Boden sitzen und darüber debattieren. Wir müssen eine sichere Unterkunft zwischen hier und Clonakilty finden, bevor es dunkel wird. Ich vermute, sie wissen, dass wir kommen. Und dann brauchen wir noch einen weiteren Tag bis nach Skibbereen, wo wir alles abladen können.«

Die beiden Frauen klopften sich den Staub von den Röcken und kehrten zu dem Karren zurück, der mit Dachstroh und den Waren beladen war, die von der Beara-Halbinsel geschmuggelt werden sollten. O'Connell lief sofort los, als Glenis den Griff der Bremse löste.

»Gott, er ist wirklich wie Daniel O'Connell, der ungekrönte König von Irland«, meinte Glenis. Das Pferd warf den Kopf zurück und schlug einen flotten Schritt an, als wolle es beweisen, dass sie Recht hatte.

Glenis knallte mit den Zügeln, und das Pferd stemmte sich gegen sein Geschirr, um kräftig loszulaufen. Die Räder, die Tom perfekt gehämmert, mit Speichen versehen und ausbalanciert hatte, begannen sich zu drehen, und O'Connell verfiel in einen stetigen Schritt.

Anna drehte sich um und warf einen Blick auf die Heuballen, die fast über die Ladefläche des Karrens quollen.

»Sollte ich fragen, was wir in dem Stroh mit uns führen?«

»Nichts, was so schlimm wäre, dass du es nicht erfahren darfst«, antwortete Glenis. »Wir handeln nicht mit Waffen, falls du das meinst. Wir versuchen nur zu überleben. Wenn du allerdings nichts weißt, kannst du den Engländern auch nichts verraten, falls sie dich festnehmen und dir mit dem Gefängnis, dem Strick oder Schlimmerem drohen. Ich überlasse dir die Entscheidung. Willst du es wissen oder nicht?«

»Nein«, sagte Anna und drehte sich wieder nach vorn. Ihr linkes Bein drückte gegen den rechten Oberschenkel dieser jungen Frau, die Ehefrau, Mutter und Schmugglerin war.

Doch sie konnte sich nicht bremsen; die Anwältin in ihr meldete sich zu Wort.

»Was tauscht ihr denn bei den Franzosen und Amerikanern ein? Das will ich wissen.«

»Ich sage es nicht gern, aber oft bekommen wir Whisky, und der Markt dafür ist unbegrenzt. So, wie die Engländer uns auf jede erdenkliche Art erniedrigen, verlangt es die Männer danach. Sie betäuben ihren großen, wilden Zorn, dem sie nie freien Lauf lassen können, mit Whisky.«

Als Glenis und Anna an diesem Abend durch Clonakilty fuhren, waren sie sich bewusst, dass O'Connell dringend Futter, Rast und Wasser brauchte, obwohl man ihm nichts anmerkte.

»Es gibt viele Orte auf unserem Weg, wo wir willkommen sind«, erklärte Glenis.

Sie hielten am westlichen Rand des Dorfs an und fuhren hügelauf zu einem Steincottage, von dem man einen ausgezeichneten Überblick auf die Umgebung hatte. Nach einem ganzen Tag auf dem Karren war Anna mit einem Mal über alle Maßen erschöpft, und ihr war, als lasse ihr Hirn die Jalousien herunter. Glenis fuhr den Karren hinter das Haus und in den Schutz einer offenen Scheune. Sie machte das Pferd los.

»Geh schon hinein, Anna. Man wird dir etwas zu essen geben und dir zeigen, wo du schlafen kannst. Ich sehe doch, dass du müde bis auf die Knochen bist.«

Mehr als alles andere wünschte sich Anna, sie bräuchte nicht zu reden, nichts zu erklären. Nicht einmal der ständige Hunger konnte sie motivieren, sich zu der Familie aus Kindern, Großeltern und Eltern zu gesellen, die erwartungsvoll am Kamin stand, als sie eintrat.

»Kann ich irgendwo schlafen?«, fragte sie. Sie klang schroff und unhöflich, so ganz anders als die Iren.

»Oh ja«, gab die Hausherrin zurück. »Mein Mann und ich werden draußen bei eurer Wagenladung übernachten, und du und Glenis nehmt unser Bett. So gehört es sich. Wir werden auch das Pferd gut im Auge behalten. Jetzt setz dich erst einmal. Ich sehe, dass du glaubst, zu müde zum Essen zu sein, aber das ist erst recht ein Grund, sich zu sättigen. Morgen habt ihr einen weiten Weg vor euch.«

Anna gehorchte und nahm vor einer Schale mit Kartoffeln und Buttermilch Platz. Zu ihrer eigenen Überraschung verschlang sie das Essen geradezu und setzte noch die Schüssel an die Lippen, um an den letzten Tropfen zu kommen. Sie stellte die Schale wieder auf den Tisch und wischte sich mit dem Ärmel den Mund ab, doch dann blieb ihr Handgelenk mitten in der Luft hängen, als sie aufschaute und in die verblüfften Gesichter der Familie sah. Die Frau rührte sich schließlich und brach den Bann.

»Ein besseres Kompliment für die Kochkünste einer Frau kann es gar nicht geben«, meinte sie und schöpfte gutmütig noch mehr in Annas Schüssel.

Anna war überaus dankbar für ihr Bett. Die Erinnerung an ihre Matratze zu Hause war inzwischen nur noch ein verschwommenes Bild, ein Märchen aus einer anderen Zeit, an das sogar sie selbst kaum zu glauben vermochte. Sie zog die Stiefel aus und streifte Überrock und Bluse ab, so dass sie nur noch ein leichtes Unterkleid trug. Aus dem Hauptraum des Hauses hörte sie undeutlich Glenis' Stimme. Glenis, Annas Rettungsanker und immer an ihrer Seite, seit sie durch die Zeit gestürzt war. Und jetzt hing alles von Glenis ab. Ob Glenis ihr glaubte oder nicht, ob sie Anna für verrückt hielt oder nicht, sie war die Einzige, der sie so weit vertraute, dass sie ihr davon erzählt hatte. Glenis, die Schmugglerin, und Anna, die Zeitreisende.

Andererseits waren die allermeisten Leute hier Schmuggler und mischten bei dem gefährlichen Schwarzmarkt mit. Angst machte sich tief in Annas Leib breit, schlang sich um ihr Rückgrat und ließ sich in ihrem Herzen und ihrem Hals nieder. Was, wenn Glenis sie jetzt nicht mehr gebrauchen konnte und sie wegwarf; was, wenn sie für Glenis und den brutalen Schwarzmarkt nichts mehr wert war? War sie für Glenis und Tom überhaupt noch von Nutzen? Ihr Kopf rauchte und sprühte vor Panik elektrische Funken.

Glenis schob die knarrende Tür auf und trat, gefolgt von dem allgegenwärtigen Rauchgeruch, in den dunklen Raum. Mit einem leisen Rascheln ließ sie ihr Kleid zu Boden gleiten und stieg mit gemessenen Bewegungen in das schmale Bett.

»Ich bin wach«, sagte Anna. Sie drehte sich auf die Seite, zu Glenis.

Die beiden lagen ganz dicht aneinander, sahen einander an, und ihre Augen schimmerten im Dunkel. Hatte Anna je gewagt, so weit in jemanden hineinzusehen und sich im Gegenzug zu öffnen?

»Jetzt ist alles gut«, sagte Glenis und wischte eine Träne weg, die sich in Annas Augenwinkel gesammelt hatte und dann an ihrer Nase entlanggelaufen war. »Wir werden dieser Sache schon auf den Grund gehen. Was du mir heute erzählt hast, ist eine fantastische Geschichte, also wirklich. Ich sehe schon, dass du glaubst, ich würde dich zusammen mit den Fischgedärmen wieder ins Meer werfen. Aber wir sind hier Überlebenskünstler, wir überstehen alles. Lass mir ein paar Tage Zeit zum Nachdenken. Alles wird gut, Anna. Schlaf jetzt.«

22

Vor ihnen lag noch eine Nacht, bis sie in Skibbereen endlich ihre Karrenladung abliefern konnten. Sie verschätzten sich jedoch, so dass sie sich bei Einbruch der Dunkelheit nicht einmal in der Nähe eines Dorfs befanden.

»Ich bin diese Straße schon so oft entlanggefahren, und es ist ein Wunder, dass ich überhaupt die Augen offen halten muss. Und trotzdem habe ich uns keinen sicheren Platz zum Übernachten besorgt. Du bist von dieser Reise ganz zerschlagen, Schwester, das sehe ich doch«, sagte Glenis. Sie hielt das Pferd an und stand auf dem Karren auf. Sie hatten Neumond, und Anna konnte nicht das Geringste erkennen. Sie konnte sich nicht vorstellen, dass Glenis weiter sehen konnte als bis zu O'Connell.

»Den Karren können wir nicht zurücklassen, das ist das Wichtigste. Aber ich verspreche dir, wenn wir noch ein bisschen weiterfahren, kommen wir zu einem Feldweg, der uns hügelauf zu einem verlassenen Haus führt. Wir können dahinter anhalten und ungesehen bleiben«, erklärte Glenis.

Sie irrte sich nicht. Glenis und ihr Pferd waren eins und

reagierten beide auf den Boden unter ihnen. Sie hielt die Zügel mit leichtem Griff, schnalzte O'Connell zu und ließ ihn die Führung übernehmen.

»Weiter, O'Connell. Du bist doch schon hier gewesen. Genau so. Ja, ich weiß, du bist noch viel müder als wir. Bring uns hin, du gutes Tier.«

Und das tat O'Connell. Anna sah den gezackten schwarzen Umriss eines in Trümmern liegenden Gebäudes; gewaltige Steinblöcke, die eine Tür, dann ein Fenster und ein kleines Stück Dach enthüllten. Als sie hielten, hörte sie leise Wasser plätschern, und plötzlich war sie sehr durstig. Nachdem sie das Pferd ausgeschirrt hatten und es an einer langen Leine grasen ließen, tranken beide an der Quelle, die jenseits der Ruinen entsprang.

»Es gibt doch nicht Herrlicheres als die heiligen Quellen«, meinte Glenis.

Anna wischte sich den Mund ab. »Was macht sie heilig?« Sie war hungrig, und sie hatten nichts mehr zu essen, da sie sich darauf verlassen hatten, im nächsten Dorf Proviant zu finden. Ihre Gereiztheit war spürbar.

Glenis antwortete sofort. »In ganz Irland gibt es viele solcher Quellen. Trink noch etwas und schau, ob das Wasser nicht deinen Hunger stillt. Woher und aus welcher Zeit du auch kommst, du bist offensichtlich das Hungern nicht so gewöhnt wie wir. Was sie heilig macht? Die Jahrhunderte, in denen müde Reisende sie aufgesucht haben, das Leben dieser Menschen, die nicht bereit waren, sich Invasoren zu beugen, all der Glaube, den wir in die Quellen legen. Und außerdem leben in ihnen und um sie herum die Feen. Du willst doch nicht behaupten, dass es dort, wo du herkommst, keine heiligen Quellen gibt?«

Anna musste nachdenken. Hatte sie je von einer heiligen Quelle in Massachusetts gehört?

»Nein, wir haben keine heiligen Quellen, und ganz bestimmt keine Feen«, sagte sie.

»Na, dann ist es sicher nicht besonders dort, woher du kommst. Das Land befreit uns für eine köstliche Weile von all unseren Sorgen. Wie kann denn ein Ort lebenswert sein, der einem nicht die Last der Existenz wegwäscht?«

Anna musste sich dieselbe Frage stellen.

Eng aneinandergeschmiegt schliefen sie zwischen den Ruinen auf einer dicken Schicht aus Gras und trockenen Pflanzen – das war alles, um ihre Körper gegen die kalten Steinplatten abzuschirmen. Eine Decke legten sie unter sich, mit der anderen deckten sie sich zu, und darüber warfen sie ihre Umhänge. Anna wartete, bis Glenis einschlief, was sie beinahe augenblicklich tat. Dabei stieß sie einen tiefen Seufzer aus und zuckte mit den Beinen, wie wenn sie sich im Einschlafen von einer Klippe fallen lasse. Als Anna sich sicher war, dass Glenis schlummerte, rückte sie noch näher an sie heran, drückte sich an Glennies Rücken und legte den rechten Arm über die Frau. Anna klammerte sich an sie wie an ihr eigenes Leben. Wenn sie es schaffte, Glenis die ganze Nacht lang festzuhalten, würde sie den Mut finden zu schlafen. Aber sie konnte nicht einmal Glenis anvertrauen, welche Angst ihr das alles einjagte: bei Nacht auf der Straße unterwegs zu sein; die Gefahr, mit den Schwarzmarktwaren geschnappt zu werden, Joseph nie wiederzufinden, und der Gedanke an ihren Bruder, der in ihrer Zeit mit einem Hirntrauma kämpfte. Sie atmete an Glenis' Hals und glitt zögernd in den Schlaf.

Sie träumte. *Oh, sie war wieder schwanger, und als das Kind geboren wurde, war es so klein wie ein Kätzchen. Nein, es war wirklich ein Katzenjunges, dunkel getigert mit fest geschlossenen Augen und winzigen Krallen an den schlaffen Pfoten. Sie hatte nichts, um es zu füttern, keine Milch in den Brüsten. Das Kätzchen war schwach und hungrig, und Anna rannte los, um eine erwachsene Katze zu suchen, die es säugen konnte, damit es weiteratmete.*

Anna wurde von einem tiefen, gutturalen Schrei aus dem Schlaf gerissen, der ihre Rippen zum Vibrieren brachte. Glenis warf die Zudecken ab, stieß Anna beiseite und setzte sich auf.

»Oh, Jessas! Herrje, es war nur ein Traum«, stieß Glenis hervor und rieb sich das Gesicht.

»Was? Du hast geträumt? Du hast gebrüllt wie jemand, der umgebracht werden soll. Was hast du geträumt?«

»Träume sind nur ein Haufen Unsinn«, erklärte Glenis, was ihr ganz unähnlich sah. Unter allen anderen Umständen entdeckte Glenis nur zu gern in jedem Windhauch und an allen anderen Dingen und Orten Omen, Geister und Unglücksboten. Anna bezweifelte, dass sie sich nicht für Träume interessierte.

»Erzähl mir davon«, sagte sie und streckte die Beine aus. Ihr rasender Herzschlag begann sich zu beruhigen. »Dann erzähle ich dir meinen Traum.«

Glenis stand auf, schüttelte ihren dichten Haarschopf aus und klopfte sich den Rock ab.

»Nun ja, er ergibt keinen Sinn, aber ich hatte so entsetzliche Angst, dass es sich anfühlte, wie wenn es mir das Herz zerreiße. Da war ein Mann, verstehst du, und ich liebte ihn. Nicht, dass ich Tom, meinen eigenen lieben Mann, nicht liebe, denn du weißt, dass es so ist; in diesem Traum jedoch war da dieser andere Mann, und seine Augenlider waren so aufgequollen, dass ich durch diese Schlitze bloß seine Pupillen erkennen konnte. Er sah mich direkt an, als kenne er mich in- und auswendig, als habe er mich schon nackt gesehen. Und aus seinem Kopf wimmelten Schlangen oder sonst etwas Grauenhaftes. Sie waren mehr wie schwarze Schnüre, und sie kamen auch aus seinem Herzen und seinen Armen. Ach, das war ein furchtbarer Anblick. Er konnte nicht sprechen, und das wusste ich auch, aber ich konnte ihn in meinem Kopf hören. ›Trajektorie‹, erklärte er. Ich habe dieses Wort noch nie in meinem Leben gehört oder ausgesprochen und weiß auch nicht, was es bedeutet.«

Anna stand auf und legte ihre raue Hand auf ein steinernes Fenstersims. So hatte Patrick ausgesehen, als er schwer verletzt auf der Intensivstation lag und Drähte aus seinem Kopf, seiner Brust und seinen Armen hingen. Und eine Trajektorie konnte eine mathematische Kurve oder auch eine Flugbahn sein. Vielleicht so etwas wie eine Zeitreise.

»Jetzt kommt mein Traum, Glennie. Ich habe geträumt, ich wäre schwanger und dass ich ein krankes Kätzchen zur Welt gebracht hätte.«

»Wenn eine von uns schwanger ist, dann wohl eher ich. Ich dachte das auch schon und habe mich gefragt, ob ich es bin, allerdings hat es sich nicht so angefühlt wie bei den anderen Malen. Jedenfalls bin ich mir ziemlich sicher, dass hier drinnen keine Kätzchen sind«, sagte Glenis und rieb sich über den Leib.

Die Frauen sahen einander unverwandt aus und tauschten wortlos ihre Träume aus, damit sie sich wieder dort niederließen, wo sie hingehörten.

»Und von wem habe ich geträumt?«, fragte Glenis. »Sag mir nicht, dass du diesen unheimlichen Buschen kennst.«

»Er ist nicht unheimlich. Das klingt sehr nach meinem Bruder Patrick. Weißt du noch? Ich habe dir doch erzählt, dass er verletzt worden ist.«

»Ja, das hast du, aber ich weiß nicht, wie viel von dem, was du mir erzählt hast, die Wahrheit ist, wenn ich da an diese fantastische Geschichte von vor ein paar Tagen denke.

Wenn ich mich recht erinnere, hast du gesagt, du und dein Neffe, ihr wärt unterwegs nach Frankreich gewesen, um euch um deinen kranken Bruder zu kümmern. War das wahr?«

»Teilweise. Er ist bei einem Unfall furchtbar schwer verletzt worden, Knochenbrüche und so etwas. Aber Sorgen haben wir uns nicht wegen der gebrochenen Knochen gemacht, sondern weil er eine schwere Kopfverletzung erlitten hat. Und was ich dir erzählt habe, ist die Wahrheit. Ich komme aus der Zukunft, Glennie. Vergiss nur den Teil der Geschichte, in dem ich dir das über Frankreich erzählt habe. Damals war es das Beste, was ich tun konnte. Ich hatte Angst, dir die Wahrheit zu sagen. Angst habe ich noch immer, doch jetzt bin ich nicht mehr allein.«

Gegen Mittag erreichten sie Skibbereen. Die Reise hatte um einiges länger gedauert, als Glenis vorhergesagt hatte. Zwei Tage auf dem harten Holzsitz eines Pferdekarrens ließen bei Anna jede schmerzhafte Erinnerung an unzulängliche Sitzplätze im Flugzeug verblassen. Sie hatte den Eindruck, einige ihrer Knochen seien vielleicht so durchgeschüttelt, dass sie irgendwo in ihrem Körper verloren gegangen waren und in einem verworrenen Gewirr aus Armen, Beinen, Hals, Wirbelsäule, Fußknöcheln und Zehen herumtrieben. Anna spürte den überwältigenden Drang, laufen zu gehen, wenn auch nur ein paar Meilen, um sich wieder in den Griff zu bekommen. War sie dazu in der Lage? Sie würde es austesten müssen. Das konnte bedeuten, dass ihre Beinverletzung geheilt war und die Muskeln wieder so zusammengewachsen waren, wie es sich gehörte.

Glenis lenkte den Karren durch das Dorf und dann einen schmalen, tief ausgefahrenen Feldweg entlang, bis Annas Knochen es nicht länger aushielten.

»Halt an, um Gottes willen! Wenn wir zu dem Haus unterwegs sind, das ich da sehe, dann halt bitte an, und lass mich zu Fuß gehen, sonst kann ich mich nie wieder rühren.«

Glenis, die gesungen hatte, unterbrach sich nicht, zog aber die Zügel an. O'Connell blieb zögerlich stehen; Anna sprang hinunter und rieb sich das Hinterteil. Glenis fuhr weiter und sang dabei ein Lied über eine Liebe, die ein schlimmes Ende nahm. Die Melodie wurde zu Anna zurückgeweht.

Als Anna das Haus erreichte, wurde ihr klar, dass es viel größer war, als sie von unten angenommen hatte. Es war mit Stroh gedeckt wie fast jedes andere, das sie bisher gesehen hatte, aber doppelt so groß wie Glenis' und Toms Haus. Auf einer Seite lag ein großer Stall. O'Connell wurde bereits von zwei Männern versorgt, die ihn und den Karren in den Stall brachten. Irgendwo begrüßte ein anderes Pferd O'Connell wiehernd wie einen alten Bekannten. Nach dem Stimmengewirr zu urteilen, das aus dem weißgetünchten Haus drang, vermutete Anna, dass man Glenis ein stürmisches Willkommen bereitet hatte.

Anna ging den Weg, der zum Haus führte, entlang und bemerkte mehrere Kühe und Hühner. Im Vergleich zu den meisten anderen war dies schon Reichtum. Während Anna die letzten paar Schritte tat, flog die Tür auf, und Glenis stand da. Sie strahlte über das ganze Gesicht, und ihre Wangen waren rosig.

»Komm herein, Anna. Die anderen glauben nicht, dass du aus Amerika kommst. Du musst etwas zu ihnen sagen, damit sie nicht meinen, ich hätte mir das nur ausgedacht.«

Anna zuckte zusammen. War sie schon verraten worden? Aber nein, Glenis war nur zum Scherzen aufgelegt und wollte einen ganzen Raum voller Menschen mit Annas fremdartiger Aussprache schockieren. Glenis packte ihre Hand und zerrte sie praktisch ins Haus. Zwei kleine Mädchen versteckten sich hinter einer älteren Frau, die neben einem Tisch am Kamin stand. Ein älterer Mann stand von einem Stuhl auf und schenkte ihr ein freundliches Lächeln, das mehrere Zahnlücken offenbarte. Während Anna noch dastand, sie anstarrte und darauf wartete, dass ihre Augen sich an die Beleuchtung im Inneren anpassten, trat ein jüngerer Mann in eine Tür, die in den hinteren Teil des Hauses führte. Er stand im Licht eines Fensters, das hinter ihm lag, und sie erkannte die Silhouette eines langen, hochgesteckten Hemdärmels. Er hatte einen Arm verloren, und sie konnte die Augen nicht von dem leeren Ärmel losreißen. Glenis musste ihrem Blick gefolgt sein.

»Donal, lass dich Anna vorstellen. Sie wird uns mit ihrem amerikanischen Akzent entzücken. Und was hast du bloß mit deinem Arm angestellt? Ich glaube, er ist dir abhandengekommen.«

Eines der Mädchen quietschte vor Lachen und rannte zu dem Mann, der es mühelos hochhob. »Hast du schon wieder meinen Arm genommen, Kathleen? Ich kann ihn nirgends finden.«

Anna erkannte die Vertrautheit, mit der die Familienmitglieder einander hemmungslos neckten – nicht, dass so etwas bei ihr zu Hause oft vorgekommen wäre, aber sie hatte diese Stimmung häufig genug im Haus ihrer Freundin, wo sie Zuflucht gesucht hatte, erlebt.

»Los doch, Anna, sag etwas«, drängte Glenis.

Anna fühlte sich wie ein Kind, das aufgefordert wird, alle Bundesstaaten oder alle Präsidenten aufzusagen.

»Ich freue mich sehr, Sie alle kennenzulernen«, begrüßte sie die Versammelten.

Ein langes Schweigen folgte, dann sagte der alte Mann etwas auf Gälisch, und alle schütteten sich vor Lachen aus.

»Vorsicht, sie kann ein paar Wörter auf Irisch sagen, und wahrscheinlich versteht sie noch mehr«, warnte Glenis.

Dann wandte sie sich Anna zu. »Kommst du eine Weile allein zurecht, während ich mit Donal über unseren Handel rede?«, fragte sie.

Handel, so nannte Glenis ihr Schmuggelgeschäft.

Nach einem warmen Eierpudding, der Annas Hunger nur teilweise stillte, erklärte sie, dass sie einen Spaziergang durch die Hügellandschaft unternehme wolle. Die alte Maura, die Hausherrin, erklärte Anna den Weg zu einem Pfad, der zu einem angeblich herrlichen Aussichtspunkt über die Bucht führte. Als Maura sich an die Aussicht erinnerte, legte sie eine Hand aufs Herz.

Anna hatte Glenis einmal erklärt, dass sie im Allgemeinen mehr Luft zum Atmen brauchte als die Iren. Im Lauf der Wochen waren ihre Spaziergänge immer länger geworden, damit sie nachdenken konnte.

»Meine Familie ist kleiner als deine, und wir haben nicht den Drang, uns alle zusammen in einen kleinen Raum zu quetschen wie ihr. Ich sage nicht, dass das eine falsch und das andere richtig ist. Ich finde nur, dass zehn Menschen, darunter vier Pfeifenraucher, in einem Raum mit einem Torffeuer zu viel für mich sind«, hatte Anna Glenis während ihrer Reise zu erklären versucht.

»Aber weichen Sie auf keinen Fall vom Weg ab. Es ist noch immer furchtbar sumpfig. Sie werden bis zu den Knien einsinken, und dann müssen wir Sie mit den Pferden wieder herausziehen«, mahnte Maura sie.

Anna blieb auf dem Pfad. Nach dem Eierpudding fühlte sie sich gestärkt und spürte, wie das Protein durch ihren Körper raste und eine Pause vom Hunger verkündete. Sofort fühlte sie sich von neuer Kraft erfüllt und ging stundenlang, bis sie zu einem Aussichtspunkt gelangte, einem stumpfen Vorsprung, wo Schafe, Rinder und Menschen das harte Gras plattgetreten hatten.

Sie hatte nicht daran gedacht, Glenis zu fragen, was als Nächstes passieren würde, nachdem sie nun die Karrenladung mit den im Heu versteckten Waren für den schwarzen Markt abgeliefert hatten. Ob sie wohl gleich nach Kinsale zurückfahren würden? Anna beschloss, um wenigstens einen Tag Unterbrechung zu kämpfen, einen Tag, an dem sie sich nicht ihr Steißbein auf dem Wagen blau schlug. Genüsslich reckte sie sich auf dem flachgetretenen Gras. Sie war dankbar für solche privaten Momente, in denen sie nicht beobachtet wurde und nicht ständig darauf zu achten brauchte, Wörter und Ausdrücke aus dem einundzwanzigsten Jahrhundert zu vermeiden. Sie stand mitten auf dem Aussichtspunkt und schrie sie alle laut heraus:

»U-Bahn
Fastfood
Supraleiter
E-Mail
SMS
Super Tuesday
Hurrikan Katrina
oberaffengeil
Umweltschutzgesetze
Atkins-Diät
Boston-Marathon
Fitnessstudio
Fitnessguru
Investmentbanker
Juraexamen
Hybridauto
Ferien in der Karibik
Red Sox
Scheidungsgericht.«

Die Liste hörte gar nicht wieder auf, bis sie alle Wörter ausgespuckt hatte, die energisch nach ihrer Freiheit verlangt hatten. In der Highschool hatte sie einmal einen Jungen mit Tourette-Syndrom gekannt. Er hatte erzählt, in der Schule gelänge es ihm, seine Ticks und verbalen Ausbrüche in Schach zu halten, und später lasse er ihnen in ihrer Doppelgarage freien Lauf, wo er seine Laute ausstieß, mit dem Kopf zuckte und hundertmal die Tür berührte.

»Weggegangen ist es nie«, hatte er erklärt. »Aber ich konnte es warten lassen. Irgendwie habe ich die Krankheit gezähmt.«

Jetzt verstand Anna ihn. Sie stand auf, raffte mit einer Hand ihren Rock und rannte den Hügel hinunter. Sie schlug den Weg ein, auf dem sie sicher vor dem Moor war. Sobald sie das Haus sah, richtete sie ihre Röcke, und während sie weiterging, hatte sie sich all ihrer Wörter aus dem einundzwanzigsten Jahrhundert und ihres Drangs zu rennen entledigt.

Als sie sich der Rückseite des Stalls näherte, hörte sie schon aus fünfzig Metern Entfernung zornige Stimmen.

»Das wirst du nicht tun! Hast du den Verstand verloren? Ich will sie nicht am Hals haben.«

Das musste Donal sein. Obwohl sie sehr wenig mit ihm gesprochen hatte, erkannte sie seine laute Stimme. Sofort blieb sie stehen, denn sie fürchtete, dass die beiden ihretwegen stritten. Wenn das stimmte, würde sie sich einmischen, vor allem, falls sie diejenige war, die jemandem aufgehalst werden sollte. Wenn der Streit aber um eine andere Person ging, konnte sie sich unauffällig verdrücken. Sie sah, dass Glenis und Donal aus dem Stall kamen.

»Du kannst nicht weg, und du kannst kein gutes Pferd wie O'Connell nehmen. Er ist hier das beste Pferd, und wir brauchen ihn, um die Waren zu transportieren«, erwiderte Donal.

»Ja, ein gutes Pferd ist er allerdings, deswegen muss ich ja auf ihm nach Dromore Hill reiten. Er wird schnell sein, das weißt du, und du weißt, dass ich in dieser Sache Recht habe. Jetzt gib mir einen Sattel, und hör auf zu zetern«, entgegnete Glenis.

Glenis ging fort? Anna neigte den Kopf zur Seite. Hatte sie etwas überhört? Oder sollten sie beide auf O'Connell reiten?

»Glennie?«, sagte sie.

Glenis und Donal fuhren herum und erblickten Anna. Glenis wirkte verblüfft und plötzlich jünger, als sie war. Sie sah aus wie ein Schulmädchen, das man beim Lügen erwischt hat: große Augen, leicht geöffneter Mund, offene Hände.

»Anna, da gibt es jemanden, der hinter Limerick lebt, ein Stück weiter auf dem Dromore Hill. Mein ganzes Leben lang habe ich von dieser Frau gehört. Ich glaube, dass sie dich aus deiner … ähm … schwierigen Lage retten kann und dir hilft, deinen Joseph zu finden, falls von ihm noch etwas übrig ist. Ich werde O'Connell selbst reiten, über die alten Straßen, dann kann ich in zwei Tagen dort sein«, erklärte sie und ergriff Annas Hände.

»Selbst? Du meinst, dass du mich hier zurücklässt? Tu das nicht, Glenis, bitte nicht. Ich verspreche, dass ich uns nicht aufhalten werde. Ich werde mich mit keinem Wort beklagen.«

»Nein. Ich habe wieder und wieder darüber nachgedacht, und mein Plan ist ausgezeichnet. Du kannst ein paar Tage hierbleiben, mithelfen, die Ladung nach Glengarriff auszuliefern, und dann bringt Donal dich nach Kinsale zurück. Ich wette, ich reite im selben Moment ins Dorf, in dem du ankommst.«

Donals Brust hob und senkte sich vor Wut heftig. »Denkst du denn nicht an die Gefahren, hast du vergessen, was wir hier tun? Sicher, du hast hier eine Frau, die gestrandet ist und ihren Jungen nicht finden kann. Aber was ist das alles im Vergleich zu uns, die wir den Galgen riskieren, wenn wir geschnappt werden? Was zum Teufel ist nur mit dir los?«

Glenis' Kinn bebte, und sie kämpfte gegen die Tränen. Doch sie stellte sich ihrem Cousin und schaute in sein zorniges Gesicht auf.

»Ich bin es auf den Tod überdrüssig, Whisky zu transportieren und die einfachsten Dinge, die uns am Leben erhalten, zu schmuggeln, immer vierzig Schritt vor den Briten. Hast du jemals das Gefühl gehabt, eine Wahl zu haben; dass ein einziges Mal in deinem Leben alle Sterne, der Mond und die Sonne so stehen, dass sie dir den Weg zu etwas leuchten, was wirklich wichtig ist? Denn genauso fühle ich mich in diesem Moment. Ich habe die Möglichkeit, etwas außer dem Schmuggeln zu tun, damit meine Kinder, wenn sie groß sind, etwas anderes als Schmuggler sein können. Ich bin nicht dumm. Du kennst mich seit meiner Geburt, und du hast noch nie erlebt, dass ich etwas getan hätte, was nicht gut für meine Familie wäre. Du musst mir vertrauen.«

»Und wer genau ist das nun, den du aufsuchen musst, der so schrecklich wichtig ist?«, verlangte er zu wissen.

»Was denn, Biddy Early natürlich. Wenn uns überhaupt jemand helfen kann, dann die große Biddy Early.«

23

Donals Murren konnte Glenis' Begeisterung nicht dämpfen. Als er ihr endlich einen geeigneten Sattel abtrat, packte Glenis ihren unglücklichen Cousin und küsste ihn. Sie machte

O'Connell fertig, den sie mit ihrer Abenteuerlust sofort ansteckte. Ständig redete sie auf Irisch auf das Tier ein, dessen Flanken verschwörerisch und aufgeregt bebten, als sie den Sattel festzurrte. Glenis streichelte ihm den Hals und den länglichen Kopf. Anna hätte schwören können, dass das Pferd jedes ihrer Worte verstand. Zum ersten Mal fragte sie sich, ob ihre Schwägerin Tiffany auch in einer geheimen Sprache mit Pferden hatte reden können, ob sie dem Pferd von Patricks zunehmendem Zorn gegen seinen einzigen Sohn erzählt hatte. Dann war es, als überwältige ihn eine Droge oder ein Fluch, und er brüllte verletzende Worte, die dem kleinen Joseph weh taten. Anna betete nur, dass Tiffanys Pferd ihr am letzten Tag so aufmerksam gelauscht hatte wie O'Connell jetzt Glenis.

Zwei lederne Satteltaschen wurden mit flachen Brotlaiben und Korn für das Pferd gefüllt. Der Tag war hell und warm, daher rollte Glenis ihren Umhang fest zusammen und legte ihn hinter den Sattel. Sie trat von dem Pferd weg, drehte sich zu Anna um, legte ihr die Hände auf die Schultern und schaute in ihr Gesicht auf. Anna roch den frischen Schweiß, der aus Glenis' Poren drang.

»Wir kommen wieder nach Hause, nach Kinsale, du wirst schon sehen. Dann haben wir all das hinter uns, und das Schlimmste, mit dem wir fertig werden müssen, wird sein, dass Tom die ersten beiden Tage schmollt«, sagte sie. »Und wenn dein Neffe lebt und sich irgendwo in Irland aufhält, finden wir ihn.«

Anna packte ihre Hände mit energischem Griff und zog sie an sich. »Ich glaube, Donal kann mich überhaupt nicht leiden«, flüsterte sie. »Und wer ist eigentlich diese Biddy Early, auf die du so große Stücke hältst?«

»Die stärkste Seherin von ganz Irland. Sogar die katholischen Priester und die Briten wenden sich an sie, wenn sie glauben, dass niemand hinsieht. Wenn sie dir nicht helfen kann, dann vermag es niemand.«

»Warum darf ich dich dann nicht begleiten?«

Diese Diskussion hatten sie schon mehrmals geführt, und Anna wusste, dass sie wie ein quengelndes Kind klang.

Glenis prüfte den Sattel, indem sie kräftig daran ruckte. »O'Connell und ich reisen mit leichtem Gepäck und sind schnell. Auf einem solchen Ritt möchte ich mir nicht noch Sorgen um dich machen müssen. So, etwas Neues habe ich nicht zu sagen, und ich wiederhole mich nicht noch einmal. Ich lasse dich bei meinem zuverlässigsten Verwandten zurück, der ein richtiger Cousin von mir ist. Ich bitte dich nur darum, dass du ihn an meiner Stelle unterstützt. Fahr einfach ein paar Tage mit ihm über das Land. So schwer wird es schon nicht werden, das verspreche ich dir …

Und lass dich von Donal nicht abschrecken. Du hast gesehen, wie freundlich er mit Kindern umgeht, und diese Kleinen sind nicht einmal seine eigenen, sondern Mauras Enkel. Die Eltern der Mädchen sind an der Schwindsucht gestorben, und er hat sie alle aufgenommen. Im Moment ist er wütend auf mich, aber mit dir hat das nichts zu tun.«

»Doch. Ich habe ihn deutlich sagen gehört, dass er mich nicht am Hals haben will. Hast du eine Ahnung, was das für ein schreckliches Gefühl ist?«

Glenis' Wangen waren rosig, und eine leichte Schweißschicht, die ihr Gesicht und ihren Hals überzog, ließ sie buchstäblich schimmern. Die Sonne brach sich auf ihrem Haar, in dem sich rote, braune und ebenholzschwarze Töne harmonisch vereinten. Glenis schwang sich auf O'Connell, als hätte die Schwerkraft keinen Einfluss auf sie. Schon jetzt waren das Pferd und sie zu einem einzigen Wesen verschmolzen, einem zweiköpfigen Tier, das herrlich anzuschauen war und vor Energie nur so strotzte. Anna war sich sicher, dass sie noch nie etwas derart Schönes gesehen hatte wie Glenis in diesem Moment. Und sie konnte sich nicht erinnern, sich jemals losgelöster, verlassener und wütender gefühlt zu haben.

Nachdem Glenis davongeritten war, blieben Donal und Anna nach ihrem stürmischen Aufbruch schweigend zurück. Anna räusperte sich. »Nun ja, da reitet sie hin«, meinte sie. Sie sah Donal nicht gerade ins Gesicht, sondern hielt sich seitwärts von ihm. Verstohlen warf sie einen Blick auf sein Profil und wartete darauf, was jetzt passieren würde. Seit sie vor sechs Wochen in dieser Zeit angekommen war, hatte sie Glenis nie aus den Augen gelassen. Ein unbehagliches Gefühl von Angst begann in ihr aufzusteigen und ließ sie frösteln. Seit ihrer Ankunft hatte Anna keinen ganzen Satz mit diesem Mann gesprochen, und jetzt ließ man sie bei ihm zurück. Wie hatte Glenis das nur tun können?

Sie beobachtete, wie sein Adamsapfel ein Stück nach oben hüpfte und dann wieder herabsank, als er schluckte.

»So war sie schon immer«, sagte er, mehr an sich selbst denn an sie gerichtet. Dann wandte er sich zu Anna um. »Glenis wollte mir nichts Genaues sagen, aber ich habe das Gefühl, dass sie Ihretwegen aufgebrochen ist. Ich hoffe nur, Sie sind das Risiko wert, das sie eingeht.«

Anna war so schockiert, dass sie aus ihrer trüben Stimmung gerissen wurde. »Das war das Unhöflichste, was ich je gehört habe. Sie wissen überhaupt nichts von mir. Und ich hatte überhaupt keinen Einfluss auf Glenis' Entscheidung. Wenn es nach mir ginge, wäre ich jetzt bei ihr und nicht bei Ihnen. Falls Sie wirklich mit ihr verwandt sind, dann ist es nicht Ihre Gutmütigkeit, die Sie beide verbindet.«

Zornig starrte sie ihn an und weigerte sich, einfach davonzumarschieren. Seine Augen waren nicht einfach braun, sondern dunkler, und er schaute auf sie herab, denn er überragte sie um mindestens fünfzehn Zentimeter. Ein Windstoß fuhr in sein Hemd, worauf es sich blähte wie ein Segel oder ein Tier, das sich aufplustert. Der festgesteckte Ärmel löste sich und flatterte wie eine Fahne.

»Wenn Sie den Ärmel schon nicht benutzen, sollten Sie wenigstens dafür sorgen, dass er nicht herumfliegt«, sagte sie. Sie hielt ihre Stellung, bis Donal sich abwandte und wieder ins Haus ging.

Ohne Glenis trieb Anna dahin wie ein Boot ohne Ruder, Segel oder ein Gefühl dafür, wohin die Reise ging; nichts als ein Gefäß, das den Launen der Strömungen und des Windes ausgeliefert war.

Anna hatte sich geirrt, als sie geglaubt hatte, Glenis zum Bleiben überreden zu können. Glenis war fort, und Anna stand hier zwischen Haus und Stall. Sie reckte die Schultern. Donal hatte als Erster das Feld geräumt, und das schenkte ihr ein winziges Maß an Befriedigung. Er hatte Glenis versprochen, Anna zurück nach Kinsale zu bringen. Also brauchte sie sich nur ein paar Tage zu beschäftigen und dann mit ihm nach Glengarriff und wieder zurück zu fahren. Sie vertraute darauf, dass ein Paar zusätzliche Hände willkommen sein würden, selbst wenn sie so ungeschickt waren wie ihre. Sie ging ins Haus und trat zu Maura, der Matriarchin der Gruppe.

»Kann ich Ihnen irgendwie helfen, solange ich hier bin?«

Maura warf Anna einen kurzen Blick zu und schenkte ihre Aufmerksamkeit dann wieder ihrem Mann, mit dem sie so eng beieinandersaß, dass ihre Knie sich berührten. Er sah beträchtlich älter aus als Maura. Tiefe Furchen durchzogen sein Gesicht, als hätte der Wind sie geschaffen, als hätte der alte Mann auf den Klippen gestanden, aufs Meer hinausgesehen und zugelassen, dass die Nordwestwinde ihn abschliffen. Anna nahm seine finstere Miene wahr, die zusammengepressten Lippen und seinen Blick, der an Mauras Schulter vorbeiging. Er schien seine Frau zu ignorieren. Seufzend tätschelte Maura ihm seine knorrige Hand.

»Sieh mal, anders geht es nicht, und ich werde schon zurück sein, bevor du mir verziehen hast, dass ich fortgegangen bin.« Maura stand auf und drehte sich zu Anna um. »Anna, Sie könnten etwas für uns tun. Wir müssen das Stroh nach Glengarriff bringen … und … nun ja, Glenis sagte, sie hätte Ihnen die Umstände ein bisschen erklärt. So, wie die Dinge stehen, würde es viel besser aussehen, wenn Sie mit Donal und mir kommen würden. Eine alte Frau, die von ihrem Sohn und ihrer Tochter begleitet wird, werden wir sagen. Und wenn wir angehalten werden, sind Sie eben sehr wortkarg. Können Sie das? Ach, noch besser, Sie tun, als hätten Sie Fieber; das wird die Neugierigen abschrecken. Mit einem bisschen dunkler Asche, die wir um Ihre Augen schmieren, machen wir aus Ihnen eine perfekte, beklagenswerte Fieberkranke.«

»Oh, ich habe Glenis schon versprochen, dass ich helfen würde. Ich freue mich darüber, dass Sie auch mitkommen. Wo liegt denn Glengarriff? Fahren wir weiter nach Westen?«

»Ein ganzes Stück weiter, ja. Und es ist eine Hochburg der Engländer. Sie lieben das Schloss, den Wald und die Jagd, aber wenn wir eine Kranke dabeihaben, müssen sie uns passieren lassen. Niemand möchte jemanden durchsuchen, der vom Fieber geschüttelt wird«, erklärte Maura.

»Und nachdem wir die Wagenladung abgeliefert haben, können wir hierher zurückkehren? Dann fährt mich Donal zurück nach Kinsale?«

»Oh, das wird er. Ja, auf der Rückreise werden Sie leichteres Gepäck haben. Jenseits von Glengarriff übernehmen andere die Ladung.«

Anna sah keine große Wahlmöglichkeit. Sie schaute den schlecht gelaunten alten Mann an und die Kinder, um die sich jemand kümmern musste, und ihr wurde klar, was sie zu tun hatte.

»Wann brechen wir nach Glengarriff auf?«

Maura lächelte. »Morgen früh, Liebes, aber nicht im Morgengrauen, sondern später, wenn sich meine Knochen aufgewärmt haben.«

Am nächsten Vormittag schien es Maura Vergnügen zu bereiten, Ruß um Annas Augen herum aufzutupfen.

»Ich finde, sie sieht schlimm aus, meinst du nicht?«, fragte die ältere Frau Donal.

»Allerdings, als hätte sie die Pest. Ziemlich übel. Und könnten Sie sich vielleicht am Kopf kratzen, wie wenn Sie jede Menge Läuse hätten?«, erkundigte sich Donal, während er die letzten Vorräte in den vorderen Teil des Karrens lud. Sie rechneten damit, zwei Tage unterwegs zu sein.

Anna reagierte gereizt auf Donals allzu schnelle Versicherung, wie schlimm sie aussehe; schließlich war es nur ein Trick, um eine genaue Inspektion durch die Soldaten zu verhindern.

»Vielleicht sollten Sie den Kranken spielen. Und den Wortkargen, der nicht spricht.«

Etwas wie ein Lächeln, die Andeutung eines Zuckens um die Mundwinkel, erschien auf seinem Gesicht. Er wandte kurz den Kopf ab. »Ich passe nicht annähernd so gut wie Sie auf die Krankentrage hinter dem Sitz«, meinte er dann. »Kommen Sie jetzt, kleine Schwester, rein mit Ihnen, und ich werde neben unserer guten Mutter Platz nehmen.«

Donal streckte Anna, die noch dastand und über ihre Strategie auf dieser Reise nachdachte, den Arm entgegen.

»Es ist eine große Ehre, Sie mit dabeizuhaben. Könnten

Sie uns jetzt einmal eine Kostprobe Ihres krampfhaften Hustens geben?«

Sie waren sich darüber einig gewesen, dass es die unauffälligste Konstellation sein würde, wenn Maura ihre Mutter spielte und Anna und Donal das einander herzlich zugetane Geschwisterpaar. Anna konnte sich nicht vorstellen, dass die Gesamtreise lange dauern würde, da Glengarriff nur zwanzig Meilen entfernt lag. Und wenn sie im Jurastudium eines gelernt hatte, dann das: Sie konnte die grauenhaftesten Umstände durchhalten, solange sie wusste, dass sie ein Ende nehmen würden. Und diese Expedition würde sicher bald vorüber sein.

Sie hatten direkt hinter dem Kutschbock eine kleine Ecke für Anna zurechtgemacht, wo sie entweder quer zum Karren liegen konnte, den Kopf hinter Mauras breitem Hinterteil, oder aufrecht sitzen, wobei ihre Knie fest gegen den Sitz stießen. Sie hatte beide Möglichkeiten ausprobiert, während sie gepackt und sich auf die Fahrt vorbereitet hatten.

Mit einer Hand raffte Anna ihre Röcke und ergriff Donals Hand, um hinaufzuklettern. Ihr fiel auf, dass sie sich auf seinen Arm stützen konnte wie auf eine Reling. Er war fest, aus Holz geschnitzt und vom langen Gebrauch glatt poliert. War seine ganze Kraft, die für zwei Arme bestimmt war, in diesen einen geflossen? Glenis hatte ihr erzählt, dass er seinen Arm als Kind bei einem Scharmützel mit den Briten verloren hatte.

Anna warf Donal einen wütenden Blick zu. Sie wusste, dass sie mit ihren Augen, die durch Mauras Schminkaktion mit der Torfasche dramatisch tief in den Höhlen lagen, abscheulich aussah.

Sie ließ sich in einer Position nieder, die ihr erlaubte, seitlich zu sitzen, wobei ihre Hüften zwischen dem mit einer Plane abgedeckten Stroh und der Sitzbank eingequetscht wurden. Donal und Maura stiegen ein, und sie traten ihre Reise nach Glengarriff an. Maura redete pausenlos über Menschen, die sie kannten, deren Kinder und ihre erstrebenswerten und weniger erstrebenswerten Charakterzüge. »Was ist bloß aus der Welt geworden?«, hörte Anna mehr als einmal. »Diese Kinder! Also, als ich klein war, hätte ich mir das nicht erlauben dürfen!«

Hatte eigentlich seit Anbeginn der Zeiten jede junge Generation die ältere zur Verzweiflung gebracht? Vielleicht hatte man Kinder immer schon als eine Art fremdartiger Spezies betrachtet, der es an Umgangsformen fehlte. Anna musste zugeben, dass das ihrer Meinung nach ganz genau auf ihren Neffen zutraf. Wie hatte er es bloß fertiggebracht, sich verhaften zu lassen? Aber sie betrachtete Mauras Kommentare als überzeugendes Indiz dafür, dass wahrscheinlich keine Generation wirklich schlimmer war als die vorhergehende, denn das war einfach nicht möglich. Sie sah sich schon hinter einem Podium in einem Hörsaal, vielleicht am Boston College. Hinter ihr leuchtete eine PowerPoint-Präsentation, die eine irische Familie im Jahr 1844 zeigte. »Schon als ich 1844 in Irland war, haben die Menschen geklagt, ihre Kinder seien der Untergang der Zivilisation. Sie sehen also, dass dieses unmittelbare Erleben historischer und sozialer Verhältnisse eher Anlass dazu gibt, diesen Pessimismus als Phase in der Entwicklung zum Erwachsenen zu betrachten. An irgendeinem Punkt verzweifeln wir alle an der jüngeren Generation. Noch Fragen?«

Nein, falls sie je wieder den Weg nach Hause fand, durfte sie über nichts von dem, was sie hier hörte oder sah, sprechen. Wenn sie es nach Hause schaffte, würde sie sich einen Maulkorb anlegen müssen. Diese äußerst holprige Fahrt nach Glengarriff würde nur in ihrem Kopf existieren. Aber was war mit Glenis, Donal und Maura – sie würden sich doch bestimmt an sie erinnern? Sie würde niemandem davon erzählen können; niemandem außer Joseph, falls er am Leben war, falls es ihr gelang, ihn zu finden.

Bei Einbruch der Nacht waren sie nur noch fünf Meilen von Glengarriff entfernt. Donal spannte das Pferd aus und ließ es grasen.

»Es ist nicht gut, ein Pferd in Grund und Boden zu schinden«, meinte er. »Dieses Zugpferd tut alles, was ich von ihm verlange, dafür sollte ich es allerdings auch nicht zwingen, über seine Grenzen hinauszugehen.«

Anna fragte sich, warum dann von ihr verlangt wurde, auf lächerliche Weise über ihre eigenen Grenzen hinauszugehen. Donal schlug das Lager für die Nacht auf. Anna beobachtete ihn dabei. Ob er das hier schon tausendmal getan hatte? War der Aufbau eines Lagers für ihn so normal, wie es ihr vorkam, in ihren Wagen zu steigen und in den Laden zu fahren? Er schlug die sorgfältig zusammengerollte Plane auseinander, die sie vor dem rauen Stroh schützte. Ihr fiel auf, wie sich seine Nackenmuskeln wölbten, während er sich auf ein Vorhaben konzentrierte, das für sie bis jetzt rätselhaft war. Dann, während er schob und zog und zurechtrückte, sah sie mit einem Mal, dass er ihr Quartier richtete. Er hatte dicke Steine auf beide Seiten der Räder gelegt und drapierte jetzt ein langes Stück Plane so, dass es von der einen Seite des beladenen Karrens bis auf den Boden hing.

»So. Das müsste während der Nacht den Nebel abhalten.«

Anna spähte unter den Wagen und sah, dass er eine weitere Lage Planen ausgebreitet hatte, die den Boden bedeckte. Seufzend überlegte Anna, dass es eine harte Nacht werden würde. Sie sah vor sich, wie sie auf dem Boden schlafen und immer wieder ein wenig einnicken würde, bis die Seite, auf der sie lag, taub wurde. Dann würde sie sich umdrehen, um die andere Seite zu probieren, dann auf dem Rücken liegen, bis ihr Steißbein schmerzte, und sich dann wieder irgendwie auf den Bauch drehen. All das wäre mit Glenis leichter gewesen. Sie hätten sich aneinandergeschmiegt und irgendwie den Schmerz gelindert. Jetzt stellte sie sich vor, wie sie alle drei sich die ganze Nacht drehen und wenden würden. Sie würde keine Minute Schlaf abbekommen.

»Bitte sagen Sie mir, dass Sie nicht schnarchen«, meinte sie zu Donal.

»Ich werde Ihnen nichts dergleichen verraten, und Sie werden heute Nacht nicht herausfinden, ob ich wie ein Nebelhorn aus der Hölle schnarche. Ich gehe über die Hügel nach Glengarriff, um mich zu vergewissern, dass der nächste Mann an unserer Route uns morgen früh erwartet.«

»Sie verlassen uns?«, fragte Anna. Mit einem Mal fühlte sie sich besorgt.

»Hier draußen wird Ihnen nichts geschehen. Vielleicht knabbern ein paar Igel an Ihren Zehen, aber weiter wird nichts sein. Ach, und die Elstern werden Sie mit ihrem Kreischen wecken, doch bis dahin müsste ich schon zurück sein.«

Nach einem Abendessen aus Kartoffeln, die sie über einem kleinen Feuer brieten, krochen Maura und Anna unter den Karren und richteten sich dort ein. Donal war raschen Schritts in der Dunkelheit verschwunden. Maura legte sich zurecht wie ein Hund, drehte sich hin und her, seufzte und ließ immer wieder einen Wind abgehen, bis sie zufrieden war.

»Ich bin eine alte verheiratete Frau und habe schon siebzehn Enkel – siebzehn lebende, die toten zähle ich nicht. Da tut es gut, ab und zu einmal davonzuspringen, damit der alte Herr einen wieder schätzen lernt, wenn Sie verstehen, was ich meine. Wenn Männer lange genug leben und ihnen der Suff nicht den Verstand raubt, können sie ein wenig starr und unaufmerksam werden wie ein alter Baum; die Vögel nisten darin, und sie vergessen, freundlich bitte und danke zu sagen.«

Maura hatte ihr weißes Haar gelöst, in dem noch ein paar flammend rote Strähnen leuchteten. Anna wurde klar, dass diese Kombination im einundzwanzigsten Jahrhundert, wo Frauen in dem besessenen Streben, jung auszusehen, jedes Zeichen des Alters mit Haarfarbe übertünchten, keine Chance gehabt hätte. Mauras Hüften und Brüste waren weich, und Anna nahm an der älteren Frau einen angenehmen Duft wahr, der beinahe in dem starken Geruch ungewaschener Körper, den hier fast jeder ausstrahlte, unterging. Doch unter all dem duftete Maura nach frischer Luft und leise siedender Kartoffelsuppe, eine Kombination, die Armeen von Männern stoppen konnte, damit sie auf die Knie fielen und vor Sehnsucht stöhnten.

Wieder meldete sich Maura zu Wort. Anna war sich sicher gewesen, dass die ältere Frau eingeschlafen war.

»Morgen kehre ich nach Hause zurück, und auf dem ganzen Weg werde ich mir sein faltiges Gesicht vorstellen, während er eine Klinge an den Wetzstein hält oder einen Türgriff am Schrank festzieht. Es ist schön, jemanden zu vermissen, den man liebt, ein Geschenk des Himmels. Gute Nacht, Anna.«

Hatte sie ihren Mann Steve je so vermisst, damals, vor den Fehlgeburten, vor der Affäre und der Scheidung? Oder waren sie wie zwei Automaten gewesen, die achtzig Stunden die Woche arbeiteten, jeder in seinem Job, um als Anwälte Karriere zu machen? Konnte sie sich an seinen Kopf erinnern, die Stoppeln an seinem glattrasierten Hals? Während Anna einschlief, sah sie wieder vor sich, wie Donal die schwere Plane ausgeschlagen hatte. Mit seinem einen Arm hatte er sie kräftig geschüttelt, so dass die Linie, die von seinen Beinen bis über seine Fingerspitzen verlief, einen langgestreckten Bogen bildete.

Die Nacht verging nicht so langsam, wie sie befürchtet hatte. Von ihrem Ausguck zwischen Rad und Plane aus stellte sie in regelmäßigen Abständen fest, wie die Sterne am Himmelszelt weiterrückten wie eine kosmische Uhr. Mauras Schnarchen wirkte beruhigend. Ihre Atemstöße waren so rhythmisch wie die Meeresbrandung.

Doch nicht die Elstern weckten sie, sondern Donal.

»Wach auf, Maura, es gibt Schwierigkeiten. Komm schon.«

Anna hörte den drängenden Unterton in seiner Stimme, wälzte sich unter dem Karren hervor und nahm eine Hockstellung ein.

»Was ist passiert?«, fragte sie, stand auf und klopfte sich den Rock ab. Sie streifte ihre Jacke über.

Donals Augen verrieten, dass er die Nacht schlaflos verbracht hatte; seine Augäpfel waren über und über mit roten Äderchen durchzogen.

»Wir haben in der Stadt zwei Männer verloren. Einen haben sie gleich getötet, und der andere befindet sich auf dem Weg nach Cork in das allmächtige neue Gefängnis. Er wird sich wünschen, ebenfalls tot zu sein. Maura! Komm um Himmels willen da heraus.«

An Donals Kappe glitzerten Nebeltropfen, und seine Schuhe waren bis zu den Knöcheln mit Schlamm überzogen. Die schimmernden schwarzen Elstern begannen mit ihrem Morgenkonzert und flogen hoch über das Lager hinweg. Er rannte zu der kleinen Anhöhe, wo das Pferd angebunden war, und holte es. Seine Alarmbereitschaft übertrug sich auch auf das Tier.

»Helfen Sie mir, Anna. Wir müssen diesen Karren bis nach Glengarriff und noch weiter fahren, direkt bis auf die andere Seite der Halbinsel Beara.«

Maura kam aus ihrem Schlafnest gekrochen. Donal unterbrach sein Tun, um die Hand auszustrecken und ein paar Grashalme aus ihrem langen Haarschopf zu zupfen. Anna sah zu, wie Donal sanft und behutsam den Schmutz herauspickte, und eine verlassene Stelle in ihrer Kehle schwoll an, bis sie eine Süße schmeckte, die an hellen Ahornsirup erinnerte. Maura tätschelte Donal kurz die Hand und begann dann, ihr Haar einzudrehen und aufzustecken.

»Du weißt, dass ich nicht so weit fahren kann; ich muss nach Hause. Ich habe es versprochen. Der alte Mann wartet, und er hat nichts mehr als mein Versprechen.«

Donal schob das Pferd rückwärts an den Wagen heran und spannte es an. Es warf den Kopf zurück und fing noch mehr von Donals angsterfülltem Körpergeruch auf. Die Augen des Pferdes waren weit aufgerissen. Donal flüsterte auf das Tier ein und beruhigte es mit irischen Worten, die Anna nicht verstand. Doch ihr Klang besänftigte auch ihren Adrenalinspiegel. Was waren das für uralte Worte, die solche Macht hatten?

»Dann hast du Glück, denn die Postkutsche von Glengarriff nach Skibbereen fährt dreimal die Woche, und heute ist einer dieser Tage. Wir setzen dich hinein; heute soll das Versprechen, das du dem alten Mann gegeben hast, gehalten werden«, erklärte Donal.

Auf der Fahrt nach Glengarriff schwiegen sie. Nur das lebhafte Klappern der Pferdehufe maß das Vergehen der Zeit. Einmal überquerten sie eine kleine Brücke. Donal hielt den Karren an einem weißgetünchten Gasthaus an. Draußen warteten zwei Männer und ein Knabe, die Rucksäcke trugen. Augenblicklich hellte sich Mauras Miene auf.

»Seht mal, wenn das nicht John Murphy mit seinen Söhnen ist, die auf die Postkutsche warten. Mit ihm zusammen wird die Fahrt nach Skibbereen ein Spaß. Ich werde alles zu hören bekommen, was man so klatscht; die wahren Geschichten und alle, die John noch dazuerfindet.«

Sie verabschiedeten sich von Maura und ließen sie an der Poststation zurück, wo sie von dem Geschichtenerzähler bereits mit Beschlag belegt wurde. Glengarriff wurde von den englischen Soldaten beherrscht, die eine unheimliche Ähnlichkeit mit jeder anderen Besatzungsmacht aufwiesen: Sie waren besitzergreifend, verächtlich, wachsam und bewaffnet. Anna fuhr jetzt neben Donal. Jeder würde sie für ein Ehepaar halten, aber keiner von ihnen hatte diesen Umstand angesprochen oder klar gesagt, dass sie das vorgeben würden. Nachdem sie die Stadt durchquert hatten, wischte sich Anna den Ruß aus dem Gesicht; sie waren übereingekommen, dass er sie nur schmutzig hatte aussehen lassen, nicht krank.

»Wohin genau fahren wir eigentlich?«, erkundigte sich Anna.

Donal nahm auf jede Weise beträchtlich mehr Platz ein als Glenis. Wenn er auf dem Kutschbock saß, breitete er die Knie weit aus, womit er sofort größeren Raum beanspruchte, so wie es Männer mit Beinen, Schultern und Ellbogen halten. Als er den rechten Ellbogen anhob, um lässig die Zügel knallen zu lassen, landete er fast in Annas Gesicht.

»Würde es etwas ändern, wenn ich Ihnen das genau erkläre? Sie kennen sich auf der Halbinsel Beara überhaupt nicht aus. Wenn ich sagen würde, drei Meilen landeinwärts von dem morastigen Tal, würden Sie wissen, was ich meine? Außerdem dient dies zu Ihrem Schutz. Ihr Unwissen behütet Sie.«

Er trug seine Kappe aus braunem Wollstoff, von der ein Geruch nach feuchter Wolle, Körperfett und Torfrauch ausging. All diese Düfte stiegen von seinem Kopf auf. Annas Nasenlöcher weiteten sich leicht, um diesen speziellen, kräftigen Geruch aufzunehmen, doch dann beherrschte sie sich und rieb sich die Nase mit der Faust, als könne sie ihn wegwischen. Donal wandte sich zur Seite und sah sie an.

»Sie haben keine Haube. Tragen die Damen in Amerika keine?«

Gegen dieses Zugeständnis an das Leben in der Vergangenheit hatte sich Anna verwahrt. Sie trug nicht gern Kopfbedeckungen, obwohl ihr klar war, dass es vollkommen vernünftige Gründe gab, aus denen andere Frauen welche aufsetzten. Sie trugen sie, um ihr Haar, das selten gewaschen wurde, sauber zu halten und um ihre Sittsamkeit zu demonstrieren. Das Bedecken des Haars verbarg ihre Sexualität vor fremden Blicken. Glenis hatte sie bei mehreren Gelegenheiten dafür gescholten und sich sogar geweigert, neben ihr durch die mit Kopfsteinen gepflasterten Straßen von Kinsale zu gehen, ehe Anna einen Hut aufsetzte, zumindest für diesen einen Tag. Aber jetzt war Anna mit Donal unterwegs, und sie hatte nicht vor, sich von ihm modische Vorschriften machen zu lassen.

»Das ist richtig. Frauen tragen nicht grundsätzlich Hauben wie hier in Irland. Und ich glaube nicht, dass Sie mir etwas anderes aufschwatzen können«, erklärte sie.

»Das Problem ist nur, dass die Leute auf Sie aufmerksam werden, und ich möchte nicht, dass einer von uns auffällt. Barhäuptig sind Sie der Vogel mit dem andersfarbigen Gefieder, der aus dem Rahmen fällt, wenn Sie verstehen, was ich meine. Ich bitte Sie also nicht um einen Gefallen, das ist unbedingt notwendig und viel wichtiger als Ihre albernen Vorlieben. Also, haben Sie nun eine Haube in Ihrem Ranzen?«

Klock, klock, tick, tick machten die Räder, das Holz des Karrens knarrte, und Anna blinzelte in die helle Mittagssonne. Vor ihrem inneren Auge sah sie ein Neonschild, das über ihr schwebte und mit einem dicken Pfeil auf ihren unbedeckten

Kopf wies, damit alle sahen, dass sie anders war. Wenn sie einer Klientin einen Rat über ihr Erscheinen vor Gericht gegeben hätte, dann hätte sie die gleiche Logik wie Donal bemüht, nur dass sie sich anders ausgedrückt hätte. »Nehmen Sie das Zungenpiercing heraus, ziehen Sie etwas an, das die Tätowierungen bedeckt, und tragen Sie einen Rock in einem zarten Pastellton – ein geschmackvolles Ensemble, das zu einer Erzieherin passen würde.«

Anna schnappte sich ihren Ranzen, der auf dem Boden des Karrens lag, und fand darin eine zerknitterte Haube. Sie schüttelte sie aus, strich mit den Händen über die Falten, um sie zu glätten, und schaute starr über die Kruppe des Pferdes hinweg. Dann setzte sie die Haube auf. Donal sagte nichts, aber er reckte die Schultern ein wenig und begann eine Melodie zu pfeifen.

Später am selben Tag erreichten sie eine Stelle, die, soweit Anna das beurteilen konnte, mitten im Nirgendwo lag. Sie war mit dornigen, harten Stechginstern bewachsen, was es Anna erschwerte, sich im Gebüsch unauffällig zu erleichtern. Häuser standen hier keine, und der Pfad, dem sie folgten, verlief gefährlich nahe am Rand der Klippen entlang. Donal lenkte den Karren unter einen Baldachin aus immergrünen Bäumen, wo er gut versteckt stand und von Schiffen, die vielleicht am Ufer entlangfuhren, nicht einzusehen war. Sie zündeten ein kleines Feuer an und aßen Kartoffeln, die Donal unterwegs gekauft hatte, nachdem ihre Vorräte ziemlich knapp geworden waren. Sie saßen einander gegenüber, das glimmende Feuer zwischen sich.

»Wahrscheinlich wollen Sie noch immer wissen, wohin wir fahren. Wenn sich morgen alles zu unseren Gunsten entwickelt, werden wir in einer Art Cottage übernachten, wo Sie in einem Bett schlafen können. In der Nähe werden wir unsere Waren mit einem französischen Schiff austauschen. Die Stadt heißt Ardgroom.«

»Was würde aus Glenis und Tom und all den Menschen, die … ähm … mit ihnen handeln, werden, wenn diese Ladung nicht auf das französische Schiff geschmuggelt wird?«, erkundigte sich Anna. Sie wischte sich die Hände an ihrem Rocksaum ab, der bereits abscheulich schmutzig war.

Donal stand auf und trat an den Karren. Er nutzte die Gelegenheit, um das Stroh, das sich gelöst hatte, wieder fest in die Ballen zu binden. Sie fuhr auf dem Stein, auf dem sie saß, herum und sah ihm zu.

»Es hat vier Monate Arbeit, Zoll für Zoll, gekostet, in denen dieser und jener in dunkler Nacht das, was er einzuhandeln hatte, zu Glennie und Tom gebracht hat. Dann sind Sie aufgetaucht und haben den Gang der Ereignisse verlangsamt. Glennie hat deutlich gemacht, dass sie die Reise nicht antreten würde, ehe Sie sich erkennbar von Ihrem Missgeschick erholt hätten und vollkommen genesen wären. Wenn etwas schiefgeht, fangen sie einfach von vorn an, so ist das. Wir kommen schon mit dem Wissen zur Welt, dass man immer wieder von neuem beginnen muss«, sagte er.

Donal schnallte eine Armprothese an, die wie ein gerader Stecken aussah. »Darf ich vorstellen: mein Arm zum Stechen und Stochern.«

Der Stock war vollkommen gerade, und am Ende, wo die Hand hätte sein sollen, saß eine beeindruckend scharfe Eisenspitze, die einem Brieföffner ähnelte und mit Schrauben befestigt war. »Woraus besteht er?«, fragte Anna.

»Knochen. In diesem Falle dem Oberschenkelknochen eines Pferdes. Ich hatte einen Arm aus Holz, aber den mochte ich nicht so gern. Ich habe es lieber, wenn ein anderes Tier an mir befestigt ist, und ich habe Pferde gern. Das haben Glennie und ich gemeinsam.«

Mit seinem aus einem Pferdeknochen gefertigten Arm stach Donal in das Stroh, während er mit dem gesunden Arm das Hanfseil darum festzog.

Anna stellte sich alle künstlichen Gliedmaßen vor, die sie je gesehen hatte, von den Hightech-Versionen, deren perfekt nachgebildete wachsbleiche Finger Bewegungen ausführen konnten, bis zu gefährlich scharfen Haken und allen anderen technologisch weniger weit fortgeschrittenen Prothesen. Aber Donals Pferdeknochenarm mit der Eisenspitze sah sehr praktisch aus. Wenn man einmal einen Arm verloren hatte, würde kein Ersatz jemals wieder wie ein echter Arm aussehen, sondern war etwas ganz anderes. Sie sah zu, wie er rhythmisch arbeitete. Er drehte sich leicht nach links und stach auf den Strohballen ein, dann zog er mit seinem starken rechten Arm kräftig an dem Hanfseil, das sich gelöst hatte. Zustechen, ziehen und die spitze Prothese herausziehen, und dann wieder von vorn.

Keiner von ihnen hatte damit gerechnet, dass diese Expedition länger als drei Tage dauern könnte, und jetzt schien sich alles aufzulösen, sogar das Stroh. Donal hatte ihr erklärt, dass sie sich in der Umgebung von Ardgroom befanden, aber sie konnte sich absolut kein inneres Bild von ihrem Aufenthaltsort machen, als hätte sie ihren Orientierungssinn verloren. Dadurch empfand sie ein unangenehmes Gefühl von Hilflosigkeit, das ihr Angst einflößte.

Anna hätte alles für Glenis getan. Dazu war sie sogar bereit, Donal zu helfen, wenn er seine Schwarzmarktwaren zu den Treffpunkten transportierte. Glenis hatte geschworen, wenn jemand Anna und Joseph helfen könne, dann sei es Biddy Early. Und wenn Glenis den Dreitagesritt nach Limerick auf sich nahm, dann konnte Anna ja wohl auch ihren Beitrag leisten, indem sie die Arbeit übernahm, die sonst Glenis für Donal getan hätte. Ein paar Tage lang ertrug sie alles.

»Sie klingen, als würden Sie jeden Winkel an der Küste kennen«, meinte Anna.

»Das muss ich ja wohl auch. Ach, Sie glauben, dass ich das durchs Schmuggeln gelernt habe. Hat Glenis Ihnen denn gar nichts über mich erzählt? Ich bin Kartograf. Nachdem ich als Junge meinen Arm verloren hatte, hat mein Vater eine Möglichkeit gefunden, mich nach Frankreich zu schicken, damit ich dort zur Schule gehen konnte. Man hat mich wie Schmuggelware transportiert. Sieben Jahre habe ich dort verbracht, nachdem man mich mit ungefähr zwölf verladen hatte wie ein Fässchen Butter. In Frankreich leben viele Iren. Manche Leute sagen, dass der ganze alte irische Adel uns verlassen hat und nach Frankreich gegangen ist. Ich kann nicht sagen, ob das stimmt oder nicht; aber man hat mir sicheres Geleit gegeben und mir Aufnahme gewährt, solange ich studiert habe. Und jetzt kommt das Beste: Ich habe als Kartenzeichner für die Briten in Cork gearbeitet; jedenfalls bis vor zwei Jahren.«

Ein Kartograf? Annas Halsmuskeln entspannten sich; sie hatte nicht einmal geahnt, dass sie sie hochgezogen hatte wie bei einer Marionette. Dann war Donal der Pilot dieses Flugzeugs, sie brauchte sich nicht ständig anzustrengen, um festzustellen, wo sie sich befanden. Er kannte jeden Zoll an dieser Küste.

»Das Dorf, in das wir fahren, Ardgroom, wissen Sie noch? Sie werden es auf keiner Karte finden, zumindest auf keiner, die ich gezeichnet habe. Ich habe ein paar Orte ausgelassen, von denen die Briten nichts zu wissen brauchen.«

Natürlich, ein Kartograf hatte einen entscheidenden Wissensvorsprung vor der Besatzungsmacht. Eine Invasionsarmee befand sich immer im Nachteil, denn niemand kennt eine Landschaft so gut wie die Menschen, die darin aufgewachsen sind.

»Und ich vermute, dass Sie noch andere Orte nicht in Ihre Karten aufgenommen haben«, sagte sie. Sie schlug nach dem Rauch und wedelte ihn aus ihrem Gesicht.

»Aye. Aber nur äußerst vorsichtig. Ich habe eine oder zwei Buchten ausgelassen, aber mehr konnte ich nicht tun. Zu auffällig, und ich wäre wegen Hochverrats verurteilt worden.«

»Sind Sie eigentlich verheiratet? Wartet eine Familie darauf, dass diese Reise vorüber ist? Es ist so merkwürdig, dass ich fast nichts über Sie weiß«, meinte Anna.

»Bis jetzt haben Sie auch keinen Wert darauf gelegt, etwas über mich zu erfahren. Sie konnten nur Glenis sehen und darüber nachdenken, diesen Jungen zu finden und nach Hause zu fahren. Sie ähneln einem Jagdhund … oh, nicht so sehr vom Äußeren, ganz und gar nicht. Aber darin, wie Sie die Nase in den Wind halten, um Witterung aufzunehmen, und dann hören Sie nichts anderes, sehen noch weniger und riechen nur Ihre Beute.«

»Danke für den Vergleich mit einem Vierbeiner mit Fell und Fangzähnen. Mir fällt auf, dass Sie den Teil der Frage, ob Sie verheiratet sind, nicht beantwortet haben.«

Der Feuerschein spiegelte sich in seinen dunklen Augen. Donal zog fest an einem letzten Stück Tau und schlang das Ende des Stricks um einen Pflock an der Seite des Karrens. In entspannter Haltung setzte er einen Fuß auf den Tritt des Karrens. Er rieb sich mit der rechten Hand der Länge nach über seinen Knochenarm, und sie hörte das Schaben, mit dem seine schwielige Hand liebkosend über den polierten Knochen strich. Ihr Blick folgte dem Umriss seines um neunzig Grad angewinkelten Schenkels.

»Ich sehe schon, dass Glenis vergessen hat, Ihnen davon zu erzählen. Wenn Sie noch einen Tag länger mit ihr unterwegs gewesen wären, hätte sie meine ganze Lebensgeschichte vor Ihnen ausgebreitet. Ich war verheiratet, und wir hatten zwei Kinder. Für mich sind sie noch immer die Kleinen, obwohl sie gar nicht mehr so klein waren, als alles zu Ende ging. Vor zwei Jahren wütete in Cork das Fieber. Dort habe ich mein ganzes Leben verbracht, jedenfalls die Zeit, in der ich nicht auf dem Kontinent studiert habe. Meine Frau Peg und die Jungen wurden schwer krank. Zuerst warf ein Fieber die Jungen nieder, und dann, nachdem Peg sie bis zu ihrem Tod gepflegt hatte, brach sie zusammen, und das Fieber hat sie mit Macht ergriffen. Ich wünschte, sie hätte ihre Söhne nicht sterben gesehen …« Donal stockte der Atem, und er stieß heftig und zittrig die Luft aus.

Anna spürte, wie ihr die Tränen unangenehm in den Augen brannten. Sein Verlust traf sie wie ein Schlag. Sie wusste, dass Menschen im neunzehnten Jahrhundert häufig an Krankheiten gestorben waren. Glenis hatte ihr von Dutzenden Fällen erzählt, toten Kindern, Müttern, die bei der Geburt gestorben waren, geliebten Menschen, viel zu jung von Krankheiten dahingerafft, die im einundzwanzigsten Jahrhundert praktisch ausgerottet waren. Wenn sie je geglaubt hatte, dass man den Tod damals leichter hinnahm, weil er häufiger geschah, dann widerlegte Donals Schmerz diese Ansicht. Sie hatte sich geirrt; sie spürte, wie Donals Qual in seinem Körper wühlte und in seinem Brustkorb widerhallte.

Anna stand auf. Sie tat einen Schritt auf ihn zu und blieb wieder stehen. In ihrem Rücken spürte sie die Wärme, die ihr kleines Feuer ausstrahlte.

»Es tut mir leid. Ich finde keine Worte, um …«

»Versuchen Sie es gar nicht. Es war gotterbärmlich und ist es noch immer. Aber so ist das Leben. Wir leben hier schnell, und meist bleibt uns nur die Erinnerung an vergangene Zeiten, die wir nicht richtig auszukosten wussten, als wir sie erlebt haben. Aber ich will Ihnen eines sagen. Ich habe meine

Frau jeden Tag geliebt, und ich habe meine Söhne so sehr geliebt, dass ich, wenn ich es mir erlaube, nach wie vor die Haut an ihrem Hals riechen kann.«

Die Haut an der Innenseite ihrer Arme begann zu vibrieren, als zapple unter der Haut ein winziger Schwarm Schmetterlinge, die gleich auffliegen würden. Sie hatte das beunruhigende Gefühl, als streiche eine Brise über ihre Brustwarzen, obwohl dort kein Wind hinkam. Schließlich lagen sie gut verpackt unter zwei Lagen dicker Baumwolle, die zusammengenäht und noch einmal übernäht waren und ein festes Mieder bildeten, und darüber befand sich eine weitere Schicht aus Wolle, die nur der stärkste Regen durchdringen konnte. Ein leichter Nebel kam auf, den jemand, der ein festes Dach über dem Kopf hatte, nicht einmal bemerkt hätte; aber für jeden, der das Pech hatte, sich im Freien aufzuhalten, verhieß er eine lange, kalte Nacht.

Anna zog ihre Kapuze hoch und wickelte sich fest in ihren Umhang. »Ich kann mir gar nicht vorstellen, dass ein Vater seine Söhne liebt. In meiner Familie gab es das einfach nicht. Mein Vater hat sich benommen, als wäre er von Dämonen besessen. Er wollte meinen Bruder lieben und verabscheute ihn gleichzeitig. Ich weiß, dass es Liebe zwischen Vätern und Söhnen gibt, doch ich habe immer nur das Gegenteil erlebt. Und später ist mein Bruder ein ebenso zorniger Menschen geworden, obwohl er als Kind jede Sekunde davon gehasst hat.«

»Was war mit Ihnen? Hat Ihr Dad Sie genauso behandelt?«

Anna zuckte zusammen. Sie mochte es nicht, wenn sich die Fragen auf sie konzentrierten. Aber bei Donal war das irgendwie etwas anderes.

»Ich war diejenige, die dazwischengegangen ist. Ich war mir sicher, dass sie einander umbringen würden, und das hätten sie beinahe auch getan. Eines Abends, als ich zwölf war, kam ich nach Hause, und da stand ein Krankenw … ich meine, alle Nachbarn standen da. Patrick war blutüberströmt und verletzt und wurde auf einer Trage weggebracht, und mein Vater war fort. Ich kann mich an keine Zeit erinnern, in der ich nicht in Alarmbereitschaft war und etwas zu tun oder zu sagen versucht habe, um meinen Vater aufzuhalten.«

Donal setzte den Fuß wieder auf den Boden und trat einen Schritt auf sie zu. »Was ist aus Ihrem Dad geworden? Ist er im Alter milder geworden? Manchmal werden harte Männer dadurch sanfter.«

»Nachdem er meinen Bruder fast umgebracht hatte, ist er fortgegangen. Hat uns verlassen. Aber das war vor über zwanzig Jahren.« Anna hielt inne und rückte Zukunft und Gegenwart zurecht. »Er hat nie wieder Kontakt zu uns aufgenommen. Jetzt ist er allerdings krank, jedenfalls habe ich das gehört.« Anna wusste nicht, wie sie Donal erklären sollte, dass sie eine Detektiv-Agentur beauftragt hatte, um ihren Vater in Thailand zu finden, und dass er sich jetzt, nachdem bei ihm eine früh auftretende Form von Alzheimer diagnostiziert worden war, in Kalifornien aufhielt. Sie beschloss, es gar nicht zu versuchen.

»Und wie ist es Ihrem Bruder mit seinem Sohn ergangen, dem Burschen, nach dem Sie suchen?« Donal stand jetzt so nahe vor ihr, dass Anna sogar im Dunkeln sehen konnte, wie sich seine Lippen beim Sprechen bewegten.

»Das ist ja das Schreckliche. Anscheinend ist er nicht in der Lage, es besser zu machen. Er kann Joseph nicht berühren, keinen Arm um ihn legen oder mit ihm lachen, er kann nicht mit ihm zusammen essen, ohne den Jungen anzustarren wie einen Verbrecher. Aber Patrick leidet, das weiß ich. Ich verstehe meinen Bruder, und ich weiß, dass er sich mehr als alles andere wünscht, seinen Sohn lieben zu können.«

»Ich weiß, was Glennie sagen würde, wenn sie hier wäre. Haben Sie ihr diese traurige Geschichte auch erzählt?«

»Nein, nicht diesen Teil.«

»Sie würde sagen, dass Sie nach einem Fluch Ausschau halten sollen.«

Anna wollte tief Luft holen, stellte jedoch fest, dass sie ihren Atem nicht unter Kontrolle hatte. Ihre Lungen pumpten und ackerten beim Anblick seiner feuchten Stirn und des schwarzen Haars unter seiner gestrickten Kappe. Ihre Organe sprangen in ihrem Rumpf herum wie Breakdancer, und ihr Magen überschlug sich und vollführte einen einhändigen Liegestütz, der in einem glänzenden Backflip endete. Sie fragte sich, ob sie noch sprechen konnte; und falls ja, ob sie die Worte bilden konnte oder sie als Rauchwölkchen aus ihrem Mund quellen würden.

»Ein Fluch? Sie meinen, so wie … nun ja … ein Fluch? Das kann ich, glaube ich, nicht akzeptieren. Ich habe noch nie jemanden gekannt, der verflucht war. Sicher, ich habe Menschen gekannt, die wie unter einer dunklen Wolke zu leben schienen …«

»Aye, und ganz gleich, was sie taten, welche Saat sie ausbrachten, in wen sie sich verliebten, welches wunderbare Kind ihnen geboren wurde, alles hat sich in eine von Maden wimmelnde Fäulnis verwandelt. Sie haben solche Leute gekannt. Sie hatten nur keine Ahnung, dass sie verflucht waren, und sie selbst wussten es ebenfalls nicht«, erklärte Donal.

Der Nebel ging nun in Nieselregen über. Donal sah zum Himmel auf und kniff die Augen zusammen. Dann griff er hinter den Sitz des Karrens.

»Aber glauben Sie nur nicht, dass wir beide durch eine Reihe schlechter Unterkünfte verflucht sind. Heute Nacht werden wir zum letzten Mal unter diesem Karren schlafen. Kommen Sie, helfen Sie mir, unsere Plane auszurollen.«

Als sich Anna anschickte, ein weiteres Mal unter den Wagen zu kriechen, steckte sie die Hände in die tiefen Taschen ihres Rocks, um kurz den Stofffetzen aus dem einundzwanzigsten Jahrhundert zu betasten, den sie immer bei sich trug und dessen Berührung sie beruhigte. Doch der blaue Seidenfetzen war verschwunden. Sie rekonstruierte die letzten Tage und erkannte, dass sie ihn verloren haben musste, als sie mit Glenis im Freien übernachtet hatte. Oder war es letzte Nacht gewesen, bei der alten Frau? Egal, jetzt würde sie ihn nicht mehr wiederfinden. Sie lächelte bei dem Gedanken daran, was der Finder wohl davon halten würde.

Anna hatte geglaubt, neben diesem Mann, den sie erst seit einigen Tagen kannte, keinen Schlaf zu finden. Wie sollte sie das anstellen? Sie dachte noch immer darüber nach, als sie sich am Hinterrad zusammenrollte und, eingelullt von dem Regen, der auf den Karren trommelte, fast sofort einschlummerte. Das Letzte, was sie hörte, war ein kehliges Männerschnarchen.

Sie hielten sich jetzt seit zwei Tagen in der entlegenen Hütte in Ardgroom auf, die aus nur einem einzigen Raum bestand. Die Luft wurde kühler und schließlich bei Nacht schneidend kalt. Donal hatte an drei Stellen in den östlichen Außenbezirken von Glengarriff Steinhaufen zurückgelassen, die den anderen Schmugglern an dieser Route mitteilten, dass sich Donal inzwischen an einem anderen Ort aufhielt.

»Wir teilen die Ware in drei Ladungen auf, und der Schnaps befindet sich in einer getrennten Kiste«, erklärte Donal. »Die französischen Seeleute trinken unseren Poteen recht gern, aber sie sollten aufpassen, dass sie davon nicht blind werden. Wenn alles wie geplant läuft, müssten Männer kommen, um die Ladungen abzuholen, und dann haben wir unseren Teil getan.«

Poteen war der hiesige selbstgebrannte Alkohol, ein hochprozentiger Rachenputzer, den Anna schon in Kinsale probiert hatte.

Gemeinsam hatten sie das Stroh vom Karren abgeladen und die Waren ausgepackt, die im Inneren jedes Heuballens versteckt waren. Da waren fest gewickelte Leinenballen, wunderschöne Occhispitzen, ganze Butterfässchen; alles eben, dessen Export den Iren verboten war. Nur nach England durften sie ihre Waren immer verkaufen. Die Briten bezahlten den Iren allerdings nur ein Zehntel des wirklichen Werts.

»Wir sind jetzt schon zwei Tage hier«, meinte Anna und pflückte stechende Strohhalme von ihren Fingern. »Warum ist noch niemand gekommen, um diese Sachen abzuholen?« Die beiden wurden zunehmend nervöser, stießen ständig gegeneinander und schossen herum wie tanzende Moleküle. »Tut mir leid, wie ungeschickt von mir«, versicherten sie einander ständig. Anna wollte fort. Sie wollte wieder in Kinsale sein, wenn Glenis zurückgeritten kam und ihr Nachricht darüber brachte, wie sie Joseph finden und nach Hause zurückkehren konnte.

»Die Steine, die ich als Zeichen zurückgelassen habe, besagen nur, dass jemand an einem von einem Dutzend möglicher Orte sein kann und dort mit Schmuggelware wartet. Diejenigen, die sie aufs Meer bringen, müssen an jedem Platz nachsehen, in jeder Hütte, jedem verlassenen Haus, bis sie uns finden.«

Sie hatten die Waren in den dunkelsten Ecken des Hauses aufgestapelt und mit Planen abgedeckt. Donals Rastlosigkeit, die sich mit ihrer eigenen mischte, brachte sie fast zum Schreien. Er hatte die Räder gefettet, an Hufeisen herumgestochert, das Pferd an verschiedenen Stellen zum Grasen angebunden, seine Stiefel eingeölt, ihre Stiefel eingeölt und einen Wetzstein gefunden, an dem er zwei Messer, die aus seinem Lederranzen aufgetaucht waren, schärfte.

Am dritten Tag verkündete Donal, ihr Plan habe sich geändert.

»Der Todesfall in Glengarriff hat die Männer abgeschreckt. Wenn wir die Kisten nicht zum Strand hinunterbringen, verpassen wir das französische Schiff. Und wenn wir nicht liefern, wie wir es geschworen haben, verlieren wir diesen Handelspartner.«

Anna war noch immer schlaftrunken und gerade dabei, sich in dem Bett aufzusetzen, das die vorherigen Bewohner wundersamerweise zurückgelassen hatten. Sie schlug ihren Umhang zurück, mit dem sie sich in der Nacht zugedeckt hatte.

»Sagten Sie *wir*, wie in *wir* bringen die Kisten zum Strand? Sie und ich?«, erkundigte sich Anna.

Donal öffnete die Tür, deren Angeln mit einem tiefen metallischen Knirschen protestierten. »Dieser Plan ist vielleicht schlecht ausgeklügelt, und wenn, werde ich bei Glennie teuer dafür bezahlen. Wenn Ihnen etwas zustößt, gerbt sie mir das Fell. Nicht, dass ich möchte, dass Ihnen etwas widerfährt…«

Anna sprang aus dem Bett. »So schwer kann das ja wohl nicht sein, oder? Gehen wir.«

24

Sie ging vor Donal her und kletterte den Pfad hoch, der von der Bucht nach oben führte. Sie hatten den ganzen Tag und bis in die Nacht hinein auf das Schiff warten müssen. Es war kurz nach Neumond, und die schmale Mondsichel erhellte die Landschaft kaum, so dass Anna nichts anderes übrig blieb, als mit vorangestreckten Händen zu gehen, wie wenn sie gerade erblindet wäre.

Sie hatten die französischen Seeleute, die Abgesandten ihres Schiffs, in dem winzigen Ruderboot getroffen, und der Austausch war rasch vonstattengegangen. Donal hatte zwei prall gepackte Kisten mit Poteen übergeben, eine der wichtigsten Währungen der Schmuggler, und dafür das eingetauscht, was er wirklich wollte: Getreide und Fleisch, die Grundnahrungsmittel, die an diejenigen, die es am dringendsten brauchten, ausgeteilt werden würden. Beim nächsten Geschäft würde es um andere Dinge gehen, die luxuriöseren Waren. Aber Donal hatte ihre Beute versteckt, sobald das kleine Boot außer Sicht gewesen war, und erklärt, jemand anderer würde sie abholen.

»Wer?«, fragte Anna, stolperte und fing sich gerade noch ab.

»Herrje«, meinte er. »Lassen Sie mich vorgehen, und dann legen Sie die Hand auf meinen Rücken, genau auf die Spitze meines Schulterblatts. Sonst kriechen wir noch auf diesem Küstenpfad herum, wenn die Sonne aufgeht, und das wollen wir doch nicht.«

Anna stand still, und Donal trat an ihr vorbei.

»Was wollten Sie noch wissen? Wer die Sachen abholt? Warum sollte ich Ihnen das sagen? Stellen Sie mir nicht solche Fragen.«

Und er ging los, während Anna ängstlich die Hand auf seinen Rücken drückte. Schon jetzt legten sie an Tempo zu. Am liebsten hätte sie sein Schulterblatt gepackt wie ein Steuerruder. Schweiß lief ihr in Strömen über das Rückgrat und zwischen den Brüsten hinunter. Zweimal krachte sie gegen ihn, als er stehen blieb. Er drehte sich zu ihr um.

»Ich sorge schon dafür, dass wir nicht von der Klippe fallen. Sie haben keine andere Wahl, als mir zu vertrauen. Versuchen Sie es noch einmal. Reiten Sie eigentlich, Anna?«, fragte er.

»Nein«, gab sie zurück.

»Merkwürdig. Ich hätte Sie für eine Reiterin gehalten. Ja, ich dachte, Sie gehörten dieser illustren Gruppe an. Nun ja, dann wird meine Geschichte nicht ganz so hilfreich für Sie sein. Aber versuchen Sie sich einmal vorzustellen, wir wären Ross und Reiter. Ein gutes Pferd kann die geringste Bewegung Ihrer Beine, Ihres Hinterns oder Ihrer Hände deuten. Wenn Sie den Kopf nach links drehen, merkt ein gutes Pferd das, und zwar schon, bevor Sie selbst richtig wissen, dass Sie nach links lenken wollen. Ich kann zwar nicht wirklich sagen, wer hier Ross und Reiter ist, aber ich möchte, dass Sie Ihr hübsches Köpfchen ausruhen und sich von Ihrer Hand auf meinem Körper führen lassen, damit wir diesen verfluchten Pfad hinaufkommen.«

Anna konnte nicht umhin zu bemerken, dass er bei seinen Anweisungen ihre Beine, ihren Hintern, ihren Kopf, ihre Hände und sogar ihr hübsches Köpfchen erwähnt hatte. Damit hatte er soeben mehr ihrer Körperteile genannt, als ihr Ex-Mann im letzten halben Jahr ihrer Ehe wahrgenommen hatte.

Unterdessen fuhr er fort. »Legen Sie Ihre Hand wieder auf meinen Rücken, auf mein Schulterblatt, und ich drehe mich zur Seite. Was haben Sie gespürt?«

»Sie haben Ihr Schulterblatt dagegen gedrückt.«

»Gut. Jetzt trete ich hier über einen Stein hinweg, einen ordentlich dicken. Was ist mit meinem Schulterblatt passiert?«

»Es hat sich aufwärts bewegt, und ich glaube, das andere ist ein wenig nach unten gerutscht.«

»Richtig. Sie sollten den Fuß heben und nach dem Hindernis tasten, über das ich gerade gestiegen bin.«

Anna sah auf ihre Fußsohlen hinunter, hob einen Fuß und ließ ihn an einem Felsbrocken entlanggleiten. Auf diese Weise orientierte sie sich an Donals Rücken, bis sie den Weg erreichten, wo das Pferd und der Karren warteten.

Sie setzten sich auf die Bank, und das Pferd brachte sie stetigen Schrittes in die schützende Hütte zurück. »Morgen ist der letzte Tag, an dem die anderen französischen Schiffe an Land kommen sollen. Sie sind soeben im Schmuggelhandwerk aufgestiegen, denn Sie werden selbst einen Austausch an einer Stelle übernehmen, die ganz ähnlich wie diese ist, während ich die letzte Ladung quer über die Halbinsel fahre.«

»Bin ich befördert worden?«

»Ja, Mädel, Sie steigen auf. In welchen Rang, ist noch unklar, aber Sie kommen voran. Und ich muss verrückt geworden sein.«

An der Küste bei Rockport konnten heftige Stürme toben. Doch anders als jetzt hatte sie immer nach Hause laufen, ihre Regenkleidung ausziehen und unter eine heiße Dusche springen können.

Jetzt versuchte Anna sich daran zu erinnern, wie es sich anfühlte, trocken zu sein und es warm zu haben. Wehmütig dachte sie daran, dass die Gore-Tex-Membran erst in über hundert Jahren erfunden werden würde. Sie hatte die Aufgabe, in der Dunkelheit am Ufer zu warten und auf den Felsen zu hocken, bis auf einem ansonsten dunklen Boot eine Laterne aufblitzen würde. Sie war fest entschlossen, keinen Fehler zu begehen. Zur Antwort musste sie ihre kleine Laterne anzünden und ihren Umhang als Zelt benutzen, um den Wind abzuhalten. Dann, nach zwei Minuten, sollte sie das Licht wieder löschen. Sie hatte Donal versichert, dass sie dazu in der Lage war und dass sie weder in Panik geraten, scheitern noch den ganzen verfluchten Handel in den Sand setzen würde. Aber sie hatte nicht damit gerechnet, wie schneidend die Kälte sein würde, obwohl sie schon zwei Monate hier verbracht hatte, in denen die Herbsttage immer eisiger geworden waren, und obwohl sie wusste, dass kaltes Wasser und Unterkühlung eine tödliche Gefahr darstellten.

Nachdem sie Donal davon überzeugt hatte, dass sie eines der konspirativen Treffen selbst durchführen konnte, während er die andere Verabredung auf der zur Bucht gelegenen Seite der Halbinsel übernahm, hatte sie ihn mit Fragen bestürmt.

»Was, wenn ein englisches und kein französisches Schiff an Land kommt? Wo werden Sie sein? Wann kommen Sie zurück? Sagen Sie mir noch einmal, was ich antworten soll, wenn die Seeleute weniger als die abgemachte Summe anbieten.«

Er hatte all ihre Fragen beantwortet, jedenfalls alle, die sie zu stellen gewagt hatte; denn wenn sie weitergefragt hätte, worauf sie eigentlich brannte, hätte er ihr diese Chance wahrscheinlich verweigert. Sie hatte ihm angemerkt, dass er um ein Haar erklärt hätte, mit ihr gehe er ein zu großes Risiko ein. Und sie wollte mehr als alles andere beweisen, was sie wert war. Gestern waren sie gemeinsam zu der Stelle am Strand gegangen, und heute hatte er ihr geholfen, die Waren in den Schutz der felsigen Bucht zu zerren. Dann war er mit dem Karren davongefahren, auf die andere Seite der Halbinsel, um dort eine ähnliche Transaktion durchzuführen.

Anna ging in die Hocke, um dem scharfen Wind und dem Nebel, der ans Ufer rollte wie eine vorrückende Armee, weniger Angriffsfläche zu bieten. Sie rief sich ins Gedächtnis, dass die Iren bei einem solchen Wetter noch kaum von Regen sprachen; sie nannten so etwas Dunst oder gebrauchten das merkwürdige Wort *nieseln*. Nur ihre in Stiefeln steckenden Füße hatten Kontakt mit den Felsen, den Rest ihres Körpers machte sie so klein wie möglich, indem sie die Knie zusammendrückte und den Kopf einzog. Doch trotzdem fror sie bis in die Knochen. Es gab kein Entkommen vor den unberechenbaren Elementen.

Als sie ein Licht sah, zündete sie ihre Laterne an und löschte sie zwei Minuten später wieder. Dann wartete sie auf eine Reaktion; ein dreimaliges Aufblitzen, das ihr mitteilte: *Wir sind Franzosen, wir rudern an Land, kommen Sie schnell.* Da, da war es. Anna hatte zu lange in der Hocke gesessen, jetzt waren ihre Knie wie festgefroren. Mit purer Willenskraft zwang sie ihren durch Triathlon gestählten Körper, ihr zu gehorchen. »Steh auf!«, befahl sie sich selbst. Sie rappelte sich hoch und hielt dabei die Laterne fest im Griff. Es gab nur eine einzige Stelle, an der ein Boot an Land kommen konnte, und die war unverkennbar. Überall anders würde ein Boot an den imposanten Felsen zu beiden Seiten der Bucht zerschmettert. Ihre Aufgabe war es, den Männern die Stelle zu zeigen und die Tauschware entgegenzunehmen, die Luxusartikel, die die hiesige kleine Händlerschicht bereitwillig einkaufen würde. Nachdem sie in einer Kanzlei gearbeitet hatte, konnte das ja wohl nicht so schwer sein, oder?

Lauf, sagte sie sich selbst. Sie hatten den Weg über die rutschigen, glatten Felsen und den Pfad mehrmals geübt, und ihr eingefrorenes Gehirn bestand darauf, dass sie ja nur zur Bucht hinunterzugehen brauchte, was weit einfacher war, als nach oben zu klettern. Doch über den Rückweg brauchte sie sich jetzt noch keine Gedanken zu machen. Hinunter, den Hang hinunter zur Bucht, wo sie stand und wartete, als sich der dunkle Schatten näherte und die Ruder der Männer das

Wasser durchschnitten. Das Boot wirkte wie ein Flugreptil, das auf sie zukam.

Die Seeleute brachten ihre Kiste ein Stück den Strand hinauf, gerade so weit, dass die Flut sie nicht wegspülen würde. Annas Französisch existierte praktisch nicht. Sie hätte die Männer gern gebeten, ihr dabei zu helfen, die Kiste bis zu den Felsen hinaufzuziehen, damit sie nicht gesehen wurde, aber als sie eintrafen, zitterte sie zu sehr. Ihre Zähne klapperten, und sie kannte nur ein paar Wörter auf Französisch. Sie versuchte, sich an ihr Highschool-Spanisch zu erinnern, weil die beiden Sprachen bestimmt ähnlich waren, doch je heftiger sie zitterte, umso langsamer arbeitete ihr Gehirn.

Die Männer waren zu viert und bewegten sich schnell. Sie sprangen aus dem Ruderboot, klatschten ihre Kiste in den Sand, nahmen ihre und sagten etwas über sie. Dann lachten sie, einer schüttelte den Kopf und kläffte einen Befehl. Alles war vorbei, bevor Anna etwas tun konnte. Der Regen fiel jetzt stetig; eine Art Regen, dessen Namen sie nicht wusste. Vermutlich hatten die Iren einen dafür, sie würde Glenis fragen müssen. Der Wind hatte nachgelassen, wofür sie dankbar war, aber der Regen wurde stärker und ging in Hagel über.

Sie hatte Donal versprochen, bei der Ladung zu warten, bis er zurückkam. Er hatte gesagt, er werde sie abholen kommen, und sie wollte ihm beweisen, dass sie dies hier genauso gut erledigen konnte wie Glenis. Auf ihr Wort konnte man sich verlassen, das sollte Glennie erfahren. Jetzt hätte sie am liebsten geschlafen; sie konnte ihre Augen schließen und den Regen und die Nacht aussperren. Sie setzte sich neben die Kisten, lehnte den Kopf gegen das raue Holz, zog ihre wollene Kapuze fester um sich und machte sich so klein wie möglich. Sie war eine kondensierte Version ihrer selbst, ein Elixier.

Aus ihrer Kauerstellung heraus nahm sie die Zeit wie perspektivisch verkürzt wahr. Sie hatte die Knie an die Brust gezogen und drückte sich mit der linken Flanke an die Kiste. Der Eisregen traf sie wie mit glühend heißen Nadelstichen. *Aha, das ist die Unterkühlung,* dachte sie ruhig und gelassen. Jetzt würde ihr wenigstens wieder warm werden.

Was hatten die Maler eigentlich gemacht, bevor sie die Technik der Perspektive erlernt hatten? Wie hatten sie sich die Entfernung erklärt, den Umstand, dass die Kühe aus großem Abstand winzig erschienen oder lange Gänge immer kleiner und schmaler wurden? Diese Frage musste etwas mit der Zeitreise zu tun haben, wie ihr Gefühl ihr sagte. Sie spürte ihren Körper nicht mehr, aber wenigstens verband sie diese Empfindung mit dem Anfang, dort am Strand, wo sie ebenfalls gefroren hatte. So musste es sein, dachte sie und suchte nach einer Kausalität. Mit aller Macht hielt sie sich wach, denn die perspektivische Verkürzung musste etwas mit dem Reisen durch die Zeit zu tun haben, und wenn sie es schaffte, weiter zu denken, würde sie das Problem lösen. Während Anna frierend am Strand saß, arbeitete sie sich mit der Hartnäckigkeit einer Juristin voran. Der Regen ließ ihre Gedanken fließen, der Rhythmus der Wogen liebkoste sie, und der Sand unter ihren Füßen schob sie weiter.

Perspektive. Sie war durch das Museum of Fine Arts in Boston gegangen und hatte verblüfft vor den großen Werken des zwölften und dreizehnten Jahrhunderts gestanden, die ohne einen Begriff von perspektivischer Verkürzung gemalt waren. Hatten die Künstler denn nicht gesehen, dass da etwas nicht so war, wie es sein sollte? Oder waren sie sich kollektiv einig darüber gewesen, dass die Welt der Malerei flach zu sein hatte, dass die Art, wie unsere Augen Dinge in der Entfernung wahrnahmen, eine optische Täuschung war, die man weder thematisieren noch nachahmen sollte? Das war es, da war etwas an der Zeit, das sich direkt vor ihr befand, und sie musste aufhören, es so zu sehen, wie es offenbar der kollektiven Übereinkunft entsprach. Sie saß – wenn sie sich recht erinnerte, kauerte sie – an der irischen Küste, hatte soeben ein Schwarzmarktgeschäft mit französischen Seeleuten abgeschlossen und wartete jetzt auf Donals Rückkehr. Ja, all das – der Regen, ihre immer trägeren Gedanken, der durchweichte wollene Umhang, ihr Kopf, der an der Kiste lehnte, der inzwischen akzeptierte Umstand, dass sie sich im Jahr 1844 befand, in das sie aus dem einundzwanzigsten Jahrhundert geschleudert worden war, der von einem Ford-Truck eingedellte Kopf ihres Bruders – stand zweidimensional vor ihr. Wenn sie es nur perspektivisch sehen könnte, so, wie die ersten großen rebellischen Künstler, die ihren Blick von dem winzigen Horizont losgerissen und gewagt hatten, uns eine große Hand zu zeigen, die von einem kleinen Körper gefolgt wurde, dann wäre sie in der Lage, das Ganze zu verstehen. Und nichts war wichtiger, als die Perspektive der Zeit zu verstehen.

Was stellte dieses Gemälde dar? Welches Motiv stand übermäßig groß im Vordergrund? Da, es war Joseph, ihr Neffe; aber mit seinem absoluten mathematischen Wert, nicht als seine einsilbige sechzehnjährige Version. Er war das Thema des Bildes, überlebensgroß, und wartete darauf, dass Anna ihn sah. Und siehe da, hinter ihm befand sich die Straße, die breit begann und sich immer mehr verengte, je weiter sie sich in den Hintergrund hinein erstreckte und in die Vergangenheit zurückreichte. Sie meinte, winzige Menschen zu erkennen; Glenis, Donal und andere, die in dieser verschwommenen Ebene standen und ihr hoffnungsvoll zuwinkten. Sie musste weitermachen, so ergab alles einen Sinn.

Mit einem Mal stürzte sie wieder in ihren Körper zurück. Etwas hatte sie zurückgerissen. Eine Hand, ein Arm, eine

Stimme, jemand, der sie zum Aufstehen drängte. Donal. Er vergoss so etwas wie Tränen, was sie wusste, ohne dass sie die Augen zu öffnen brauchte. Aber sie musste ihm von dem Gemälde erzählen, ehe sie alles vergaß. Sein Gesicht näherte sich dem ihren. »Perspektive«, stieß sie hervor. Doch es regnete so heftig, dass sie sich nicht sicher war, ob er sie gehört hatte.

Sie fühlte, wie sie hochgehoben wurde, und dann trug er sie auf die einzige Weise, wie das ein Einarmiger vermochte, nämlich über die Schulter geworfen, so dass ihr Oberkörper über seinem Rücken baumelte. Ah, perfekt. Alles kommt auf die Perspektive an, dachte sie noch einmal.

Die rostige Angel kreischte, als die Tür geöffnet wurde; so laut, dass sie es trotz des Regens und ihres umnebelten, unterkühlten Zustands hörte. Donal trat etwas aus dem Weg, und ein hölzerner Gegenstand schlitterte quer durch den Raum. Bevor sie sich fragen konnte, warum er so hastig in die Hütte stürmte, saß sie schon auf dem Bett. Donal band ihre Haube und ihren mit Wasser vollgesogenen Umhang auf. Merkwürdig reglos saß sie da, während er ihre Stiefel löste. Fasziniert betrachtete sie seinen Scheitel, als er hektisch versuchte, sie von ihren tropfnassen Stiefeln zu befreien.

Sobald die Schuhe zu Boden fielen, warf Donal einen Quilt und eine Wolldecke über sie und wickelte sie fest darin ein. Mit dem Flintstein zündete er das Torffeuer an. In ihrer Brust stieg ein köstliches Gefühl von Dankbarkeit für das Feuer auf, stärker als alles, woran sie sich erinnern konnte. War das etwa bei allen Iren so? Bedeutete Feuer für jedermann so viel?

Als das Feuer seine warmen Tentakel nach ihrem Gesicht ausstreckte, begann sich ihr Körper zu entspannen, und ihr

Zittern ließ ein wenig nach. Donal trat zwei Schritte vom Feuer zurück und bezog vor ihr Stellung. Anna fühlte sich verpflichtet, sich aufzusetzen, und versuchte es. Sie hatte ihm so viel über die französischen Seeleute und über die Perspektive zu erzählen, aber was hatte das hier alles zu bedeuten?

»Hören Sie mir zu«, sagte Donal, umfasste ihr Kinn und ließ es dann abrupt wieder los wie von einem Blitz getroffen. »Sie haben sich beinahe umgebracht. Wissen Sie denn nicht einmal, dass man sich einen geschützten Platz suchen muss? Nichts in dieser Kiste war so wertvoll, dass es sich gelohnt hätte, dafür zu sterben. Oh Jessas, wenn Sie gestorben wären …«

Donal unterbrach sich. Annas Zähne hatten wieder zu klappern begonnen. Ihr wurde wärmer, und die Unterkühlung ging zurück. Der Regen lief ihr nicht mehr am Hals hinunter, und sie wurde nicht länger von dem Wind über dem Atlantik gebeutelt, und dafür war sie dankbar. Gern hätte sie Donal erzählt, dass sie, während sie am Strand gehockt und die Schwarzmarktwaren bewacht hatte, etwas über die Zeit begriffen hatte. Aber inzwischen erschien ihr das selbst nicht mehr so logisch. Moment mal, es war doch so klar gewesen; auf dieselbe Weise, wie Träume in den Sekunden, nachdem man mitten in der Nacht aufwacht, vollkommen klar erscheinen, am Morgen dagegen nur noch Erinnerungsfetzen sind. Doch wenn es darin um die Zeit und Joseph gegangen war, dann musste sie sich ihre Geschichte für Glenis aufsparen, die alles verstand.

Noch immer zitternd reckte sie einen Arm aus dem Quilt und streckte ihn nach Donal aus, den sie noch nie so berührt hatte, wie sie es gleich tun würde. Beide beobachteten ihren Arm, als kündige er etwas an. Sie fand seine Hand, die nach wie vor heiß vor Angst und Zorn war, und zog daran, so gut sie konnte; zog, bis er begriff, dass er sich zu ihr herunterbeugen sollte. Er sank auf die Knie, während sie den Blick nicht von seinem Gesicht wandte und sah, wie sich seine Stirn glättete und er die Augen schloss. Noch immer konnte sie nichts dagegen tun, dass ihre Zähne klapperten. Sie hob die Hand an seine Schulter und ließ die Finger daran entlanggleiten, bis sie seinen feuchten Nacken erreichten. Ah, da war das, wonach sie gesucht hatte, die Haut dieses Mannes, die sich über seinen kräftigen Körper spannte. Sie schlang die Arme um seinen Nacken und zog seinen Kopf zu ihr heran.

»Komm her«, sagte sie erstaunlich klar. Jetzt klapperten ihre Zähne nicht mehr.

25

Joseph war beinahe schockiert darüber, wie stark sein Körper durch die täglichen Übungsstunden geworden war. Natürlich hatte er in der Highschool auch trainiert, aber so stellte er es sich vor, wenn man Anabolika einnahm. Sein Coach an der Highschool hatte zu Beginn jeder Saison ein großes Drama daraus gemacht.

»Sobald ich einen von euch dabei erwische, leistungssteigernde Mittel einzunehmen, fliegt derjenige sofort aus dem Team. Wenn ihr also bis November eure Muskelmasse verdoppelt, tomatengroße Pickel entwickelt und knurrt wie tollwütige Hunde, weiß ich, dass ihr das Zeug einwerft, und ihr kriegt einen Tritt. Das ist nicht verhandelbar. Wir sind hier beim Ringen und nicht beim millionenschweren Baseball.«

Doch Joseph war nicht in der Highschool oder im Ringer-Team. Jetzt war er nicht mehr die niedrigste Lebensform, ein von der Gesellschaft Ausgestoßener, und er brauchte sich nicht mehr jeden Tag mit seinem Vater auseinanderzusetzen und sich zu fragen, was er bloß falsch gemacht hatte. Sein Vater hatte eine Liste gehabt, die morgens angefangen hatte und bis zum Schlafengehen zu einer drückenden Last geworden war. Besser, er dachte nicht über diesen Teil seines Lebens nach.

Oder es war einfach so, dass die Schultern breiter und die Unterarme muskulöser wurden, wenn man sechzehn war. Der Diener, der ihn ankleidete, erklärte, seine Hemden seien inzwischen zu klein für ihn und sein Hals war breiter geworden. Seine Großmutter hätte das einen Wachstumsschub genannt. Sie hatte ihm erzählt, sein Vater sei einmal in einem Sommer zehn Zentimeter gewachsen. Außerdem hatte sie gesagt, es sei gewesen, als sähe man bei einem wissenschaftlichen Experiment zu, oder wie bei einem dieser kleinen Schwämme, die sich in Scooby-Doo-Figuren verwandelten, sobald man sie ins Wasser legte. Er wünschte sich, seine Großmutter könnte ihn jetzt sehen – wenigstens das fehlte ihm.

Er hatte vier Ringkämpfe gewonnen und sollte bald einen weiteren gegen den besten Kämpfer von Cork bestreiten. Der Colonel hatte seine neue Karriere als Ringer schon genau geplant: Er sollte in allen Gemeinden und in Dublin antreten. Dann hätte er jeden einzelnen Iren geschlagen, der sich einen Ringer nannte. Der Colonel erklärte, Ringen sei ein Sport für Gentlemen. Dabei hätten die Iren nichts zu schaffen, und er hatte vor, den Beweis dafür anzutreten.

Die Kämpfe, die Joseph hier manchmal beobachtet hatte, dauerten bis zu dreißig Minuten. Jeder einzelne seiner

Kämpfe in der Highschool war in weniger als fünf Minuten vorbei gewesen. Josephs Coach hatte sie gelehrt, Muskeln wie ein Kurzstreckenläufer aufzubauen, dazu bestimmt, einem bis zu zehn Minuten maximale Kraft zu schenken. Zehn Minuten waren für einen Kampf schon außerordentlich lang. In seinem zweiten Jahr war Joseph in der Lage gewesen, jeden Gegner zu Boden zu werfen, ehe dieser überhaupt wusste, wie ihm geschah.

Nur ein winziger Gedanke, den er so weit es ging verdrängte, bereitete ihm Sorgen. Alle Männer, gegen die er antrat, waren Ausdauersportler. Sie waren Bauern, die zehn Stunden lang ihre Felder pflügten, Fischer, die Netze einholten, bis ihre Armmuskeln beinahe rissen, und sie konnten einfach immer weitermachen. Wenn es Joseph nicht gelang, einen Mann in seiner Sprinter-Zeit zu Boden zu ringen, konnte es schwierig werden. Bis jetzt hatte er sich mit seiner Geschwindigkeit und Heftigkeit gegen die Ausdauer der anderen durchgesetzt. Er hatte das bessere Training, seine Reflexe waren schneller als bei jedem der Männer, die er herausgefordert hatte, sein Gleichgewicht war fantastisch, und vor allem war er darauf trainiert worden, vom ersten Moment an, in dem er einen Gegner sah, dessen Körper einzuschätzen. Er bildete sich ein Urteil über dessen Gang, dessen Geschmeidigkeit und – was am aufschlussreichsten war – dessen Handschlag, mit dem er ihn begrüßte.

Den ganzen Vormittag trainierte Joseph mit Sean, der nach und nach ein besserer Gegner wurde. Deirdre hatte Owen freundlicherweise andere Pflichten aufgetragen, so dass er nicht mehr zum Training zu erscheinen brauchte. Madigan hatte meist ihre Freude daran, beim Ringen zuzusehen. Der Riesenhund schien der Meinung zu sein, dass seine Rolle in dem ganzen Spektakel darin bestand, sich ins Getümmel zu stürzen, wenn einer der Jungen am Boden lag, und dem Verlierer beide Vorderpfoten auf die Brust zu setzen. *Nimm das!*, schien die Hündin sagen zu wollen.

Joseph hatte Sean die Grundlagen gelehrt, die Regeln, wie man seinen Gegner beobachtet, wie man ihm eine Hand auf die Schulter, den Schenkel oder die Stelle zwischen den Schulterblättern platziert. Sean beklagte sich zwar bitterlich, er werde nie so gut wie Joseph sein, aber er verbesserte sich deutlich. Einmal hatte er Joseph sogar überrascht und ihn zu Boden geworfen. Sean war so verblüfft über seinen Erfolg gewesen, worauf sie sich beide vor Lachen ausgeschüttet hatten. Seitdem waren die Übungsstunden weniger angestrengt verlaufen, und Sean sah einen Funken Hoffnung, dass ihm vom Schicksal noch etwas anderes bestimmt war, als von Joseph durch die Gegend geworfen zu werden.

Sean trabte in Richtung Küche, um sich den Imbiss zu holen, den Deirdre für die Sportler bereitgestellt hatte. Madigan begleitete ihn. Joseph nahm sich noch kurz Zeit für ein paar Dehnungsübungen nach dem Training, etwas, von dem er Sean nicht überzeugen konnte. Während er davonging, um sich ebenfalls in der gemütlichen Küche niederzulassen, hörte er das vertraute Klingen von gehärtetem Metall auf Stein. Er folgte dem rhythmischen Klirren zu der Baustelle an der Gartenmauer. Joseph spürte den Sog, fühlte, wie die Zeit an ihm zupfte, ihn an den Ohren packte und davonzog.

Als er ein kleiner Junge gewesen war und sein Vater gerade begonnen hatte, Steinmauern und ausgefallene Gartenterrassen zu bauen, hatte er ihn am Wochenende mit zur Arbeit genommen. Nicht so oft, denn seine Großmutter hatte energisch darauf bestanden, dass er zu ihr kam, oder Anna hatte gemeint, es sei Zeit, dass er Inlineskating, Felsklettern, Kajakfahren, Schwimmen oder sonst etwas von den Dingen lernte, die sie gut fand. Das war gewesen, bevor seine Tante übergeschnappt war, sich hatte scheiden lassen und danach noch weiter abgedreht war. Aber wenn Joseph mit seinem Vater gegangen war, hatte dieser ihm stets genaue Anweisungen gegeben.

»Nimm deinen Tonka-Laster und bleib da drüben. Komm mir nicht zu nahe, weil ich nämlich Naturstein spalte und du verletzt werden könntest. Verstanden?«

Und Joseph hatte versucht, ein braver Junge zu sein und zu tun, was Patrick ihm gesagt hatte, doch irgendwie war er nie brav genug gewesen. Einmal hatte er seinen gelben Spielzeuglaster mit beiden Armen hochgehoben, da der Ablade-Mechanismus kaputt war, und ihn zu seinem Vater geschleppt, der auf einen riesigen Stein eingeklopft hatte. Und dann war alles so schnell geschehen, so vieles gleichzeitig. Joseph hatte Patrick den Laster entgegengestreckt, sein Vater hatte den Hammer geschwungen, um auf den Stein zu schlagen, der Stein hatte sich gespalten, und Joseph war gestürzt. Der Laster war wie eine gelb-schwarze Spirale in die Luft geschossen, und Joseph war auf dem glatten Rand des Steins gelandet, mit der Hand voraus auf der frisch abgeschlagenen Kante, die scharf wie ein Skalpell war. Ein roter Blutschwall war seitlich aus seiner Hand gequollen. Patrick hatte den Hammer fallen gelassen.

»Kannst du nicht mal zwei Minuten lang keinen Ärger machen? Zwei lausige Minuten? Bist du denn zu gar nichts nutze?«

Joseph fragte sich, ob jeder so von seinen Erinnerungen geplagt wurde wie er. Er konnte die schlimmen Erinnerungen an seinen Vater nicht abschütteln, und gleichzeitig wusste er, dass ihm etwas Wichtiges über seinen Vater entging, an das er sich eigentlich erinnern müsste. Was war das bloß?

Er ging zu dem Steinmetz, der einen kräftigen Pfosten unter einen dicken Felsbrocken hielt, um ihn zu bewegen.

»Kannst du mir mal zur Hand gehen, Bursche? Wird es gehen, dass deine feinen Ringerarme auch mal einen Stein bewegen?«

Oh ja, das konnte er. Hätte sein Vater ihn nur genauso ungezwungen gefragt wie dieser Steinmetz. Und wenn sein Vater nur gezwinkert und gelächelt und ihm das Haar gezaust hätte … Wenn nur …

Deirdre rührte in einem Soßentopf. Der Duft, der daraus aufstieg, ließ Joseph fast ohnmächtig werden. Er hatte noch nie wirklich erlebt, wie jemand vor Vergnügen in Ohnmacht fiel, aber andererseits hatte er auch noch nie etwas wie Deirdres Küche gekostet. Sie kochte eine Menge Gerichte, die eine Mischung zwischen Kuchen und Puddings waren, die zusammengerührt wurden. Ein paar Dinge, die Deirdre zubereitete, konnte er nicht herunterbringen, allerdings nur wenige, und die waren alle mit Innereien. Bei solchen Gelegenheiten drückte er sich, so gut er konnte.

Joseph hatte verschwommene Erinnerungen an seine Mutter, wie sie Zutaten zusammenkippte, während er auf einem Stuhl stand und eifrig darauf wartete, mit seinem Löffel alles umrühren zu dürfen. Aber was erwartete er? Schließlich war er erst vier gewesen, als sie gestorben war. Von da an waren sie nur noch zu zweit gewesen, sein Vater und er. Seine Großmutter war die neutrale Zone gewesen, und sie hatte am Wochenende gern gekocht, doch den Rest der Zeit pflegte sein Vater auf dem Heimweg bei Burger King anzuhalten und Limonade, Burger und Pommes frites mitzubringen. Nichts von alldem hatte Joseph auf Deirdres Kochkünste vorbereitet. Und Taleen, nichts in seinem ganzen Leben hatte ihn auf Taleen vorbereitet. Wenn sie an seinem Essen vorbeiging, schmeckte es sogar noch besser, denn ihr Duft blieb daran hängen wie ein Gewürz.

Der einzige historische Fakt über Irland, den Joseph kannte, hatte mit einer Hungersnot zu tun, aber er wusste nicht, wann genau sie stattgefunden hatte oder stattfinden würde. In Tramore herrschte, soweit er sehen konnte, jedenfalls keine Not. Die Gärten auf dem Gut waren üppig und quollen vor Nahrungsmitteln über; jedenfalls hatten sie es getan, denn jetzt hatten sie Spätherbst, die Ernte war längst vorüber, und die Bäume waren kahl.

»Komm, setz dich. Ich gebe dir einen Teller davon, damit du nicht auf der Stelle vor Sehnsucht tot umfällst«, sagte Deirdre. Sie löffelte eine Art feuchten Kuchen hinein und überzog ihn dann mit einer Kelle von der cremigen Soße.

Joseph machte sich darüber her, bis er schließlich mit dem Finger in der Schale herumwischte und jeden Krümel und jedes sahnige Rinnsal ausleckte. Madigan lag zu Josephs Füßen und hatte den Kopf auf seine Stiefel gelegt. Der Hund folgte jeder Bewegung des Löffels mit dem Blick.

»Was gibt es denn bei deiner Familie zu essen? Ich kann nicht entscheiden, ob du das hier verschlingst, weil es dich an zu Hause erinnert, oder ob du so begeistert bist, weil mein Essen für dich eine neue und seltene Delikatesse darstellt«, meinte Deirdre.

»Meine Mutter ist gestorben, als ich vier war. Sie hatte einen Reitunfall; ihr Pferd hat sie abgeworfen.« Hier würde man verstehen, was ein Reitunfall war.

»Es ist schrecklich, wenn die eigene Mum stirbt«, sagte Deirdre. »Hat dein Vater wieder geheiratet?«

Jedes Mal, wenn Deirdre seinen Vater erwähnte, hatte Joseph das Gefühl, als quetsche ihm etwas Großes, Mächtiges den Schädel ein und drohe ihn zu zerdrücken.

»Nein, er hat nicht wieder geheiratet. Da ist etwas, das mit meinem Vater zu tun hat und an das ich mich erinnern müsste, aber ich kann nicht«, erklärte er und drückte die Handflächen gegen die Schläfen.

»Tut mir leid, Junge. Sprechen wir also lieber vom Essen. Ja, natürlich, es bekümmert dich, von deiner Mum zu reden. Oder ist es dein Vater, der dir Schmerz bereitet?«

»Es ist mein Vater. Aber Sie haben Recht. Reden wir lieber übers Essen.«

Sie probierte einen Löffel von dem Pudding, worauf sie ihr Gesicht verzerrte und nachdenklich die Augen zum Himmel verdrehte.

»Die Kühe sind wieder ins Kohlfeld gelaufen. Das gibt der Milch einen scharfen Beigeschmack. Ich werde Con zu den Hütejungen schicken, damit er ihnen noch einmal erklärt, dass Kühe keine Schweine sind. Schweine können nämlich die Schärfe des Kohls in Muskeln verwandeln. Was ist bloß in die Burschen gefahren? Ich glaube ja, dass sie ein Nickerchen gehalten haben.«

Joseph konnte nichts Unrechtes an dem Pudding finden und dachte, dass Deirdre trotz ihrer vielen Stärken vielleicht doch ein wenig zu pingelig war. Er streckte die Hand nach einem Kuchen in einer runden Form aus, der auf dem Tisch stand, und versuchte ein Stück von dem Boden abzuzupfen, das gefährlich lose am Rand hing. Deirdre gab ihm einen Klaps auf die Hand.

»Finger weg«, sagte sie.

Joseph lächelte. War es so, wenn man eine Mutter hatte – der energische Klaps auf die Fingerknöchel, die ständige Frage nach seinem Wohlergehen? Er stand auf und sah auf die respekteinflößende Frau hinunter, deren strahlend grüne Augen ihn immer wieder verblüfften. Madigan rappelte sich ebenfalls auf, als hätte sie gehört, wie jemand sie rief.

»Ich erinnere mich kaum an meine Mutter, aber Sie sind wie eine Mum zu mir. Haben Sie etwas dagegen, wenn ich so denke?« Noch nie zuvor hatte er *Mum* gesagt, und der Klang des Wortes gefiel ihm.

Das schräg einfallende Sonnenlicht des Nachmittags leuchtete Deirdres Gesicht von der Seite an. »Denk das ruhig, wenn es dir Trost spendet, Junge; wir brauchen alle jeden Trost, den wir bekommen können.« Beide sahen zur Tür, wo Madigan ungeduldig wartete.

»Sie ist noch nicht aus der Schule zurück«, erklärte Deirdre, als könne sie seine Gedanken lesen.

»Ich hatte nicht an Taleen gedacht«, sagte er, obwohl es nicht stimmte.

Deirdre nahm ihn bei der Hand und zog ihn nach draußen. »Du bist ein junger Bursche, und junge Männer sind nicht besonders kompliziert, wenn ich das sagen darf. Ich weiß ja, dass du magst, was ich koche; aber selbst meine gute Küche ist nicht Grund genug dafür, dass du so oft in den Küchentrakt herunterkommst. Du fühlst dich zu ihr hingezogen.«

Als sie auf den Hof traten, von dem man auf den Küchengarten sah, ließ Deirdre seine Hand los. Die kahlen Obstbäume wuchsen an Spalieren an den Gartenmauern, und noch weiter hinten lagen die Stallungen.

»Du brauchst ein Mädchen aus deinen eigenen Kreisen, keine von den Dienstboten. Wenn der Colonel wüsste, dass du Taleen magst, würde das schlecht für sie ausgehen.«

Joseph trat gegen die Überreste eines vertrockneten Kerngehäuses von einem der Obstbäume.

»Was würde Taleen passieren?«

»Er würde es verbieten. Der Colonel ist sehr dagegen, dass Gentlemen sich mit Irinnen einlassen. Womöglich würde er sie fortschicken.«

In diesem Moment trug die feuchte Luft das Quietschen eines Tors heran. Von der oberen Weide her kam Taleen herangelaufen. In der Hand hielt sie ein Buch, das Buch, das Joseph aus der Bibliothek des Colonels genommen hatte. Nichts, was Deirdre dachte, war annähernd so wichtig wie Taleen, die über das Gras glitt und ihr Haar hinter sich her wehen ließ wie dunkle Wellen. Madigan rannte ihr entgegen und tanzte im Kreis um sie herum.

Das ist jetzt mein Leben, dachte Joseph, *und so war es mir schon immer bestimmt.* Das Leben im einundzwanzigsten Jahrhundert war ein einziger großer Irrtum gewesen.

26

Während der nächsten drei Tage stolperten Anna und Donal nur aus dem weißgetünchten Cottage, um sich zu erleichtern oder einen Eimer Wasser hochzuziehen und ihn über ihren schweißüberströmten Körpern auszugießen, die im grellen mittäglichen Schein der Novembersonne glänzten. Einmal trat Anna mit vor Feuchtigkeit gekräuseltem Haar, das sich auf ihrem Hinterkopf zu einem verfilzten Nest bauschte, nackt nach draußen, um die kalte Luft in die Lungen zu saugen. Donal öffnete die Tür, zog sie mit dem Rücken an sich und schlang den Arm über ihre Brust, ähnlich wie ein Rettungsschwimmer.

»Glaubst du, wir werden Feuer fangen?«, fragte Anna und zerschmolz bereits an seiner Brust, als wäre sie eine Rückenschwimmerin und er der Ozean.

»Aye, wir könnten durchaus in Rauch aufgehen. Das hat es schon gegeben, weißt du. An manchen Orten sind Heilige in Flammen aufgegangen und als Asche in den Himmel aufgestiegen.«

Sie drehte den Kopf, um einen Blick auf seine dunklen Bartschatten zu erhaschen. »Verhalten wir uns denn wie Heilige? Meinst du, die Menschen werden sich an uns erinnern und uns heiligsprechen?«

»Ich interessiere mich nicht für Heilige oder dafür, welche Teile unseres Lebens in Erinnerung bleiben werden. Komm wieder nach drinnen, Anna, und dann wollen wir sehen, ob wir auf unserem eigenen Rauch aufsteigen können.«

Würden sie in der Lage sein, eine gemeinsame Sprache zu finden? Anna hatte die Sprache der Technologie, der Geschwindigkeit, des Gesetzes und des Sarkasmus. Und sie hatte Täuschungsmanöver auf Lager, eine dicke Schicht aus Tricks, unter der ihre Welt aus dem einundzwanzigsten Jahrhundert verborgen lag, damit sie nicht herausschaute und sich verlegen und nackt in Ardgroom wiederfand.

Donal besaß die Landessprache, die ebenfalls insgeheim und im Untergrund existierte und die die Engländer nicht verstanden. Darauf, sie in Hörweite der Engländer zu sprechen, stand ein hoher Preis: der Verlust des Arbeitsplatzes, des Rechts, Land oder Haus zu pachten oder noch Schlimmeres. Anna bemühte sich noch immer, sie zu lernen, obwohl ihr Kopf von der Anstrengung zu bersten drohte.

Sie hatte erfahren, dass Kinder für jeden Tag, an dem sie zur Schule gehen durften, einen Spruch hatten. »Sag mir noch einmal einen Tagesspruch auf Irisch vor«, bat sie ihn und fuhr mit dem Finger an seinem Schlüsselbein entlang. Ihr Hemd hing zum Trocknen an einem Haken vor dem kleinen Torffeuer.

»*Molann an abair an fear*«, sagte er. »Die Arbeit preist den Mann.«

Diese Sprichwörter verwirrten Anna, bis sie sich einmal hinsetzte und sich von ihrer uralten Weisheit erleuchten ließ. Danach kamen sie ihr vor wie Fabeln von Aesop oder keltische Glückskekse.

Sie trug ein leichtes Hemd aus Leinen, ein Unterkleid, das noch vor Monaten zu rau für ihre Haut gewesen wäre. Aber alles an ihr war fester geworden, als hätten sogar ihre Hautzellen Krafttraining betrieben; winzige Zellen, die Eisen stemmten. Anna wusste, dass sie abgenommen hatte, doch zum ersten Mal in ihrem Leben konnte sie nicht auf die Waage steigen, um festzustellen, wie viel es war. Stattdessen strich sie mit der Hand über seine Brust und die Stelle, wo sein Arm hätte sein müssen. Er zuckte nicht zurück, als sie die Hand um den dicken Stumpf schlang, der nur wenige Zentimeter unterhalb seiner Schulter endete.

»Du fühlst dich davon angezogen. Wie kann das sein? Als Junge konnte ich es nicht ertragen, ihn anzusehen, weil ich dachte, dass ich die Hälfte meiner Welt verloren hätte. Ein Mann braucht zwei Arme, um sich sein Leben, das heißt einen Beruf und eine Familie aufzubauen.«

Anna fuhr mit den Fingern über das knotige Narbengewebe, die Linie kleiner Einkerbungen, wo einst dicke Stiche die Haut zusammengeheftet und ihm das Leben gerettet hatten.

»Erzähl mir, wie das passiert ist«, sagte sie und legte die Lippen auf seine Narbe.

Während sie darauf wartete, dass er sprach, löste sie ihr Haar und ließ es über die Schultern fallen.

»Vor dreißig Jahren, als ich ein Knabe von acht war, rannten die britischen Truppen durch die Straßen von Cork, um einen angeblichen Aufstand niederzuschlagen. Meine Mum hatte mich in ein sicheres Haus außerhalb der Stadt geschickt; sie und alle anderen wussten, dass die Soldaten kommen würden. Aber ich habe mich zurückgeschlichen. Ich spürte, dass etwas Großes im Gange war, gewaltig wie ein Sturm, und ich wollte unbedingt dabei sein. Ich bog um eine Ecke und fand mich von Soldaten umzingelt wieder. Ich saß in der Falle. Wahrscheinlich war der Soldat selbst noch nicht richtig erwachsen und wollte sich beweisen, indem er sein Herz verhärtete. Mit einem einzigen Schwerthieb, der durch meinen Körper drang, flog mein Arm davon und schlug auf die Straße auf. Den Schmerz habe ich lange nicht gespürt, aber ich war entsetzt darüber, dass mein eigener Arm so weit von mir entfernt lag, das sage ich dir. Ich spürte, wie mich jemand hochhob, und eine Frau trug mich auf den Armen und rannte einen kleinen Durchgang zwischen den Häusern entlang. Sie nahm ihr Umschlagtuch ab und stopfte es um meinen Armstumpf. Ich weiß nicht, warum ich überlebt habe oder wie sie eine Hebamme gefunden haben, die den Stumpf so fest vernähte, dass ich nicht jede Unze meines Bluts wieder in die Erde vergossen habe. Ich erinnere mich noch an ihren Geruch wie von zerstampften Äpfeln, und sogar als kleiner Junge habe ich den Duft eingesogen. Das war das Letzte, woran ich mich während der nächsten Wochen erinnern sollte.«

Anna stand auf, um das Kaminfeuer zu schüren, und legte noch mehr Torf auf. Inzwischen war sie in der Lage, ein einwandfreies Torffeuer zu unterhalten.

»Oft versucht man den Geist eines Volks zu brechen, indem man Kinder verletzt«, meinte sie, ebenso sehr an sich selbst wie an Donal gerichtet. Sie kroch wieder neben ihn, auf den Berg aus Kleidern und Zudecken.

»Aber an dir ist nichts zerbrochen«, sagte sie und rieb mit der Handfläche kreisförmig über seinen Leib.

Donal wälzte sich auf die Seite und zog sie an sich.

»Du reparierst eben alles, was es zu heilen gibt. Wenn du nicht aufhörst, wächst mir am Ende noch ein neuer Arm.«

Später, als sie das Bein unter den Decken herausstreckte, um der Hitze darunter zu entrinnen, strich er mit dem Fuß an ihrer Narbe entlang.

»Dann hat also das Meer dir sein Zeichen aufgedrückt«, erklärte er und ließ den Blick über ihren Unterschenkel wandern, wo sich die Narbe wie ein Rennstreifen vom Knie bis zum Fußknöchel erstreckte. »Auf die eine oder andere Weise gilt das für fast alle hier.«

Bis auf die Hebamme, die ihr Bein genäht hatte, und Glenis und Tom hatte bisher niemand ihre Narbe zu Gesicht bekommen. Anna hatte noch nie so eine hochrote oder so große Narbe gesehen. Sie rieb sich über das Bein.

»Mit der Zeit wird sie heller werden. In einem Jahr sieht sie nicht mehr so entzündet und rot aus«, sagte sie. Eine Wolldecke bedeckte ihre Körper nur teilweise. Sie waren noch erhitzt vom Sex, und keiner von ihnen konnte noch mehr Wärme gebrauchen. Anna schmiegte sich an seine Seite und reckte sich ausgiebig und genüsslich. Sie wölbte das Rückgrat und presste ihren Bauch an ihn, so dass ihr Körper einen Bogen bildete.

»Anna, ich glaube, du machst genauso gern Liebe wie ein Mann. Ich will ja nicht klagen, im Gegenteil, aber ich wusste nicht, dass so etwas möglich ist.«

Sie richtete ihr Rückgrat wieder gerade, stützte sich auf den Ellbogen hoch und schob die langen Haarsträhnen von den Schultern. Sie sah ihn an, diesen Mann aus einer Zeit vor AIDS, Genitalherpes und Papillomaviren, der bisher nur mit der Frau geschlafen hatte, die seine Ehefrau gewesen war und ihre gemeinsamen Kinder zur Welt gebracht hatte. Wie konnte sie ihm erklären, was es hieß, in der Kultur des zwanzigsten und einundzwanzigsten Jahrhunderts aufzuwachsen?

Sie legte das Kinn auf ihre vor der Brust verschränkten

Arme, so dass sie ihn direkt ansehen konnte. »Die meiste Zeit sorgt sich eine Frau beim Geschlechtsverkehr, sie könnte schwanger werden, vor allem, wenn sie das nicht möchte. Das mindert ihr Vergnügen, so dass sie sich im Augenblick der größten Lust fühlt, als wäre sie allein und nicht mit ihrem Mann zusammen. Oder sie möchte unbedingt ein Kind bekommen und kann nur daran denken und nicht daran, was gerade geschieht, an das Wunder, dass zwei Menschen zu einem verschmelzen.«

Er setzte sich auf, woraufhin Anna von ihm herunterkugelte wie eine Katze. »Ist das für dich so?«, fragte er. »Hattest du das Gefühl, wir würden miteinander verschmelzen? Denn was auch immer dir passiert ist, es war etwas sehr Großes und beinahe Erschreckendes.«

Im Jurastudium war die Wortwahl wichtiger als alles andere; jedes Wort hatte eine genau bemessene Kraft und Bedeutung zu tragen. Worte bedeuteten alles. Aber sie hatte noch nie versucht, einen Orgasmus in Worte zu fassen. Wie sollte sie das jetzt anstellen, da ihr nur Begriffe aus dem neunzehnten Jahrhundert zur Verfügung standen? Am liebsten hätte sie einen Vergleich zu Zügen mit glücklichen Wagons gezogen, die mit unglaublicher Geschwindigkeit über Gleise rasten, funkensprühend explodierten und dann selig seufzend in einen warmen Bahnhof tuckerten. Nein. Gern hätte sie auch Analogien zum Fallschirmspringen oder Paragliding bemüht, den Extremsportarten, an denen sie sich im Urlaub in Cancun versucht hatte. Nein, so ging das nicht.

»Es ist so, als ob wir beide einen Fluss hinunterschwimmen. Zuerst treiben wir, Hand in Hand, den Fuß des anderen gefasst oder irgendwelche anderen Körperteile, von denen wir das vielleicht am wenigsten erwarten würden, hierhin und dorthin. Und dann strömt der Fluss schneller, wirbelt uns über Stromschnellen, an denen uns fast das

Herz stehen bleibt, so dass wir uns aneinanderklammern müssen, und es ist, wie wenn wir von innen heraus zerfließen würden. Nicht in einer Hitze wie von einem Schmiedefeuer, aber so heiß, als hätten sich die kleinsten Teile unserer selbst ausgedehnt, und mit jedem Pulsieren sehen wir in unserem Kopf ein blendendes, grelles Farbenspiel, das direkt von unseren Geschlechtsteilen aufsteigt…« – ein Begriff, den Anna nach reiflicher Abwägung aller Möglichkeiten gewählt hatte –, »und wir werden mit einem Gefühl, das ebenso entsetzlich wie fast gottgleich ist, von dem tobenden Fluss davongerissen. Und wenn wir glauben, dass wir es keine Sekunde länger aushalten können, ohne uns in einer himmlischen Sternenexplosion aufzulösen, hören wir vor uns einen gewaltigen Wasserfall dröhnen, und wir haben keine Möglichkeit anzuhalten. Die Strömung packt uns und schleudert uns hin und her, und plötzlich sind wir über die Krone des Wasserfalls geschossen, fliegen engumschlungen durch die Luft und wissen nicht, ob wir leben oder sterben werden. Die Schwerkraft zieht uns hinunter, und wir drehen uns und stürzen mit dem Kopf voran zur Erde zurück. Ein kleiner See fängt uns auf, benommen, atemlos und überwältigt, wie wir sind. Wir sinken unter die Wasseroberfläche, und schließlich kommen wir nach oben, um Luft zu schnappen, und schleppen uns an ein sandiges Ufer, wo wir nichts anderes tun können, als einander anzusehen und nach Atem zu ringen. So ist das.«

Donal legte die Hand auf ihren Hinterkopf und zog sie an sich. »Aha«, sagte er. »Das hatte ich mir schon gedacht.«

27

Vor über einer Woche hatte Anna sich noch gefragt, ob ihre Familie und ihre Freunde sie wohl vergessen oder ihre ehemaligen Kommilitonen ihre Anrufe bei ihr eingestellt hatten. Hatte jemand Joseph und sie als vermisst gemeldet? Oder hatte man sie angezeigt, Joseph entführt zu haben, diesen nervenaufreibenden Minderjährigen?

In den ersten paar Monaten, nachdem sie durch einen Abgrund in der Zeit gestürzt war – eine Rutschpartie, die sie im Jahr 1844 abgesetzt hatte –, da hatten diese Gedanken sie furchtbar belastet. Doch jetzt wurden sie schwächer und erschienen weniger dringlich. Sie unterließ ihre Versuche, sich mit Quantenphysik und der Stringtheorie der Zeit zu beschäftigen. Offensichtlich hatte die Zeit ihre eigenen Gesetze, und nur weil sie diese nicht erklären konnte, war das noch kein Grund, sie zu leugnen. Anna sehnte sich nicht mehr danach, die exakte Formel herauszufinden. Wie sich herausstellte, hatte sie jede Menge anderer Sehnsüchte, die hochkochten und sich Bahn brachen, wogende primitive Begierden. Aber nicht nach Formeln; stattdessen begehrte sie diesen Mann, der neben ihr auf der Sitzbank des Karrens saß und nachlässig mit den Zügeln knallte, mehr so etwas wie ein lederner Stups. Sie waren völlig aus dem Zeitplan geraten – nicht, dass Iren sich an irgendwelche Zeitpläne gehalten hätten –, allerdings waren sie mehrere Tage länger als geplant in dem Häuschen in Ardgroom geblieben. Doch das Schmuggelhandwerk musste sich nach den Routen der Schiffe richten, die ihrerseits der Willkür von Meer und Wind unterlagen. Letztendlich wurden sie alle vom Meer geleitet. Und sie gehörte jetzt zu den Schmugglern.

Anna definierte sich für gewöhnlich durch ihre Fähigkeit, Schmerz zu ertragen; wie sie wusste, war das die bestmögliche Eigenschaft für eine junge Anwältin in einer großen Kanzlei, die kurz vor einer Expansion stand. Während ihres ersten Jahrs hatte sie zufällig mitgehört, was einer der Partner über sie gesagt hatte. »Jede Firma hat ihr Arbeitstier, und unseres ist Anna.« Sie war zwar ein wenig pikiert darüber gewesen, mit einem animalischen Wesen in Verbindung gebracht zu werden, aber insgeheim war Anna stolz darauf gewesen und hatte noch härter gearbeitet. Aus ihrer Siebzig-Stunden-Woche wurden unmerklich achtzig Stunden Anwesenheit. Irgendwann zwischen dem ersten und dem dritten Jahr hatte ihr Mann sich in eine Frau verliebt, die vollkommen zufrieden damit gewesen war, als leitende Rezeptionistin in einer Zahnklinik zu arbeiten; der Zahnklinik, in der Anna und Steve sich zweimal im Jahr die Zähne reinigen ließen und wo man Anna den Weisheitszahn gezogen hatte. Die Frau hieß Rita. Und Anna musste zugeben, dass Rita lebhaft, positiv eingestellt und attraktiv gewesen war und in der Lage, sich gelegentlich verletzlich und hilflos zu geben. Gerade genug, um Steves Aufmerksamkeit zu erwecken. Und zufällig ließ Rita sich scheiden und brauchte einen Anwalt.

Der Pferdekarren holperte über eine tiefe Delle in der Straße, und Anna kehrte mit einem Ruck ins Hier und Jetzt zurück.

»Wartet eigentlich in Amerika ein Mann auf dich? Habe ich einen Rivalen, den ich verprügeln muss?«, wollte Donal wissen.

Anna fragte sich, ob ihre Gedanken ihr von der Stirn abzulesen waren.

»Ich war einmal verheiratet, aber er hat mich verlassen.«

»Dann ist er für immer fort?«

»Ja.«

»Umso besser für mich. Und was für ein Schwachkopf er war. Dein Männergeschmack hat sich eindeutig zum Besseren gewendet.«

»Eindeutig«, bestätigte Anna.

Sie fuhren weiter nach Kinsale. Und mit jedem Schritt, den das Pferd tat, ließ sie das enttäuschende Leben aus Beinahe-Babys und abtrünnigen Ehemännern weiter hinter sich und fühlte sich neben Donal immer realer. Durch ihre Leidenschaft war sie ein neuer Mensch, obwohl weder sie noch Donal von Liebe gesprochen hatten, und sie wollte diesen Mann nicht verlassen.

Während ihrer Kindheit und Jugend war ihre Fähigkeit, augenblicklich die Stimmung in einem Raum aufzunehmen und Anzeichen von Gefahr zu entdecken, für sie so wichtig gewesen wie die Luft zum Atmen. Wenn sie Erfolg als Schmugglerin haben und Donal und Glenis helfen wollte, musste sie lernen, ihre Umgebung genauso scharf wahrzunehmen.

Aber die Kultur und die Zeit verlangsamten ihr Tempo, und wenn sie die beiden und auch den Rest der tapferen Schmuggler beschützen wollte, musste sie sich darauf konzentrieren, die sozialen Signale im Jahr 1844 zu verstehen. Sie war sich sicher, dass ihr der Großteil der nonverbalen Kommunikation entging, und sie fragte sich, ob sich das Asperger-Syndrom so anfühlte: dieser Eindruck, dass man unfähig war, die entscheidenden Nuancen der Kommunikation wahrzunehmen.

Donal und sie hatten bei einem Schmied angehalten, um das Pferd zu tränken. Was hatte es zu bedeuten, dass drei Männer in der Scheune verstummt waren, als sie hereingekommen war? Strahlte ihr Verhalten etwas Merkwürdiges aus? Oder war sie eine echte Außenseiterin – war an ihr etwas so unübersehbar Fremdartiges, dass jeder es spürte?

Als das Pferd ausgeruht und getrunken hatte, fuhren sie weiter.

»Warum haben die Männer aufgehört zu reden, als ich eingetreten bin?«, fragte sie Donal.

»Wahrscheinlich waren sie erstaunt darüber, dass eine Frau in die Schmiede gekommen ist, und das umso mehr, da sie weder dich noch deine Familie kannten. Mehr hatte das nicht zu bedeuten«, antwortete Donal. Das Verhalten der Männer hatte ihn offensichtlich nicht so sehr beeindruckt wie Anna. Er verlagerte sein Gewicht auf dem Holzsitz.

Das Leben in der Vergangenheit fühlte sich an, als wäre sie ohne Reiseführer auf Madagaskar ausgesetzt worden. Jede Zeit hatte ihre Gebräuche und Sprache, ihre Insider-Witze und Sehnsüchte. Ihr einziger Vorteil war, dass sie historische Fakten vorauswusste, und da war sie sich nicht immer sicher, ob es korrekt war. Dann gab es Probleme, die mit ihrer Geschlechtszugehörigkeit zu tun hatten, dem Umstand, dass Frauen manches einfach nicht taten, und sie würde aufmerksamer sein müssen. Aber sicher würde doch ihre Fähigkeit, eine Lage einzuschätzen – die Art, wie sie in einen Raum voller Anwälte, Verteidiger und Staatsanwälte treten und vorhersagen konnte, wer den ersten Schachzug tun würde –, sich der Zeit gegenüber durchsetzen.

Stück für Stück verlor die Zukunft ihren Einfluss auf sie. Anna hatte sich geschworen, Joseph zu finden, doch sie war sich nicht mehr sicher, was passieren würde, wenn es so weit war. Als wäre sie das jemals gewesen.

Alles in allem brauchten sie vier Tage für den Rückweg von der Beara-Halbinsel bis nach Kinsale. Jede Nacht schliefen sie im Schutz des Karrens. Aus Furcht vor marodierenden

Milizen mieden sie die Küstenstraße, vor allem jetzt, nachdem in Glengarriff Schmuggler festgenommen und getötet worden waren. Als sie nach Kinsale hineinfuhren, war es schon dunkel. Donal hatte den Karren noch nicht ganz angehalten, als Anna schon absprang und zur Tür von Toms und Glenis' Haus rannte.

»Glenis? Ich bin zurück. Wo steckst du?«

Sobald Anna die Tür öffnete, spürte sie die Furcht, die beinahe greifbar in der Luft lag. Die Kinder waren zu still, ihre weichen Körper zu starr aufgerichtet und ihre Kiefer zusammengepresst. Sie sah sich nach ihrem Vater um.

»Wo ist euer Vater, Michael?«

Mit einer Hand hielt Michael eine Hacke umklammert und zog mit der anderen einen Wetzstein über die Metallschneide. Der Junge schaute nicht auf.

»Er ist drinnen bei unserer Mutter. Sie hat Bauchschmerzen.«

So schnell sie konnte, durchquerte Anna den zentralen Raum mit dem Kamin, in dem eine bedrückende Atmosphäre der Krankheit herrschte, und lief zu dem Nebenraum, in dem Glenis und Tom schliefen. Sie hörte leise Stimmen und erkannte zwar Toms Stimme, die andere jedoch nicht. Mit dem angewinkelten Zeigefinger klopfte sie an die Tür, aber sie wartete nicht, bis sie hereingerufen wurde, sondern schob sie gleichzeitig auf.

Glenis' Gesicht wurde nur noch von Grau beherrscht, dem Grau vergifteten Bluts, von Sauerstoffmangel und Angst. Ihre Augen lagen tief in den Höhlen. Auf einer Seite des Betts stand Tom, während eine Frau die Decke fester um Glenis' Schultern stopfte.

Glenis wandte den Kopf zur Seite, um zur Tür zu sehen.

»Anna«, sagte sie und stieß den Namen so fest aus den Lungen, dass die Anstrengung ihr die Kehle zu zerreißen schien.

Rasch sah Anna zu Tom, der ihrem Blick gefasst, ohne mit der Wimper zu zucken, standhielt, eine Sprache, die Katastrophen vorbehalten war. »Sag mir, was los ist. Als ich sie zuletzt gesehen habe, war sie stark und gesund, und das ist erst zehn Tage her.«

»Das ist Mrs Eveleen O'Donohue, die bei allen Frauen die Kinder auf die Welt holt. Wir haben auch eine Nachricht an den Arzt der Gemeinde geschickt, aber man hat uns gesagt, er sei zu weit fort und behandele Patienten, die einen ganzen Tagesritt von hier entfernt leben.«

Anna nickte der Frau, die am Bett stand, zu.

»In ihrem Leib befindet sich eine Art Gift. Sie ist schwanger, aber etwas stimmt ganz und gar nicht. Ich habe das schon früher erlebt; das Kind hat sich außerhalb ihres Schoßes eingenistet. Ihrer Hautfarbe nach zu urteilen blutet sie innerlich. Der Körper kann das Baby nicht loswerden, und das Fieber hat die Oberhand gewonnen.«

Eine Eileiterschwangerschaft. Anna wusste, dass sie keine Möglichkeit hatten, etwas gegen diese katastrophale medizinische Notlage zu unternehmen. Das hätte nur eine Operation gekonnt, bei der man den geplatzten Eileiter entfernt hätte. Bei ihren drei Fehlgeburten hatte Anna sich intensiv mit allen denkbaren Problemen beschäftigt, die sie daran hindern konnten, eine Schwangerschaft bis zum Ende auszutragen. Die schlimmste dieser Möglichkeiten war eine Eileiterschwangerschaft, weil sie die Mutter in tödliche Gefahr brachte.

Aber doch nicht Glenis. Das konnte nicht Glenis passieren, die Anna gegen gefährliche Gerüchte, sie sei eine Spionin, Verräterin oder Außenseiterin, verteidigt hatte. Nicht Glenis, die Anna das Haar geflochten und ihr geholfen hatte, es zu waschen, obwohl sie sie vor zu häufigem Baden gewarnt hatte; Glenis, die sich angesichts von Annas Füßen,

Schuhgröße einundvierzig, vor Lachen ausgeschüttet hatte. Nicht Glenis, die wusste, woher – und aus welcher Zeit – Anna kam. Nicht Glenis.

Tom trat an das Bett und nahm ein Tuch. Er tauchte es in einen Wasserkrug, wrang es aus und legte es seiner Frau auf die Stirn. Dann tauchte er einen Finger ins Wasser und ließ einen Tropfen auf ihre Lippen fallen. Ihre Zunge, mit der sie nach dem Wasser suchte, sah aus wie die eines Mastschweins, nur dass sie trocken und hart war. Anna sah sogar aus zweieinhalb Meter Entfernung, dass ihre Zunge tief eingerissen war. Eveleen legte Anna die Hand auf den Arm, schob sie aus dem Zimmer und schloss die Tür hinter sich. So weit wie möglich von den Kindern entfernt drückten die zwei sich in eine Ecke.

»Viel länger wird sie nicht mehr bei uns sein. Wenn sie morgen früh noch lebt, ist es ein Wunder«, erklärte die Hebamme.

»Sie liegt im Sterben? Als ich mich von ihr getrennt hatte, war sie vollkommen gesund. Sicher, sie hat gemeint, diese Schwangerschaft fühle sich anders an. Aber andererseits war es bei jedem der Kinder anders und hat sich anders angefühlt.« Anna wusste, wie alles kommen musste, konnte sich jedoch nicht überwinden, es auszusprechen.

Eveleen war fünfzehn Zentimeter kleiner als sie und sprach leise, so dass Anna gezwungen war, die Knie zu beugen und den Kopf näher an sie heranzuziehen. Beide Frauen sahen zu den Kindern hinüber und senkten ihre Stimmen noch weiter.

»Selbst wenn in diesem Moment ein Arzt käme und ihr den Bauch aufschnitte, gäbe es keine Rettung für sie oder das Kind. Der Schoß ist die einzige Stelle, an der ein Kind richtig wächst. Manchmal versuchen fehlgeleitete Kinder, sich außerhalb des Schoßes oder an den verrücktesten Orten einzunisten. Das ist das Schlimmste, was ihr passieren konnte, fast genauso schlimm wie nach einer Geburt zu verbluten. Ich rieche die Entzündung; das ist ein Geruch, auf den ich eingestimmt bin, ein süßlicher Fäulnisgeruch, und wenn dies im Inneren des Körpers begonnen hat, kann ich nichts mehr tun.« Die Hebamme ließ den Kopf hängen und presste die Handflächen auf die Augen. Ein Schauer überlief Eveleens Körper, und dann sprach sie weiter. »Glenis hat mir gesagt, sie müsse mit Ihnen sprechen. Sie müssen also wieder hineingehen, ganz dicht an sie heran. Sagen Sie ihr, dass Sie da sind. Sie hat grauenhafte Schmerzen, allerdings kenne ich das Mädel, seit sie ein Säugling war. Mit meinen eigenen Händen habe ich sie auf die Welt geholt. Sie wird nicht sterben, bevor sie mit Ihnen gesprochen hat.«

Winzige schwarze Punkte tanzten in Annas Blickfeld. Sie nickte und befahl ihren Füßen, sich zu bewegen. Sie trug die Stiefel, die Glenis für sie eingetauscht, das Kleid, das sie für sie abgeändert, und das Umschlagtuch, das sie für sie gestrickt hatte.

Eveleen trat wieder ins Zimmer. »Lass die beiden Frauen kurz allein, Tom. Deine Kinder da draußen sind halbtot vor Angst.«

Als Tom gegangen war, trat Anna ans Bett und sank auf die Knie. Sie hörte Donals Stimme, den Tom im vorderen Zimmer begrüßte, und beugte sich über Glenis. »Ich bin hier, Glennie«, flüsterte sie. »Ich bin's, Anna. Ich weiß, was los ist, die Hebamme hat es mir gesagt.« Sie fand Glenis' Hand, die kalt und bereits wächsern war.

Mit unsäglicher Mühe konzentrierte sich Glenis und öffnete die trockenen Lippen. Anna tauchte das Tuch wieder ins Wasser und ließ ein paar Tropfen in ihren Mund fallen. Glenis sprach quälend langsam. »Du … musst … zurückgehen«, sagte sie.

Damit hatte Anna nicht gerechnet. »Nein, ich habe dir doch erzählt, dass ich nicht weiß, wie ich zurückkehren soll. Und ich würde es nicht einmal tun, wenn ich könnte. Das wollte ich dir sagen. Ich will bleiben und weiter nach meinem Neffen suchen. Wenn er die Reise aus meiner Zeit in diese überlebt hat, können wir uns hier ein neues Leben aufbauen …«

Mit erschreckender Kraft betonte Glenis jedes Wort. »Es ist falsch, dass du hier bist. Geh zurück, Anna. Du musst einen Weg finden, um unser aller willen. Pass auf den Eckstein auf!«

Glenis keuchte, und ihr Kopf fiel auf das Kissen zurück.

»Glennie! Sag mir, warum. Hat Biddy Early dir das aufgetragen? Und wie soll ich das anstellen? Du musst es mir jetzt sagen. Was hat es mit dem Eckstein auf sich?«

Doch Glenis bekam keine Luft, und ihre Augen verdrehten sich, so dass das Weiße zu sehen war. Anna stürzte zur Tür. »Eveleen, bitte, sie kann nicht atmen.«

Und von diesem Punkt an geleitete die Hebamme sie durch alle Stadien der Erkenntnis. Sie holten die drei Kinder herein, damit sie Abschied nahmen. Ihre artige Gefasstheit brach Anna fast das Herz. Michael hielt seine kleinen Schwestern an den Händen und führte sie an das Bett. Als die jüngste, die kleine Nuala, die Fassung verlor, hob er sie hoch, und sie schlang ihre Arme und ihre Beine um ihn. Von da an ging Glenis' Atem in ein Rasseln über, als müsse er sich über Steine schleppen, und ihre Augen blieben geschlossen.

»Jetzt dauert es nicht mehr lange«, flüsterte Eveleen Glenis ins Ohr. Tom kniete gebeugt neben dem Bett und legte den Kopf auf die Brüste seiner Frau.

»Oh Liebste, Liebste, bleib bei mir«, bat er sie, während ihre Atemzüge in immer größeren Abständen kamen. Alles an Tom schien weicher zu werden, seine Lippen, seine Hände, seine Stimme.

Ist es das?, dachte Anna. *Ist es so einfach und so entsetzlich, dass mit einem Mal, abrupt, der Atem stoppt, und das war es?*

Die Pausen zwischen den Atemzügen wurden immer länger, und dazwischen war Toms Flüstern zu hören. *Liebste, meine Liebste.* Und dann stieß Glenis die Luft aus und sog sie nicht wieder ein, wie wenn sie sich mitten im Satz unterbreche. Glenis atmete nicht mehr und lag still.

Anna hatte noch nie jemanden sterben gesehen. *Ich bin erst vierunddreißig,* sagte sie sich, als sei es eine Versicherung gegen den Tod, vierunddreißig Jahre alt zu sein. Plötzlich wünschte sie sich, sie wäre noch jünger und spüre den flüchtigen Eindruck einer schützenden Familie um sich, die sie eigentlich nie gehabt hatte.

Frauen machten die Leiche zurecht. Sie baten Anna um Hilfe, und sie willigte ein. Als die älteren Frauen zu heulen begannen, wurde ihr richtig klar, wie allein sie war. Sie wusste, dass dieses Geräusch die Totenklage war – sie hatte das Wort schon einmal gehört –, aber warum jaulten sie so entsetzlich und rauften sich das Haar? Eine der Frauen rieb sich Erde ins Gesicht, und ihre Tränen zogen Schlammspuren über ihre Wangen. Wäre Glenis da gewesen, hätte Anna sich im Flüsterton an sie gewandt. »Was tun die Frauen? Warum kreischen sie so?« Sie hätte ihre Freundin gefragt, ihre Wahlschwester, den einzigen Menschen, der gewusst hatte, dass Anna weder von hier noch aus dieser Zeit stammte.

Nachdem die Frauen Glenis' Körper gewaschen und angekleidet, ihren Kiefer mit einem Stoffstreifen festgebunden und Münzen auf ihre Lider gelegt hatten, bahrten sie Glenis in der Mitte der Hütte für einen Tag und eine Nacht auf einem Brett auf. Ein ständiger Strom von Trauergästen kam und ging. Anna drückte sich mit dem Rücken an die Wand und blieb. Sie schwor sich, Glenis keinen Augenblick allein zu lassen. Donal wich kaum von Toms Seite, und wenn, dann nur, um die Kinder zu einem Spaziergang mit nach draußen zu nehmen.

Als die Sonne unterging, kam eine Gruppe junger Männer herein, die nach Whisky stanken und ein Lied sangen, das besser in ein Pub gepasst hätte. Tom stand auf und fiel wie ein Löwe über sie her.

»Nicht hier, nicht bei Glennies Totenwache, ihr betrunkenen Bastarde!«

Die jungen Männer mit den rot angelaufenen Wangen wurden vor Schreck augenblicklich nüchtern. Tom stieß denjenigen, der ihm am nächsten war, gegen die Wand, so dass die ganze Hütte bebte. Zwei Männer hielten Tom fest. »Du weißt doch, dass es so üblich ist, Tom«, meinten sie. »Es ist nicht ihre Schuld.«

28

Anna und Donal blieben noch eine Woche nach dem Begräbnis in der Scheune hinter dem Haus. In den Tagen unmittelbar nach Glenis' Bestattung hätte Anna gern die Hand nach Donal ausgestreckt, aber sie war wie gelähmt vor Trauer. Sie hatte Glenis nur ein paar Monate gekannt, Donal dagegen hatte sie gekannt, seit sie auf die Welt gekommen war. Glenis war seine Cousine und sein Leben lang seine Gefährtin gewesen, und sie konnte seine Trauer und seinen Schmerz förmlich riechen.

Glenis zu verlieren, das war zu viel. Alle Platinen in ihrem Hirn dampften, rochen stechend nach durchgebrannten

Drähten und lähmten die Verbindung zu ihren Stimmbändern. Anna versuchte zu sprechen, aber sie hatte vergessen, wie man das bewerkstelligte. Nachdenken konnte sie noch, und sie überlegte, wie merkwürdig, wie seltsam es war, dass sie hier im Jahr 1844 verschmorte Elektrodrähte roch, während niemand anderer dazu in der Lage war, weil sie noch nicht erfunden waren. Donal konnte keine Elektrodrähte riechen, und Glenis würde jetzt nie, nie mehr in der Lage dazu sein.

So wäre es also gewesen, eine Schwester zu haben. Bevor sie durch die Zeit gerutscht war, um in Toms und Glenis' Obhut aufzuwachen, hatte sie ja keine Ahnung gehabt, dass sich das Zusammensein mit einer Schwester anfühlte, als lebe man in einer Walnussschale. Glennie war die eine Hälfte gewesen und sie die andere, verbunden durch eine schmale, aber unverzichtbare Brücke. Sie hatte schon Freundinnen gehabt, aber noch nie jemanden, der so für sie eingestanden hatte wie Glennie, als sie auf O'Connell davongeritten war und Mann, Kinder und ihr florierendes Schmuggelgeschäft hinter sich gelassen hatte. Noch nie hatte es jemanden wie Glenis gegeben, nicht während des Jurastudiums und schon gar nicht bei der aufreibenden Arbeit in der Kanzlei.

Anna war sich nicht sicher, was Donal tat, wenn er über Tag die Scheune verließ; nachts kehrte er zurück und schlief bei ihr. In der Scheune hielten sie sich in den Armen, ohne sich zu lieben, und sogen den warmen Duft der Kuh und des Pferdes ein. Nach dem Begräbnis hatte O'Connell, Glennies heldenhaftes Pferd, eine so unruhige Nacht verbracht, dass Anna sich Donals Mantel über die Schultern warf und zu ihm ging. Sie flüsterte ihm zärtliche Worte zu, berührte ihn und redete mit ihm. Schließlich schmiegte sie das Gesicht an seinen Hals und schlang die Arme um ihn. Tom fand sie, wie sie schluchzend das Pferd an sich drückte.

»Als O'Connell sie zurückbrachte, hatte sie schreckliche Schmerzen. Glennie sagte, es habe ein paar Stunden, nachdem sie Biddy Early verlassen hatte, angefangen. In dieser furchtbaren Not ist sie zwei Tage geritten«, verriet Tom.

»Und O'Connell ist wirklich Glennies Pferd?«

»Aye. Die beiden konnten es kaum ertragen, getrennt zu sein. Sie hat ihr Pferd nur diesem einen Nachbarn anvertraut. Du weißt doch noch, dass wir nicht zu viele Pferde besitzen dürfen, oder?«

Anna erinnerte sich. Es gab vieles, was sie über Glenis nicht wusste.

An einem dieser Tage trat Anna blinzelnd ins Sonnenlicht hinaus und sah Donal und Tom, die mit einer Ladung getrocknetem Torf zurückkehrten. Die beiden Männer luden die dunklen Quader von dem Karren ab und brachten sie ins Haus. Als sie fertig waren und Tom mit seinen drei traurigen Kindern zurückblieb, trat Anna schüchtern zu Donal, wie wenn sie zum ersten Mal mit ihm spräche.

»Würdest du mir von Glennie erzählen? Mir erzählen, wie sie als Kind war?«

Donal wischte sich die Hand an seinen Hosenbeinen ab. Einen Moment lang hielt er inne, und es sah aus, als betrachte er Bilder, die rasch an ihm vorbeizogen, und versuche, sich eines auszusuchen.

»Oh, sie war ein kratzbürstiges Neugeborenes, das pausenlos schrie.«

Anna stellte sich die kleine Glennie vor. Zum ersten Mal seit ihrer Rückkehr nach Kinsale stieg so etwas wie ein Lachen in ihr auf. Donal nahm ihre Hand, und sie gingen zurück zur Scheune, wo sie sich auf dem Heuboden, den sie für sich beansprucht hatten, niederließen.

»Was hat sie zu dir gesagt?«, wollte Donal wissen. »Tom glaubt, dass sie unbedingt am Leben bleiben wollte, bis du kamst. Nachdem sie mit dir geredet hatte, hat sie nie wieder gesprochen.«

Die Tage seit der Beerdigung lagen für Anna wie in einem feuchten Nebel. Sie hatte seit ihrer Rückkehr nichts gegessen; zumindest erinnerte sie sich nicht und konnte sich gar nicht mehr vorstellen, wie man aß, wie etwas durch ihre vor Trauer zugeschnürte Kehle rutschen sollte.

»Sie hat gesagt, ich müsse nach Hause zurückkehren.«

Anna wusste, dass sie sorgfältig darauf achten musste, wie sie das alles Donal gegenüber formulierte.

»Das ist alles. Sie hat mir gesagt, ich soll nach Hause fahren«, wiederholte Anna. Den Teil mit dem Eckstein ließ sie aus.

Donal drückte ihr etwas in die Hand, irgendeine Art gerösteter Kartoffel, die er aus einem abgedeckten Krug genommen hatte. Er führte ihr die Hand an die Lippen, und sie nahm die Kartoffel in den Mund. Speichel, der anscheinend tagelang verschwunden gewesen war, bildete sich und traf auf die Knollenfrucht. Sie fuhr mit der Zunge darüber; sie schmeckte so, wie Glennie gerochen hatte, als sie gemeinsam im Freien übernachtet hatten: nach frischer Seeluft, Erde und irgendwie überraschend.

Anna wusste, was Glennie gemeint hatte, nämlich dass sie nach Hause, in ihre eigene Zeit zurückkehren solle. Ihre Anwesenheit hier würde womöglich die Gegenwart und die Zukunft verändern. Glennie war der einzige Mensch gewesen, der Bescheid gewusst hatte, bis auf diese Biddy Early, zu der Glennie geritten war, um sie in Limerick aufzusuchen. Irgendwo da draußen wusste eine Frau, dass Anna aus der Zukunft stammte. Und sie wusste, wie verzweifelt Anna nach Joseph suchte.

Sobald sie den ersten Bissen geschluckt hatte, legte Donal ihr noch ein Stück gebratene Kartoffel in die Handfläche.

»Sie hat nicht von uns gewusst, Anna. Hätte sie es gewusst, hätte sie dir nicht gesagt, dass du nach Hause fahren sollst. Ich habe Glenis mein ganzes Leben lang gekannt, und sie hätte mir nur ins Gesicht zu sehen brauchen, um es zu wissen …«

Verlegen unterbrachen sie sich beide. Anna schluckte das Stück Kartoffel hinunter und sah Donal an. Sie legte die Hand auf seine Brust, an die Stelle, wo sie unter seinen Rippen sein großes Herz vermutete. Er platzierte die Hand auf ihr zu weites Kleid, unter ihre Brust, so dass sie sich wie ein Vögelchen in seine Handfläche schmiegte.

»Glennie war auf der Seite der Lebenden. Als meine Frau und meine Söhne starben, hat Glennie mich daran gehindert, mir die Kehle durchzuschneiden oder zur Flasche zu greifen. Sie hat mir erklärt, ich solle ihnen Ehre erweisen, indem ich lebe. Die Toten, die Feen und Gott, sagte sie, würden alle traurig, wenn wir das, was es in diesem Leben zu sehen und zu riechen gibt, wegwerfen. Wenn wir singen, singen sie ebenfalls. Wenn wir lieben, lieben sie auch.«

Sie ließen sich in die Decken zurücksinken, die auf dem Heu lagen.

»Ich habe immer geahnt, dass es irgendwann auf die Feen hinauslaufen würde. Sollen wir sie alle glücklich machen? Würdest du mit mir schlafen?«, fragte sie.

Zum ersten Mal seit der Beerdigung lagen sie in ihrem Schlupfwinkel hoch über den Tieren und liebten sich. Sie waren schüchtern, als wäre es das erste Mal, und es geschah ja auch zum ersten Mal, seit sich die Welt verändert und Glennie sie verlassen hatte. Donal strich mit den Fingern über ihre Haut, erkundete ihren Körper von Kopf bis Fuß.

»Ich kann mir gar nicht vorstellen, wie es wäre, mit dir zu schlafen, wenn du zwei Hände hättest«, flüsterte Anna.

Während er antwortete, setzte er seine methodische Erkundung an ihren Ohrläppchen fort. »Ich wäre dann nicht so exakt. Ich bin Kartograf, und wir vermessen die Landschaft, benennen alle Ecken und Winkel, die ruhigen Buchten, gefährlichen Felsvorsprünge und die Stellen, an denen man von der Strömung davongerissen wird.« Er fuhr über eine ihrer Brustwarzen. »Schau hier, wenn ich ein Schiff wäre und versuchte, in den Hafen einzulaufen, und diese hübsche Knospe wäre die Bucht, dann müsste ich doch wissen, ob die Bucht weich und flach ist, weitläufig und voller Untiefen. Und ebenso genau müsste ich wissen, ob, wenn ich sie so berühre …« Fest legte er die Zunge an die Brustwarze, die jetzt erst recht hart wurde. »Dann muss ich wissen, wie ich an der Stelle navigieren kann.

Anna gefiel es, eine Landkarte zu sein. Sie hob den Kopf und schaute nach unten, über ihre Brüste hinweg, die beträchtlich kleiner waren als noch vor zwei Monaten. Sie drehte sich auf die Seite, und Donal legte die Hand so auf ihre Hüfte, dass sein Daumen nach vorn und seine Handfläche nach hinten zeigten. Und dann machte er weiter, vermaß sie, kartografierte sie und ließ keine Stelle unerforscht.

Der nächste Tag war ein Sonntag, und Anna nahm ihre Schulstunden mit Michael und Mary wieder auf. Die kleine Nuala durfte sogar auf ihrem Schoß sitzen. So hätte Glenis es sich gewünscht. Nach zwei Stunden flotten Bruchrechnens lächelte Michael zum ersten Mal seit dem Tod seiner Mutter.

»Ich glaube, ich liebe die Mathematik beinahe so sehr wie meine Mum. Natürlich ist das nicht dasselbe, aber diese Zahlen bringen die Welt wieder in Ordnung.«

Anna unterbrach sich und sah Michael durchdringend an. Sie hörte das Echo der Worte ihrer Mutter, als ihre Familienprobleme sie alle zerrissen hatten. Sie wusste, dass ihre

Familie von einer langen, bunt gemischten irischen Ahnenreihe abstammte. Wie groß war die Chance, dass das Interesse für die Mathematik von der mütterlichen Seite ihrer Familie vererbt wurde?

»Deine Mutter war stolz auf dich«, sagte Anna mit bebender Stimme. »Lass uns weiterrechnen.«

Kinsale war buchstäblich aus dem Hügel herausgeschlagen. Bis auf die Straßen, die am Hafen entlangführten, waren alle Gassen des Ortes steil und schmal und ursprünglich für Rinder und Schweine errichtet. Der Friedhof – der katholische – lag hoch oben über der Stadt. Die britischen Landbesitzer, die Protestanten, wurden direkt in Kinsale begraben, hinter der anglikanischen Kirche, die sie noch im Tod großzügig mit irischem Boden bedachte.

Jeden Tag ging Anna zum Friedhof und saß neben der frisch aufgeworfenen Erde, die Glenis bedeckte. *Das ist etwas für alte Leute,* sagte sie sich. *Sie kauern an Grabsteinen und legen Blumen ab. Eine junge Frau tut so etwas nicht.* Sie hätte sich gewünscht, Glennie würde aus ihrem Sarg springen und ihr sagen, was sie tun sollte.

Anna stand auf und klopfte sich den Staub vom Rock. Sie verließ den ärmlichen Friedhof und stieg den Hügel hinab, vorbei an Toms und Glennies Haus, und ging weiter auf das Dorf zu. Nach mehreren Meilen hatte sie das Straßenpflaster von Kinsale unter den Füßen, und die Geräuschkulisse von Handel und Wandel drang auf sie ein – der Flickschuster, die Ställe, das Klirren, mit dem Pferde beschlagen wurden, ein Junge, der ein Fass den Hügel hinabrollte, der Karren des Kesselflickers, in dem Blechstücke scheppernd aneinanderstießen.

Sie ging weiter, die kurvigen Straßen hinab, wobei sie vorsichtig den frischen Pferdeäpfeln aus dem Weg trat, bis sie zum Hafen kam. Dort plätscherten die Meereswellen, und die Luft war erfüllt vom Kreischen der Möwen, die von den Resten, die die Fischhändler wegwarfen, angezogen wurden. Überall waren Soldaten, von denen einige sich gegen die dicken Balken der Piers lehnten. Misstrauisch sah sie die Männer an. Die Ablenkung, die das rege Treiben im Dorf bot, war ihr willkommen.

Sie betrachtete das Gebäude, in dem die Fahrkarten verkauft wurden. Man konnte eine Passage nach England oder auf den Kontinent erwerben. Als könnte sie wirklich weggehen, sich einfach eine Fahrkarte nach Hause kaufen. Ohne besonderen Grund trat sie näher an das Gebäude mit seinen dicken Türen heran. Plötzlich erschrak sie: Ein Hund jagte einen Schwarm Möwen, die hektisch Fetzen aus den weggeworfenen Fischresten gerissen hatten. Jeder will leben, dachte sie; wenn wir die Möglichkeit haben, wollen wir alle leben. Glenis hatte Recht gehabt.

Anna schaute auf und griff nach dem Türknauf. Daneben war ein Stück Papier angeschlagen, eine Bekanntmachung.

Ringkampf. Der kanadische Meisterringer Joseph Blair fordert den Meister von Cork heraus. Marktplatz von Cork. Samstagnachmittag.

Ihre Hand blieb auf dem schimmernden Türknauf liegen. Ringen? Joseph? Nein, sie wollte keine Verbindungen herstellen, wo es keine gab. Joseph? Sie hielt inne und erinnerte sich an ihre erste Vorlesung im Jurastudium. »Denken Sie logisch«, hatte ihr Professor gesagt. »Ignorieren Sie nicht das Offensichtliche.« Sie fuhr herum, packte das Plakat, riss es von der Wand, rollte es zusammen und hielt es in einer Hand. Zuerst ging sie den Hügel hinauf, dann schritt sie schneller aus, und dann rannte sie, ohne etwas darum zu geben, dass erwachsene Frauen hier nicht rannten. Schließlich polterte sie mit weit ausgreifenden Schritten, ihren Rock mit einer Hand gerafft, über das Kopfsteinpflaster.

Als sie Toms Haus erreichte, war die spätnachmittägliche Sonne gerade hinter dem Horizont versunken, und Donal kehrte soeben zurück. Er sah sie kommen, woraufhin er mitten in der Bewegung erstarrte. Seine Hand lag auf dem hölzernen Tor. Anna hatte das Plakat, auf dem von dem Ringkämpfer aus den kanadischen Provinzen, einem gewissen Joseph Blair, die Rede war, fest in den Händen zusammengerollt. Jetzt riss sie es auseinander, so dass Donal es sehen konnte. Den Rock hielt sie noch immer mit einer Hand gerafft.

Er las das Plakat und sah Anna an, deren Brust sich nach dem Bergauf-Sprint nach wie vor heftig hob und senkte.

»Diese Stiefel machen mich wahnsinnig«, meinte sie, während sie nach Luft rang.

»Du hast also plötzlich ein Interesse am Ringen entwickelt. Das ist ein schöner altehrwürdiger Sport, aber wieso ausgerechnet jetzt?«, erkundigte sich Donal und zog eine Augenbraue hoch.

»Gar nicht plötzlich. Das könnte mein Neffe sein, der sich eines anderen Namens bedient. Ich kann nicht erklären, warum ich das vermute, doch ich muss es herausfinden. Wie weit liegt Cork von hier entfernt?«

Sie ließ den Rocksaum wieder fallen, so dass er ihre Schuhe umspielte. Er würde ihr genau sagen können, wie weit es nach Cork war. Dazu war er schließlich Kartograf.

»Von der Mitte von Kinsale aus sind es dreiundzwanzig Meilen, wenn man ein wenig durchs Inland reist. Die Küstenstraße birgt eine Reihe von Ausblicken, die dein Herz entzücken würden, aber dieser Weg ist weiter. Wusstest du, dass du wie ein zehnjähriger Knabe aussiehst, wenn du rennst?«

»Ich muss nach Cork. Der Ringkampf ist für Samstag angesetzt. Welchen Tag haben wir heute?«, fragte Anna. Sie hatte das Zeitgefühl verloren, obwohl sie sich geschworen hatte, dass es nicht so weit kommen würde.

»Freitag. Der Kampf findet morgen statt«, erklärte Donal.

»Ich muss dahin und feststellen, ob er es ist. Hast du bis vor drei Monaten schon einmal von diesem Ringer gehört?«

»Kann ich nicht behaupten, aber ich interessiere mich auch nicht für Ringkämpfe. Und ich brenne nicht gerade darauf, in die Stadt Cork zu reisen. Seit meine Frau und meine Söhne vor zwei Jahren am Fieber gestorben sind, war ich nicht mehr dort. Ich habe meine Arbeit hinter mir gelassen, alles, verstehst du. Ich habe keine große Lust, dorthin zu reisen.«

Zum ersten Mal war Donal zurückgewichen, hatte gezögert. Sie hatte die Augen davor verschlossen, wie schwer seine Loyalität zu seiner toten Frau und seinen kleinen Söhnen noch wog. In seinem Herzen standen sie noch immer an erster Stelle. Natürlich konnte sie da niemals mithalten; die Toten waren für Donal nach wie vor die wichtigsten Menschen. Sie würde auf ewig die Andere sein, jemand, der später dazugekommen war. Selbst wenn sie bei ihm blieb, würde sie an zweiter Stelle stehen. Warum hatte sie sich etwas vorgemacht? Sie hätte sein Zögern sofort erkennen sollen. Stattdessen hatte sie gewartet, schwer atmend wie ein Teenager. Anna reckte die Schultern und spannte die Bauchmuskeln an, so wie sie es in ihrer Kanzlei so oft getan hatte. Wie sie es getan hatte, als Steven sie verließ.

»Du brauchst mich nicht zu begleiten. Ich werde Tom fragen, ob er mir O'Connell für den Ritt nach Cork leiht. Das Pferd hatte eine lange Pause und ist ausgeruht, und ich finde den Weg schon allein«, gab sie zurück. Sie musste es sich ein für alle Male hinter die Ohren schreiben: Alle Menschen verließen sie irgendwann. Das war dann also der Abschied. Sie hätte sich nicht so weit auf diesen Mann einlassen sollen, hätte nicht zulassen dürfen, dass er ihr unter die Haut ging. Zuerst Glenis, jetzt Donal. Sie wusste, was es bedeutete, allein zu sein. Die kurze Atempause, in der sie sich mit Donal verbunden gefühlt hatte, musste sie vergessen. Es war eine Illusion gewesen. Sie würde einfach Joseph finden und dann überlegen, wie es weitergehen sollte.

Donals dunkle Augenbrauen zogen sich zusammen, als er sie mit seinen Augen eines Kartografen maß.

»Du springst von Stein zu Stein wie ein verdammter Ziegenbock! Ich sagte doch nur, dass ich seit zwei Jahren nicht dort gewesen bin. Was hast du denn für voreilige Schlüsse daraus gezogen? Cork ist voller Spitzel, Diebe und Soldaten, und du wirst keineswegs allein dorthin reiten. Dann muss O'Connell uns eben beide tragen.«

Annas Schultern entspannten sich leicht, und sie atmete tief aus und lockerte die Bauchmuskeln. Sie schob die zerstörerischen Gedanken beiseite, die sie bedrückt hatten.

»Verdammter Ziegenbock? Könntest du das wiederholen? So hat man mich noch nie genannt. Ist das das Schlimmste, was dir einfällt, oder hast du noch mehr auf Lager?«

»Oh ja, für deinesgleichen habe ich noch mehr. Schlingel, Schurkin, Schmugglerin, ungebärdiges Weib. Liebste.«

Sie standen Stunden vor Sonnenaufgang auf. Tom überließ ihnen den mächtigen O'Connell. »Man darf nicht zulassen, dass ein Pferd sich als Letztes an einen Ritt mit einem Sterbenden erinnert. Sie müssen voranreiten, ins Leben.«

Michael reichte Anna feierlich ihren Spazierstock. »Den solltest du mitnehmen.«

Anna unterbrach ihre Vorbereitungen. »Ich möchte, dass du ihn für mich aufbewahrst, bis ich zurück bin, Michael.

Würdest du darauf aufpassen? Und wirst du weiter deine Rechenaufgaben machen?«

Der Knabe nickte und rückte näher an seinen Vater heran, während Anna und Donal O'Connell fertig sattelten.

Annas Reiterfahrungen beschränkten sich auf einen geführten Ausflug entlang der Strände nördlich von Puerto Vallarta in Mexiko, wo sie ihren Frühlingsurlaub verbracht hatte. Als ihr Führer sie zum Galoppieren aufgefordert hatte, war sie fast vom Pferd gefallen.

Donal ließ sie auf seinen Oberschenkel treten, damit sie sich auf O'Connells Rücken schwingen konnte, und stieg dann hinter ihr auf.

»Ich bin noch nie viel geritten«, erklärte sie.

»Das haben sowohl das Pferd als auch ich gemerkt«, gab er zurück.

Anna spürte, wie sich ihr Rücken an Donal schmiegte und seine Beine an ihren lagen. Ein ganz neues Gefühl stieg in ihr auf. *So fühlt es sich an, wenn jemand einem den Rücken stärkt,* dachte sie. *So fühlt sich Liebe an.*

Alle paar Stunden hielt Donal an, damit Anna absteigen und sich die Beine vertreten konnte, aber nur gerade so lange, dass sie ein paar undamenhafte Kniebeugen und Dehnübungen für die hintere Oberschenkelmuskulatur machen konnte.

»Hast du Schmerzen? Kann ich dir irgendwie helfen?«, fragte Donal, nachdem er von einem diskreten Ausflug in die Büsche zurückgekehrt war.

»Nein, das ist nur zur Vorbeugung. Die Übungen sorgen dafür, dass meine Muskeln sich nicht verspannen.« Sobald sie das gesagt hatte, fragte sie sich, ob eigentlich alles, was sie tat, leicht verrückt wirkte. Er hatte schon bemerkt, dass sie sich die Zahnzwischenräume mit einem Faden reinigte.

»Du siehst aus, wie wenn du deine eigene Faust essen

würdest«, hatte er gemeint, als sie sich, nachdem sie zu einem Imbiss angehalten hatten, die Zähne gesäubert hatte.

Bei ihrer dritten Rast zog Anna ihren Rock hoch und betrachtete ihre Knie. Die Haut auf der Innenseite ihrer Oberschenkel war feuerrot, wo sie am Sattel gescheuert hatte. Sie versuchte, auf alle nur vorstellbare Arten ihren Rock um ihre Beine zu wickeln, aber beim nächsten Halt war die Haut auf der Innenseite beider Knie und Schenkel nicht mehr nur feuerrot, sondern hatte schmerzhafte Blasen entwickelt.

»Ich könnte dich quer über O'Connells Kruppe legen«, schlug Donal vor.

»Ich hätte da eine andere Idee. Warum ziehst du nicht diese Hose aus, und ich lasse dir diesen Rock? Dann werden wir schon sehen, wer Blasen bekommt. Genau deswegen sollten alle Leute Hosen tragen.«

Donal legte abwehrend die Hand auf seinen Gürtel und wich vor ihr zurück.

»Ich kann nicht behaupten, jemals ein Mädel in einer Hose gesehen zu haben. Aber das mit deinen Beinen ist ein Jammer. Im nächsten Dorf lassen wir sie versorgen. Schmalz ist das richtige Mittel dafür.«

Am frühen Nachmittag erreichten sie Cork.

»Du hast sicher jede Menge Freunde hier«, meinte Anna, die froh war, vom Pferd hinunterzukommen. Sie weigerte sich, O'Connell allein zu lassen, ehe sie sich davon überzeugt hatte, dass er anständig untergebracht war, abgerieben wurde und alles bekam, was er brauchte. In Kinsale hatte sie mehrmals miterlebt, wie Pferde schlecht behandelt wurden, und sie wollte nicht, dass Glennies Pferd etwas zustieß.

Sie gingen an einem Weg am Fluss entlang, der zu einem College führte. Anna bemerkte, dass sie nirgendwo Frauen sah, sagte aber nichts. Jedenfalls wollte sie nichts sagen, denn das wäre sicher klüger gewesen. »Bei uns haben wir

Hochschulen, die von Frauen besucht werden«, erklärte sie trotzdem.

»Ach, tatsächlich? Das scheint mir eine ganz gute Idee zu sein. Macht es euch nichts aus, mit so vielen jungen Burschen zusammengesperrt zu sein?«

Herrje, sie hätte den Mund halten sollen; das war nur wieder ihr prämenstruelles Syndrom. Sie spürte diese Gereiztheit und diese Kampflustigkeit, die verbissene Suche nach Ungerechtigkeiten, die sie stets vor der monatlichen Blutung überfielen. Nein, wenn sie noch mehr sagte, würde sie zu viel verraten, und sie würde Donal in ihre Welt zerren – die Zukunft –, und dort gab es keinen Platz für ihn. Er würde niemals dort hinkommen, niemals aus einem Flugzeug sehen, niemals in Unterwäsche vor dem Fernseher sitzen und stumpf von einem Basketballspiel zum anderen zappen, nie ein Auto fahren oder geimpft werden. Und trotzdem war er hier, und sie ebenfalls.

»Die Männer und die Frauen kamen am College ganz gut miteinander aus«, erklärte sie und schloss das Thema damit ab. »Wo findet das Ringkampfturnier denn nun statt?«

Donal schaute zu Boden und folgte zwei britischen Soldaten mit dem Blick. Ohne den Kopf zu wenden, behielt er sie so lange wie möglich im Auge.

»Am College vorbei, den flachen Hügel dort hinauf – sie haben den Kampf so weit von der Kirche entfernt gelegt, wie es möglich war.«

Sie schlugen einen schnelleren Schritt an, getrieben von Annas Überzeugung, ihr Neffe Joseph könnte wirklich am Leben sein. Nun war er ein Ringkämpfer, der unter einem anderen Namen auftrat, aber trotzdem am Leben. Als sie sich der freien Fläche näherten, waren sie inmitten einer Menschenmenge, in der sich Männer und Frauen eng aneinanderdrängten. Es herrschte eine Jahrmarktatmosphäre.

Der Tag war sonnig, für den Spätherbst eine ungewöhnliche Ausnahme, und so warm, dass Anna ihre Jacke aufknöpfen konnte. Vom Meer her zog eine Wolkendecke heran.

Obwohl sie größer als die meisten Menschen dort war, fiel es ihr dennoch schwer, in die Mitte zu spähen, wo der Ringkampf stattfand. Diese Traube von Schaulustigen war deutlich anders als sonst, was Anna verblüffte: Überall waren britische Soldaten zu sehen. Rasch machte sie sich ein Bild von den Schuhen der Frauen – feines Ziegenleder – und ihren reich geschmückten Hüten und kam zu dem Schluss, dass sie der wohlhabenderen Schicht angehörten. Donal schüttelte den Kopf und zuckte leicht mit den Achseln, als wolle er ihren Eindruck bestätigen. Schon jetzt verständigten sie sich mit den kaum merklichen Gesten von Liebenden.

Zentimeterweise schoben sie sich voran und traten zwischen einige Männer, die Wetten abschlossen.

»Wer nimmt die Einsätze an? Nein, nicht Paddy, der brennt damit durch.«

»Setz alles auf den Burschen aus Kanada; bis jetzt hat er nicht einen Kampf verloren.«

»Ich setze mein Geld auf den Großen. Er ist ein Bild von einem Mann.«

Anna spürte, wie sie eine Gänsehaut bekam. So einfach konnte es nicht sein. War es möglich, dass Joseph nach fast drei Monaten einfach auftauchte? Wenn er hier war, würde sie sich ihn einfach schnappen und gehen. Und was dann? Darüber würde sie später nachdenken.

Donals Lippen streiften ihr Ohr.

»Vorsichtig jetzt. Hier ist etwas anders als sonst.«

Ein stämmiger Mann trat in die Mitte und ergriff mit lauter, geübter Stimme das Wort.

»Wir haben noch eine Ausscheidungsrunde vor dem Hauptkampf. Ein Bursche aus Waterford hat sich auf den langen Weg gemacht, um gegen unseren Walter Downing anzutreten. Die beiden sind gute Gegner. Die Regeln sind klar: Sie müssen die ganze Zeit über innerhalb der Begrenzung bleiben. Der erste Mann, der auf dem Boden festgehalten wird, ist der unglückliche Verlierer. Gentlemen?«

»Etwas stimmt hier nicht«, flüsterte Donal. »Entweder bin ich zu lange nicht in Cork gewesen oder hier weht ein neuer Wind. Die Menge ist viel zu groß für einen Ringkampf. Würdest du hierbleiben, Anna? Bist du in der Lage, dich anständig und still zu verhalten, während ich mich umsehe?«

Anna stand dicht vor ihm und schaute so sittsam wie möglich drein, während sie sich an ihn drückte und mit den Handflächen an seinen Schenkeln hinaufstrich.

»Ist das anständig genug für dich?«, fragte sie.

Er fasste ihre Hände und führte sie an seine Lippen.

»Aye, du bist ganz schön durchtrieben. Aber ich flehe dich an, bleib, wo du bist.«

Donal schob sich aus der Menge heraus und bewegte sich an ihrem Außenrand entlang. Er machte sich ein Bild von der Lage, der politischen Stimmung; er verstand die Akteure, sie nicht. Es hätte wenig Sinn gehabt, wenn Anna versucht hätte, sich ein Urteil über die Atmosphäre zu bilden. Sie hatte nur Augen für die Ringer, doch sie entdeckte Joseph nirgendwo. Anna hatte nie die Absicht gehabt, dort zu bleiben, wo sie war. Sie stellte sich auf die Zehenspitzen, beugte sich nach rechts und links und reckte den Hals. Während sie sich durch die Menge drängte, fing sie einzelne Gesprächsfetzen auf.

»Er missbraucht die Ringkämpfe für seinen eigenen blutigen Krieg.«

»Ja, Iren gegen Engländer. Warum müssen sie sich bloß in unsere Turniere einmischen?«

Anna begann, die einfachen, offensichtlichen Einzelheiten zu beobachten. Sie stand inmitten von Menschen, die sie inzwischen leicht als Iren erkannte. Die Männer hatten dicke Schwielen an den Händen, ihre Schuhe waren geflickt und ihre wollenen Westen an manchen Stellen fadenscheinig. Die wenigen Frauen trugen Kleider und Röcke aus grobem, steifem Leinen, die ebenso robust waren wie ihre eigene Kleidung.

Irgendwo verlief eine unsichtbare Grenze, auf deren anderer Seite die Menge aus Engländern bestand und dicht von Militärs durchsetzt war. Dort waren die Hüte der Frauen üppig mit Spitze aus Burgund, Bändern und Spitzen geschmückt, und sie trugen Jacken aus fein gewebtem Wollstoff. Die Männer waren in Stiefel und elegant geknöpfte Jacketts gekleidet. *Oh, verstehe,* dachte sie. *Da haben wir die Lokalmatadoren und die Gäste, nur dass dieses Mal die Iren die Heimmannschaft sind.* Aber es gab ein Problem, und zwar ein großes: Die Engländer hielten sich für die Heimmannschaft und die rechtmäßigen Erben dieses Landes.

Sie schaute sich nach Donal um, doch sie konnte ihn nicht entdecken, was hoffentlich auch bedeutete, dass er sie nicht sah. So lässig wie möglich schlenderte sie auf die britische Seite der Menge hinüber. Währenddessen stieg der Ansager auf eine Kiste und kündigte den nächsten Kampf an. »Ein großartiger Ringer aus Waterford, Paddy Murphy, und Mr Walter Downing aus Cork werden jetzt ihre Positionen einnehmen. Auf in den Ring, Männer!«

Die begeisterte Menge wandte ihre Aufmerksamkeit dem neuen Kampf in der Mitte zu, was für Anna die perfekte Gelegenheit war, sich unauffällig unter die Briten zu mischen. Sie warf einen kurzen Blick zu den Ringern, nur für den Fall, dass Joseph ihren Blick erwidern würde. Nein, er war nirgendwo zu sehen. Die beiden Männer hielten einander gepackt. Was hatte all diese feinen Leute zu diesem Kampf zwischen grunzenden Männern gelockt?

Als sich Anna in die englische Menge hineindrängte, sah sie sich plötzlich mit deren Augen. Ihre Fingernägel hatten schwarze Ränder, und ihr Kleid war seit Wochen nicht gewaschen. Sie war soeben aus Kinsale hierhergeritten und roch nach Pferd und Straßenschmutz. Im neunzehnten Jahrhundert waren Körpergerüche allgemein nicht gerade diskret, aber der Adel verfügte über Blumendüfte, mit denen er die störenden Gerüche überdeckte. Der Saum ihres grünen Rocks war schmutzig, und ihr fiel auf, dass er verschlissen war.

Alles an ihrer einfachen Kleidung schrie ihre Armut geradezu heraus. Sie zog das Umschlagtuch fester um die Schultern, hielt sich gerade und rückte ihre scheußliche Haube zurecht. Als sie auf zwei Frauen zuging, fiel ihr auf, dass die beiden enger zusammenrückten und Anna beobachteten, als hätte sie bereits etwas Falsches getan oder wolle ihre Taschen ausräumen. »Aber was kann man schon erwarten?«, bemerkte eine von ihnen. »Sie werden eben nie in der Lage sein, ein besseres Leben anzustreben.«

Mit dem ihrer Klasse eigenen geübten Auftreten bewegten die beiden Frauen sich von Anna weg. Klug wäre es jetzt gewesen, die Vorgänge zu beobachten, die Fakten zu katalogisieren und nichts persönlich zu nehmen. Das wäre so gescheit, so vernünftig gewesen. Ihre wichtigste Priorität war es, ihren Neffen zu finden, falls das überhaupt möglich war. Sollten die beiden Frauen doch ihrer Wege gehen und ihr stereotypes Klassendenken pflegen, von dem sie überzeugt waren. Doch stattdessen vertrat Anna ihnen den Weg und schenkte ihnen ihr strahlendes Lächeln aus dem einundzwanzigsten Jahrhundert.

»Ich bin Amerikanerin, und wir kommen ausgezeichnet zurecht, danke der Nachfrage. Und das Streben nach Höherem ist uns sozusagen angeboren.«

Sie sah, wie die beiden Frauen in Zorn gerieten, was sie an dem leichten Zusammenziehen der Augen und dem Aufeinanderpressen der Lippen, gefolgt von wohlgeübter Beherrschung, erkannte.

»Es fällt sehr schwer, den Unterschied zwischen Ihnen und den Iren zu sehen. Vielleicht liegt es ja an Ihren, sagen wir, schwierigen Umständen«, meinte die größere der beiden Frauen.

Anna wäre am liebsten auf die beiden losgegangen und hätte ihnen erzählt, dass ihre Nachkommen den Zerfall ihres Kolonialreichs sowie im zwanzigsten Jahrhundert zwei verheerende Weltkriege miterleben würden. Sie unterließ es jedoch und verschloss ihr verbittertes, rachsüchtiges Ich in ihrem Inneren und machte sich wieder an ihre Aufgabe.

Ein feiner Nebel begann zu fallen, der für diese abgehärteten, in einem feuchten Klima aufgewachsenen Menschen allerdings kein Grund war, einen Ringkampf zu unterbrechen. Anna fuhr fort, sich langsam durch den englischen Teil der Menge zu schlängeln, wobei sie bei den in Rot gekleideten Soldaten ein wenig mehr Abstand wahrte. Die beiden Männer rangen jetzt schon lange miteinander, ohne dass einer die Oberhand gewann; das Unterfangen dauerte länger als jeder Kampf, den Anna jemals an der Highschool ihres Neffen oder vor langer Zeit bei Patrick gesehen hatte. Alle Blicke hingen an den beiden Ringern, die vom Publikum mit lauten Zurufen ermuntert wurden.

»Reiß doch den Burschen aus Waterford nieder. Zeig ihm, aus welchem Holz du geschnitzt bist, Wally!«

Aber alle Rufe stammten aus dem irischen Teil der Menge. Die Engländer verfolgten den Kampf aufmerksam, allerdings ohne Begeisterung. Sie listete die einfachen, offensichtlichen Tatsachen auf: Die Menge bestand aus etwa zweihundert Personen, darunter mehr Iren als Engländer; Donal hatte festgestellt, dass etwas anders als sonst und besorgniserregend war; sie war hungrig, an dem verschlissenen Saum ihres Rocks hing eine dicke Schlammschicht, und der Nebel verwandelte sich gerade in Nieselregen. Oder hatte es vorhin genieselt und war jetzt nur noch neblig? Die Nuancen würde sie nie richtig beherrschen.

Ein größtenteils aus Männerstimmen bestehendes Gebrüll erhob sich.

»Nieder mit ihm. Guter Junge, Wally. Drück ihn auf den Boden!«

Wally musste seinen Gegner besiegt haben, weil ein Schrei erklang. Der vierschrötige Zeremonienmeister bestieg wieder die Kiste. »Die Runde geht an Walter Downing aus Cork«, verkündete er.

Anna reckte den Kopf und suchte nach Donal. Sie entdeckte ihn in einiger Entfernung, wo er unter einem Baum auf den Fersen hockte. Er sprach mit einem anderen Mann. Es war unmöglich, ihre Gesichter zu erkennen, denn sie hatten sich die Mützen tief ins Gesicht gezogen und wandten sich von der Menge ab. Doch inzwischen erkannte sie Donals vertraute Kopf- und Rumpfhaltung mit Leichtigkeit. Er lauschte dem anderen aufmerksam und nickte ab und zu kaum merklich. Sollte sie zu ihm gehen? Bevor sie eine Entscheidung treffen konnte, wurde der nächste Kampf angekündigt.

»Ladies und Gentlemen, jetzt beginnt der Kampf, der Sie heute von Ihrem warmen Kamin weggelockt hat.«

Anna spürte, wie ein Raunen durch die Menge ging. Auch die Engländer waren jetzt aufmerksam geworden.

»Wir haben heute den Mann bei uns, der jeden irischen Ringer von Kincaid bis nach Kelkenny herausgefordert und jeden Kampf gewonnen hat. Man nennt ihn den nächsten britischen Meister, aber das sollen Sie selbst beurteilen. Er ist der ungeschlagene Joseph Blair, ein junger Mann, der von Colonel Mitford gefördert wird.«

Die englische Menge jubelte. Ein Soldat zog sein Bajonett und stach damit himmelwärts in die Luft.

Annas Herz schlug schneller. Oh Gott, und wenn er es war? Vielleicht konnten sie zusammen einen Teil dieses Rätsels lösen. Was, wenn er wirklich überlebt hatte?

Sie konnte die beiden Ringer nicht erkennen, daher drängte sie sich eilig durch die dicht gepackte Menge. Ohne nachzudenken versuchte sie, einen Mann aus dem Weg zu schieben, und bedauerte es sofort. Er war ein bewaffneter Soldat, aber nicht einmal seine rote Uniform hatte sie innehalten lassen. Er streckte den Arm aus und hielt sie auf. Mit einer energischen Kopfbewegung nach rechts gab er ihr zu verstehen, sich auf die irische Seite zu schlagen. Seine Nase war einmal gebrochen worden und schief zusammengewachsen. Anna musste sich auf die Unterlippe beißen, damit sie nichts sagte, aber sie konnte nichts dagegen tun, dass sie ihn wütend anstarrte.

»Verschwinde«, fauchte er sie an.

Es wäre Zeitverschwendung gewesen, sich länger mit ihm abzugeben. Die Aufregung der Menge erfasste sie wie ein Koffeinschub, und sie kämpfte sich durch die nach vorn drängenden Menschen, um wieder auf die irische Seite zu gelangen.

»Und hier sein Gegner, unser ungeschlagener Walter Downing.«

Die Iren jubelten.

»Schließt eure Wetten ab, macht eure Wetten.«

Endlich drang Anna nach vorn vor.

»Geht auf eure Plätze, Burschen, die Füße im Inneren des Kreises. Der Erste, der die Abgrenzung übertritt oder mit beiden Schultern auf der Erde liegt, hat verloren.«

Anna erhaschte einen Blick auf das Profil eines der Ringer. Nein, das war nicht Joseph. Mit der Schulter voran schob sie sich noch energischer an Männern vorbei, die mit Münzen klimperten. Und dann verschlug es ihr den Atem. Zuerst erkannte sie das Haar, das üppige braune Haar, das ihm über die Ohren hing. Dann sah sie sein Profil und die geduckte Haltung eines Highschool-Ringers aus dem einundzwanzigsten Jahrhundert. Aber etwas anderes gab ihr einen Stich: sein Lächeln, sein strahlendes Selbstbewusstsein, wie sie es bei ihrem Neffen noch nie gesehen hatte. Sie musste Luft holen und weiteratmen. Alle Liebe, die sie für Joseph empfunden hatte, seit er ein Baby gewesen war, ergriff sie. Sie zwang ihr Zwerchfell, die Luft aus ihren Lungen zu pressen und einen neuen Schwall einzuatmen. Die Menge schob sich wieder heran und nahm ihr die Sicht.

Kein Zweifel, es war ihr Neffe. Sie drängelte, so fest sie konnte, und sah, begleitet von lautem Gebrüll, Beine im Ring zappeln. Die beiden Ringer lagen am Boden, was wie ein Gewirr von ineinander verschlungenen Gliedmaßen, die wie Schlangen zuckten, wirkte. Ihre Körper hoben und senkten sich. Joseph war bei weitem der kleinere von beiden, aber er manövrierte seinen Gegner wie eine Katze, die mit einer längst zum Tode verurteilten Maus spielt. Zuerst berührte Wallys eine Schulter den Boden, dann die andere. Anna erhaschte einen Blick auf seine ungläubig und wütend aufgerissenen Augen. Joseph hatte ihn besiegt.

Die irische Seite wahrte ein düsteres Schweigen, während die Engländer kräftig brüllten. Der Ansager fasste Josephs Arm und hielt ihn in die Höhe.

»Der ungeschlagene Joseph Blair!«

Anna hatte ein merkwürdiges Gefühl, als wären all diese Menschen nur Statisten in einem Film; alle bis auf Joseph. Daher kam es auch nicht darauf an, was die anderen sagten oder taten. Mit einem Mal waren sie beide allein auf dem flachen Hügel über dem College von Cork; nur Joseph, der so lebendig, vital und gutaussehend war, wie es nur ein Sechzehnjähriger vermochte, und Anna. Einen Moment lang legte sie das Gesicht in beide Handflächen, so wie man nach einem langen, anstrengenden Schwimmwettkampf den Kopf an den Kai legt. Die Suche war vorüber. Er lebte; er hatte ihren heftigen Sturz durch die Zeit überstanden.

Anna fand keine Worte, die bedeutsam genug für diesen Anlass gewesen wären. Die englischen Fans drängten sich um Joseph, klopften ihm auf die Schulter oder schüttelten seine Hand. »Lang lebe das Empire!«, schrie einer.

Joseph stand mit einem älteren, erlesen gekleideten Mann zusammen. Der Fremde hatte sein dunkelblondes Haar hinter die Ohren zurückfrisiert. Sein Jackett war elegant tailliert, seine Knöpfe glänzten, und die schwarzen Reitstiefel waren so blank poliert, dass der Nebel darauf kondensierte und in Tropfen herunterlief. Er hatte Joseph besitzergreifend die Hand auf die Schulter gelegt, und man gratulierte ihm ebenso herzlich wie dem Jungen. Anna fand, dass sie wie ein Jockey und sein Sponsor wirkten, oder wie ein Pferd und sein Besitzer.

Gleich würde sie wieder mit ihrem Neffen vereint sein. Sie schob sich voran und war bereit, sich mit ihm zusammen jeder Herausforderung zu stellen. Anna hatte gesiegt.

»Joseph, Joseph«, rief sie, die Hände um den Mund gelegt. Zwischen ihr und dem Epizentrum des Ganzen befanden sich noch vier Reihen Zuschauer.

»Joseph, ich bin's, Anna. Ich bin hier.« Sie sprang hoch und winkte, so wie sie es getan hätte, um auf einer belebten Straße jemanden anzurufen, oder auf einer vor Menschen wimmelnden Party. Joseph wandte sich der Quelle des Schreis zu. Er sah sie, und die Muskeln an seinem Mund zuckten. Anna wusste, dass er schockiert war. Natürlich war er das; er hatte sie für tot gehalten, geglaubt, er sei allein, ohne Familie. Sie würde behutsam mit ihm umgehen müssen, was im Allgemeinen nicht in ihrer Natur lag. Aber in diesem Fall würde sie es versuchen.

Sie schob sich näher heran und drehte sich zur Seite, um zwischen zwei weiteren Zuschauern durchzuschlüpfen.

»Joseph! Ich dachte, ich würde dich nie finden. Geht es dir gut?« Sie trat einen Schritt an ihn heran, um ihn in die Arme zu schließen. In diesem Moment war ihr gleich, dass er ein Teenager war, der Umarmungen hasste. Endlich gelang einmal etwas, es würde ihnen gut gehen. Die Welt kam wieder in Ordnung. Doch als sie an ihn herantrat, wich Joseph zurück.

»Was ist das? Was haben wir denn hier?«, schaltete sich der Mann mit den glänzenden Knöpfen ein. »Kennst du diese Frau, Joseph?«

Anna stieß ein vielsagendes Lachen aus und wartete darauf, dass der Mann zu hören bekam, dass sie die Tante des Jungen war, also ein Familienmitglied, und daher Recht auf einen angemessenen Anteil an den Lobhudeleien hatte, die um sie herum vorgingen. Joseph war offensichtlich schockiert, sie zu sehen. Wer wäre das auch nicht gewesen? Sie konnte es nicht abwarten, allein mit ihm zu reden, um alle Einzelheiten über seine Ankunft zu hören.

»Ähm, nein, Sir. Nun ja, sie hätte auf demselben Schiff sein können wie ich, aber ich kenne sie nicht. Die Passagiere aus dem Zwischendeck durften ein paar Mal heraufkommen, um frische Luft zu schnappen, und vielleicht hat sie zu diesem Haufen gehört. Nein, ich kenne sie nicht.«

»Ich bin es, Anna«, sagte sie, langsamer dieses Mal. Sie wandte sich an den Colonel. »Ich bin seine Tante«, sagte sie mit ernstem Nicken, als wäre der Junge ein Patient in der Psychiatrie gewesen.

»Er kennt Sie nicht, Miss. Ich bezweifle sehr stark, dass er Sie schon einmal gesehen hat.«

Sie spürte, wie sie in Aufruhr geriet, da sich alles ganz anders abspielte, als sie dachte. Mühsam versuchte sie, Haltung zu wahren. An dem Mann vorbei sah sie ihren Neffen an.

»Ich muss mit dir reden. Sofort.«

Der Mann reckte geziert einen Finger in die Luft, und ein Soldat tauchte auf.

»Probleme mit dem Pöbel, Sir? Mach dich davon, ich muss dich jetzt schon zum zweiten Mal verwarnen. Weg mit dir, sage ich.« Er stieß sie mit dem Gewehrkolben an.

»Joseph, um Gottes willen …« Noch während sie weggestoßen wurde, drehte sie sich noch einmal zu dem Jungen um. Dann wurde sie plötzlich von einer Hand gepackt und fuhr herum. Es war Donal.

»Ach, da ist ja mein liebes, dummes Frauchen. Komm schon mit«, sagte er. Sein Griff war fest und drängend.

»Donal, das ist …«, stotterte Anna.

»Na, na. Komm mit nach Hause, und alles wird gut«, beruhigte er sie.

Donal wandte sich an den Colonel. »Verzeihen Sie uns, Sir. Sie war schwer krank und ist noch immer ab und zu durcheinander. Ich hoffe, Sie hatten keine Unannehmlichkeiten.«

Donal setzte sein ganzes Gewicht ein, um Anna wegzuziehen. Sie mischten sich unter den Strom der niedergeschlagenen Iren, die den Hügel hinuntergingen. Anna reckte den Kopf und versuchte, über die Schulter noch einen Blick auf Joseph zu erhaschen. Sie sah noch seinen Hinterkopf, und dann wurde er von der Masse der britischen Gratulanten verschluckt.

»Das ist mein Neffe. Und wenn ich ihn in die Finger bekomme, bringe ich ihn um«, erklärte Anna.

»Es dürfte dir schwerfallen, an ihn heranzukommen. Er steht unter der Fuchtel von Colonel Mitford, und mit dem ist nicht zu spaßen, denn er ist der mächtigste Landbesitzer in diesem Teil Irlands. Und er ist böse, Anna, bösartiger, als du dir vorstellen kannst.«

29

Der Colonel und Joseph begaben sich mit einem Gefolge aus Männern, die einander auf die Schulter klopften, unmittelbar in eine Taverne. Der Colonel war hochgestimmt, stieß mit jedem an, der auf Armeslänge an ihn herankam, und ließ den Bierschaum zu lange auf seinem goldblonden Schnurrbart hängen. Joseph begann sich zu fragen, ob es beim Ringen in erster Linie ums Wetten und Geldverdienen ging.

Aber er konnte nichts davon durchdenken, und sein Sieg war ihm inzwischen gleichgültig. Anna war hier, er hatte sie gesehen. Sie war wie eine rostige Nadel, die sein fantastisches Leben hier zum Platzen brachte wie einen Ballon. Alles, was ihm hier zuteilgeworden war, hatte er sich verdient. Er war der preisgekrönte Ringer des Colonels. Dieses Leben war ihm vorherbestimmt. Und es war ihm bestimmt, Taleen zu bekommen. Er hatte ihr versprochen, sie nie zu verlassen.

Er kannte Anna; sie würde nicht aufgeben, ehe sie den Colonel und ganz Irland davon überzeugt hatte, dass sie seine Tante war. Ja und, was hatte das schon zu sagen? Warum musste sie herkommen und ihm alles ruinieren? Sein

Lid zuckte. Anna hatte schrecklich ausgesehen, irgendwie mager und erschöpft, ganz anders als in seiner Erinnerung. Sie hatte sich auch noch auf eine andere Art verändert, die er sich nicht ganz erklären konnte. Und wer war dieser Typ, mit dem sie sich zusammengetan hatte?

Auf der anderen Seite des Raums hielt der Colonel Hof. Zusammen mit seinen reichen Freunden stand er vor dem Kamin. Joseph war ehrlich beeindruckt, wie viel Alkohol sie vertragen konnten. Der Colonel war inzwischen zu bernsteinfarbenem Brandy übergegangen, seinem Lieblingsgetränk.

Wenn es Joseph gelang, sich nach draußen zu schleichen und Anna zu finden, ohne gesehen zu werden, könnte er ihr erklären, worum es hier ging. Sie waren nun einmal hier, aus einem unbekannten Grund durch die Zeit gestürzt, daher sollten sie es genießen. Er hatte das jedenfalls vor. »Geh einfach weg«, würde er ihr sagen. »Ich weiß nicht, warum ich hier bin oder warum du hier bist, aber ich habe das beste Leben, das ich je gekannt habe, also verdirb mir nicht alles. Kann ich nicht ausnahmsweise einmal etwas haben, ohne dass man es mir madig macht?«

Anna würde ihm sagen wollen, was er zu tun hatte, wie alles sein sollte, und ihn herumkommandieren. Aber soweit Joseph das sah, war es damit endgültig vorbei. Er war kein Schuljunge mehr. Hier war er derjenige, der etwas zu sagen hatte.

»Iss etwas, Junge. Der Kutscher soll uns noch heute Abend nach Tramore zurückfahren. Wir werden erst um Mitternacht zu Hause sein. Iss etwas. Bedienung! Barmann! Roastbeef für den Meister. Du brauchst deine Kraft für den nächsten Kampf in Kilkenny.«

Gut, umso schneller war er wieder bei Taleen. Sollte er ihr davon erzählen? Aber was sollte er ihr sagen? Dass er aus der Zukunft kam, dass er nicht fortgehen konnte, weil es kein

Zuhause gab, in das er zurückkehren konnte, dass diese Irre wahrscheinlich kommen und sein Leben in Tramore ruinieren würde?

Der Barkeeper stellte ein gut durchgegartes Stück Rindfleisch vor ihn hin, umgeben von Kartoffeln und üppiger Sauce.

»Gut gemacht, Sir. Sie haben sich glänzend geschlagen.«

»Danke«, sagte Joseph.

»Aye, Sie sind auf dem besten Weg, der Meister von ganz Irland zu werden.«

Ja, das würde seine Stellung stärken. Er würde der beste Ringer in ganz Irland sein.

Nach der Siegesfeier des Colonels nahmen sie wie versprochen eine Kutsche nach Hause. Joseph sah zu, wie der Colonel döste, so undenkbar es ihm auch vorkam, in einer Kutsche zu schlafen, die über die unbefestigte Straße polterte. Aber vielleicht konnte der Colonel ja überall schlafen, weil er sich so sicher war, dass nichts ihm etwas anhaben konnte; nicht einmal die undurchdringliche Finsternis oder die Spurrillen auf der Straße. Joseph blieb wach und dachte über Anna nach.

Als die Kutsche den leichten Anstieg, der zum Herrenhaus führte, hinauffuhr, bellten die Hunde. Joseph erkannte das Kläffen der drei älteren Tiere und Madigans gelegentliches immer tiefer klingendes Jaulen. Alle auf dem Gut standen bereit, sie zu empfangen, und darüber war er froh. Taleen sollte erfahren, dass er wieder zu Hause war.

Ein schläfrig wirkender Mr Edwards begrüßte sie.

»Willkommen zu Hause, Sir. Bis Sie sich zurückziehen, wird das Bett für Sie gewärmt sein.«

Ja, er fühlte sich wirklich zu Hause in seinem wunderbaren neuen Leben. Bei ihrer Ankunft hatten die Dienstboten sich geschäftig an die Arbeit gemacht. Ja, so war es richtig. Im Treppenhaus wurden Lichter angezündet.

»Etwas zu essen, Sir?«, fragte Mr Edwards.

»Für mich nicht, aber der Knabe sollte etwas zu sich nehmen. Er ist weiterhin ungeschlagen. Er ist der Sieger. Ich habe einen Blick für Größe, und ich habe sie ihm gleich angesehen«, murmelte der Colonel, der nicht mehr ganz nüchtern war, während er die Treppe hinaufstieg.

»Gute Nacht, Sir«, sagte Joseph.

»Gute Nacht, mein großartiger junger Sieger. Du kannst morgen ein wenig ausschlafen. Dein nächster Kampf ist wichtig. Kilkenny …«, erwiderte er und verschwand im Flur des ersten Stocks, wobei seine Absätze klapperten.

Joseph hörte kaum etwas von dem, was man ihm sagte. Er konnte nur an Anna denken; daran, dass sie überlebt hatte, hier in seinem Irland. Irgendwo auf dem Gut musste Taleen wach sein; im Herrenhaus schlief niemand mehr.

Mr Edwards brachte ihm einen Teller mit kaltem Schinken, aufgeschnittenen harten Eiern und Brot. Die Mahlzeit in der Taverne hatte Joseph nicht den Appetit verdorben. Die Dienstboten in der Küche waren auf und werkten geschäftig herum. Inzwischen hatten alle von seinem Erfolg gehört.

»Gut gemacht«, lobte ihn Mr Edwards, der am Tisch stehen geblieben war.

Joseph war verblüfft. Das hatte wie ein aufrichtiges Kompliment geklungen. Er wurde aus diesem Kerl nicht schlau. Mr Edwards behandelte ihn mit der äußersten Höflichkeit, die Teil seines Berufs war. Doch etwas an ihm war anders. Vielleicht lag es daran, dass der Verwalter Engländer war und damit eindeutig über dem irischen Personal stand. Deirdre hatte ihm erklärt, ein englischer Diener habe es ungefähr tausendmal besser als ein irischer Dienstbote.

»Ich nahm an, dass Sie diesen letzten Kampf gewinnen würden; daher habe ich mich über das nächste Turnier in Kilkenny informiert«, erklärte Mr Edwards Joseph. »Der amtierende Meister stammt aus Tipperary. Seinem Ruf nach ist er kein Gentleman. Er hat noch nie einen Kampf verloren. Und er ist ein ungewöhnlich großer Mann.«

So viel auf einmal hatte der Verwalter noch nie zu Joseph gesagt. Wollte er ihn warnen, oder versuchte er ihn zu verunsichern?

»Groß? Wie groß denn? Größer als der Steinmetz? Der ist nämlich ein ziemlich kräftiger Mann, und ich würde nie versuchen, gegen *ihn* zu ringen«, meinte Joseph, nachdem er einen Bissen Schinken mit Apfelwein heruntergespült hatte.

»Stellen Sie sich unseren Steinmetzmeister vor, und rechnen Sie noch einmal einen halben Mann dazu.«

Joseph hatte über so vieles nachzudenken, dass er sich keine Sorgen um einen großen, tapsigen Burschen machte, der nicht viel vom Ringen verstehen würde. Seit seiner Ankunft hatte er weit über seiner eigenen Gewichtsklasse gekämpft, und jedes Mal hatte er durch seine Schnelligkeit gesiegt. Er hatte folglich keinen Grund zur Sorge.

»Danke für die Warnung.«

»Das ist mehr als eine Warnung. Er hat seine Gegner schon verletzt. Sie müssen gegen ihn gerüstet sein. Der Colonel hat vor, eine schwindelerregende Summe auf diesen Kampf zu setzen.«

Warum sollte Mr Edwards ihm helfen? Joseph hatte vermutet, dass er für den Kerl eher zusätzliche Arbeit bedeutete. Er schob den leeren Teller weg.

»Sie haben Recht. Ich muss mich vorbereiten«, sagte er.

Mr Edwards nickte auf seine undurchschaubare Art, räumte den Teller ab und ging davon.

Nach dem Kampf in Cork bemerkte Joseph ein leichtes Ziehen in der Wade. Als er drei Tage später mit Sean trainierte, zog sein Wadenmuskel sich zu einem Krampf zusammen, der ihn zu Boden gehen ließ. Sean rannte davon, um Hilfe zu suchen, und holte Deirdre.

Joseph lag flach auf dem Hof, drückte das Knie an die Brust und hielt sich den pochenden Muskel mit beiden Händen. Aus dieser Lage schaute er zu Deirdre hoch und fand, dass sie aus diesem Blickwinkel anders aussah, nicht so klein. Die Vormittagssonne spiegelte sich in ihren grünen Augen, und die Meeresbrise blähte ihren Rock, so dass er an Seetang und den Ozean denken musste.

Deirdre rieb die Hände aneinander, summte dann ein Lied und blies hinein. Sie trat zu ihm, bückte sich, legte die Hände auf seine und löste sie sanft von dem krampfenden Muskel. Ihre Hände fühlten sich warm an, und er ließ bereitwillig seine Wade los. Sie schloss die Augen und legte die Hände auf seinen Unterschenkel.

Ihre Hände wurden heiß, dann eiskalt und wieder heiß. Er hatte sie noch nie aus diesem Winkel gesehen, und ihm fiel auf, dass ihre Haut merkwürdig glatt und jung wirkte, gar nicht so, wie eine Mutter aussehen sollte; eine Mutter von so vielen Kindern, die alle weit älter waren als Taleen. Das Gefühl von Heiß und Kalt lief vom Knöchel bis zum Po an der Rückseite seines Beins entlang. Dann blies eine warme, feuchte Brise von innen, unter der Haut, durch sein Bein, umkreiste seine Muskeln und strich über seine Kniescheibe. Sein ganzes Bein wurde in so etwas wie einen Wirbelsturm gezogen, und alle heißen, angespannten Stellen wurden herausgelöst und davongeweht. Joseph fürchtete sich keinen Moment und zweifelte an keinem Punkt daran, dass diese kleine dunkelhaarige Frau den Schmerz in seinem Bein stillen konnte.

»Deirdre?«, fragte er einmal, aber die Deirdre, die er kannte, die Mutter seiner großen Liebe, die Frau, die einen riesigen Küchentrakt im Griff hatte und Braten, Puddings und Saucen zubereitete, die alle Männer zum Weinen brachten – diese Deirdre war nicht anwesend. »Sei still, Mann, und lass sie ihre Arbeit tun«, sagte Sean.

Joseph lehnte sich zurück, behielt jedoch mit seinen kräftigen Nackenmuskeln den Kopf oben, weil er noch nie so jemanden wie Deirdre getroffen hatte. Mit geschlossenen Augen, die Hand auf sein Bein gelegt, schenkte sie ihm etwas und nahm etwas fort. Wenn er blinzelte, meinte er, ein rosiges Licht zu sehen, das ihre Gestalt und sein Bein einhüllte.

»Lass jetzt die Hunde kommen«, befahl sie Sean. »Ab mit dir in die Stallungen.«

Sean rannte davon, und schneller, als Joseph das für möglich gehalten hätte, waren die drei erwachsenen Wolfshunde da. Die grauen Riesen beschnupperten sein Bein und sahen einmal Deirdre und dann wieder Joseph aus ihren bernsteinfarbenen Augen an. Die Wolfshunde jagten ihm noch immer Angst ein, und Joseph wandte als Erster den Blick ab.

Deirdre löste die Hände von seinem Bein. »Lauft zu!«, sagte sie. Die Hunde rannten davon, auf die Weiden. Joseph wälzte sich auf die Seite und sah, wie die drei in gestrecktem Lauf dahinsausten, die langen, schmalen Nasen in den Wind gereckt. Ihre mächtigen Lungen arbeiteten, und ihre Beine bewegten sich so schnell, dass sie fast unsichtbar waren.

Deirdre schüttelte ihre Hände aus und sah plötzlich wieder aus wie ihr altes Ich.

»Das war eine Verletzung, die im Wachsen begriffen war. Du hattest großes Glück, dass der Krampf dich hier überfallen hat und nicht bei deinem nächsten Kampf. Allerdings hast du da einen Schwachpunkt. Das ist nicht furchtbar schlimm, aber dennoch eine Schwäche; und es wäre klug von dir, wenn du sie vorsichtig behandelst und nicht zulässt, dass sie sich durch das Ringen verschlimmert«, erklärte Deirdre.

»Was haben Sie da eben gemacht?«, fragte Joseph. Er spürte eine wohltuende Wärme in seinem Bein, das plötzlich nicht mehr schmerzte.

Sie tätschelte seine Schulter. »Nur das, was ich für alle tue.«

»Was haben die Hunde getan? Warum haben Sie sie gerufen?«

»Das war eine Eingebung. Sie helfen nur bei Iren. Gibt es da etwas, was du mir erzählen möchtest, Joseph aus den kanadischen Provinzen? Die Hunde lügen nicht. Sie sterben aus und weigern sich, sich fortzupflanzen, doch sie können nicht lügen.«

Deirdre sah ihn aus ihren grünen Augen eindringlich an, aber Joseph zwang sich, nicht die Wahrheit zu sagen.

»Sieht aus, als wäre einmal immer das erste Mal«, meinte er achselzuckend.

Joseph zog sich ins Haupthaus zurück – das »große Haus«, wie die Iren es nannten. Zwei Dinge wusste er sicher: Der Colonel hielt ihn für einen Meisterringer, und Taleen liebte ihn. Was brauchte er noch? Er wartete darauf, dass Taleen und Madigan von der Schule zurückkehrten.

Nachdem es im Herrenhaus ruhig geworden war und alle Bewohner schliefen, trafen Joseph und Taleen sich in der Waschküche, die weit weg von den Ohren der Herrschaften und der anderen Dienstboten lag. Madigan lag vor der Tür und versperrte sie. Ihr cremiges, haferfarbenes Fell war seit Josephs Ankunft ein wenig nachgedunkelt. Die neue Farbe war von dunkelbraunen Streifen durchzogen, und Schwanz und Ohren hatten den neuen Ton schon vollkommen angenommen. Sie lag auf der Seite, und ihre Beine zuckten im Schlaf.

Joseph und Taleen hatten sich ein Lager aus den schmutzigen Bettlaken gebaut, die am nächsten Tag gewaschen werden sollten. Sie lagen nebeneinander und sahen sich an. Sein weißes Hemd war aufgeknöpft, und Taleens kleine Hände glitten über seine Haut und erinnerten ihn an den leidenschaftlichen Liebesakt von eben. Sie hatte ihren Rock gehoben und einmal mehr das Tor zu ihrem Körper enthüllt, das Joseph so faszinierte.

»Wir müssen einen Teil unserer Sachen anbehalten«, hatte sie schwer atmend erklärt, »für den Fall, dass jemand kommt. Madigan wird uns rechtzeitig warnen, damit wir weglaufen können, aber wir sollten dann lieber bekleidet als nackt sein.«

Joseph sehnte sich nach der Freiheit, mit Taleen vollkommen nackt zu sein und jede ihrer Körperstellen zu betrachten, doch er begriff auch, dass es notwendig war, sie zu schützen. Er erinnerte sich an Deirdres Warnung bezüglich des Colonels; beherzigen mochte er sie allerdings nicht.

Er küsste ihr Handgelenk. »Deine Mutter hat mir geholfen, als ich heute einen Krampf im Bein hatte. So etwas habe ich noch nie erlebt. Ich hatte ja keine Ahnung, dass sie so etwas kann, du weißt schon, wie ein Arzt.«

Taleen schob ihn ein Stück weg, gerade so weit, dass sie ihn direkt ansehen konnte, ohne zu schielen. »Sie ist Heilerin, genau wie ich es eines Tages sein werde. Die Gabe wird in unserer Familie vererbt. Mit dem Colonel sprechen wir darüber nicht, aber alle Iren aus der Umgebung kommen mit ihren Krankheiten zu Mum.«

»Aber wie macht sie das? Ich meine, sie hat irgendwie die Hände auf mein Bein gelegt, die Hunde gerufen, und –

paff! – war mein Bein besser. Kannst du das auch?«, erkundigte sich Joseph und stützte sich auf einen Ellbogen.

»Ich bin noch jung, und das zweite Gesicht, wie es genannt wird, zeigt sich bei jungen Leuten erst, wenn wir vollständig bereit sind, es einzusetzen. Mum meint, dass es bei mir bald so weit sein wird.«

»Wie fühlt es sich an, wenn man dieses zweite Gesicht hat?«, fragte Joseph.

»Das ist jeden Tag anders. Manchmal sehe ich ein wenig über den heutigen Tag hinaus. Ich sehe, ob jemand krank werden wird. Allerdings weiß ich nicht, was ich gegen die Krankheit unternehmen soll, daher habe ich keine Ahnung, warum das geschieht. An anderen Tagen sehe ich einen schwachen Schein von Menschen ausgehen, so, wie du im richtigen Licht sehen kannst, wie heiße Luft von einer Kerze aufsteigt. Mum hat gesagt, das sei die Stärke ihres Geistes und ich solle mir deswegen keine Sorgen machen. Bei anderen Gelegenheiten sehe ich Leute von Farben umgeben, wenn sie sprechen. Die Farben verändern sich, je nachdem, ob sie ängstlich, froh oder betrübt sind.«

Das hätte eigentlich unglaublich auf ihn wirken sollen, aber Joseph nahm jedes Wort so bereitwillig hin, als hätte Taleen ihm erzählt, sie verstehe sich besonders gut darauf, ein Hühnchen zu braten. Er war so Hals über Kopf verliebt in sie, dass er ihr auch geglaubt hätte, wenn sie behauptet hätte, fliegen zu können.

»Kannst du dafür sorgen, dass etwas passiert? Könntest du machen, dass jemand weggeht?«

»Du meinst, jemanden dazu bringen, etwas zu tun, was er nicht will? So etwas wie einen Fluch? Mum sagt, es sei uns verboten, jemals einen Fluch auszustoßen, und wenn wir auf eine Verwünschung treffen, müssen wir die arme Seele heilen, die damit bestraft ist.«

Enttäuscht sackte Joseph zusammen.

»Meine Mum sagt, die Liebe vermische sich mit meiner Gabe und rufe einen Aufruhr hervor, so dass die Gabe länger braucht, um ihren richtigen Platz in mir zu finden. Sie sagt, ich müsse vorsichtig sein.«

»Alte Leute sagen immer, dass man vorsichtig sein, aufpassen, langsam machen soll. Sie haben ja keine Ahnung, wie sich wahre Liebe anfühlt«, meinte Joseph.

»Aye, und ich liebe dich, Joseph. Wir beide sind füreinander bestimmt.«

Madigan regte sich. Sie stand auf, trottete zu den Liebenden herüber und stieß mit der Nase Taleens Hand an.

»Meine wundersame Gabe und auch dieser große Hund verraten mir, dass es bis Sonnenaufgang nur noch ein paar Stunden sind und dass Gottes Zorn über uns kommen wird, wenn man uns hier findet.«

Sie standen auf, stopften die Bettlaken wieder in den Wäschekorb und schlichen in ihre Betten zurück, jeder in seines.

30

Nach dem Schock, den ihr das Wiedersehen mit Joseph versetzt hatte, fühlte sie sich desorientiert. Alles hatte sich bis her darum gedreht, ihn zu finden. Sie hatte nach dem Jungen geforscht und furchtbare Angst ausgestanden, er hätte die Strapazen nicht überlebt, die die einfachen Menschen in Irland ertrugen, bis sich schließlich Glenis eingeschaltet und Biddy Early aufgesucht hatte. War das alles Glennies Tod wert gewesen? Nein, sie konnte nicht klar denken; Glennie wäre auf jeden Fall gestorben. Eileiterschwangerschaften waren in dieser Zeit einfach tödlich.

Warum konnte sie nicht vernünftig denken? Joseph hatte unglaublich gesund ausgesehen, aber etwas an ihm war vollkommen anders gewesen. Offensichtlich hatte er einen Wachstumsschub bekommen und war stabiler geworden. Aber es lag eher daran, wie er dastand, mit gerecktem Kinn, selbstsicher und zu allem bereit. Er war Joseph und doch nicht Joseph gewesen. Und er hatte sie verleugnet.

Er hatte getan, als wäre sie unsichtbar. Joseph war ein Mitglied ihrer Familie, und er hatte sich von ihr abgewandt. Der ganze Raum in ihrem Inneren, der dem Jungen gehört hatte – die Erinnerungen daran, wie sie mit ihren Rollerskates auf dem Radweg gefahren waren, wie sie ihm als Kleinkind vorgelesen hatte, all ihre Gedanken an ihn, das Gefühl, wie mit Glasfaserkabeln mit ihm verbunden zu sein –, war leer, und sie war aus dem Gleichgewicht geraten. Die Lücken füllten sich augenblicklich mit Scham, einem Gefühl, auf das sie ebenfalls nicht vorbereitet war. Die Scham war verhüllt und doch unverkennbar und ließ das Gefühl, von ihrem Vater verlassen worden zu sein, neu aufflammen. Die Explosion in ihrem Inneren, die dadurch ausgelöst wurde, war spektakulär. Anna hätte sich am liebsten vor sich selbst verkrochen.

Dann wurde sie wütend. »Wenn ich diesen Jungen in die Hände bekomme, bringe ich ihn um«, verkündete sie.

Anna und Donal suchten Zuflucht im Haus eines Freundes. Donal hatte als Kartograf fünfzehn Jahre lang in Cork gelebt. Er schien alle Iren in der Stadt, Männer wie Frauen, zu kennen, und die Türen öffneten sich ihm. Er nahm die Gastfreundschaft Liams und seines Vaters in Anspruch, die auf der östlichen Seite der Stadt wohnten, auf dem Weg nach Cobh, einem der größten Häfen in Irland und Donal zufolge ein Ort, an dem die englischen Militärs besonders wachsam waren.

Anna und Donal aßen ein Gericht, das Fleisch enthielt, kleine Stücke köstliches Schweinefleisch, und Anna spürte den Schock, Fleisch im Mund zu haben, das unverkennbare Gefühl, auf Fleisch zu beißen.

»Gott, das ist wundervoll«, meinte sie, kippte den Teller und leckte ihn ab. »Deine Freunde hier essen ganz anders als ihr im Westen.«

Donal setzte sich so, dass er die Tür im Blick hatte. »Je weiter du nach Osten kommst, umso besser wird das Essen. Das Land ist hier fruchtbarer. Nur der Westen muss von Luft und Wasser leben. In Tramore, wo Colonel Mitford lebt, quillt die Landschaft fast vor Nahrung über: Obstbäume aus Spanien, gut gefüllte Speisekammern, Butter, Sahne, Fleisch …«

Anna sah den Ausbruch der Kartoffelfäule vor sich und die darauf folgende Hungersnot, der Millionen zum Opfer fallen würden. Die Westküste würde vernichtend getroffen werden, weil die Menschen dort keine Reserven hatten; selbst ihr Schmuggelgeschäft würde sie vielleicht nicht retten. Sie überschlug, wie viele Monate es noch bis zur nächsten Kartoffelernte waren. Sie hatten noch acht Monate, bis die Katastrophe beginnen würde.

»Ich möchte, dass du ein paar Tage hierbleibst«, sagte Donal und unterbrach ihren Gedankengang. »In diesem Haus bist du ein willkommener Gast.«

Annas Kopf fuhr herum. »Du meinst, du lässt mich hier zurück? Wohin gehst du, und warum kann ich dich nicht begleiten?«

»Mit diesen Beinen bist du nicht in der Lage zu reisen. Deine wunderschönen Schenkel sind vom Reiten zu wund. Ich werde O'Connell nehmen, nach Tramore reiten und herausfinden, warum dein Neffe sich unter der Fuchtel des englischen Colonels befindet.«

Soeben hatten sie ihre Beine mit einer großzügig bemessenen Menge Schmalz eingerieben. Nachdem sie aus Kinsale einen ganzen Tag zu Pferd unterwegs gewesen waren, waren sie rot und wund. Anna wusste, dass er Recht hatte, aber es gefiel ihr ganz und gar nicht. Sie hängte sich krumm auf ihren Stuhl und spreizte die Beine, so dass eine Kuhle in ihrem Rock erschien.

»Wie lange wirst du fortbleiben?«

»Zwei Tage. Und ich kann nicht in dieses Haus zurückkehren, da das zu gefährlich für Liam wäre. Du musst mich im Passage West treffen. In dieser Gaststätte verkehren viele Schmuggler. Man wird dich erwarten.«

»Moment mal. Du hast früher hier gewohnt. Du hast für die Briten in Cork gearbeitet. Warum musst du dich in dunklen Ecken herumdrücken?«

»Falls du mit herumdrücken meinst, dass ich mein Gesicht im Schatten halte, dann genau deswegen, weil ich für die Engländer gearbeitet habe. Niemand verlässt so einfach den Dienst der Briten. Ich war ihr Kartograf, und sie waren ganz und gar nicht erfreut darüber, dass ich mich mit jeder Karte von Irland im Kopf davongemacht habe. Ich bin der Traum jedes Schmugglers. Glenis und Tom waren sehr überzeugend.«

»Dann hättest du nicht herkommen sollen. Du hättest nie zustimmen sollen, mich zu begleiten.« Anna stand auf.

»Und dich allein in diese Schlangengrube lassen? Du hast keine Ahnung, wie es hier zugeht, meine Anna. Die Hälfte von dem, was um dich herum geschieht, nimmst du gar nicht wahr. Cork ist entsetzlich gefährlich, daher schweigst du am besten, wenn du nach draußen gehst. Sonst ziehst du zu viel Aufmerksamkeit auf dich.« Er seufzte. »Als ob du einen Mann nicht sogar blenden würdest, wenn du auf dem Boden geschlafen hast und mit Zweigen im Haar und Schmalz auf deinen schönen Beinen aufwachst. Wir treffen uns in zwei Tagen im Passage West. Liam wird sich über deine Gesellschaft freuen. Nichts könnte mich davon abhalten, zu dir zurückzukehren.«

Die paar Tage ohne Donal verbrachte Anna mit fieberhafter Lektüre. Sie stellte fest, dass es sogar in den ärmsten irischen Haushalten Bücher gab, und sie ackerte sich durch die Lokalzeitungen, um sich einen Begriff von der politischen Stimmung dieser Zeit zu machen. Sie las auch einen Band von Charles Dickens, einem jungen britischen Autor, dessen politische Satire die Iren sehr bewunderten. Als sie das Lokal betrat, dachte sie noch immer intensiv darüber nach, was für einen unglaublichen Mumm dieser Dickens hatte, dass er den Status quo so attackierte. Sie stellte sich vor, wie sie in einem beinahe warmen Bett Donal umschlang, seine kratzigen Beine spürte und mit ihm über die politische Wirkung von Autoren wie Dickens sprach. Aber zuerst würde Donal ihr sagen, wie sie Joseph aus Colonel Mitfords Klauen befreien konnten. Ihr war es ziemlich gleich, ob sie den Jungen dazu in einen Sack stecken und über die Kruppe eines Pferds werfen mussten. Diese Gedanken gingen ihr durch den Kopf, als sie die Tür des Passage West aufzog.

Das Lokal sah genauso aus, wie Donal es ihr geschildert hatte; eine schmale Fassade, hinter der die größere Gaststätte lag. Sie befand sich auf der ärmeren Seite der Stadt und so nahe an der Bucht, wie es möglich war, ohne hineinzufallen. Cork war berühmt für seine großen, verzweigten Buchten; ein sicherer Hafen für Schiffe, die Zuflucht vor den ungezähmten Mächten von Wind und See suchten. Donal hatte das Passage West gerade deswegen ausgesucht, weil es im ärmsten Stadtviertel lag und dort die wenigsten Soldaten unterwegs waren. Das Lokal war ein beliebter Treffpunkt für Schmuggler und Menschen, die sich nach einer Autonomie für Irland sehnten.

»Du wirst dort willkommen sein. Wenn das Trinken und das Singen dir zu viel werden, lässt der Schankwirt dich im hinteren Teil des Pubs ausruhen, wo sie ruhige Zimmer haben«, hatte Donal ihr erklärt.

Der Qualm drang ihr aggressiv in Augen und Nase, und ihre Lungen füllten sich rasch mit den schmutzigen Ausdünstungen des schlecht ziehenden Torffeuers und des Rauchs aus den Tonpfeifen, die die Hälfte der Männer pafften. Am anderen Ende der Theke stand, auffällig wie ein Leuchtturm, ein Soldat. Er hatte den roten Rock verwegen aufgeknöpft und seinen Hut auf der Bar abgelegt. Sogar von der Tür aus erkannte sie, dass er betrunken war und die anderen Besucher des Pubs sich freundlich gaben, aber argwöhnisch Distanz zu ihm hielten. Am Kamin spielte ein Fiedler, und als Anna eintrat, neigte er leicht den Kopf zur Seite. Damit machte er ihr ein Zeichen, nur wofür?

Der britische Soldat zog ihren Blick an, doch dann wandte sie rasch die Augen ab. Sie hatte die schiefe Nase sofort erkannt; das war der Soldat, der Anna bei dem Ringkampf zweimal beiseitegestoßen hatte. Langsam dämmerte auch ihm, wer sie war, und er löste sich von der Theke. Hier stimmte etwas nicht. Wo steckte Donal? Er hatte gesagt, er werde hier sein. Sie warf einen Blick in die hintere rechte Ecke, denn ihr fiel ein, dass Donal sich gern in diesen Bereich hinsetzte, damit er die Tür im Auge behalten konnte.

Mit ein paar raschen Schritten, die Anna eher hörte als sah, stand der Soldat vor ihr, bevor sie auch nur ihr Umschlagtuch ablegen konnte. Seine Hand legte sich fest um ihren Nacken. Noch niemand hatte sie je so berührt, ihren

Nacken gepackt, um sie wie einen Hund zu führen. Ihre Reaktion war reiner Überlebensinstinkt.

»Nehmen Sie die Finger weg«, kreischte sie. Sie hatte vorgehabt, ein tiefes, volltönendes Knurren auszustoßen, doch ihre Stimme klang hoch und schrill vor Angst. Der Atem des Soldaten stank nach Alkohol und Rauch, aber ihre Worte katapultierten ihn in eine Art nüchternen Zustand. Sie erkannte den Blick, diese trübe Mischung aus Erregung und Demütigung, gefolgt von dem Entschluss, ihr Schmerz zuzufügen und Besitz von ihr zu ergreifen. Sie hatte nicht viel Zeit zum Überlegen, nur den Bruchteil einer Sekunde, in dem sie dem Barmann, von dem Donal gesagt hatte, dass sie ihm trauen konnte, einen Blick zuwarf.

Die Faust traf Annas Kinn mit der Wucht eines Frontalzusammenstoßes, bei dem der andere nicht einmal versucht hat, den Unfall durch Bremsen oder Ausweichen zu verhindern. Als Licht und Schall um sie herum explodierten und ihre Zähne abbrachen, spürte sie nicht die Schmerzen, die ihre irritierten Nervenenden ihr schickten, sondern eine Art Staunen. Hatte ihre Mutter sie vergessen, ihr Bruder, hatte ihr Vater sie schon vor langer Zeit vergessen? Nein, sie wusste, dass sie es nicht getan hatten. Der Lichtblitz, der ihr Hirn erhellte, bestätigte ihr, dass sie mit ihnen verbunden war; sie war den Menschen in ihrer Zeit wichtig, ihrer Familie, sogar ihrem kleinen Nichtsnutz von Neffen.

Sie spuckte die ausgeschlagenen Zähne in ihre Hand, denn sie wollte sie aufbewahren, nur für den Fall, dass sie wieder in ihre Zeit gezaubert würde. Dann würde sie sich die Zähne wieder einpflanzen lassen. Das laute Treiben im Pub verstummte und wich einer bleiernen Stille. Das einzige Geräusch war das, mit dem ihre Stiefel über den Boden schleiften, während sie versuchte, sich aufzurichten.

Der Mann hielt sie fest an ihrem langen Haar gepackt und

zerrte sie daran zur Tür. Ihre Stiefel kratzten laut über den Steinboden. Mit einer Hand umklammerte sie ihre abgebrochenen Zähne, und mit dem anderen Arm schlug sie um sich und versuchte, den Mann irgendwo zu treffen. Er öffnete die Tür der Taverne, und ihre Füße holperten über die Schwelle, als er sie auf die Straße zog.

Mit einem Mal war Anna völlig außer sich darüber, dass sie nicht aufstehen konnte. Sogar der Kinnhaken war nicht so schlimm gewesen. In rechtschaffenem Zorn bäumte sie sich auf. Das Adrenalin trieb sie an und strömte größtenteils in die großen Muskeln an ihren Schenkeln. Ihre Beine, genau, die würden sie retten. Was nützte das ganze Triathlon-Training, das Laufen, Radfahren und Schwimmen, wenn sie es nicht für etwas wirklich Wichtiges einsetzen konnte? Zum Beispiel, um ihr Leben zu retten. Mit reiner Willenskraft brachte sie ihre Bauchmuskeln dazu, sich zu straffen und mitzumachen. Ihre Beine spannten sich an, und dann stand sie und musste rennen, um mit dem Mann mitzuhalten, der sie am Haar gepackt hielt.

Er würde damit rechnen, dass sie sich losreißen wollte, aber stattdessen ging sie geradewegs auf ihn los und zielte mit einer Hand auf seine Augen und mit der anderen auf seine Kehle. Dazu musste sie allerdings ihre kostbaren Zähne loslassen. Einen Moment lang erhaschte sie einen Blick darauf, wie sie hinter dem Soldaten im hohen Bogen davonflogen und kurz im Licht der Straßenlaterne aufblitzten.

Der Mann war noch immer betrunken, was sowohl ihr Vorteil als auch ein unkalkulierbares Risiko war. Wenn sie ihn dazu brachte, ihr Haar loszulassen, konnte sie entkommen, indem sie davonrannte. Sie wusste, dass sie in der Lage war, ihn abzuhängen.

In der Straße vor dem Pub brannte nur eine Laterne, die einen Lichtkreis warf. Die beiden stürzten daran vorbei und rutschten auf den feuchten Pflastersteinen aus. Aus dem Augenwinkel sah sie eine kleine Menschenmenge. »Lassen Sie sie los, Mann. Sie ist nicht für Sie bestimmt«, hörte sie eine Männerstimme sagen.

Der Soldat wandte den Kopf. »Verschwindet, alle! Sonst lasse ich euch verhaften.«

Sie war auf sich gestellt. Mit den Fingern versuchte sie nach seinen Augen zu stechen, aber er drehte den Kopf weg. Mit der anderen Hand packte er ihren Arm und zog sie an seinen Körper. Kämpfend stolperten sie in eine nach Urin stinkende Gasse. Anna betrachtete die Optionen, die ihr blieben. Er hatte vor, sie zu schlagen, zu vergewaltigen, zu töten oder sie einer entsetzlichen Mischung aus allem zu unterziehen. Sie musste alles einsetzen, was sie hatte; der Rest ihres Arsenals bestand aus ihrer Stimme, ihren Zähnen und ihren Beinen. Sie stürzte sich auf seinen Nacken und biss kräftig zu. Gleichzeitig zog sie das rechte Knie hoch und rammte es ihm in die Hoden. Sie traf nicht mittig und bereitete ihm nicht den vernichtenden Schmerz, den sie sich erhofft hatte. Trotzdem ließ er grunzend ihr Haar los.

Es war eine solche Erleichterung. Vor allem das hatte sie gewollt. Anna wich zurück, aber zu ihrer Verwunderung hielt der Mann trotz seiner Schmerzen noch immer ihren Arm fest. Als sie sich loszumachen versuchte, gingen sie durch den Schwung ihrer Bewegung beide zu Boden, und der Soldat kam auf ihr zu liegen. Sein zu einer Grimasse verzerrtes Gesicht befand sich dicht über ihrem. Sie atmete seinen heißen Geruch ein, seinen Zorn darüber, dass sie sich weigerte, sein Eigentum zu sein.

»Du machst nichts als Ärger, bist die verdammte Mühe nicht wert«, stieß er hervor.

Sie spürte, wie sein Arm an seiner Seite hinunterglitt. Er war schlank, sehnig und muskulös. Aus dem Augenwinkel sah sie ein Messer aufblitzen. Er legte eine Hand an ihren Hals und drückte ihr Kinn beiseite. Mit entsetzlicher Klarheit erkannte Anna, dass er vorhatte, ihr die Kehle durchzuschneiden. Innerhalb des Bruchteils einer Sekunde wurde ihr klar, dass ein Außenstehender glauben könnte, einen Ringkampf zu sehen, in dem der Soldat kurz davorstand, sie auf die Matte zu werfen. Eines ihrer Schulterblätter berührte den Boden, und das andere schwebte wenige Zentimeter darüber. Genau das würde Joseph tun: die Kraft in seine Beine lenken, den Gegner aus dem Gleichgewicht bringen und sein eigenes wiederherstellen. Heftig spannte Anna die Beinmuskeln an und hoffte, den Stich wenigstens abzulenken; Hauptsache, sie verhinderte, dass sie in einer stinkenden Gasse starb.

Die Reaktion fiel stärker aus, als sie für möglich gehalten hatte. Sein Kopf ruckte zurück, sein Körper erschauerte und sackte nach vorn. Rasch warf Anna sich nach links, so dass der Mann nicht auf sie stürzte. Sie zog die Beine unter ihm hervor und rollte sich ab.

Doch ihr Erfolg hatte nichts mit ihrem improvisierten Tritt zu tun. Mitten im Rücken des Soldaten steckte ein Messer. Blut sickerte aus der Wunde. Taumelnd richtete sie sich zum Stehen auf und erblickte zwei Männer.

»Um Gottes willen, holt einen Wagen und schafft ihn zur Bucht. Wickelt ihn ein und beschwert ihn mit Steinen. Rasch, bevor jeder Hund in der Stadt sein Blut wittert.«

Anna bekam ihren Atem nicht unter Kontrolle. Der Soldat war ausgeschaltet, und der giftige Hauch seines Todes breitete sich aus wie ein Fleck, der an ihren Beinen hinaufkroch. Sie wusste nicht, welcher der Männer ihn getötet hatte. Einer der Männer nahm ihren Arm und zog sie zurück in die Straße.

»Hier, nehmen Sie meinen Arm, als wären Sie mein Liebchen. Donal ist aufgehalten worden, und wir müssen Sie von diesem unglückseligen Ort wegbringen. Können Sie schon sagen, ob Sie verletzt sind?«

Er war der Mann, der hinter der Theke gestanden hatte; ehrlich gesagt erkannte sie ihn nur daran, wie er die Hemdsärmel hochgerollt hatte. Sobald er Donals Namen aussprach, vertraute Anna ihm sofort.

»Mein Kiefer. Ich glaube nicht, dass er gebrochen ist, aber er hat mir zwei Zähne ausgeschlagen«, erklärte sie.

Als sie vom Passage West nicht mehr zu sehen waren, schlug er einen schnelleren Schritt an.

»Können Sie mithalten, Mädel? Donal sagt, Sie wären mächtig stark.«

»Ja. Wie heißen Sie?«

Sie ließ seinen Arm los, und sie fielen in einen Laufschritt. Irgendwo wurde ein toter britischer Soldat in eine Plane gewickelt, mit Steinen beschwert, in ein Boot gebracht und im dunklen Wasser versenkt.

»Es ist das Beste, wenn Sie meinen Namen nie erfahren. Halten Sie mich ruhig für einen Rüpel, aber so werden die Soldaten meinen Namen nicht aus Ihnen herausprügeln können. Verstehen Sie?«, sagte er und begann zu keuchen.

»Ja. Danke, dass Sie mich gerettet haben. Ich wollte einfach nur Ihren Namen wissen, aber ich begreife, warum Sie ihn mir nicht sagen können. Ich bin noch nie so oft gerettet worden wie seit meiner Ankunft in Irland. Sie sind mein Held«, erklärte Anna. Sie wusste, dass es gestelzt und töricht klang, doch sie meinte ihre Worte ernst. Sie hatte keine Ahnung, wer dem Soldaten das Messer in den Rücken gerammt hatte, und sie würde auch nicht danach fragen.

»Aye. Wir sind alle Helden, und die meisten von uns sind dem Tode geweiht. Das ist eine äußerst unselige Aneinanderreihung von Umständen.«

Sie rannten weiter. Anna hielt ihre Röcke mit beiden Händen gerafft, während sie um Ecken bogen und einem absichtlich komplizierten Kurs folgten.

»So, laufen Sie langsamer und geben Sie mir wieder Ihren Arm. Lehnen Sie sich ein bisschen an mich, als wäre ich sturzbetrunken und Sie mein gutes Weib, das mich nach Hause bringt.«

Während sie weitergingen, tauchten wieder Straßenlaternen auf, die Häuser waren plötzlich prächtig und die Straßen nicht mehr unbefestigt, sondern gepflastert. Sie waren in dem Viertel von Cork herausgekommen, das die Wohlhabenden beherbergte. Anna begriff sofort, wo sie sich befanden – im protestantischen Viertel, das mehr englisch als irisch war.

»Wir haben hier gute Freunde. Nichts ist so schwarz oder weiß, wie es scheint. Und selbst wenn wir keinen einzigen Freund unter den Engländern hätten, wäre das beste Versteck noch immer mitten unter den Invasoren. Angesichts unserer Geschichte haben wir damit reichlich Erfahrung.«

Sie erreichten ein weiß getünchtes kleines Haus, das auf der Vorderseite von einer hüfthohen Mauer umgeben war. Aus einem Fenster im ersten Stock fiel ein schwacher gelber Lichtschein. Der Barmann betätigte den Türklopfer an der massiven Eingangstür. Anna fiel auf, dass der eiserne Schlegel einen Hund mit einer langen Schnauze darstellte, der mit ausgestreckten Beinen rannte, als wäre das Tier eine Rakete. Ein Mann im Nachthemd öffnete. Sein Haar war zerzaust und sein Gesicht auf einer Seite vom Schlaf verdrückt.

»Guten Abend, John. Dies ist eine Freundin von Donal«, sagte ihr Begleiter sofort. »Und sie ist verletzt. Donal wird sie abholen kommen.«

Kurz huschte Furcht über das Gesicht des Mannes, ein unwillkürliches Zucken, der Grundinstinkt, vor einer Gefahr zu flüchten. Doch er erholte sich rasch. »Bringen Sie sie herein«, sagte er. »Willkommen, Miss.«

»Sie sind Engländer?«, fragte Anna, die jegliche Vorsicht außer Acht ließ und ins Haus trat.

»Allerdings. Schauen Sie nicht so entsetzt drein. Es gibt gar nicht so wenige unter uns, die anderer Meinung sind als unsere Regierung. Unserem Volk gegenüber sind wir loyal bis in den Tod, aber mit unserer Regierung sind wir zutiefst uneins.«

Sie führten sie in eine Schlafstube in der ersten Etage. Eine junge Magd brachte Wasser für die Waschschüssel und half Anna, ihre zerrissene Kleidung auszuziehen. Die junge Frau umfasste Annas Kiefer und kam zu dem Schluss, dass er nicht gebrochen war. Während Anna sich wusch, legte das Dienstmädchen einen heißen Stein zwischen die Bettlaken, um sie zu wärmen. Dann steckte sie Anna ins Bett wie ein Baby. »Schon gut, schon gut. Nein, bis morgen früh will ich kein Wort von Ihnen hören.«

Das Letzte, was Anna hörte, war das leise Grollen von Männerstimmen, die über die Ereignisse des Abends sprachen. Sie hörte nur Wortfetzen – »Bastard … Abschaum … fort mit Schaden … nur Mut« –, und dann sank sie in einen traumlosen Schlaf.

Als sie erwachte, zeichnete die Sonne ein scharf umrissenes helles Rechteck auf die gegenüberliegende Zimmerwand. Und ein leises Schnarchen lag in der Luft, tief und grollend. Anna schlug die Augen auf und erblickte Donal, der mit ausgestreckten Beinen auf dem Stuhl schlief. Über seiner Brust lag eine Decke, und sein Kopf war in einem solchen Winkel abgekippt, dass ihm davon später die Nackenmuskeln schmerzen würden.

Stöhnend setzte sich Anna im Bett auf. Jeder Muskel in

ihrem Körper protestierte und schlug Alarm. Sofort wachte Donal auf. Er warf die Decke ab und kam an ihr Bett.

»Anna. Es tut mir so leid. Das ist meine Schuld. Wäre ich eher zurückgekommen …«

Die beiden umklammerten sich, schlangen einander die Arme um Hals und Rippen und vergruben die Gesichter im Haar und am Ohr des anderen. Sie wiegten sich, bis ihre Herzen im gleichen Takt schlugen und die harmonische Melodie von Liebenden fanden. Leise sangen sie einander vor; Donal sang sanfte Lieder auf Irisch und Französisch.

»Lass uns noch nicht reden, Liebste. Dazu haben wir noch alle Zeit der Welt. Ich erzähle dir alles über meine Reise, und du erzählst mir deine Geschichte. Aber jetzt noch nicht. Ich will dich nur in den Armen halten«, sagte er.

Sie rührten sich keinen Schritt aus dem Zimmer, sondern öffneten nur, als es an der Tür schüchtern klopfte und das Mädchen ihnen heißes Brot und Suppe brachte. Dann schlummerten sie weiter, als hätten sie seit Ewigkeiten nicht geschlafen.

31

Als Anna erwachte, spürte sie einen rot glühenden Schmerz im Mund, in dessen Mitte es dröhnte wie eine Trommel. Sie legte die Hand auf die Wange und ertastete einen harten, dick angeschwollenen Knoten. Sie hatten den Nachmittag durchgeschlafen; jetzt war es früher Abend.

»Wach auf, Donal«, sagte sie, und plötzlich stellte sie fest, dass ihre Zunge viel zu groß und zu trocken war. »In meinem Mund stimmt etwas nicht.«

Donal setzte sich auf und legte die Hand auf die geschwollene Wange. »Das hatte ich befürchtet. Die Stummel müssen heraus. Ich lasse nicht zu, dass du an der Blutvergiftung stirbst.«

Sie fuhr mit der Zunge über die abgebrochenen Reste, die einmal einer ihrer linken Schneidezähne und sein Nachbar gewesen waren. Eckzahn nannte man ihn wohl. Sie beschloss, sie – von der Mitte ausgehend – als Nummer zwei und Nummer drei zu bezeichnen. Während ihr Fieber stieg, war sie froh darüber, dass der Soldat ihr wenigstens nicht die beiden mittleren Schneidezähne ausgeschlagen hatte.

Es war kurz nach Mitternacht, und die Kirchenglocken schlugen unter Missachtung der schlafenden Menschen zwölfmal. Trotz der vorgerückten Stunde hatte Donal für einen raschen Ablauf gesorgt, bevor Anna sich in verbissenen Widerstand hineinsteigern konnte. Sie hatte den Verdacht, dass nicht nur zwei ihrer Zähne abgebrochen waren, sondern noch etwas anderes schiefgegangen war; dass ein Nerv durchtrennt oder beschädigt worden war. Ihre schlimmste Angst war, sie könnte im Jahr 1844 einer Krankheit erliegen und lange vor ihrer Zeit sterben.

Anna hatte die Füße auf einen Schemel gelegt und kühlte ihr Gesicht mit einem feuchten Lappen. Eis, ja, Eis wäre jetzt genau das Richtige für einen heißen, angeschwollenen Kiefer gewesen. Aber es gab weder Eis noch einen Zahnarzt oder Antibiotika.

»Der Schmied muss aufgehalten worden sein«, erklärte John und warf Anna einen nervösen Blick zu. »Ein Jammer, dass Sie so leiden müssen.«

Kaum hatte er die Worte ausgesprochen, flog buchstäblich die Tür auf, und ein Mann stand im Rahmen, der den Hut über ein Auge gezogen hatte und einen Lederranzen in der Hand trug. Begleitet wurde er von zwei weiteren jungen Männern. Das musste der Schmied sein. Er nickte zuerst John und dann Donal zu und sah daraufhin Anna an.

»Ist das unsere Patientin?«, erkundigte er sich so aufgeräumt, dass Anna für den Bruchteil einer Sekunde vergaß, was gleich passieren würde.

»Haben Sie ein paar Gläser Whisky?«, fragte er. »Obwohl Poteen für diese Aufgabe im Grund besser geeignet ist.«

»Ich trinke eigentlich kaum«, sagte Anna.

Das stimmte nicht ganz. Sie hatte sowohl Whisky als auch Poteen probiert und beide Getränke nur scharf und widerwärtig gefunden.

»Das mag schon sein, aber manche Gelegenheiten verlangen nach Alkohol, so wie die Nacht sich nach dem Morgen sehnt. Sagen Sie mir, Mädel, wie ist es Ihnen bisher beim Zähneziehen ergangen?«

»Ich habe noch nie einen Zahn gezogen bekommen«, antwortete Anna.

In der Tat, Annas Zähne waren fast makellos, was das Ergebnis von Fluorid, Kieferorthopädie, zweimal jährlichen Zahnarztbesuchen und dem fanatischen Einsatz von Bürste und Zahnseide war.

Der Schmied stellte den Fuß auf einen Stuhl.

»Verstehe. Das wird also Ihr erstes Mal. Erst recht ein Grund, ordentlich zu trinken.«

Anna sah Donal an, und er nickte. Man schenkte ein, und die Männer setzten sich, als wäre es nicht nach Mitternacht und sie hätten alle Zeit der Welt.

»Ist es denn gut, wenn Sie trinken?«, wollte Anna von dem Schmied wissen, nachdem sie mehrere Schlucke von dem scharfen Schwarzgebrannten hinuntergewürgt hatte.

»Ach, machen Sie sich meinetwegen keine Gedanken. Es macht meine Hände ruhig«, erklärte er.

Doch Anna sorgte sich, weil ihr neuer Zahnspezialist den

hiesigen Schwarzgebrannten trank, etwas, das ihr eigener Zahnarzt in der glänzenden Welt aus Edelstahl, beruhigender Musik und pastellfarbenen Wänden nie getan hätte. Sie machte sich auch Gedanken darüber, wie sehr diese Operation ohne jede Betäubung schmerzen würde. Daher kippte sie ihr Glas und ließ den gesamten Inhalt durch ihre Kehle laufen, wie sie es auf alkoholgeschwängerten Erstsemester-Partys gelernt hatte.

»Genau, so ist es richtig«, meinte Donal und schenkte ihr nach.

Anna fand nun mehr Gefallen daran, dass das Kaminfeuer prasselte. Sie öffnete ein paar Knöpfe an ihrer Bluse, bis sie die Luft auf ihren Schlüsselbeinen spürte und die erste Hitzewelle von ihrem Rumpf bis in den Kopf aufstieg. Sie brachte es fertig, den Mund zu öffnen und mit den Fingern an den Stummeln entlangzufahren, an deren Stelle zwei schöne Zähne hätten sitzen sollen. Der Schwarzgebrannte begann besser zu schmecken, mit Noten von scharfem Pfeffer, Zimt und billigem Wodka.

»Sie trinken aus, Liebes, und ich gehe mit meinen Burschen kurz nach draußen und suche ein paar Dinge zusammen. Ein wenig von diesem und jenem«, erklärte der Schmied.

»Warten Sie«, sagte Anna, die sich jetzt fröhlicher fühlte. »Ich möchte einen Toast auf Sie ausbringen.«

Sie stand auf und reckte ihr drittes Glas Poteen.

»Auf den besten verdammten Schmied von ganz Irland.«

»Warten wir lieber ab, bis die Nacht vorüber ist, bevor Sie Loblieder auf mich singen«, gab er zurück.

Anna trank noch ein halbes Glas, und ihre Knie fühlten sich weich an.

»Donal, ich habe weiche Knie«, verkündete sie.

»Das kommt vor«, meinte er und trat näher an sie heran.

»Ich sollte dir sagen, dass diese Sache besser gehen wird, wenn du sturzbetrunken bist, viel besser.«

»Okey-dokey«, sagte Anna, setzte ihr Glas an und ließ die flüssige Lava durch die Kehle rinnen. »Warte mal kurz. Werde ich davon blind?« Sie streckte Donal das Glas zum Nachschenken hin.

»Bei jeder anderen Gelegenheit, zu der dir dieses Getränk angeboten wurde, hast du die Nase gerümpft. Du schwebst in keiner Gefahr, durch diese eine nächtliche Ausschweifung zu erblinden.«

»Gut. Wenn ich wieder zu Hause bin, kann ich mir an Stelle dieser Zähne neue, perfekte weiße Zähne einsetzen lassen. Den Unterschied sieht man gar nicht, überhaupt nicht, auf keinen Fall.«

Anna spürte, wie sich in ihr eine starke Euphorie aufbaute wie ein Geysir. Sie fuhr herum und schlang die Arme um Donals Hals.

»Ich habe ein Geheimnis, ein winziges Geheimnis. Weißt du, woher ich wirklich komme? Ich komme nämlich aus der Zukunft, Donal. Von weit, weit her.« Anna schüttete sich vor Lachen aus. »Hast du schon einmal etwas so Komisches gehört? Pst, wir dürfen den anderen nichts davon verraten.«

Wie aus weiter Ferne hörte sie die Männer zurückkehren. Sie spürte, wie sie hochgehoben wurde, fühlte, wie ihre Füße den Boden verließen, und plötzlich lag sie auf dem langen Tisch. Sie versuchte sich zu bewegen und sah, dass einer der jungen Männer ihre Beine festhielt und der andere ihren Kopf. Donal kletterte auf den Tisch, setzte sich auf sie und fixierte ihre Arme mit den Knien.

»Sie ist sehr eigen, was ihre Zähne angeht. Und ich glaube wirklich, dass sie so viel zu trinken gehabt hat, wie sie vertragen kann«, erklärte Donal und warf dem Schmied einen Blick zu.

Anna blickte zur Decke auf, die wie Hüttenkäse wackelte. Der ganze Raum begann auf- und abzuhüpfen, als treibe er auf dem Meer.

Der Schmied sah ihr aus nächster Nähe ins Gesicht. »Das kann schnell jetzt gehen. Dafür bin ich berühmt. Lassen Sie mich meine Arbeit tun, Mädel, und nachher sind Sie umso froher.«

Jeder Instinkt befahl Anna, die Kiefer zusammenzubeißen. Sie wäre gern viel betrunkener gewesen; Anna betete darum, ohnmächtig zu werden.

»Ich bin nicht betrunken genug. Ich spüre noch alles. Ich warte einfach, bis ich nach Hause komme, und gehe dann zu meinem Zahnarzt. Er ist ein netter Mann, der bei der Arbeit nicht trinkt, und er wird mir eine wunderschöne Brücke einsetzen.«

Die bildliche Vorstellung von einer Brücke in ihrem Mund – einer Steinbrücke, einer Brücke aus Brettern und Seilen oder einer Hängebrücke – war unwiderstehlich komisch. Anna lachte mit weit aufgerissenem Mund und zugekniffenen Augen.

Der Schmied nutzte die Gelegenheit. Anna sah nicht, wie die Zange in ihren Mund fuhr; der Mann hatte das Instrument strategisch geschickt verborgen. Sie spürte einen gewaltigen Zug, als reiße er ihr den ganzen Kiefer vom Kopf ab. Ihr war, als zerspringe ihr ganzer Kopf unter diesem Ruck. Und dann fühlte sie einen glühend heißen Schock, einen zuckenden Blitz, der von ihrem Steißbein bis in ihren Kopf raste. Tränen schossen ihr in die Augen. Sie roch etwas entsetzlich Widerliches, eine Kombination aus stinkendem Abwasser und verwesendem Fleisch. Rasch drehte der Schmied ihren Kopf zur Seite und wischte ihr den Mund mit einem in Schnaps getränkten Lappen aus.

»Wir sorgen schon dafür, dass Sie gleich wieder wie eine

Rose duften. Der Eiter ist das Schlimmste; man kann gar nicht glauben, dass sich etwas so Abscheuliches in uns bilden kann. Den ersten Zahn habe ich. Er ist im Ganzen herausgekommen, so wie es sein soll. Daher ist es nicht nötig, nach Splittern zu stochern. Jetzt holen wir den anderen«, erklärte er.

Anna konnte Donal nicht klar erkennen, weil ihre Augen in salzigen Tränen schwammen. Aber sie spürte, dass er auf ihrer Brust saß, und erkannte seinen Umriss. Sie wollte in heftige Verwünschungen ausbrechen, doch ehe sie die Worte hervorstoßen konnte, war der Schmied erneut in ihrem Mund am Werk, und wieder spürte sie den Ruck und den markerschütternden Schock. Auch beim zweiten Ziehen brachen Eiter und Gestank hervor. Sie hörte, wie der Mann, der ihre Füße hielt, in seinen Ärmel hustete.

»So, die Zahnstümpfe sind draußen. Jetzt haben Sie da eine klaffende Wunde. Die nähen wir mit ein paar Stichen und machen Sie dann los«, sagte der Schmied.

»Nicht nähen!«, kreischte Anna. Davon hatte Donal ihr nichts erzählt.

»Sollten wir die Wunde nicht bluten lassen? Wir möchten doch, dass die Entzündung ganz heraussickert.« Donal klang jetzt weniger zuversichtlich.

Anna bäumte sich zappelnd auf.

»Geh verdammt noch mal runter von mir, du dreckiger Bastard!«, brüllte sie.

Ihr Ausbruch wurde mit einem kurzen Schweigen quittiert.

»Großer Gott. Meint ihr, dass alle Frauen in Amerika so reden? Da schicke ich meine Töchter auf keinen Fall hin«, meinte einer der Männer, der in sicherer Entfernung an der Küchentür stand.

»Es gefällt mir nicht, die Wunde so offen zu lassen. Aber

wenn Sie beide nicht wollen, dass ich sie nähe, dann eben nicht. Sorgen Sie dafür, dass sie diesen Umschlag so lange darauf drückt, wie sie es aushalten kann. Eine gute, berühmte Heilerin sendet ihn, Biddy Early. Ich hatte bereits von ihr gehört und sie dieses Mal endlich zum ersten Mal zu Gesicht bekommen. Sie hat darauf bestanden, wirklich. Biddy Early schickt nicht jedem ein Geschenk. So, noch einmal ein wenig mit Schnaps spülen.«

Anna kreischte noch einmal.

Sie hörte, wie der Schmied zurücktrat.

»Und jetzt, Leute, lassen wir sie los. Wir wollen all unsere Körperteile behalten, allerdings ist sie betrunken und wütend genug, um uns das Herz und auch noch empfindsamere Teile weiter unten herauszureißen. Zuerst gehe ich hinaus. Dann lässt du da, Timothy, ihren Kopf los. Gerry, du gibst ihre Beine frei. Und zuletzt lassen wir Donal allein, damit er sich mit dem Zorn seiner Liebsten auseinandersetzen kann. Wahrscheinlich wäre Ihnen lieber, sie schläft. Ein paar weitere Tropfen Alkohol könnten jetzt das Blatt zu Ihren Gunsten wenden.«

Zu ihrem eigenen Schutz traten die drei Männer den Rückzug an. Donal blieb, John war verschwunden.

»Du warst sehr tapfer, Anna. Ohrenbetäubend laut, aber tapfer. Ich hoffe nur, dass du dich an nichts erinnerst. Jetzt steige ich von dir hinunter, und ich möchte nicht, dass du mich sofort umbringst.«

Donal nahm zuerst ein Knie und dann das andere von ihren Armen und setzte die Füße rechts und links des Tisches auf den Boden. Dann tat er einen raschen Schritt nach hinten.

Anna rollte sich auf die Seite und lag da wie eine Stoffpuppe. Der Schmerz, das Schreien und das Weinen hatten sie erschöpft. Ihr Kiefer dröhnte wie von einem lauten Trommelschlag. Als sie sich aus ihrer liegenden Haltung aufrichtete, war Donal schon da und brachte ihr ein Glas von dem klaren Schnaps.

»Trink noch ein bisschen.«

Dann reichte er ihr den Umschlag. »Drück das hier in die Lücke.« Sie presste das feuchte Tuch in die Wunde und stellte fest, dass der Schmerz davon nicht schlimmer wurde. *Gut,* dachte sie, *das Schlimmste habe ich überstanden. Ich werde es überleben. Dafür hätte ich einen Orden verdient.*

Am nächsten Tag erwachte sie mit einem abscheulichen Geschmack im Mund, als nisteten Mäuse in ihren Wangen. Aha, die Nachwirkungen des Poteen; ein ausgewachsener Kater von dem schwarzgebrannten Fusel. Anna sehnte sich verzweifelt nach Wasser. Sie wälzte sich herum und spürte sofort, dass der glühende Schmerz in ihrem Kiefer verschwunden war. Er war zu einem dumpfen Pochen herabgesunken, mit dem sie umgehen konnte. Sie setzte sich auf und tastete ihr Gesicht mit beiden Händen ab.

Sie erhob sich auf die Knie. »Wach auf, Donal«, schrie sie. »Die dicke Beule an meinem Kiefer ist weg. Zumindest größtenteils, und sie ist nicht mehr glühend heiß.«

»Was veranstaltest du denn um diese Uhrzeit für einen Lärm, Anna?« Er legte den Arm um ihre Taille und zog sie ins Bett zurück. Seine Augen waren rot unterlaufen. »Wir sollten über etwas reden.«

»Oh ja, sicher«, gab Anna zurück, ohne zu wissen, was er meinte.

Er verschlang die Beine mit ihren. Dann legte er die Hand auf ihren Kiefer.

»Der Schmied hat sauber gearbeitet. Darf ich es mir bitte einmal anschauen?«

Anna öffnete den Mund und zog vorsichtig die Oberlippe hoch.

»Gott segne Biddy Early. In den letzten Wochen habe ich ihren Namen öfter gehört als zuvor in meinem ganzen Leben. Das wird gut heilen.«

Anna betastete die Lücke, in der ihre Zähne gesessen hatten, mit der Zunge.

»Ich habe eine Idee. Nachdem dein Gesicht jetzt nicht mehr angeschwollen ist wie ein Kugelfisch, ist jetzt genau die richtige Zeit, es dir zu sagen.«

Anna schmiegte die Nase an seinen Hals und roch den Duft der Hoffnung.

»Anna, sobald wir deinen Neffen haben, sobald das erledigt ist und er mit diesem Mitford quitt ist, nun ja … worauf ich hinauswill, ist Folgendes. Ich möchte, dass du mit mir nach Skibbereen kommst. Oder nach Kinsale, wenn dir Kinsale besser gefällt als Skibbereen. Aber lass uns zusammen gehen. Wir sind beide frei und können heiraten.«

Donal drehte sich so, dass er sie ansehen konnte. Aus nächster Nähe schauten sie sich auf dem Bett in die Augen.

»Du passt zu mir. Wenn ich uns ansehe, dann ergeben wir zusammen etwas ganz Neues, sind nicht länger du und ich. Meine alte Mum hätte zwar gemeint, dass ich mir mit dir zu viel aufhalse, aber sie war auch altmodisch.«

Anna fühlte sich offen und wehrlos, ein Gefühl, das sie noch nie gekannt hatte. Das, was zwischen ihnen war, dieses Dritte, das sie aus ihrem Atem und seiner Haut schufen, hatte ihren Körper erneuert und ganz frisch zusammengesetzt. Sie war noch nie so aufgeschürft, entsetzt, voller Kriegsnarben, zahnlos oder so von Fusel verkatert gewesen wie jetzt. Und sie wurde geliebt; noch nie war sie so geliebt worden.

»Mit den letzten Worten, die über ihre Lippen kamen, hat Glennie mir gesagt, ich müsse nach Hause zurückkehren. Die ersten Worte von deinen Lippen bitten mich, für immer hierzubleiben. Ich werde beten, dass unsere Glenis sich geirrt hat.«

»Was meinst du?«

»Ich meine, dass ich mir mehr als alles andere wünsche, bei dir zu bleiben. Vielleicht bin ich gar nicht in der Lage, nach Hause zu gehen, selbst wenn wir meinen Neffen retten. Denn das ist es ja wohl, eine Rettungsaktion, oder?«

Sie hörte, wie heftiger Regen und Wind das Haus peitschten.

»Sag mir, dass wir heute nichts zu schmuggeln brauchen, uns nicht an eisigen Stränden mit Matrosen treffen oder in verrauchten Tavernen verabreden. Bitte sag mir, dass wir nicht in dieses Unwetter hinausmüssen.«

»In Irland gibt es zwei wunderbare Arten von Regen. Der eine ist der Nieselregen, der die Insel grün erhält und uns Blumen und Kartoffelernten schenkt. Wir nennen ihn flüssiges Gold, und wir alle rühmen ihn. Der andere ist ein Regen wie heute, heftig und unwirtlich, bei dem man unmöglich vor die Tür gehen kann. Wer kann, sucht sich einen Vorwand, um unter einem geschützten Dach zu bleiben. Und genau das werden wir tun.«

Anna schmiegte sich tiefer in das Bett.

»Jetzt erzähl mir alles über meinen Neffen und deine Reise«, sagte sie und wechselte damit leicht das Thema. Sie drückte sich an ihn und legte ein Bein über seines.

»Wir haben jemanden, der auf dem Gut des Colonels arbeitet. Ich habe ihn im Hafen von Tramore getroffen. Frag mich nicht nach seinem Namen; es ist besser, ihn nicht zu nennen. Man weiß nie, was man unter Druck verrät, sollte man verhaftet werden. Wir erzählen ja schon die hanebüchensten Geschichten, wenn der Alkohol uns leichtsinnig macht, und überzeugen damit manchmal sogar andere. Du hast zum Beispiel nach vier Gläsern Schwarzgebranntem geglaubt, du kämest aus der Zukunft«, erklärte er augenzwinkernd.

»Im Ernst? Das muss man sich einmal vorstellen«, meinte Anna und drehte eine Haarsträhne um ihre Finger.

»Daher bleibt sein Name also ungenannt. Er hat berichtet, die Engländer hätten dem Vater des Colonels für seine Dienste beim Militär den ganzen Besitz übertragen. Das Gut hat eine riesige Fläche irischen Bodens verschluckt, Menschen aus ihrem Heim vertrieben und ihre Häuser dem Erdboden gleichgemacht. Die große Ironie ist, dass der Besitz heute von irischen Köchinnen, Steinmetzen, Dienstboten, Bauern, Stallknechten und Heerscharen anderer Iren in Gang gehalten wird, die den Colonel größtenteils davon abhielten, etwas anzurichten. Während der letzten Jahre ist er mit seinen englischen Kumpanen auf die Jagd geritten, hat bei Pferderennen gewettet, die meiste Zeit auf Reisen in England verbracht und die Iren in Ruhe gelassen. Bis dein Neffe an den Strand gespült wurde.«

»Glenis hat nie daran gedacht, so weit weg von hier nach ihm suchen zu lassen.«

»Aye. Er ist gut siebzig Meilen entfernt von der Stelle, an der man dich gefunden hat, angelandet. Sie hätte das wohl nicht für möglich gehalten. Der Colonel setzt den Knaben als Preisringer ein, um ein weiteres Mal zu beweisen, dass die Iren minderwertig sind. Er plant, ihn mit nach England zu nehmen und ihn zu fördern. Vielleicht gibt er sogar die Pferdewetten auf. Und er hat keinerlei Skrupel, was das Wohlergehen und das Leben deines Neffen angeht. Der Bursche, mit dem ich gesprochen habe, meinte, er halte schon große Stücke auf Joseph, aber nicht mehr als auf ein gutes Rennpferd.«

»Und wie sollen wir ihn da herausholen?«

»Wir werden uns in Cork einschiffen und nach Tramore

segeln. Wenn er freiwillig mitkommt, könnten wir ihn einfach treffen und ihn zuerst nach Cork und dann nach Skibbereen mitnehmen. Aber es gibt eine Komplikation. Der Junge ist verliebt.«

Anna setzte sich auf. »Er ist erst sechzehn! Wie ernsthaft kann er schon verliebt sein?«

Sobald sie es aussprach, wusste sie die Antwort. Über alle Maßen, rettungslos und Hals über Kopf verliebt.

»Glaubst du, er wird vielleicht nicht gehen wollen, weil er verliebt ist?«, fragte sie.

»Der Bursche, mit dem ich gesprochen habe, meint, dass sich da eine Tragödie zusammenbraut. Der Junge liebt ein irisches Mädchen, aber der Colonel ist strikt dagegen, dass die Oberklasse mit den Iren fraternisiert.«

Während an der Südküste Irlands der Regen prasselte, verbrachten Anna und Donal den Rest des Tages damit, ihre Reise nach Tramore zu planen, und teilten dankbar eine Mahlzeit mit John. Anna aß eine dünne Suppe und pflegte die Lücke, die ihre zwei Zähne hinterlassen hatten.

32

Als Anna erwachte, war Donal bereits fort. Bei ihrem zuvorkommenden Gastgeber hatte er ihr die Nachricht hinterlassen, ihn in einer kleinen Kirche zu treffen.

»Wo ist er hin?«, fragte Anna.

»Er wollte für Sie beide Schiffspassagen nach Tramore buchen. Das ist viel einfacher, als auf dem Landweg zu reisen. Er meinte, Sie hätten dort Familie; einen jungen Mann«, sagte John.

»Sollte ich mich darauf einrichten, gleich von der Kirche aus aufzubrechen?«

»Ja. Und unser Dienstmädchen hat einen Rock und eine Jacke gefunden, die nicht zerrissen sind. Sie hat sie für Sie hiergelassen.«

Anna konnte sich kaum vorstellen, welche Opfer es gekostet hatte, ihr einen Rock und eine Jacke zu beschaffen. Der Rock hätte ausgelassen werden müssen, und die Jacke saß an den Schultern zu eng, doch es musste gehen. Jemand hatte ihre Stiefel poliert, was ihr Aussehen sehr verbesserte. Sie zog sich ein frisch gewaschenes Leinenhemd über den Kopf und ließ es über ihren Körper fallen. Kurz hielt sie inne, um eine Bestandsaufnahme zu machen. An einem Bein hatte sie eine dicke Narbe, die gut verheilte, aber noch immer dunkelrot war; die Innenseiten ihrer Oberschenkel, die nach einem ganzen Tag zu Pferd in einem Rock aufgescheuert gewesen waren, waren gut verheilt; ihr fehlten zwei Zähne, die Schwellung an ihrem Kiefer dagegen war fast abgeklungen. Nicht schlecht, dachte sie in dem Versuch, sich aufzuheitern. Gar nicht übel.

Das Netteste, was sie für John tun konnte, war, sein Haus rasch zu verlassen.

»Sie sind ein Heiliger von einem Mann. Und ich habe ein Bad noch nie so genossen wie in Ihrem Haus«, erklärte sie und küsste ihn feierlich auf die Wange. Sie wusste, dass die Menschen hier Baden für Luxus hielten. Zumindest wer häufig badete, war suspekt. Doch Anna hatte das ständige Baden hinter sich gelassen und sich inzwischen auf seltene Körperpflege eingestellt.

»Die Engländer sind gute Menschen«, meinte er. »Wir sind nicht alle einverstanden damit, die Iren und ihre Gewerbe zu ersticken …« Seine Augen röteten sich, und Anna sah, dass er emotional wurde. Sie nahm seine Hand und nickte.

John hatte ihr eine Mietkutsche gerufen, noch ein Luxus, den sie dankbar angenommen hatte.

Die kleine katholische Kirche war eigentlich gar keine, sondern einfach irgendein Gebäude, in dem jemand eine Schale mit Sand gefüllt und Kerzen hineingesteckt hatte. Einen Kamin gab es nicht, und das Innere war feucht und kalt wie eine Höhle. Der junge Geistliche der Kirche erklärte ihr, warum die Wände und der Altar so kahl waren.

»Unsere Kirchen sind so einfach, wie es geht. Es ist besser für uns, wenn wir keine Aufmerksamkeit auf die Kirche lenken und unsere Bemühungen unserem Volk und der Befreiung unseres Landes widmen«, flüsterte er ihr zu, während er sie zu einer grob gezimmerten Bank führte.

Anna kniete in der harten Kirchenbank und wartete auf Donal. Sie wusste, dass sie vielleicht eine Stunde – oder auch vier – ausharren musste. Die Zeit hier war dehnbar und hing nicht von dem engen Zeitbegriff einer schimmernden Digitaluhr ab. Um sich abzulenken, stand sie auf und ging auf die andere Seite des Altars, um eine Kerze für alle anzuzünden, die zwischen jetzt und ihrer zukünftigen Geburt sterben würden. Sie zündete auch eine Kerze für alle an, denen es vorherbestimmt war, bei der bevorstehenden Hungersnot den Tod zu finden. Dann kniete sie vor den Kerzen nieder und legte den Kopf auf das Geländer, das viele Hände zu einem stumpfen Glanz poliert hatten. Eine andere Frau kniete neben ihr nieder.

»Guten Tag, Anna«, sagte sie.

Anna warf ihr einen scharfen Blick zu und erblickte eine kleine Gestalt, die dunkles, mahagonifarbenes Haar und glatte, sommersprossenübersäte Haut hatte und mit ihrer aufrechten Haltung Selbstbewusstsein zeigte.

»Wie bitte?«, fragte Anna, um Zeit zu schinden.

»Donal schickt mich. Nun ja, nicht wirklich, aber ich bin

seinetwegen hier. Entschuldigen Sie meine Manieren. Ich bin Biddy Early.«

Annas Herz tat einen Satz, und unwillkürlich drang ein Laut wie das Miauen eines Kätzchens über ihre Lippen. Sie wollte keinen Fehler mehr machen. Schon jetzt lag ihretwegen ein toter Mann im Meer. Alles begann ihr aus den Händen zu gleiten; sie musste vorsichtig sein. Sie räusperte sich. »Sie verwechseln mich mit jemandem.«

»Ich weiß ein wenig über Sie. Und es ist nicht sicher, wenn wir beide hierbleiben. Sie müssen mit mir kommen.«

Biddy schwieg, und Anna sah, wie die Fremde sie taxierte; ganz ähnlich, wie es ein guter Anwalt tun würde.

»Diese Kirche hat zu viele Ohren. Wir wollen uns von den anderen entfernen und in diesen Alkoven treten.« Mit einer Kopfbewegung wies Biddy auf einen dunklen Winkel.

Abrupt stand Anna auf und stellte fest, dass sie viel größer als Biddy war. Die beiden Frauen traten in die abgelegene Nische. Trotz ihrer Panik bemerkte Anna die winzigen Falten um die Augen der Frau, die von einem tiefen Meerblau waren, und in den Mundwinkeln. Sie schätzte, dass Biddy in den Vierzigern war, obwohl es schwerfiel, in dieser rauen Welt, in der man nie wusste, wann man etwas zu essen bekommen würde, das Alter eines Menschen zu beurteilen.

»Hat Glenis Ihnen vor ihrem Tod nicht von mir erzählt?«

Als Anna Glenis' Namen hörte, verlor sie die Fassung und schlug die Hände vors Gesicht.

»Geben Sie mir einen Grund, Ihnen zu trauen, denn ich sehne mich danach, einem anderen Menschen vertrauen zu können«, bat Anna. »Sie konnte mir nichts mehr sagen.« Das war gelogen, aber Anna beschloss, Glennie tief in ihrem Inneren zu verwahren, zusammen mit allem Kostbaren, was ihr von ihrer Freundin geblieben war.

»Ich erzähle Ihnen von der lieben Glenis«, sagte Biddy

und drückte eine Schulter leicht gegen die kalte Steinplatte des Alkovens. »Ich kann Ihnen sagen, dass sie Sie wie eine Schwester geliebt hat und dass Sie beide die Träume der anderen geträumt haben, als Sie an einer heiligen Quelle übernachtet haben. Reicht Ihnen das?«

Anna schluckte heftig. »Ja. Danke.«

»Glenis sagte, Sie stammten aus einer anderen Zeit, seien aus der Zukunft hergereist und auf der Suche nach jemandem, einem Jungen, der mit Ihnen gekommen ist. Ich habe mehr gesehen und gehört, als Sie sich vorstellen können. Nur Mut, ich glaube Ihnen. Und Glenis hatte das hier dabei.« Biddy zog ein Stück Stoff aus ihrer Rocktasche, das Stück Seide mit dem Etikett von Man Silk.

Aufkeuchend streckte Anna die Hand aus und schnappte sich den Fetzen, den sie an ihr Gesicht zog.

»Als Glenis mir das hier zeigte, hatte ich plötzlich eine deutliche Vision von etwas, das bis dahin nur schwacher Dunst gewesen war, eine Erinnerung. Ich kannte dieses Stück Stoff, ich hatte es schon einmal in den Händen gehalten. Und in der Sekunde, in der ich es berührte, hörte ich eine Männerstimme, so klar und deutlich wie jede Stimme, die ich je vernommen hatte. ›Pass auf den Eckstein auf!‹, sagte der Mann.«

Anna keuchte. Deswegen hatte Glennie es gewusst; Biddy hatte es ihr gesagt.

»Mein Bruder hat etwas über einen Eckstein gesagt, kurz nach seinem Unfall. Es war jedoch das Letzte, was er sagte, bevor … Ich weiß nicht, ob er seine Verletzungen überleben wird«, erklärte Anna.

»Die Zeit ist pockennarbig und fließend, so viel ist sicher; aber wenn Sie hier sind, dann aus einem bestimmten Grund. Und einen Teil davon kenne ich.«

Anna überließ sich Biddys Gewissheit. Endlich.

»Es ist ein Fluch, wenn ich je einem begegnet bin. Solche Flüche können über Jahrhunderte hinweg weitergegeben werden; sie beginnen wie ein Staubkorn, und wenn sie einmal ins Rollen kommen, können sie eine furchtbare Geschwindigkeit entwickeln, und hundertvierundsechzig Jahre später haben Sie dann ein Problem, das undurchdringlich wie Stein ist. Ich weiß wirklich nicht, was aus den Menschen Ihrer Zeit geworden ist, dass sie einen Fluch nicht erkennen, obwohl offensichtlich ist, dass sie jeden Tag in seinem düsteren Schatten leben.«

»Und deswegen bin ich hier? Aber meine Familie ist nichts Besonderes; wir sind keine bedeutenden Persönlichkeiten oder irgendwie berühmt, sondern ganz normale Menschen. Warum gerade wir?«

Seufzend verdrehte Biddy die Augen.

»Wir haben nicht so viel Zeit, dass ich Ihnen alles erklären könnte, was man über Flüche wissen muss. In der Welt des Heilens lehrt man uns, dass man, indem man ein einziges Leben rettet, irgendwann die ganze Welt bewahrt. Dies sind die wahrsten und ältesten Worte, die ich kenne.«

Anna nickte. Sie vermochte den Blick nicht von der Frau loszureißen.

»Ich bin eine siebte Tochter; auf diesem Weg wird bei meinem Volk das zweite Gesicht weitergegeben. Andere berühren Haut und spüren nur Haut; aber wenn wir jemanden berühren, nehmen wir einen Klang und eine Geschichte wahr. Kommen Sie, geben Sie mir Ihre Hand.«

Instinktiv zog Anna die Hände zurück, als spüre sie die Flamme einer Fackel. Dann streckte sie zittrig die rechte Hand aus.

»Aye. Sie und der Junge stammen aus derselben Linie ab. Warten Sie, das kann ich nicht entziffern. Halten Sie still, Frau, Sie zittern ja. Dort, wo eine direkte Linie sein müsste, befindet sich eine Windung, eine Spirale. Sie kommen von hier und doch nicht von hier, und trotzdem geht er Ihnen voraus. Er steht im Vordergrund, und Sie sind in der Ferne hinter ihm …«

Anna riss ihre Hand zurück. Plötzlich erinnerte sie sich an die merkwürdige Vision von Joseph, die sie in der eisigen Nacht auf der Beara-Halbinsel gehabt hatte.

»Donal und ich wissen, wo Joseph ist. Er kauft gerade Schiffsfahrkarten für uns, um noch heute nach Tramore zu fahren. Donal wollte mich hier treffen«, erklärte Anna.

Biddy Early nahm erneut Annas Hand, und eine angenehme Wärme stieg an ihren Armen auf.

»Das Schlimmste habe ich mir für zuletzt aufgespart. Die Briten haben Donal verhaftet. Er sitzt wegen Mord und Hochverrat im Gefängnis von Cork. Im Passage West war ein Spitzel, der Donal irgendwie mit dem Tod des Soldaten in Verbindung gebracht hat.«

Annas Knie gaben nach, und Biddy fing sie auf.

»Na, na, stützen Sie sich ruhig auf mich.«

»Donal ist nicht einmal dort gewesen! Wo ist das Gefängnis? Wir müssen dafür sorgen, dass er freigelassen wird. Ich kann mich für ihn einsetzen.«

»Ich spüre, wie uns die Zeit davonläuft. Wir können versuchen, Donal zu retten, oder Ihren Neffen finden. Ich bin mir ganz und gar nicht sicher, ob wir beides zustande bringen.«

»Ich habe nicht vor, einen der beiden zu verlieren. Wenn uns die Zeit davonläuft, dann sagen Sie mir, was ich tun soll.«

33

»Besorgen Sie mir ein Kleid, das feinste Kleid, das Sie auftreiben können. Und Schuhe. Verschaffen Sie mir Schuhe, wie sie eine Dame tragen würde«, sagte Anna.

Sie hatten Dezember, und selbst an der Südküste von Irland erwärmte sich die Luft während der flüchtigen, kurzen Tagesstunden nicht. Anna setzte volles Vertrauen in Biddy Earlys geheimes Reich aus Subversion und übernatürlichen Kräften. Die beiden Frauen hatten das karge Quartier des Priesters hinter der Kirche übernommen.

Biddy nahm sich die Zeit, Annas Zahnfleisch zu untersuchen, dort, wo ihre beiden Zähne gezogen worden waren oder deren abgebrochene Stummel.

»Der Schmied hat ausgezeichnete Arbeit geleistet. Und Sie haben den Umschlag sorgfältig angewendet. Ich rühme mich nicht gern, aber das hätte weit schlimmer für Sie ausgehen können. Wie wäre es mit einem Becher Poteen? Das würde vielleicht Ihre Nerven beruhigen«, meinte sie lächelnd.

»Poteen möchte ich nie wieder kosten. Erledigen wir das, und dann muss ich in aller Ruhe über mein Treffen mit dem Gefängnisdirektor nachdenken.«

»Lassen Sie sich nicht von Ihrer Erregung überwältigen. Wenn Sie sich aufregen, sind Sie weder Donal noch dem Knaben von Nutzen.«

Innerhalb von Stunden tauchte das Kleid auf. Es kam direkt von einem britischen Besitz in Cork. Ein Zimmermädchen hatte es der Küchenhilfe gegeben, und diese hatte es für den Gärtner in eine Kiste gepackt, welcher es wiederum an einen Steinmetz überbrachte. Letzterer stand plötzlich in ihrer Tür und übergab es ihnen wortlos. Biddy löste den Deckel der Kiste.

»Das wird ausreichen. Damit sehen Sie aus wie eine adlige Lady.«

Zu dem Kleid gehörte bis auf ein Korsett keine Unterwäsche, was ein bedauerlicher Mangel war. Biddy machte kurzen Prozess mit dem Korsett, indem sie Anna ein Knie in den Rücken setzte und kräftig an den Schnüren zog. Dann ließ Anna das Kleid aus edlem Wollstoff über den Kopf gleiten. Es war von einem schmeichelnden Blau und hatte ein fein gestreiftes Mieder, das unterhalb der Taille ausgestellt war und unter dem Nabel provozierend spitz zulief und den Blickfang nach unten richtete. Zu dem Kleid gehörte ein Jäckchen mit leicht gepufften Schultern und einem Samtkragen in einem dunkleren, satteren Blau.

Biddy half Anna, ihr Haar auszubürsten, und steckte es dann zu einer festen Frisur aus gedrehten und geflochtenen Strähnen auf; etwas, das Anna nie hätte nachahmen können. Ein Hut, der Anna stärker störte als das Korsett, war das Sahnehäubchen auf dem Ganzen; ein Sammelsurium aus Satin, Samt, blauer Wolle und Federn, gehalten von einer Nadel, die durch ihr Haar gestochen wurde. Die Schuhe waren zu eng, was den beiden Frauen Sorgen bereitete.

»Sie haben gottserbärmlich riesige Füße«, meinte Biddy.

»Habe ich schon öfter gehört«, gab Anna zurück.

Schließlich war sie angezogen und eingeschnürt, hatte ihre Füße in weiche Lederschuhe gezwängt, die ihr viel zu klein waren, und stand völlig ohne Unterwäsche da – ein Versehen, aber alle waren sich einig, dass niemand es bemerken würde, solange sie sich aufrecht hielt. Sie war bereit, dem Direktor des New Cork Prison einen Besuch abzustatten. Für ihre Vorbereitung blieb ihr noch eine Stunde Zeit. Biddy hatte über einen ihrer dankbaren ehemaligen Patienten, einen englischen Lord, bereits ein Zusammentreffen mit dem Direktor arrangiert.

»Und Sie sind sich sicher, dass er mich nicht mit dem Todesfall am Passage West in Verbindung bringen wird?«, fragte Anna.

»Sein Abendessen war mit Kräutern gewürzt, die sein Gedächtnis schwächen. Aber sein wahrer Charakter wird dadurch nicht verändert. Er ist noch immer skrupellos und gefühlsroh. Wie alle Männer, die seinen Beruf ausüben, redet er sich ein, seine Gefangenen seien Untermenschen. Haben Sie ihm denn etwas zu bieten, was das Leben eines Iren wert ist? Sie dürfen keinen Fehler begehen; es muss etwas sein, das er nicht ablehnen kann.«

»Ich bin bereit, ihm alles anzubieten«, gab Anna zurück. »Sobald mir etwas einfällt.«

Das New Cork Prison lag über der Stadt und bot einen majestätischen Blick auf den Fluss Lee, der in der Bucht mündete. Biddy und Anna standen am Tor. Straßenlaternen warfen gelbliche Lichtkegel.

»Er hat soeben zu Abend gegessen und erwartet Sie. Man hat ihm mitgeteilt, Sie seien eine reiche Amerikanerin, nichts weiter. Sind Sie sicher, dass Sie das fertigbringen?«, erkundigte sich Biddy.

Anna klopfte energisch an das dicke, von steinernen Säulen umrahmte Tor.

»Ich bin mir noch nie einer Sache so sicher gewesen«, log sie.

Zwei britische Wachleute öffneten das Tor und nahmen sie in die Mitte. Der Weg war lang und führte durch Gärten, die im vergangenen Frühjahr frisch angepflanzt worden waren. Wenn Anna nicht gewusst hätte, dass es sich um ein Gefängnis handelte, hätte es in ihren Augen vielleicht ausgesehen wie ein Schloss aus einem Märchen, ganz aus Stein und mit kleinen Fenstern. Zur Rechten erhob sich eine Holzplattform. Natürlich, der Galgen. Gefangene wurden für ihre Verbrechen gehängt, insbesondere Verräter.

Das Büro des Direktors lag gleich rechts davon. Rasch drang die Kälte des Steinbodens in ihre Füße.

»Ihr Gast, Sir«, erklärte einer der Wachen.

Der Direktor hatte die Reste seines Abendessens auf die eine Seite seines riesigen Schreibtisches geschoben, vor dem ein einziger Stuhl stand. Er erhob sich halb aus seinem Sessel und sank dann wieder hinein. Der Mann wirkte leicht benommen. *Oh, danke, Biddy,* dachte Anna.

Er war jünger, als sie erwartet hatte, ungefähr in ihrem Alter, und hatte schmale Lippen und einen kleinen, dunklen und gut geschnittenen Bart.

»Was für ein Vergnügen«, sagte er wenig überzeugend. »Bitte nehmen Sie doch Platz, Mrs Flemming. Das stimmt doch, Flemming, oder?«

Flemming war so gut wie jeder andere Name gewesen, solange er nicht irisch klang.

»Danke, Herr Direktor. Darf ich ganz unverschämt sofort zum Anlass meines Besuchs kommen? Ich verlasse Irland morgen und habe sehr wenig Zeit.«

Anna schwitzte schon jetzt. Biddy hatte gemeint, die Wirkung der Kräuter würde weniger als eine Stunde anhalten, und hier dauerte jedes Gespräch immer so entsetzlich lange.

Er lehnte sich auf seinem breiten Stuhl zurück und wedelte mit der Hand wie ein Dirigent.

»Bitte. Ich habe den ganzen Tag noch keine unverschämte Bitte von einer schönen Frau gehört.«

Von Anfang an hatte sie gewusst, was sie ihm anzubieten hatte. Sie besaß Informationen über die Zukunft, aber sie hatte sich rasch dagegen entschieden, das als Tauschwährung zu benutzen. Jetzt war sie bereit, vollkommen bereit, für diesen Kerl die Beine breitzumachen, um Donals Freilassung zu erreichen. So schlimm konnte das gar nicht werden. Sie würde darüber hinwegkommen, und Donal ebenfalls.

»Ich muss um die Freilassung eines Gefangenen ersuchen, Donal Mahoney. Er wird fälschlich des Mordes und des Hochverrates bezichtig. Ich bin bereit, Ihnen dafür …«

Er neigte den Kopf zur Seite und gebot ihr mit erhobener Hand Schweigen.

»Bitte sagen Sie nichts weiter. Den Wunsch kann ich erfüllen«, sagte der Direktor des New Cork Prison. »Ich bitte Sie nur darum, dass Sie mir heute Abend eine unangenehme Pflicht abnehmen. Mit einem Mal spüre ich das Bedürfnis nach einer Ablenkung von meiner Verantwortung.«

Anna war ausnahmsweise einmal sprachlos.

»Er ist als Verräter bekannt, und die große Masse wird glauben, er sei hingerichtet worden. Morgen bei Sonnenaufgang wird dann ein anderer gehängt. An Verrätern mangelt es uns nicht, Madam. Ich kann nach Belieben aus einer großen Gruppe von Männern und Frauen auswählen, die eine Gefahr für das Empire darstellen. Aber ich hätte gern, dass Sie mir diese Bürde abnehmen. Sie sollen entscheiden, wer an Stelle Ihres Donal hingerichtet werden soll. Kommen Sie, was man heute kann besorgen …«, forderte er Anna auf und schenkte ihr sein für die Öffentlichkeit vorbehaltenes Lächeln, das aufgesetzt und zugleich gefährlich war. Er schob seinen Stuhl zurück.

»Nein. Ich kann doch nicht …«

Er setzte sich wieder.

»Dann kann ich Ihnen nicht helfen, und Donal wird morgen früh gehängt. Ist Ihnen das zu kompliziert?«

So hatte sie nicht gewettet. Anna war bereit gewesen, alles

zu ertragen, damit Donal freigelassen wurde. Aber nicht das. Sie konnte nicht mit dem Finger auf einen Mann weisen und seinen Tod befehlen.

Der Direktor trat um seinen Schreibtisch herum, nahm ihre Hand und zog sie elegant hoch.

»Sie sterben sowieso, ganz gleich, was Sie sagen. Sie entscheiden nur über den Zeitpunkt«, flüsterte er ihr ins Ohr.

Erschreckend und ungebeten stieg ihr die Galle in die Kehle. Sie wandte den Kopf von ihm ab und würgte. Das Erbrochene klatschte auf den Steinboden.

»Wie theatralisch, meine teure Lady.«

Anna wischte sich den Mund an ihrem Ärmel ab.

»Was geschieht mit Donal, wenn er freigelassen wird? Darf ich ihn dann mitnehmen?«, krächzte sie. Die Säure brannte in ihrem Hals.

Der Direktor faltete die Hände wie zum Gebet.

»Alles, was Sie wollen, bekommen Sie natürlich nicht; dieses Glück haben nur die wenigsten von uns. Unter dem Gefängnis verläuft ein Tunnel, der am Fuß des Hügels in einem Privathaus endet; das ist ein eleganter Ausgang für britische Spione, die die Verräter unterwandert haben. Nachdem Sie den Ersatz für ihn ausgewählt haben, wird er sofort dorthin geführt und einen Tag festgehalten, bis man ihn an Bord eines Schiffs nach Australien bringen kann, einem Verwahrungsort für unerwünschte Personen aus dem gemeinen Volk. Dort wird er den Rest seines Lebens verbringen. Irland wird er nie wiedersehen. Wollen wir?«

Er nahm ihren Arm, und sie verließen sein Büro, durchquerten die Eingangshalle und traten direkt in ein gewaltiges Gefängnis, das wie ein zwei Stockwerke hohes Lagerhaus aus Zellen wirkte und vor Angst, Krankheit und menschlichen Exkrementen überquoll. Der Direktor tätschelte ihre Hand, die auf seinem Unterarm lag.

»Fürchterlicher Gestank. Ich hätte Sie warnen sollen.«

Sie gingen eine Strecke, die halb so lang wie ein Footballfeld war, und blieben dann vor einer der vielen hölzernen Zellentüren stehen.

»Wache, öffnen Sie bitte diese Tür«, befahl der Direktor.

Als sich die Tür öffnete, schlug Anna in dem vergeblichen Versuch, ein Aufstöhnen zu unterdrücken, die Hand vor den Mund. Fünf Männer waren in einem Raum zusammengepfercht, der nicht größer als zwei Meter fünfzig mal zwei Meter fünfzig sein konnte. Donal war unter ihnen. Er sah sie an und wandte dann rasch den Blick ab.

»Da sind wir. Meine Herren, das ist Mrs Flemming. Sie war damit einverstanden, darüber zu entscheiden, wer von Ihnen morgen früh gehängt wird. Wahrlich eine Ehre, finden Sie nicht?«

Der Gefängnisdirektor schob sie auf die Tür zu, und sie stolperte leicht und hielt sich mit der Hand am Türrahmen fest. Fünf Paar in tiefen Höhlen liegende Augen erwiderten ihren Blick. Hinter ihnen sah sie ein Laken, das über einen Strohhaufen ausgebreitet war und das sie als Bett benutzten. Ein Holzkübel mit Deckel diente als Toilette. Mit einem Mal wurde ihr bewusst, wie still es in dem Gefängnis war. Sie schaute auf die Füße der Männer und sah, dass alle Filzpantoffeln trugen. Die einzigen Geräusche stammten von den Wachen, das metallische Klirren ihrer Stiefel und Säbel.

»Tu das nicht«, flüsterte Donal. »Halt dich aus der Sache raus.«

»Im Gefängnis wird geschwiegen. Ihr dürft nicht sprechen, sondern nur über eure Vergehen nachdenken, vergesst das nicht«, warnte der Direktor.

Die Zeit war nicht auf ihrer Seite. Ihr schauderte bei dem Gedanken, wie der Direktor sein mochte, wenn er nicht durch Biddys Kräutermischung milde gestimmt war. Sie musterte die enge Zelle. Zwei der Gefangenen waren Knaben im Teenageralter. Anna schloss sie aus, genau wie Donal. Ein weiterer Mann war offensichtlich auf den Kopf geschlagen worden; sein Gesicht war auf einer Seite so angeschwollen, dass er ihren Blick nur aus einem Auge erwiderte. Sie entschied sich schließlich für den ältesten in der Gruppe und erkaufte damit dem Rest der Männer Zeit. Mit ihrer behandschuhten Hand wies Anna auf den Mann, der im Hintergrund stand.

»Er«, erklärte sie.

Der Mann, den sie ausgesucht hatte, schloss die Augen und nickte.

»Sehr schön, prachtvoll«, meinte der Direktor. »Wachposten, nehmen Sie unseren Mr Donal Mahoney mit. Er verlässt uns noch heute Abend. Kommen Sie, meine Liebe.«

Er nahm erneut ihren Arm, und sie gingen auf dem Weg, den sie gekommen waren, zurück. Als sie sich umsah, erblickte sie zwei Wachleute, die Donal, der mit seinen Filzpantoffeln lautlos zwischen ihnen ging, in die Mitte genommen hatten. Sie kamen zum Eingang.

»Begleitet ihn durch den Tunnel, Gentlemen«, befahl der Direktor den Wachmännern. Dann wandte er sich an Donal.

»Sie werden auf ein Schiff nach Australien gebracht. Sollten Sie jemals nach Irland zurückkehren, wird man Sie noch am selben Tag hängen. Und nun zu Ihnen, Mrs Flemming. Sie haben mir eine unerwartete Abwechslung von meinem banalen Leben unter Verbrechern beschert. Es war mir ein Vergnügen.«

Anna wurde von einem Gefühl überfallen, das schlimmer als Panik war. Würde sie Donal nie wiedersehen? Die beiden Wachleute führten ihn zu einer Tür unter der Treppe. Erwartete man von ihr, dass sie einfach fortging?

»Herr Direktor! Dürfte ich den Gefangenen durch den Tunnel begleiten?«, fragte sie.

Komme ohne Ausschmückungen gleich zur Sache. Sprich einfach nur die Bitte aus.

Ohne sich umzudrehen, wedelte der Direktor mit der Hand und bedeutete ihr, mit den Männern zu gehen.

»Ja, schon gut. Schickt mir den Burschen, damit er den Boden wischt und das Feuer schürt. Ich bin in meinem Büro und ruhe mich aus«, erklärte er und schloss seine Tür.

Der Tunnel wurde von in unregelmäßigen Abständen angebrachten Fackeln erhellt. Zuerst ging Anna mit einem Wärter voraus, während Donal und der andere Wachmann ihnen folgten. Der Tunnel verlief im selben Winkel nach unten wie die Straßen draußen. Nachdem sie ein paar Minuten so gegangen waren, blieb Anna stehen. »Kann ich neben ihm gehen?«, fragte sie. »Ich habe ihm die letzten Worte seiner Mum zu überbringen.«

Einer Nachricht von einer Mutter konnten die meisten Menschen nichts entgegensetzen, und diese Wärter waren da keine Ausnahme. Sie zuckten die Achseln, und Donal tauschte den Platz mit einem von ihnen und ging neben Anna her. Sie sah bereits ein helleres Licht, das den Tunnelausgang bezeichnete. Sie neigte den Kopf und sprach ihn im Flüsterton an.

»Ich habe noch nie jemanden so geliebt wie dich. Ich komme wirklich aus der Zukunft. Bitte verzeih mir, was ich gerade getan habe.«

Sie waren noch fünf, sechs Meter von der dicken Tür am Ende des Tunnels entfernt.

»Anna …«

»So, jetzt ist Schluss! Kommen Sie hier entlang, Miss, der Wärter bringt Sie zur Straße. Und du, Verräter, wirst deine letzte Nacht in Irland in einem trockenen Bett verbringen, obwohl du es nicht verdient hast. Dein Schiff segelt nach Australien, das Zwischendeck wird voll mit Abschaum so wie dir sein. Immer fort mit dem Pack«, erklärte einer der Wachposten.

Die Tür wurde geöffnet, und man zog Anna auf die Straße, während Donal in ein perfekt getarntes, harmlos aussehendes Steinhaus gestoßen wurde. Anna stand allein auf der Straße. Nach der Erniedrigung im Gefängnis fühlte sie sich schmutzig. Schluchzend sank sie auf die Knie. Dort fand Biddy sie, nachdem sie an das Gefängnistor gehämmert und zu wissen verlangt hatte, wo sie war.

Biddy kauerte neben ihr nieder. »Kommen Sie, erzählen Sie mir alles. Erzählen Sie es mir.«

34

Joseph sog jedes Lob des Colonels gierig auf und fühlte sich dann kurzzeitig zufrieden, bis er mehr von der sparsam ausgeteilten Zuwendung brauchte. Die Hunde und die Pferde hatten seit Wochen abgesehen von den Fahrten zu den Ringkampfturnieren nicht viel von ihrem Herrn gehabt. Dann, eines Tages, sagte der Colonel eine Reise nach England ab, wo er eine Familienfeier hatte besuchen wollen.

Joseph und der Colonel aßen in dem riesigen Speisesaal zu Abend, in dem jedes Geräusch widerhallte. An zwei der Wände hingen riesige Porträts ernst dreinblickender Ahnen.

»Haben Sie Ihre Reise abgesagt, Sir?«, erkundigte sich Joseph.

Dem Colonel war eine blonde Haarsträhne ins Auge gefallen. Er schob sie zurück.

»Ja, allerdings.«
»War es eine Feier?«
»Ja, sogar eine Verlobungsfeier.«
»Die Verlobung eines guten Freundes?«
»Meine eigene.«

Joseph hörte auf zu kauen und dachte darüber nach. Er hatte keine Erfahrung mit Verlobungsfeiern, aber trotzdem schien es verkehrt zu sein, zu seiner eigenen nicht hinzugehen.

»Sie haben Ihre eigene Verlobungsfeier abgesagt? Heißt das, dass Sie die Verlobung gelöst haben? Gehört so etwas nicht zu den Dingen, über die Damen außer sich geraten?«

»Verlobungen können sehr lange währen, Jahre und Jahre, und meine Familie kann jederzeit ein Fest geben. Viel wichtiger ist deine neueste Herausforderung. Ein Meisterringer aus Tipperary hat dich herausgefordert, und zufällig kenne ich den Gentleman, der in dieser Gegend herrscht, recht gut. Er hat mich einmal bei einer Jagd besiegt, und das habe ich nicht vergessen. Daher habe ich die Nachricht geschickt, dass du die Herausforderung annimmst«, antwortete der Colonel.

In dem weitläufigen Raum, von dem man auf die Säulen des Portals und die ausgedehnten Weiden mit Pferden, Rindern und Schafen hinaussah, setzten die beiden ihr Mahl fort. Joseph zerkaute ein besonders zähes Stück Schweinefleisch und spülte es mit zwei Bechern Apfelwein herunter; weniger, weil er den Wein mochte, als um das Fleisch genießbar zu machen. Doch der Alkohol, seine Siegesserie, seine heftige Verliebtheit und die erste Andeutung von Vertrautheit mit dem Colonel machten ihn stolz und leichtsinnig. Er schob den leeren Becher von seinem Teller weg, legte einen Unterarm auf den Tisch und neigte den Kopf zur Seite.

»Sir, ich glaube nicht, dass ich so rasch nach Cork schon

wieder bereit für einen Kampf bin. Wir haben einen Kampf nach dem anderen bestritten, und wie mein Trainer sagen würde…«

Mit einem lauten Knall fiel das Messer des Colonels auf seinen Teller. Joseph spürte, wie die Luft in dem großen Raum kühler wurde.

»Habe ich dich gefragt, ob der Zeitpunkt dir genehm ist? Weil ich das nämlich nicht zu wissen brauche. Bei diesem Kampf stehen meine Ehre sowie ein hoher Wetteinsatz auf dem Spiel. Ich habe meine eigene Verlobungsfeier in England abgesagt. Du glaubst doch nicht, dass ich etwas darum gebe, was ein Ringer aus den kanadischen Provinzen dazu zu sagen hat.«

Joseph fuhr zurück. Er nahm die veränderte Stimmung wahr. Der Colonel hatte eine Grenze gezogen und Joseph davor gewarnt, sie zu überschreiten. Weitere Übertretungen würde er nicht hinnehmen.

»Es tut mir leid, Sir. Sie wissen, dass ich mein Bestes tun werde.«

»Nein, Junge, du wirst mehr als dein Bestes geben. Du wirst den Kampf gewinnen und ich meine Wette.«

Joseph verspürte einen plötzlichen Drang, aus dem Raum und aus dem großen Haus zu flüchten. Die Freude an seinem neuen Leben war ihm verdorben. Am liebsten wäre er vor der Furcht davongelaufen, die seine Schultern niederdrückte, dem Gefühl, dass sein mieses Schicksal ihn auch in der Vergangenheit gesucht und gefunden hatte. Er erhaschte eine Bewegung am Rand seines Blickfelds, in der Nähe der Tür, und war sich sicher, dass Mr Edwards gelauscht hatte.

Der Colonel lächelte jetzt wieder. »Wie ich höre, hattest du einen Wadenkrampf. Hoffentlich ist er nicht allzu schmerzhaft?«

»Nein, Sir.«

Der Appetit war ihm vergangen. Er schob das Essen auf seinem Teller hin und her, bis der Colonel fertig war und ihm eine gute Nacht wünschte.

Am nächsten Tag stand Joseph früh auf, denn er hatte vor, nach Tramore zu gehen und am Meer zu sitzen. Doch ein Geruch ließ ihn abrupt innehalten. Er roch den Fisch, der in der Pfanne briet, bevor er ihn sah. Als er die Ecke des Stalls umrundete, strich er mit der Hand über den Eckstein und spürte die Stellen, an denen die Meißel dekorative Abdrücke im Stein hinterlassen hatten. Und da saß Con zusammen mit seinem Vater, dem Steinmetzmeister mit den breiten Händen und den dicken Fingern. Beide hockten neben der kleinen Feuerstelle. Der Vater hielt die Bratpfanne am Griff fest und schüttelte sie so, dass der Fisch, der mit Hafermehl oder etwas Ähnlichem paniert war, in der Pfanne brutzelte. In der Sekunde, bevor die beiden die Köpfe wandten, um Joseph anzusehen, sah er, wie sie eine Berührung austauschten. Ganz selbstverständlich, Haut an Haut, ohne dass dazu die formelle Geste einer Umarmung oder eines Händeschüttelns nötig war. Joseph nahm alles in sich auf: die Art, wie der Vater eine Hand auf Cons Schulter legte, um aufzustehen, und Con, der sich gerade richtete und gegen die schwielige Handfläche seines Vaters drückte, als hätten die beiden nie über die Frage nachgedacht, etwas anderes als Vater und Sohn sein zu können.

Joseph hatte diese Zuneigung schon bei anderen Vätern und Söhnen gesehen, dieses Gefühl, das es zwischen seinem Vater und ihm nie gegeben hatte. Er wusste, dass es seine Schuld war, irgendein angeborenes Versagen als kleiner Junge, das ihn ungeeignet gemacht hatte, geliebt zu werden, und er eine Katastrophe von einem Sohn sein musste. Er versuchte, nicht mehr darauf zu hoffen, wie er es als Kind getan hatte. Jetzt, mit sechzehn, wusste er, dass sein Vater ihn nicht lieben konnte. Damals, mit acht, bei dem Angelausflug mit seinem Vater, war ihm das noch nicht klar gewesen.

Joseph hatte in seinem Bett gelegen, zusammengerollt unter seiner rot karierten Decke und von der nächtlichen Dunkelheit geschützt, als er seinen Vater am Telefon gehört hatte. Die tiefe Stimme seines Vaters hatte ihn verblüfft.

»Wir arbeiten diesen Samstag nicht. Nein. Ich fahre mit meinem Sohn zum Angeln. Ja, richtig. Morgen will ich den ganzen Tag mit meinem Kleinen verbringen. Ich kann es nicht abwarten, ihm meine liebste Stelle zu zeigen. Nein, ich sage dir nicht, wo sie liegt. Such dir selbst eine.«

Joseph hatte sich ganz schwindlig gefühlt, wie von einer warmen Melodie gewiegt. Sein Vater wollte Zeit mit ihm verbringen, ihm ein Geheimnis zeigen, etwas Wichtiges. Joseph war mit dem Gefühl eingeschlafen, dass er erwünscht war, und hatte gebetet, dass er nicht wieder alles verderben würde, indem er böse war.

Sein Vater hatte ihn früh geweckt. Joseph hatte Kaffeeduft im Atem seines Vaters gerochen, gemischt mit der frischen Luft, die um die Schultern seines Vaters hing wie ein Umhang. Sein Vater hatte eine Hand auf sein Bein gelegt und ihn wachgerüttelt.

»Aufstehen, Joey. Wir gehen angeln.«

Joseph war aufgestanden, war in die Jeans gestiegen, die auf dem Boden lagen, hatte sich ein langärmliges Shirt angezogen, die Socken und die Schuhe und dann die Schnürsenkel zugebunden. Würde der gute Vater noch in der Küche sein, wenn er seine Zimmertür öffnete, oder der andere Dad?

Die Tür hatte geknarrt, als er sie öffnete. Er war den Flur entlanggegangen, durch das kleine Wohnzimmer und in die Küche, wo sein Vater Angelhaken und Leinen und eine senfgelbe Plastikbox mit vielen kleinen Fächern eingeräumt hatte.

»Komm schon, Kumpel, iss ein paar Frühstücksflocken oder schmier dir Erdnussbutter aufs Brot. Mit leerem Magen kann man nicht angeln.«

Er war noch immer der gute Dad gewesen. Der wachsame Teil von Josephs Hirn hatte gegähnt und war wieder eingeschlummert, obwohl er mit einem offenen Auge schlief wie eine Katze. Er war froh gewesen, dass er am vorigen Tag alles erledigt hatte. Er hatte die Teller in die Geschirrspülmaschine gestellt, geduscht und anschließend alle Haare aus dem Abfluss gefischt; denn das gehörte zu den Dingen, die seinen Vater in den bösen Dad verwandeln konnten. Wenn er nur immer daran denken könnte, das Richtige zu tun oder zu sagen, dann wäre der gute Dad immer bei ihm, und er liebte den guten Dad.

Wer hätte auch ahnen können, dass die Angelschnur sich so unlösbar in den Bäumen verhaken konnte, wenn ein kleiner Junge versuchte, sie auszuwerfen? Wer hätte gedacht, dass ein Vater sich blitzschnell von einem guten Dad in einen tobenden Wahnsinnigen verwandeln konnte, der die Köderbox in den Fluss warf und die Klappstühle zusammentrat, bis sie nur noch ein Haufen aus verbogenen Aluminiumstangen waren? Wer hätte geahnt, dass ein Vater einen Jungen so heftig schlagen könnte, dass er hinfiel und vom Boden wieder abprallte?

Eine Woche später bereiteten der Colonel, Joseph und Sean sich auf ihre Abreise nach Kilkenny vor, wo der Ringkampf gegen den angeblich so großartigen Kerl aus Tipperary stattfinden sollte. Das war der letzte Kampf, bevor es nach Dublin und anschließend nach England gehen sollte. In letzter Minute beschloss der Colonel zu reiten, statt mit der

Kutsche zu fahren. »Wir brechen heute auf und sind am Abend lange vor dem Essen dort, haben daher reichlich Zeit, damit sich unser Meister ausruhen kann. Wir müssen wie Krieger nach Kilkenny einreiten, nicht wie der Tross. Meine herrlichen Pferde haben mir gefehlt«, erklärte er und warf den Kopf zurück.

Als die Pferde vor dem Portal fertig gemacht wurden und mit den Hufen stampften, weil sie den Ausritt kaum abwarten konnten, tauchte Deirdre auf und gab Sean einen kleinen Stoffbeutel.

»Ein paar Happen für unterwegs«, sagte sie so laut, dass der Colonel es hören konnte. »Darin ist eine Salbe für dein Bein, falls es schlimmer wird«, flüsterte sie Joseph im Vorbeigehen zu.

»Wo ist Taleen? Ich dachte, sie würde kommen, um mich zu verabschieden.«

»Ich habe sie zum Arbeiten in die Küche geschickt. Du wirst leichtsinnig. Der Colonel darf nicht auf die Idee kommen, dass du verliebt in sie bist. Um ihretwillen; du musst an sie denken«, sagte Deirdre.

»Ich denke an nichts anderes«, flüsterte er heftig.

Sie bestiegen die Pferde und ritten die lange Zufahrtsstraße des Guts entlang, bis sie schließlich die Straße erreichten, die nach Norden führte, nach Waterford und schließlich nach Kilkenny. Als sie den Besitz verließen, erblickte Joseph auf der Hügelkuppe Taleen und Madigan. Er wusste, dass sie sich aus der Küche fortgeschlichen hatte, damit sie das Letzte sein würde, was er sah. Der Colonel war seinem Blick gefolgt.

»Haben wir diesen Kümmerling noch immer? Sean, erinnere mich daran, den Hund loszuwerden. So ein Zwerg taugt nicht für die Zucht. Lass ihn so töten, dass Deirdre glauben wird, der Hund sei davongelaufen; es geht nicht an, dass meine Köchin schlechte Laune hat«, befahl der Colonel augenzwinkernd. Er schlug seinem gepflegten Pferd die Hacken in die Flanken und trabte davon.

Der Tag war klar und kalt. Sean hielt sein Reittier kurz an und wartete, bis Joseph ihn erreicht hatte.

»Was sollen wir wegen Madigan unternehmen?«, fragte Sean, dem die Panik ins Gesicht geschrieben stand.

Joseph hatte noch nie erlebt, dass Sean wegen etwas in Panik geriet.

»Wir haben zwei Tage Zeit, um uns etwas einfallen zu lassen. Ich gewinne den Kampf morgen. Dann verdient der Colonel noch mehr Geld und wird gute Laune haben, so dass ich ihn um einen Gefallen bitten kann. Ich werden ihn fragen, ob er mir Madigan schenkt, und mir einen guten Grund einfallen lassen. Genau, ich sage ihm, dass der Hund mir Glück bringt«, meinte Joseph.

»Kommt, Burschen!«, brüllte der Colonel. »Wir haben ein Turnier auszutragen und noch vierzig Meilen vor uns.« Joseph und Sean ritten weiter.

Im Kilkenny Wayside Inn verbrachte Joseph eine schlaflose Nacht. Das Turnier fand auf dem Gelände von Kilkenny Castle statt, einem wuchtigen Schloss, das ganz aus geschwungenen Mauern und beeindruckenden Türmen zu bestehen schien. Am Tag des Ringkampfturniers herrschte die gleiche festliche Stimmung wie bei allen bisherigen Kämpfen. Wetten wurden abgeschlossen, und junge Ringer, die versuchten, sich nach oben zu arbeiten, impulsive junge Männer, die an diesem Morgen spontan beschlossen hatten, ihr Glück zu versuchen, und einige der beeindruckenderen Ringer aus Kilkenny bestritten die unbedeutenderen Kämpfe. Sean blieb den größten Teil des Vormittags verschwunden. Einmal erhaschte Joseph einen Blick auf ihn, wie er eindringlich mit einer Frau sprach. Die beiden steckten die Köpfe zusammen und schauten besorgt drein.

In Josephs Magen klumpte sich sein Frühstück zu einem sauren Brei zusammen. Die gestampfte Erde des Schlosshofes, über den häufig Vieh getrieben wurde, diente heute als Austragungsort für die Meisterschaft der Ringer. Er zog die Schuhe aus und rieb in der Hoffnung auf eine abergläubische Verbindung mit der Erde mit den Füßen über den trockenen Lehmboden.

Der Ansager sprang leichtfüßig auf eine Kiste. »Falls hier jemand ist, der es noch nicht gehört hat, was ich allerdings bezweifle: Joseph Blair, der junge Mann, der sich auf einem Siegeszug durch Irland befindet, hat unseren Meister aus Tipperary, Padriag O'Brien, herausgefordert. Das ist ein schöner Tag für das Ringen in Irland, ein guter Tag für eine Abrechnung. Die Gegner mögen vortreten.«

Joseph hatte O'Brien auf der anderen Seite des Hofs gesehen. Der Mann war sitzen geblieben, hatte eine Decke über die Schulter gelegt und verzog keine Miene. Er war groß, aber Joseph hatte schon vorher gegen größere Gegner gerungen. Schnelligkeit, Präzision und Gleichgewicht hatten stets über reine Größe triumphiert.

Joseph trat selbstbewusst in den Kreis und versuchte, das unbehagliche Gefühl, das über ihm schwebte, abzuschütteln. Er spannte die Beinmuskeln an, rannte auf der Stelle und spürte, dass seine Wade ihm etwas mitzuteilen versuchte, was er jedoch ignorierte. Fünf Minuten lang konnte er alles fertigbringen, und länger hatte er noch nie gebraucht.

O'Brien betrat den mit Kreide markierten Ring. Er glitt geradezu über den Boden und war so leichtfüßig wie einer der Wolfshunde. O'Brien nahm seine Beute ins Visier – ihn zu schlagen würde eine Herausforderung werden, da er groß, muskulös und agil war. Doch obwohl er ungefähr siebzig Pfund mehr wog als Joseph, hatte der Junge noch Vorteile auf seiner Seite. Er wollte gewinnen, und zwar schnell, bevor der kräftige Mann eine Chance bekam.

O'Briens Haar war von einer rauchigen Farbe; er war früh ergraut, wie Joseph es schon bei vielen Iren gesehen hatte. *Täusch dich nicht, indem du ihn für alt hältst, denn das ist er nicht,* dachte Joseph bei sich, während er sich in der Mitte des Rings auf den Füßen wiegte. O'Brien trat in die Mitte, schüttelte Joseph die Hand und sog dabei jeden Siegeswillen aus dem Jungen wie ein Vampir.

»Freut mich, dich kennenzulernen, Bursche. Du kannst mich Paddy nennen, falls du ein Wort herauskriegst.«

Mist, dachte Joseph. Er schaute auf Paddys Füße hinunter, die vollkommen ausbalanciert waren, und jeder war gleichermaßen ein paar Grad von der Mitte ausgestellt; eine typische Kampfsporthaltung. Paddy zog kurz an Josephs Hand und brachte ihn aus dem Gleichgewicht.

»Oh, Entschuldigung. Der Kampf hat noch gar nicht angefangen, und nun sieh dir an, was ich getan habe.«

Aber Joseph wusste, dass der Kampf begonnen hatte und nichts jemals wieder wie vorher sein würde.

Seine Sprintermuskeln waren schon nach den ersten zehn Minuten erschöpft, während Paddy um ihn herumtänzelte und ihn hier und da spöttisch mit der Hand berührte. Zehn weitere Minuten, und Josephs Wadenkrampf meldete sich wieder zurück, nicht wirklich schlimm, aber deutlich. Dann schlug Paddy plötzlich zu und kugelte Joseph den rechten Arm aus, während er dem Jungen seine Brust in den Rücken drückte. Er brachte die Lippen nahe an Josephs Ohr heran. »Soll ich dir einen oder zwei Arme ausrenken?«, fragte er.

Joseph hörte, wie sein Arm mit einem reißenden Geräusch aus dem Gelenk sprang; er wäre gestürzt, hätte er nicht bereits am Boden gelegen. Er schrie in die Erde hinein. Paddy drehte ihn um wie einen Fisch und drückte mit einer Hand die Schulterblätter des Jungen auf den Boden.

»Paddy O'Brien, unser ungeschlagener Meister!«

Die irische Zuschauermenge trug Paddy O'Brien auf den Schultern zu einer Taverne, um die Verteidigung seines Meistertitels zu feiern. Joseph blieb im Staub sitzen. Er ließ den Kopf hängen und wagte nicht, nach dem Gesicht seines Wohltäters zu suchen. Ein Arzt aus der Stadt erklärte zwei anderen Männern, wie sie den Armknochen wieder einrenken sollten. Joseph hatte geschrien, als Paddy O'Brien ihm den Arm ausgekugelt hatte; jetzt brüllte er beim Einrenken auf. Während er aufstand, suchte er den Blick des Colonels, der ihn ziemlich genauso ansah wie Madigan – etwas, das man beseitigen musste, um seinen Bestand nicht zu schwächen.

»Kommt jetzt. Es ist nicht nötig, dass wir nach dieser Schande in Kilkenny bleiben. Hol die Pferde, Sean.«

»Ich bin mir nicht sicher, ob er reiten kann, Sir. Er sieht so grau wie ein Fels aus«, meinte Sean.

»Dann muss er eben zusehen, dass er sich beim Reiten besser schlägt als im Ring. Hol die Pferde«, befahl der Colonel.

Der Colonel schlug ein scharfes Tempo an, das den Reitern jedes Gespräch ersparte. Jeder Zentimeter des Ritts fuhr schmerzhaft in Josephs Arm, wo die Nervenenden noch glühend heiß brannten. Er presste dem Pferd die Schenkel in die Flanken, konzentrierte sich vollkommen auf seine Beine und setzte sein Becken als Stoßdämpfer ein. Er war noch nie beim Ringen verletzt worden, und er schämte sich, weil es gleich so schlimm gekommen war. Was hatte er nur falsch gemacht?

Als die Männer nach Einbruch der Nacht auf dem Gut ankamen, alarmierten die Hunde Mr Edwards und den größten Teil des Hauspersonals. Offensichtlich hatte man sie erst am nächsten Tag zurückerwartet und damit gerechnet, dass er triumphierend als Sieger heimkehrte.

Der Colonel stieg schwungvoll ab. Ohne Joseph eines Blicks zu würdigen, stapfte er ins Haus. Joseph schob sich langsam vom Pferd. Sean und Mr Edwards eilten zu ihm.

»Ich nehme ihn«, erklärte der Verwalter. »Du versorgst die Pferde. Habt ihr versucht, die besten Pferde von Irland zu Schanden zu reiten? Schick nach Deirdre, sag ihr, dass wir uns im Zimmer des Jungen treffen.«

Mr Edwards streckte den Arm aus, zögerte jedoch, da er nicht wusste, wo er den Jungen anfassen sollte.

»Es ist besser, wenn ich allein gehe«, meinte Joseph. »Ich habe den Colonel schon enttäuscht. Ich möchte nicht, dass er denkt, ich könnte nicht laufen.«

Der Verwalter biss die Zähne zusammen. »Nun gut. Wahrscheinlich war es nicht genug, Sie in einen Ringkampf mit einem Riesen zu schicken. Ich bin gleich hinter Ihnen.«

Deirdre brachte Suppe und ein heißes Tuch, das abscheulich roch. Sie wickelte es um Josephs Schulter und seinen Arm.

»Das musst du beim Schlafen fest umgewickelt lassen. Einen dauerhaften Schaden hast du nicht davongetragen. Aber du kannst so nicht ringen, Junge. Dein Arm braucht Zeit, um zu heilen. Jessas, ich hätte deinen Schrei von Kilkenny bis hierher hören müssen. Es gibt nur weniges, das schmerzhafter als ein ausgekugelter Arm ist. Nun ja, Kinder zur Welt zu bringen, allerdings glauben mir Männer das nie, wenn ich davon erzähle, daher sollte ich aufhören, es zu versuchen. Geh schlafen, Junge. Ich schicke einen der alten Hunde, damit er bei dir schläft.«

»Aber nicht Madigan. Oh Gott, Deirdre, der Colonel hat gesagt …«

»Das wissen wir, Junge. Glaubst du, wir wären alle gestern geboren? Schlaf jetzt«, murmelte Deirdre, beugte sich über ihn, um ihn auf die Stirn zu küssen, und legte die Hände um sein Gesicht. Joseph hörte Krallen über den Boden klappern und dann ein langgezogenes Schnauben, als sich ein Hund neben sein Bett legte.

Das Erste, was am nächsten Morgen an sein Ohr drang, war das Knurren des Colonels.

»Holt die Kutsche! Und nehmt dieses Essen weg.« Ein Krachen. »Ich fahre nach Waterford. Ich kann euren Anblick nicht ertragen.«

Als Joseph aufstand, war der alte Wolfshund verschwunden. Beim Anziehen behandelte er seinen Arm vorsichtig und testete ihn, indem er ihn waagerecht hochhob. Er seufzte, zutiefst erleichtert darüber, dass er ihn überhaupt gebrauchen konnte. Dann drückte er sich mit dem Rücken gegen die kalte Wand neben dem Fenster und spähte vorsichtig um die Ecke, bis er die Kutsche des Colonels wegfahren sah. Sogar das Gebäude schien angesichts seiner Abreise erlöst aufzuatmen.

Mehr als alles andere sehnte er sich danach, Taleen suchen zu gehen. Er spritzte sich Wasser ins Gesicht und bemerkte zum ersten Mal, dass der Flaum auf seiner Oberlippe dichter geworden war. Joseph ging nach unten und trat aus der Vordertür, als er das Klingen eines Hammers auf Stein hörte und es ihm die Kehle zuschnürte.

Con ging langsam davon, wie wenn er an einem Hochzeitszug teilnehme. Er balancierte eine dampfende irdene Teekanne; Deirdre dachte immer an den Morgentee für die Steinmetze. Der Steinmetz war bei der Arbeit und fügte Natursteinbrocken zusammen. Das Geräusch erfüllte Joseph mit einer Sehnsucht nach dem, was er nie gekannt hatte. Zu

Hause, in seiner eigenen Zeit, war er ein Jugendlicher mit einer Polizeiakte. Und hier, in dieser Zeit, entglitt ihm die gute Stellung beim Colonel, deren er sich so sicher gewesen war.

Wie in einem Traum befangen ging er zu der neuen Mauer, an der der Steinmetz mit seinen Leuten arbeitete. Die neue Gartenmauer war enorm dick und über einen Meter fünfzig hoch.

»Hebt den Graben aus, und füllt die erste Schicht Schotter ein. Dann sortieren wir die anderen Steine«, erklärte der Steinmetz seinen drei Männern. Dann erblickte er gleichzeitig Joseph und Con. »Du hast mir einen Ringer mitgebracht. Heute Morgen könnte ich einen gut gebrauchen. Die Abdecksteine schreien geradezu nach Schlägen«, meinte er zu Con, zog die dicken Augenbrauen zusammen und betrachtete Joseph forschend.

»Und wie geht es dir heute Morgen? Du hast gestern schreckliche Prügel bezogen. Kannst du mir den Eckstein reichen? Wir sind so weit.« Er wies auf einen vollkommen glatten Stein, der dort in die Lücke eingesetzt werden sollte, wo sich die beiden Mauern im rechten Winkel trafen. Dann stieg er die ersten beiden Sprossen einer Leiter hinauf.

»Wie haben Sie diesen Stein genannt?«, fragte Joseph.

»Eckstein. Hast du noch nie einen gesehen? An dieser Stelle kommen die beiden Seiten der Mauer zusammen, und hier hinterlassen wir auch unser Zeichen. Schau hier, ich habe den Stein gestern Abend mit nach Hause genommen und am Kamin mit meinem Meißel bearbeitet.«

Josephs Hals und seine Arme kribbelten. In den Eckstein war an einer Kante sauber eine Spirale eingehauen. Schwarze Punkte tanzten durch sein Blickfeld, und er lehnte sich schwer gegen die Mauer.

»Pass auf den Eckstein auf! Du hättest nicht so schnell

wieder herumlaufen sollen, Junge. Komm, ich nehme ihn dir ab. Hat dir mein Zeichen nicht gefallen?«

Joseph ließ sich an der Mauer entlang zu Boden gleiten.

»Das hatte gar nichts damit zu tun, Sir. Es geht um meinen Vater. Mir ist gerade etwas über meinen Vater wieder eingefallen. Er ist verletzt, und ich war auf dem Weg zu ihm. Wie konnte ich das bloß vergessen? Was ist nur mit mir los?«

»Gieß ihm Tee ein, Con. Dieser Grobian in Kilkenny hat ihm den Verstand herausgeprügelt.«

Con schenkte Tee in einen Zinnbecher ein und reichte ihn Joseph. Der Alte setzte sich auf einen Steinhaufen in der Nähe.

»Was hat dich denn an deinen Vater erinnert? Sicher, wir haben uns alle schon gefragt, warum du deine Familie kaum mit einem Wort erwähnst.«

»Mein Vater ist bei einem schweren Unfall verletzt worden, und das Letzte, was er sagte, war: ›Pass auf den Eckstein auf!‹ Jedenfalls hat meine Tante mir das erzählt, als sie mich aus dem … Nachdem ich genau diese Worte von Ihnen gehört habe, stand mir plötzlich dieser ganze Teil meiner Erinnerung deutlich und klar vor Augen. Ich habe das Gefühl, als würde mein Kopf explodieren.«

Joseph schlug die Hände vors Gesicht. Der Steinmetz zog den Jungen mit seinen kräftigen Händen hoch.

»Du bist wie einer der meinigen, und wir kümmern uns um unsere Leute. Als meine Frau und ich Con aufgenommen haben, da haben wir gesagt, dass er unser Kind sein soll, wie wenn er unser leiblicher Sohn wäre. Und nun gehörst auch du zur Familie.«

Joseph sah Con und den Steinmetz an. »Con ist nicht Ihr Sohn?«

»Ach, heute ist er es natürlich. Aber er ist das Kind meiner Schwester, die einen O'Shea geheiratet hat, daher ist er von Rechts wegen ein O'Shea. Doch um deine Frage zu beantworten: Jetzt ist er mein Sohn. Und einen besseren Sohn könnte sich kein Mann wünschen«, meinte er und zwinkerte Con zu.

O'Shea. Das konnte nicht sein. Nein, das war vollkommen unmöglich.

»Ich muss weiter an der Mauer arbeiten, Junge. Lauf jetzt zum Großen Haus zurück, und geh gleich in die Küche. Da kann sich Deirdre um dich kümmern. Du hast gestern einen schweren Schlag erlitten, und dein Verstand dreht sich, so dass du ihm heute nicht trauen kannst. Wirst du ein guter Junge sein und tun, was ich sage?«

Joseph schüttelte erst seinen ganzen Körper und dann seinen Kopf, um seine Gedanken zu klären.

»Nachdem ich Taleen gefunden habe. Ich muss mit ihr reden.«

35

Taleen hasste die große Wäsche über alles. Der Colonel war heute fort, aber heute war Waschtag, daher konnte sie heute trotzdem nicht zur Schule gehen.

»Ich hasse Schmutzwäsche! Ich will lieber alles andere lernen, nur das nicht«, hatte sie ihrer Mutter ihr Leid geklagt.

Doch Deirdre war hart geblieben. Sie hatte Taleen befohlen, am Waschtag beim Bettzeug zu helfen, obwohl sie diese Arbeit hasste. Alles an dieser Prozedur war ihr verleidet – das kochende Wasser, um die Wanzen zu töten, die Waschbretter, das Rühren der Wäsche, bis ihre Arme schmerzten, das ekelhafte Kartoffelwasser, mit dem die Laken gestärkt wurden. Ihre Mutter hatte ihr wieder und wieder erklärt, sie wolle, dass sie alle Arbeiten auf dem Besitz beherrschte, eingeschlossen das Kochen, Saubermachen, Einkochen und das Einsalzen von Fleisch und Fisch. Deirdre wollte, dass Taleen sich bei Colonel Mitford unentbehrlich machte.

Madigan hatte Taleen begleitet und erwies dem Mädchen ihr Mitgefühl, indem sie mit den Wimpern schlug und den Kopf schief legte. Die Hündin setzte sich selten, sondern zog es vor zu stehen und sich an Taleen zu lehnen, doch der heiße Wasserdampf stellte sogar ihre Treue auf die Probe. Schmollend, den Kopf auf die Pranken gelegt, streckte sie ihren riesigen Körper auf dem Steinboden aus. Taleen verfluchte schwitzend die Schmutzwäsche.

»Sind wir nicht ein schönes Paar, Madigan?«, flüsterte sie dem Hund während einer Pause zu, während sie auf eine neue Ladung Laken warteten. »Ich bin die siebte Tochter einer siebten Tochter, und du hütest die Seelen der verblichenen alten Kelten. Hier in den Tiefen der Waschküche. Aber bald, mein wunderbares Tier, werden wir mehr sein, einer mehr.«

Madigan schmiegte freundlich ihren gewaltigen Kopf in ihre kleinen Hände. Wenn Taleen wirklich eine werdende Heilerin war, die darauf wartete, dass sich ihre spezielle Gabe in ihren jungen Jahren offenbarte, und Madigan – vielleicht die letzte ihrer Rasse, die sich nur so zögerlich vermehrte – so schrecklich wichtig war, dann hatten sie doch wohl Achtung verdient.

Joseph steckte den Kopf in den dampferfüllten Raum.

»Kannst du kurz kommen, Taleen?«

Madigan galoppierte zu Joseph, schnüffelte an ihm und begrüßte ihn wie üblich, indem sie den Arm des Jungen ins Maul nahm und ihn mit warmem Speichel bedeckte.

»Sehe ich aus, als könnte ich herauskommen?«, gab Taleen zurück. Mit ihren dünnen Armen bemühte sie sich, die Betttücher hochzuheben, um sie ein letztes Mal auszuspülen. Ihr dunkles Haar war heute fest zurückgebunden. Sie arbeitete mit zwei älteren Frauen zusammen, die ihre Ärmel weit hochgekrempelt hatten. Ihre Armmuskeln waren zum Zerreißen angespannt.

»Geh schon, Taleen«, sagte eine von ihnen, während sie ein riesiges Laken hochhievte. »Du hast dein Leiden heute schon ausreichend zur Schau gestellt. Wir könnten ein wenig Ruhe brauchen. Lauf schon.«

Taleen hielt sich nicht mit höflichen Einwänden auf. Sie sprang von den Trittstufen, die rund um die gewaltigen Kessel standen, und rannte zusammen mit Madigan eilig nach draußen, in die Freiheit.

»Du hast das Turnier verloren. Sean hat mir schon alles erzählt. Du bist zum allerersten Mal unterlegen; kein Grund zur Sorge«, meinte sie betont fröhlich.

»Ich muss mit dir reden«, erklärte Joseph. »Ich habe angefangen, mich an meinen Vater zu erinnern.«

Sie gingen zu den Birnbäumen, die jetzt kahl waren, ohne eine Spur von Blättern oder Knospen. Die Gartenmauern schenkten den beiden Liebenden ein wenig Privatsphäre.

»Was ist passiert, dass du dich an deinen Vater erinnern konntest?«

»Es war der Steinmetz. Er sagte, er wolle den Eckstein einsetzen«, sagte Joseph.

»Ja, ich denke, inzwischen müsste er so weit sein. Con hat mir gesagt, zwei ganze Teile der Mauer seien fertig.«

Sie gingen weiter. Madigan tänzelte leichtfüßig neben ihnen her.

»Eckstein. Das hat mein Vater gesagt, das war das Letzte, was er nach dem Unfall gesagt hat. Anna hat mir davon erzählt. Und jetzt erinnere ich mich daran, was sie mir noch gesagt hat, nämlich, dass er im Krankenhaus liegt und es ihm sehr schlecht geht.«

»Und warum hat deine Familie deinen kranken Vater in ein Hospital gesteckt? Meine Mutter hat mir erzählt, das seien entsetzliche Stätten, in denen Krankheiten und der sichere Tod lauern. Kann deine Familie sich vielleicht nichts Besseres leisten? Du kannst es mir sagen, Liebster, ich werde deswegen nicht schlechter von dir denken, und ich weiß, dass du ein Geheimnis bewahrst. Das habe ich schon gewusst, als die Männer dich aus dem Meer gezogen haben.«

Sie setzten sich, lehnten sich an die Gartenmauer und nahmen das wenige an Wärme auf, das die Mauern aufgesogen hatten. Madigans Kiefer klappte zu einem entspannten Grinsen auf; auf ihrem Maul wuchsen schon die Barthaare, die sie aussehen lassen würden wie einen alten Mann.

»Ich bin nicht der, für den du mich hältst. In meinem Leben bin ich erst einmal in Kanada gewesen. Ich komme aus Amerika, aus der Nähe von Boston. Und ich bin Ire. Meine Großmutter sagt, wir seien alle Iren, auf beiden Seiten der Familie.« Mühsam, abgehackt, sog er die Luft ein.

Taleen rieb mit der Hand über die struppige Flanke der Hündin.

»Hast du dir das alles ausgedacht, um beim Colonel besser dazustehen? Viele Iren handeln so, die meisten treten allerdings dazu zum Protestantismus über. Springer nennen wir sie. Sie bekommen viel bessere Arbeit, und die Kleinen gehen in bessere Schulen. Hast du es deswegen getan?«

Sie klang ein wenig spröde, jedoch nur einen Hauch.

»Ja, aber ich hatte noch mehr Gründe.« Er setzte sich anders, so dass er sie ansehen konnte. Er richtete sich auf die Knie auf, ließ sich dann aber wieder in die Hocke sinken. »Ich komme aus der Zukunft, hundertvierundsechzig Jahre von jetzt. Das klingt verrückt, und wenn mir jemals jemand diese Geschichte erzählt hätte, hätte ich ihn glatt als Lügner bezeichnet. Aber es ist wahr. Und ich schwöre, dass ich dich nie wieder anlügen werde.«

Taleen hörte auf, die Hündin zu streicheln.

»Ich wusste ja nicht, dass ich mich verlieben würde«, fuhr er fort. »Ich bin noch nie verliebt gewesen, und daraus ergeben sich andere Prioritäten. Oh, das habe ich nicht richtig ausgedrückt.« Er wischte Hundehaare von seiner Hose. »Meine Tante ist hier in Irland. Anna. Irgendwie sind wir zusammen gekommen, aber ich habe keine Ahnung, warum wir beide durch die Zeit gereist sind. Wir sind nichts Besonderes, einfache Leute. Ich bin ein Schuljunge. Ich habe einen Vater, eine Großmutter. Wir sind die normalsten Menschen, die du dir vorstellen kannst.«

Joseph erstarrte. Er wirkte wie eine Möwe, die mit ausgebreiteten Schwingen einen Rückenwind auffängt und dabei anscheinend mühelos in der Luft steht.

»Wenn der Colonel herausfindet, dass sein großartiger Preisringer Ire ist, wird er …«, begann Taleen.

»Verstehst du denn nicht? Ich bin nicht mehr sein Preisringer. Und da ist noch das andere, die Sache mit der Zukunft. Hast du gehört, was ich über die Zukunft gesagt habe?«

»Aye. Aber ich weiß nicht, was ich davon halten soll. Wie kann so etwas sein? Meine Mutter weiß fast alles, und sie hat mir nie von Menschen erzählt, die vom Jetzt ins Morgen reisen können.« Taleen versuchte weiterzusprechen, doch die Worte blieben ihr im Hals stecken.

»Es ist einfach so passiert«, versuchte Joseph zu erklären. »Anna und ich waren in ihrem Haus. Sie hat mir nach dem Unfall meines Vaters zu helfen versucht, aber ich habe mich wie ein Idiot benommen. Oh Gott, jetzt erinnere ich mich an alles. Ich hatte einen Traum, in dem es darum ging, dass mein Vater mich braucht, und ich bin aufgestanden und habe nach etwas gesucht, das in einem Päckchen war. Dann ist Anna aufgewacht und hat nach dem Päckchen gegriffen. Es war nur Stoff darin, ich habe nicht begriffen, warum sie sich so aufgeregt hat. Nur ein Stück Stoff, ein Nichts, und dann brach die Hölle los. Wir wurden weggerissen, die Luft hat gedonnert, und was jetzt kommt, glaubst du nie. Wir wurden unter Wasser gezogen, so tief, dass ich Wale singen hörte. Und dann wurde ich losgerissen und habe Anna verloren. Keine Ahnung, wie ich wieder an die Oberfläche gekommen bin. Aber ich verstehe auch überhaupt nichts von alldem. Und dann war ich hier.«

Er fasste nach ihren Händen, und sie richtete sich in eine kniende Haltung auf. Sie wartete, bis er ihre Hände mit seinen bedeckte, und dann ergriff sie mit feierlicher Miene das Wort. »Ich habe dir auch etwas zu sagen. Ich bin schwanger. Wir bekommen ein Kind, Joseph, wer immer du bist und woher immer du kommst.«

Er sah voller Entsetzen drein, und mit einem Mal bekam Taleen schreckliche Angst.

»Taleen …« Er sprach nur ihren Namen aus.

Sie wünschte sich so sehr, er würde etwas sagen, ihr versichern, dass er diesem Kind ein guter Vater sein würde. Sie wartete und wusste nicht, ob seine Antwort ausreichen würde, damit ihre Lippen nicht mehr zitterten und das Zucken in ihrem Auge nachließ. Da näherten sich über den Gartenweg knirschend eilige Schritte, und sie riss den Blick von seinem Gesicht los. Mr Edwards, dessen makelloses Jackett offen stand und hinter ihm her flatterte, näherte sich, zusammen mit einem Iren, einem Einarmigen.

Mr Edwards schaute sich um. »Ich dachte mir, dass wir Sie hier finden. Joseph, Sie müssen mit diesem Gentleman gehen. Beeilen Sie sich. Er bringt Sie nach Tramore. Taleen, du bleibst hier. Tut, was ich sage.«

36

Anna und Biddy waren in Cork an Bord eines kleinen Segelboots gegangen, das sie nach Tramore brachte. Der Seegang war scheußlich gewesen. Jetzt saßen sie eng beieinander zwischen den zusammengerollten Hanfseilen und hatten sich fest in ihre wollenen Umschlagtücher gewickelt.

»Warum hat er Donal nach Australien geschickt?«, fragte Anna, obwohl sie einen Teil der Antwort schon kannte. Ihre Augen waren vom Weinen angeschwollen.

»Sie haben ihm das Leben gerettet. Er wird leben, zusammen mit Tausenden anderer Iren, die gegen ihren Willen aus ihrer Heimat fortgebracht worden sind. In diesem Moment atmet er zum letzten Mal irische Luft, aber immerhin atmet er noch. Einen anderen Ausweg gab es nicht, und es ist ohnehin schon ein Wunder, dass Ihr Erscheinen etwas bewirkt hat.«

Anna wischte sich die Nase am Ärmel ihrer Jacke ab. Das extravagante Kleid hatte sie dem Priester der Kirche zurückgegeben, der versprochen hatte, es ins richtige Haus zurückzubringen, ohne dass sie aufflogen.

»Und das ist eines der vielen Probleme mit dem Reisen durch die Zeit: Sie haben das Herz eines Menschen aus unserer Zeit gewonnen. Ich sehe, dass Sie ihn lieben. Dies wird weder einfach noch schmerzlos vonstattengehen. Das ist so, wenn man liebt«, meinte Biddy Early.

»Ich wusste ja nicht, was Liebe ist, hatte keine Ahnung …«

»Die erste Begegnung damit ist immer erschreckend«, sagte Biddy und rieb ihre Hände aneinander. Nachdem sie bestimmte Fakten zusammengefügt hatte, war sie ebenfalls der Meinung, dass das Ganze nach einem Fluch roch. Aber ihr ständiges Bohren nach Einzelheiten erschöpfte Anna.

»Erzählen Sie mir noch einmal, wie es dazu kam, dass Sie durch die Zeit gestürzt sind. Und bitte sagen Sie mir nicht, was die Zukunft birgt, und wenn ich Sie noch so sehr bitte. Den Iren ist während der letzten zweihundert Jahre nichts Gutes widerfahren, und ich glaube, ich würde es nicht überleben, wenn ich hören müsste, dass es uns in Zukunft noch schlechter ergeht. Versprechen Sie es, auch wenn ich Sie in einem schwachen Moment anflehe. Gott weiß, dass ich genug davon habe.«

»Ja, ich verspreche es«, sagte Anna.

Anna wiederholte, was sie Biddy schon erzählt hatte.

»Mein Bruder Patrick – Josephs Vater – hatte einen schrecklichen Unfall, und meine Mutter hat mich geschickt, um Joseph zu holen, der in Konflikt mit dem Gesetz geraten war.«

»Ach ja? Dann ähnelt er jedem irischen Burschen, den ich kenne«, meinte Biddy, als hätte sie die Geschichte nicht bereits zweimal gehört. »Und er ist kein Kanadier, sondern Amerikaner, so wie Sie. Von irischer Abstammung. Er ist ein jämmerlich schlechter Lügner, zumindest für meine Ohren. Hoffen wir nur, dass es ihm gelingt, den Colonel noch ein Weilchen zu täuschen. Weiter, erzählen Sie mir mehr.«

»Ich habe meinen Neffen abgeholt, und wir fuhren – ich meine, wir reisten – zu mir nach Hause. Als wir ankamen, war es schon sehr spät, daher nahmen wir uns vor, am nächsten Tag ins Krankenhaus zu gehen, um meinen Bruder zu besuchen«, fuhr Anna fort.

Biddy erschauerte. »Ich begreife einfach nicht, dass Sie den armen Kerl in ein Hospital gebracht haben. Haben Sie dort keine Hebammen oder Ärzte, die sich um die Kranken kümmern? Nein, geben Sie mir keine Antwort darauf. Ich will nicht in die Zukunft schauen.«

Anna setzte ihren Bericht fort. »Und jetzt kommt der Teil,

der für mich verworren ist. Ich habe gehört, wie Joseph mitten in der Nacht aufgestanden ist. Daraufhin bin ich nachsehen gegangen. Als ich ihn sah, hatte ich den Eindruck, dass er mein Gepäck durchwühlte, um etwas zu stehlen. Das war einer dieser verrückten Gedanken, die einem mitten in der Nacht kommen; er ist kein Dieb, das war er noch nie und wird es auch nie sein. Aber ich war gerade von einer Reise heimgekehrt, und kaum war ich zurück, hatte ich meinen Bruder mit eingeschlagenem Schädel gesehen, und ich wünschte mir nichts anderes, als ihn zu pflegen und zusammen mit meiner Mutter an seiner Seite zu sein. Und dann erfuhr ich, dass ich meinen Neffen bei der Polizei abholen musste – und übrigens einen langen Weg dorthin zurücklegen musste. Ich glaube, ich war vor Schlafmangel beinahe wahnsinnig, und als ich da sah, wie er mitten in der Nacht mein Gepäck durchwühlte und etwas, das mir gehörte, in der Hand hielt, habe ich ihn angeschrien und erschreckt. Dann habe ich nach dem gegriffen, was er genommen hatte. Ich weiß noch, wie unsere Finger sich berührten und er furchtbar erschrocken aussah. Sofort tat es mir leid, dass ich ihn angeschrien hatte. Aber da hörte ich ein lautes Tosen wie von einem Wasserfall, und es war, als würden wir unter die Oberfläche des Meeres gezogen und sehr schnell auseinandergerissen. Meine nächste richtige Erinnerung ist, dass ich in der Nähe von Kinsale am Strand entlanggekrochen bin.«

Einen Moment lang sagte Biddy nichts, sondern saß mit geschlossenen Augen da. »Nein, nein, ich habe es noch immer nicht. Da fehlt ein Stück, wenigstens eines und möglicherweise mehrere. Was hat er denn in Ihrem Gepäck gefunden?«, fragte Biddy.

Natürlich hatte Anna darüber nachgedacht, obwohl sie sich seit dem Beginn ihrer leidenschaftlichen Beziehung zu Donal weniger darum bemüht hatte, sich zu erinnern.

»War es Ihre Kleidung, Röcke und so etwas?«, fragte Biddy Early.

»Nein, es war etwas Kleines. Als wir es beide umklammerten, war es so winzig, dass unsere Hände sich berührten. Ach, und er hatte es beinahe ausgewickelt. Der Gegenstand war in Papier verpackt«, erklärte Anna, die die Szene jetzt wie in Scheinwerferlicht getaucht vor sich sah.

»In der Zukunft scheint es wirklich luxuriös zuzugehen«, meinte Biddy seufzend. »Sagen Sie es mir, Liebes, zählen Sie die Gegenstände aus Ihrem Gepäck auf, die in Papier verpackt waren.«

Einmal mehr versuchte Anna, sich den Inhalt ihres Gepäcks vorzustellen. »Sie haben übrigens nie erwähnt, wohin Ihre Reise ging«, warf Biddy ein. »Wohin hat Sie diese schrecklich lange Reise geführt, die Sie vor dem Unglück Ihres Bruders unternommen haben?«

Anna war ja so dumm. Natürlich, die Reise nach England und Schottland, und dann der spontane Abstecher nach Irland, auf den Harper bestanden hatte, um noch ein weiteres Schloss anzusehen. »Ich war in Irland«, erklärte sie.

Biddy richtete sich gerade und wandte den Kopf, um Anna anzusehen. »Warum haben Sie das nie gesagt?«

»Wir waren weniger als einen Tag dort. Von London aus sind wir … ach, unwichtig, wie wir dorthin gekommen sind. Wichtig ist, dass wir nur sehr kurz dort waren. In irgendeinem Schloss in der Nähe von Limerick. Glauben Sie mir, Irland war nicht das Ziel unserer Reise. Ich war dort mit einer Freundin, einer Reiseschriftstellerin, und wir hatten mehrere Wochen in England und Schottland verbracht.«

»Können Sie sich an den Namen des Schlosses erinnern?«

»Etwas mit ›Ratty‹. Mehr weiß ich nicht.«

Biddy erschauerte. »War es Bunratty? Es ist eine ziemliche Ruine, aber trotzdem ein Schloss.«

Von der Stelle aus, an der sie kauerten und wo ihnen Wind und Salz ins Gesicht wehten, sahen sie die Lichter von Tramore und ein langes Stück weißen Strands vor sich auftauchen.

»Ich glaube, es war Bunratty. Und die Frau vor dem Schloss sagte, sie hätte auf mich gewartet. Habe ich Ihnen eigentlich davon erzählt?«

»Nein. Beschreiben Sie mir die Frau vor Bunratty Castle. So langsam ergibt sich ein Bild. Bunratty Castle liegt einen kurzen Tagesmarsch von meinem Wohnort entfernt.« Das Schiff hob und senkte sich, so dass die beiden Frauen zusammenstießen.

»Nun ja, ich war gerade aus dem Schloss gekommen. Jemand hatte uns hindurchgeführt und uns darüber erzählt. Da war eine Sache, die Sie vielleicht interessiert, denn sie klingt nach etwas aus Ihrem Fachgebiet. Die Fremdenführerin hat uns ein Feenbanner aus Seide gezeigt. Sie sagte, es könne ihren Clan dreimal retten …«

»Ach, Unsinn! So etwas wie ein Feenbanner gibt es nicht. Wenn jemand das wüsste, dann ich«, erwiderte Biddy.

Die Zurechtweisung verletzte Anna. »Wenn Sie eins und eins zusammenzählen: die alte Frau vor dem Schloss, die mich zu kennen schien, und die Geschichte von dem Feenbanner im Inneren …«, begann Anna.

»Ich sagte, vergessen Sie das Feenbanner.« Biddys Stimme hatte einen ungeduldigen Unterton.

»Bedaure«, gab Anna zurück. »Offensichtlich verstehe ich nichts davon, wie man in der Vergangenheit landet. Einen Moment lang dachte ich, dass ich Ihnen diese Informationen geben sollte und dass Sie, weil Sie so berühmt als Heilerin sind oder was Sie sonst noch tun, auf eine Weise einen Sinn in diese Sache bringen könnten, zu der ich als einfache Sterbliche nicht in der Lage bin.«

»Ach herrje, jetzt werden Sie schnippisch. Versuchen Sie bloß nicht, bei mir die Beleidigte zu spielen. Ich habe schon vier Ehemänner überlebt und alles gesehen und gehört. Probieren wir es noch einmal. Es dauert noch ungefähr eine Stunde, bis wir in Tramore anlegen.«

Anna erzählte Biddy noch einmal von der Frau, die sie in Bunratty erschreckt hatte; davon, wie die Frau erklärt hatte, sie habe auf sie gewartet und dass Anna das Päckchen brauche. Die Frau hatte gesagt, sie wisse, dass es ihr in Amerika schlecht ergangen sei und dass ihr nur dieses Päckchen noch helfen könne. Je öfter Anna sich wiederholte, umso genauer erinnerte sie sich.

Auf dem Schiff hätte es nicht kälter sein können, obwohl Biddy und Anna sich aneinanderschmiegten. Sie legten die beiden Decken, die man ihnen gegeben hatte, zusammen und breiteten sie über ihre Knie.

Zu Annas Erleichterung verfiel Biddy in ein langes Schweigen. Die eindringliche Befragung hatte sie erschöpft. Sie war zwischen einer steifen Tauspule und Biddy Early eingequetscht. Ihr Schlafbedürfnis war so dringlich, dass ihr die Augen zufielen. Als sie schließlich Biddys Stimme vernahm, fuhr sie zusammen.

»Haben Sie denn nun das kleine Päckchen geöffnet?«

Noch immer verblüffte es Anna, welch unendlich lange Pausen die Iren zwischen ihren Sätzen einlegten.

»Nein, das sagte ich doch. Das war alles ein großes Durcheinander. Dann bin ich nach Amerika zurückgekehrt, habe Joseph abgeholt – bitten Sie mich nur nicht, diesen Teil noch einmal zu erzählen –, und dann hat Joseph mitten in der Nacht mein Gepäck durchwühlt und das Päckchen gefunden. Er war gerade dabei, es zu öffnen, als ich danach gegriffen habe. Und, nun ja, das war das Letzte, bevor wir hierher versetzt worden sind.«

Wieder Schweigen.

»Wollen Sie mir noch weitere Fragen stellen, Biddy, oder kann ich schlafen?«

»Aha, der Bursche wusste also, dass er es brauchte. Das Päckchen, meine ich.«

Schweigen, noch eine Pause, die so lang war, dass man in der Zwischenzeit eine ganze Rede hätte halten können.

»Wenn jemand vor Bunratty Castle auf Sie gewartet hat, dann weiß ich, glaube ich, wer die Frau geschickt hat«, sagte Biddy.

Anna sah sie an. Jetzt war sie hellwach.

»Wer denn?«

»Das war ich. Oder ich werde es sein. Wenn es um Zeit geht, ist das so verdammt schwer zu sagen.« Sie legte die Hände um Annas Wangen. »Sie haben sich gut geschlagen, Mädel. Aber mir wird immer klarer, dass Sie geschickt worden sind, um einen Fluch zu brechen.«

»Und wie bricht man einen Fluch?«

Biddy schüttelte den Kopf. »Mit einem Segen natürlich. Wenn die Zukunft voller Leute ist, die einen Fluch nicht von einem Segen unterscheiden können, sind wir wirklich dem Untergang geweiht. Kommen Sie, bald werden wir ankern, und dann bringt man uns in einem Ruderboot ans Ufer.«

»Und wohin gehen wir in Tramore?«

»In die Werkstatt eines Buchbinders. Ein hübscher Ort«, erklärte Biddy. »Wir haben einen Freund unter den Engländern auf Mitfords Besitz. Einen Besseren als George Edwards gibt es nicht.«

37

Anna war auf dem Boden von Thomas Fitzgeralds Buchbinderei in den Schlaf der Erschöpfung gesunken und erwachte jetzt steif und mit schmerzenden Muskeln. Biddy dagegen, die wie ein lächelnder Leichnam auf der Holzbank lag und eine Wolldecke bis zum Kinn hochgezogen hatte, wirkte vollkommen heiter und gelassen. Aus einem Fenster, das nach Osten ging, fiel ein Strahl Sonnenlicht auf den Boden. Es musste spät sein. Anna wickelte sich in ihren Umhang und ging nach draußen zum Abtritt. Sie hatte erst zwei Schritte in der frischen Seeluft getan, als der Alptraum – das Gefängnis von Cork, Donal – wieder über sie hereinbrach. Sie hatte einen Mann an den Galgen gebracht und Donal in eine britische Strafkolonie geschickt. Sie öffnete die Tür zu dem stinkenden Abort, zog ihre Röcke hoch, hockte sich hin und erleichterte sich. Sie hatte alles ruiniert, was sie angefasst hatte.

Anna trat nach draußen und wischte sich die Hände an einer feuchten Baumrinde ab. Von der Straße her hörte sie Hufgeklapper, und plötzlich fiel ihr O'Connell wieder ein. O'Connell! Oh Gott, das Pferd stand noch immer in dem Mietstall in Cork. Sie rannte in die Werkstatt, um Biddy zu wecken.

»Wenn wir wieder in Cork sind, müssen wir unbedingt O'Connell abholen. Er war Glennies Pferd, und ich werde nicht zulassen, dass ihm etwas …«

Anna erstarrte. Neben Biddy stand ein erschöpft wirkender Donal. Joseph saß auf der Holzbank. Donal zog seine Kappe und lächelte.

»Ist das alles, woran du denken kannst – das Pferd? Und

das ist dir erst jetzt eingefallen? Erinnere mich daran, dass ich dir nie die Verantwortung für das Vieh übertrage.« Sein Lächeln ließ sie aufkeuchen.

Anna stand wie angewurzelt da, hin und her gerissen zwischen Donal und ihrem Neffen. Dann war sie mit zwei Riesenschritten bei Donal und schlang die Arme um seinen Hals. Kurz löste sie sich von ihm, um seinen Arm und dann sein Gesicht zu streicheln.

»Wie konntest du nur entkommen? Du bist ein Zauberer. Gott, ich dachte, ich hätte dich verloren.«

»Hast du etwa noch mehr vergessen als nur das Pferd? Ich bin Kartograf und Schmuggler. Die Kombination von beidem macht mich zu einem schlechten Kandidaten fürs Exil. Meine Leute hatten mich schon befreit, ehe der Direktor seinen nächsten Furz gelassen hatte. O'Connell genießt eine wohlverdiente Ruhepause auf Colonel Mitfords Besitz und wird bei nächster Gelegenheit zu Tom zurückgebracht.«

Plötzlich war Anna alles geschenkt worden, was sie sich ersehnt hatte, und bemühte sich, es zu begreifen. Sie fuhr zu der Bank herum, auf der Joseph saß. Ehe sie etwas sagen konnte, hob er die Hand.

»Du wirst mir wahrscheinlich nicht glauben, aber ich hatte einen Teil von dem vergessen, was uns zugestoßen ist. Ich konnte mich nicht an Dad erinnern, an den Unfall. Ich wusste nur noch, dass ich mich in Schwierigkeiten gebracht hatte. Es tut mir leid.«

Anna stiegen Tränen in die Augen. Donal räusperte sich.

»Dann brauchst du ihn also nicht zu erwürgen, wie du es gesagt hast.«

Anna setzte sich neben ihren Neffen auf die Bank.

»Geht es dir gut?«, fragte sie, legte den Arm um ihn und wiegte ihn wie eine Stoffpuppe.

»Nach allem, was ich von Donal gehört habe, ist es mir

um einiges besser ergangen als dir. Jedenfalls bis gestern. Auf dem Besitz des Colonels kann ich nicht mehr bleiben. Ich habe einen Ringkampf verloren und er einen Haufen Geld. Aber ich muss dir etwas sagen. Da ist ein Mädchen …«

Biddy, die in einer Ecke stand, klatschte in die Hände.

»Aye, ein Mädchen, das du liebst; das wissen wir. Es steht dir ins Gesicht geschrieben«, erklärte Biddy.

»Entschuldigt meine Manieren. Joseph, Donal, das ist Biddy Early, die uns sehr geholfen hat.«

Donal nickte. »Jeder in Irland kennt Biddy Early. Sie haben Anna da einen wunderbaren Umschlag geschickt«, meinte er und nickte Biddy zu.

»Nur ein wenig von diesem und jenem. Und ich fürchte, dass mich in Irland tatsächlich jeder kennt. So, ich würde ja wirklich gern plaudern, als wäre ich nur zu Besuch. Aber ich habe mein Zuhause wegen eines Fluchs verlassen, und jetzt haben wir noch dazu – Verzeihung, wenn ich das so sage – ein Problem mit einem entlaufenen Verbrecher und einem wütenden Engländer, der wegen des jungen Burschen Geld verloren hat. Ich werde kurz nach draußen gehen und nachdenken. Die Seeluft wird mir den Nebel aus dem Kopf pusten. Ihr drei müsst allein miteinander reden.«

Biddy drehte ihr langes dunkles Haar ein und steckte es hoch. Dann legte sie ihren Umhang um. »Wir bekommen blauen Himmel und kalte, frische Luft. Ein schöner Dezembertag«, meinte sie im Hinausgehen.

Donal zog sich einen Stuhl zu Anna und Joseph heran.

»Der Mann im Gefängnis …«, begann sie.

»Wir haben alle auf unsere Hinrichtung gewartet, Anna. Der Direktor, dieser Bastard, hat sich an deinen Qualen geweidet. Die vier Männer sind inzwischen alle gehängt worden. Du hast nichts verursacht, was nicht bereits vorherbestimmt war.«

Anna fasste zuerst Donals und dann Josephs Hand. So saßen sie schweigend beieinander, bis Josephs Hand feucht wurde.

»Das war jetzt genug Händchenhalten für meinen Geschmack«, sagte Joseph und versuchte, sich diskret die Handfläche an seiner Hose abzuwischen.

»Ich verstehe nicht, wie ihr beiden von einer Zeit in eine andere reisen konntet, aber ich habe es aufgegeben, dich für verrückt zu halten. Ich verstehe nur nicht, was dahintersteckt, weswegen das geschieht«, meinte Donal.

Anna wusste, was sie zu tun hatte. Biddy hatte ihr erklärt, was notwendig war. *Das kann keine Liebe sein,* dachte Anna, machte den Rücken steif und versuchte sich davor zu schützen, dass ihr Herz gebrochen würde. Es hatte sie selbst überrascht, wie stark sie ihn begehrte. Wenn sie zu lange an Donal dachte, an die weiche Haut auf der Innenseite seiner Arme oder den Duft seiner Haut direkt hinter den Ohren, würde sie schwach werden, umkehren und das Gesicht in seinem Hemd vergraben. Es wäre das Leichteste auf der Welt, einfach bei ihm zu bleiben und die verdorrte Wüste der Zukunft zu vergessen, wo das Leben aus trockenem Vertragsrecht und der Aussicht auf Online-Dating bestand.

Biddy öffnete die Tür, und ein Schwall frischer Morgenluft dang in die Buchbinderei.

»Komm, setz dich zu mir, Junge. Deine Tante hat mir, soweit sie sich erinnert, jeden Augenblick des Abends hergebetet, an dem ihr eure Zeit verlassen habt und in unsere gereist seid. Jetzt muss ich deine Geschichte hören. Fang damit an, wie ihr in Annas Haus gekommen seid.«

Biddy und Joseph setzten sich auf die Stühle, die am Schreibtisch des Buchbinders standen.

»Annas Gepäck war im ganzen Haus verteilt. Ein paar Teile waren offen, und an einigen war noch der Reißverschluss zu. Wir wollten am nächsten Morgen ganz früh zum Krankenhaus fahren. Als ich schlafen ging, hatte ich einen Traum, in dem mein Vater mir sagte, ich müsse etwas finden, etwas, das Anna und wir alle bräuchten. Ich bin aufgestanden, und es war, als zöge mich etwas zu Annas Koffer. Dort habe ich ein paar kleine, in Papier gewickelte Päckchen angefasst, eines genommen und es geöffnet.«

Wie gebannt lauschte Anna der Version des Jungen und ging mit sich ins Gericht, weil sie ihn damals angeschrien hatte.

»Das ist großartig, Joseph. Was war in dem kleinen Päckchen?«, fragte Biddy.

Joseph lachte. »Das war ja das Blöde. Es war ein zerrissenes Paar alter Boxershorts, solche aus Seide, und es stand sogar etwas Dämliches darauf, so etwas wie *Man Silk.* Dann kam Anna ins Zimmer, und sie hat irgendwie gekreischt und nach dem Päckchen gegriffen, und da ist es passiert. Wir sind … ähm … durch die Zeit gereist.«

»Aye, der Seidenstoff«, meinte Biddy. »Anna, würden Sie dem Jungen den Stofffetzen aus Ihrer Tasche zeigen?«

Anna war, als donnerten Wogen durch ihren Körper. Sie trat zu Biddy und zog den blauen Stoff aus einer tiefen Tasche in ihrem Rock.

»Ist er das?«, fragte Biddy.

Joseph nahm den Fetzen. »Genau so, bloß dass er älter war. Aber ja, so hat er ausgesehen.«

»Heiliger Strohsack«, sagte Anna. »Und das hat die Frau vor Bunratty Castle mir gegeben? Den Kleidungsfetzen, in dem ich hier angekommen bin, den ich hundertvierundsechzig Jahre in der Zukunft getragen habe? Ich gebe mir die größte Mühe, das zu verstehen, aber davon wird mir ganz schwindlig«, sagte Anna und nahm das vertraute Stück blauer Seide wieder in die Hand.

»Jessas. Hundertvierundsechzig Jahre. Du hast mir erzählt, dass du aus der Zukunft kommst, allerdings nicht erwähnt, wie weit«, warf Donal ein.

»Anna und Joseph sind wegen eines Fluchs hier. Flüche geben einen kupfrigen Geruch ab, und wir alle in diesem Raum stinken nur so danach. Anna, wir haben in einer anderen Zeit schon einmal versucht, diesen Fluch aufzuheben, doch wir sind gescheitert, und das Ergebnis waren Jahre des Leidens, in denen Gift in die Adern dieser ganzen Familie geronnen ist. Jetzt haben wir eine zweite Chance, und dieses Mal müssen wir es richtig machen.«

»Wie ist es möglich, dass wir es schon versucht haben? Ich bin noch nie zuvor durch die Zeit gereist«, wandte Anna ein.

»Hören Sie auf, sich die Zeit wie eine gerade Linie vorzustellen; das war sie nie und wird sie nie sein, obwohl ich nicht viel davon verstehe. Aber Sie haben vor dem Bunratty Castle eine Frau getroffen, die auf Sie gewartet hat. Wenn sie Sie erkannt hat, dann muss ich sie geschickt haben, und sie war eine meiner Nachfahrinnen. Sie sagte, sie könne Irland nicht verlassen, stimmt's? Dann war sie eine siebte Tochter. Ich muss dafür gesorgt haben, dass dort jemand auf Sie wartet. Wir sind dafür berühmt, dass wir sehr alt werden; wir verbrauchen Ehemänner wie Wasser und überleben sie alle.«

Donal und Anna rückten näher zusammen und streckten die Hände nacheinander aus.

»Warum hat es dann nicht funktioniert? Warum bin ich hier, und warum musste Joseph mich begleiten?«

Alle zuckten zusammen, als die Eingangstür aufgeriegelt wurde. Ein Mann steckte den Kopf durch die Tür.

»Thomas«, sagte Donal, »es ist sehr freundlich, dass Sie uns Ihre Werkstatt überlassen. Dies ist der gute Besitzer dieses Ladens und unser Gastgeber, Mr Thomas Fitzgerald.«

»Ihr habt Besuch. Aber kein Problem, es sind nur Deirdres Mädel und ihr Hund«, erklärte Thomas.

Joseph stand auf und rannte nach draußen.

»Taleen! Du hättest uns nicht folgen sollen.«

Anna trat ebenfalls auf das von der feuchten Meerluft glitschige Kopfsteinpflaster der Straße. Sofort erkannte sie den hellen Schein der jungen Liebe, der Joseph und das dunkelhaarige Mädchen umgab. Nur ein Blinder hätte den Lichtstrahl übersehen können, der die Herzen der beiden verband und sie trotz aller widrigen Umstände zueinanderzog. Wäre es bei alldem nur darum gegangen, dass zum ersten Mal Begehren in den Herzen eines Jungen und eines Mädchens aufflammte, dann wäre ihr die Entscheidung nicht so entsetzlich schwergefallen. Ja, wenn …

Taleen betrachtete die Szene, die sich ihr bot, mit ängstlichem Blick.

»Wolltest du mich verlassen? Wolltest du ohne mich weglaufen?«

Taleen legte schützend die Hand auf ihren Unterleib. Anna mit ihrem Instinkt für Schwangerschaften sah die instinktive Geste, mit der alle Frauen ihren Uterus schützen, ob sie nun vierzehn oder vierzig sind. Hier standen die Urahnen ihrer DNS, ein junges Mädchen und ein sechzehnjähriger Junge, benommen und um den Verstand gebracht von einer verbotenen Liebe. Anna schaute ihren Neffen an und sah ihn zum ersten Mal als den Mann, der er werden würde, ein Mann, der einen Sohn oder eine Tochter lieben konnte. Jedenfalls hätte er so sein können, wäre der Fluch nicht gewesen.

Jetzt bot sich ihr die Zeit in ihrer eigentümlichen perspektivischen Verkürzung dar. Der Joseph, der von jetzt an der Ahnherr ihres Clans war, stand ganz vorn, im Zentrum, und dort in der fernen Zukunft befand sich der andere Joseph, der Erbe eines viele Generationen alten Fluchs. *Kein Wunder, dass sie in die Klauen der Zeit geraten waren.*

Taleen war schwanger. Was würde aus diesem Kind werden, das aus Sperma aus dem einundzwanzigsten und einem Ei aus dem neunzehnten Jahrhundert entstanden war? Ein nicht zu übersehendes Ergebnis waren Anna, ihr Bruder Patrick, ihr ungezügelter, genialer und tyrannischer Vater und dessen miserabler Vater vor ihm. Ging es in dieser ganzen Geschichte um einen Jungen und ein Mädchen, die der Macht aus zärtlicher Liebe und unbeholfenem Sex erlegen waren? Mit ihrer weichen Haut um die Augen und den geröteten Wangen sahen Joseph und Taleen wie Kinder aus.

Taleen hatte geweint, und ihre Augen waren gerötet. »Ich habe es gesehen! Du verlässt mich, Joseph. Ich habe in die Zukunft geschaut, und du warst nicht mehr da. Hat das alles dir gar nichts bedeutet? Nimmt sie dich mit?«, schrie sie und wies auf Anna.

Joseph sah aus, als wäre er von einem Sandsack getroffen worden. Die riesige Hündin an Taleens Seite trabte zu dem Jungen. Sie nahm seinen Unterarm ins Maul und wedelte mit dem Schwanz.

»Jetzt nicht, Madigan«, sagte Joseph, wie wenn die Hündin ein alter Freund wäre.

»Biddy, sie ist schwanger…«, begann Anna.

Biddy sah es zuerst und tat einen Schritt auf das Mädchen zu, doch sie kam zu spät. Die Wolfshündin stellte sich zwischen Biddy und das Mädchen. Taleens verschmähte Liebe verwandelte sich in düstere Wut und ergriff Besitz von ihr. Ihre unausgebildete Gabe ging in helle Zornesflammen auf. Ihre Stimme klang jetzt tiefer. Ein heftiger Wind blähte ihren Rock. Für Taleen existierte nur noch Joseph; sie hätte es nicht bemerkt, wenn die ganze Welt in Brand geraten wäre. Machtvoll brachen ihr Kummer und ihr Schmerz sich Bahn.

»Ich verfluche dich. Von diesem Tag und für alle zukünftigen Generationen soll kein Wohlwollen mehr zwischen Vater und Sohn herrschen. Du, Joseph, wirst ein Geschlecht von Vätern mit verdorrtem, zerrissenem Herzen hervorbringen. Kein einziger Vater wird von nun an in der Lage sein, seinen Sohn zu lieben«, rief Taleen und zog die Lippen zurück, so dass ihre Zähne zu sehen waren. Ihr ebenholzschwarzes Haar wehte um ihren Kopf.

Plötzlich fuhr Taleen zu Anna herum und nahm sie zum ersten Mal richtig wahr. »Und dein Schoß wird leer sein, unfruchtbar wie Stein!«

Joseph erstarrte. Schon schnitt der Fluch in sein Herz wie mit Glasscherben. Anna keuchte auf und geriet ins Straucheln. Ein Kind hatte sie verflucht. Die entsetzlichen Fehlgeburten hatten ihren Ursprung in diesem Moment; die ungeborenen Kinder in ihrem Bauch hatten keine Chance gehabt. Flehend drehte sie sich zu Biddy um. »Biddy, bitte …«

Anna sah den Fluch vor sich, sah, wie er durch die Zeit flog und jeden guten Mann an ihrem Stammbaum befiel, der sich verliebte und einen Sohn zeugte. Sie sah die männlichen Y-Chromosomen, denen der Fluch, der jedem Vater und jedem Sohn folgte, eine subtile dunkle Tönung verlieh. Ganz gleich, was sie hofften und träumten, ganz gleich, wie aufrichtig sie ihren jungen Frauen zugetan waren, diese Männer konnten ihre empfindsamen, zarten Söhne nicht lieben. Und Anna würde nie, nie ein Kind haben, niemals ein Neugeborenes in den Armen halten. Wenn sie gewagt hätte, sich etwas vom Leben zu wünschen, dann wäre es dies gewesen.

Biddy Early schob sich an dem Hund vorbei, der angesichts ihres scharfen Blicks den Schwanz einzog. Sie packte das Mädchen am Handgelenk.

»Du bist zu jung, zu unerfahren in unserem Handwerk,

um das zu verstehen. Und wie alle jungen Menschen, ob Heiler oder nicht, bist du durch die Liebe geblendet. Du hast keine Ahnung, was du da ausgelöst hast. Taleen, es ist bereits geschehen. Du hast deine Rache gehabt, viele Jahre, in denen Söhne von sturzbetrunkenen Vätern geschlagen wurden und Frauen zusehen mussten, wie ihre guten Ehemänner vor Zorn wahnsinnig wurden. Joseph ist das Erzeugnis deines Fluchs. Hast du dir das für alle deine Söhne gewünscht? Du hast dein eigenes Kind verflucht.«

Taleens Haar sank wieder herab.

»Anna, der Segen. Bevor es zu spät ist!«, sagte Biddy und ließ den Arm des Mädchens los.

»Ich habe keine Ahnung, wie man einen Segen spricht oder wen ich segnen soll.«

Anna betastete das zerlumpte Stoffstück in ihrer Tasche.

»Ein Segen ist wie Alchemie. Er verwandelt das Gift eines Fluchs, aber sprechen Sie ihn, ehe der Fluch sich richtig festsetzen kann«, erklärte Biddy, doch zum ersten Mal, seit Anna sie kannte, wirkte sie unsicher. »Entweder Sie oder der Junge müssen ihn sprechen. Das muss der Grund sein, aus dem Sie hier sind.«

Biddy hatte mit ihrer Bemerkung über den Himmel Recht gehabt. Der Morgennebel hatte sich ungewöhnlich rasch aufgelöst und einem blauen Himmel Platz gemacht, an dem in großer Höhe ein paar weiße Wolken standen. Anna sah den langen Sandstrand, der in Tramore entsprang und unendlich weiterzugehen schien. Thomas drückte sich im Hintergrund herum und wirkte immer erschrockener. Taleen und Joseph waren zusammengerückt. Donal stand im Schatten des Ladenschilds.

Anna packte Biddy am Arm und zog sie ein paar Schritte beiseite. »Bevor ich einen Segen ausspreche, der vollkommen schiefgehen könnte, weil ich noch nie jemanden gesegnet habe«, flüsterte sie eindringlich, »müssen Sie mir etwas versprechen. Und ich muss Ihnen eine einzige Sache aus der Zukunft verraten.«

»Ich wünschte, das würden Sie nicht tun, aber sprechen Sie weiter, Liebes, rasch.«

»Es wird eine Hungersnot geben. Jahrelang werden keine Kartoffeln wachsen. Sie müssen dafür sorgen, dass Tom und seine Kinder hierherziehen. Hier muss doch ein Schmied gebraucht werden. Und Donal, werden Sie sich um ihn kümmern?«

»Ich kann Glenis' Familie helfen, wenn Sie darauf bestehen. Wir haben allerdings schon früher Hungersnöte gehabt«, entgegnete Biddy.

»Ja«, gab Anna zurück, »aber keine wie diese.«

Anna spürte es zuerst in ihren Lungen, das Gefühl, als werde etwas Süßes aus ihnen herausgesogen. Krähen ließen sich auf dem Dach der Buchbinderei nieder. Nebelkrähen hatte Donal sie genannt. Donal trat aus dem Schatten des Ladenschilds, auf dem sich grell die Morgensonne spiegelte. Die knisternde Luft schmeckte nach Kupfer. Die Sonne fiel seitlich auf Donals Gesicht, und Anna nahm seinen Dreitagebart sogar von der anderen Straßenseite aus wahr.

Er beschattete die Augen mit der Hand, um die Sonne abzuwehren. »Du hast den Jungen gefunden. Lass uns gehen und ihn mitnehmen, wenn er will. Aber du hast ja gesehen, dass ihm nichts zugestoßen ist. Biddy kann den Fluch rückgängig machen…«

»Du musst mich irgendwie wissen lassen, dass du ein Leben gehabt hast«, rief Anna ihm zu. »Dass all das etwas bedeutet hat, dass ich dir etwas bedeutet habe…«

»Was sagst du da, Frau?«, fragte Donal.

In der Ferne erblickte Anna eine Frau, die die Straße entlanggerannt kam.

»Jetzt, Anna!«, schrie Biddy.

Anna ging zu Taleen und kniete unbeholfen vor ihr nieder, so wie als Kind in der Kirche, bevor ihre Familie zerbrochen war. Sie räusperte sich.

»Ich segne das Kind, das du in dir trägst, und alle Kinder, die von diesem Kind abstammen. Ich verzeihe dir alles, was du im Zorn gesagt hast. Ich vergebe dir, weil du es nicht gewusst hast, weil du jung und verliebt bist. Ich segne dich und alle zukünftigen Generationen«, sagte Anna und sah der lange verstorbenen Matriarchin ihrer Familie ins Gesicht. »Ich vergebe dir, dass du mich und meine Familie verflucht hast. Deine Familie. Unsere.«

Anna stand auf und wartete darauf, dass etwas passierte.

»Woher wissen wir, ob der Segen wirkt, Biddy?«, fragte sie.

Alle drehten sich um, als die Frau, die die Straße entlangrannte, näher kam.

»Komm her, Madigan«, befahl die Frau.

»Das ist meine Mum«, erklärte Taleen. »Sie wird schrecklich wütend auf mich sein. Ich habe einen Fluch gesprochen, und dabei hatte sie mir das strengstens verboten.«

»Das stimmt. Du darfst das auf keinen Fall; und doch hast du das getan, was du niemals hättest tun dürfen. So sind nun einmal die jungen Leute. Und wie heißt deine Mum?«, verlangte Biddy zu wissen.

»Deirdre«, antwortete das Mädchen und schluckte heftig.

»Aye, ein schöner Name. Ich habe gelegentlich von ihr gehört. Gleich werden drei siebte Töchter und ein irischer Wolfshund zusammenkommen, und das habe ich in meinem ganzen langen Leben noch nicht gesehen.«

Der Hund galoppierte zu Taleens Mutter, die seinen Kopf streichelte und ihm etwas ins Ohr flüsterte. Anna streckte die Hand nach Joseph aus, doch er fuhr zurück, als hätte ihre Berührung ihn verbrannt.

»Ich verlasse sie nicht!«, schrie Joseph.

Anna hörte den riesigen, merkwürdigen Hund nicht. Tatsächlich sah sie ihn erst in dem Moment, in dem er sich ungefähr sieben Meter von ihnen entfernt in die Luft erhob und auf Josephs Rücken zuflog. Sie wollte den Jungen packen, und dann wurde der Stoff in ihrer Rocktasche glühend heiß. Plötzlich und bevor Joseph es erkannte, wusste sie, was geschah. Sie hatte das Gefühl, als gerate alles in Bewegung, so als begännen rostige Zahnräder zu rucken und rückwärtszulaufen. Anna hatte gerade noch Zeit, den blauen Seidenstoff aus ihrer Tasche zu ziehen, ihn festzuhalten und die Füße in den Boden zu stemmen, als der Hund schon gegen Joseph prallte, so dass er gegen sie gepresst wurde.

Anna versuchte noch, den Kopf zu wenden, um Donal zu sehen, doch die schwindelerregende Empfindung hatte sie bereits ergriffen, in ihren Ohren donnerte der tiefe Ozean, und sie konnte sich nicht mehr bewegen. Mit allergrößter Kraftanstrengung vergrub sie die Finger in Josephs Haar. Das Letzte, was sie sah, bevor das Wasser sie davonriss, war der Hund, der mit seinem gewaltigen, langgestreckten Kiefer den Arm des Jungen festhielt.

»Ich segne uns, ich segne uns, ich segne …«, dachte sie, während sie sich in den Tiefen des Meeres auflösten.

38

Arthur Jones zog Büchsen und Flaschen aus den Mülleimern an den Stränden und zerklüfteten Ufern von Rockport. Länger als bis vier Uhr morgens schlief er heutzutage nie; sein posttraumatisches Stresssyndrom aus dem Golfkrieg trieb ihn früh aus dem Bett. Er begann in der Stadtmitte und arbeitete sich südlich entlang der kleinen Buchten vor, wo die Müllabfuhr Hundertfünfzig-Liter-Fässer mit schwarzen Abfalltüten darin am Strand aufstellte, um die Müllflut zu bremsen. An einigen Häusern hing noch die Weihnachtsdekoration.

Arthur hatte sein Fahrrad mit großen Plastikkisten ausgestattet, die rechts und links am Gepäckträger hingen. Er wusste, wie er aussah – wie einer dieser geisteskranken, obdachlosen Veteranen. Aber er war nicht obdachlos; er hatte ein möbliertes Apartment hinter der Bücherei und ein eigenes Handy. Was die Sache mit der Geisteskrankheit anging, war er sich nicht so sicher.

Die Bucht war sein letzter Anlaufpunkt, bevor die Sonne aufging. Hier wurde ständig etwas am Strand angespült. Manchmal sah er nach und manchmal nicht. Fast immer war er enttäuscht darüber, was er fand. Heute Morgen war gerade ein rubinroter Streifen am Horizont über dem Meer aufgetaucht, als er einen Hund erblickte, eine dieser großen Rassen. Im Kopf ging er sie durch: Mastiff, deutsche Dogge, Bernhardiner. Nein, das hier war ein irischer Wolfshund. In einer Tiersendung im Fernsehen hatte er einmal einen gesehen. Der Hund bewachte etwas, ein großes Bündel. Oh nein.

Arthur war Sanitäter gewesen, und jetzt ließen seine Symptome nach. Mit echten Katastrophen kam er besser zurecht als mit denen aus seiner Einbildung. Er stieg vom Rad und ging über den Sand, in dem seine Füße bei jedem Schritt einsanken. Der Hund sah nicht besonders gut aus. Das Tier ließ den Kopf hängen und schwankte ein wenig, als zwänge es sich mit Gewalt zum Stehen.

Arthur zog mit einer Hand einen Müsliriegel aus der Tasche, riss ihn auf und legte ihn auf seine Handfläche, um dem Hund zu zeigen, dass er ein Freund war. Hinter dem Hund lagen zwei mit Sand und Seetang bedeckte Körper. Einer bewegte sich, stützte sich auf einen Ellbogen und schüttelte sich das lange Haar aus dem Gesicht. Eine Frau. Ihre Brüste waren blutig und wundgescheuert und ihre Augenlider vom Salzwasser aufgequollen. Sie wandte ihm den Kopf zu.

»Donal?«, krächzte sie.

Mit der anderen Hand griff Arthur in seine Innentasche, zog sein Handy heraus und wählte den Notruf.

39

Zwei Tage, nachdem Arthur Jones sie gefunden hatte, wurden Anna und Joseph aus dem Krankenhaus entlassen, wo man sie wegen Unterkühlung und Schürfwunden behandelt hatte. Seit ihrem Verschwinden hatte Anna zwanzig Pfund ab- und Joseph fünfzehn Pfund zugenommen. Der Polizei erklärten sie, dass sie sich an nichts erinnerten. Das wiederholten sie immer wieder, bis schließlich die Polizei aufhörte, ihnen Fragen zu stellen.

Als sie zusammen mit Mary Louise O'Shea das Krankenhaus verließen, blieb Anna auf dem Gehsteig stehen.

»Wir erinnern uns an alles. Wir müssen dir erzählen, was passiert ist, aber du wirst uns vielleicht nicht glauben. Wir sind nicht mehr dieselben. Beide haben wir einen unvorstellbaren Verlust erlitten«, erklärte Anna, die sich von dem Lärm der Autos, Busse und Handys überrollt fühlte. Der Ansturm der Geräusche des einundzwanzigsten Jahrhunderts machte sie nervös, und sie fühlte sich durch den Geruch von

Shampoos, Lotionen, Haarspülungen und, am widerwärtigsten von allem, Raumdüften überwältigt.

»Und ich dachte, ich hätte euch für immer verloren. Für den Rest meines Lebens werde ich dem Schicksal für eure Rückkehr danken«, sagte Mary Louise. »Ich kann mir alles anhören, so schlimm es auch wird. Ihr dürft nur nicht wieder verschwinden.«

»Ich möchte meinen Vater besuchen«, sagte Joseph. »Und ich muss Madigan sehen. Sie findet sich hier nicht zurecht.«

»Madigan ist bei Alice, und sie scheint sie ins Herz geschlossen zu haben. Die Hündin lebt sich ein«, meinte Mary Louise.

Sie fuhren direkt in die Rehaklinik zu Patrick, dessen Therapie fast abgeschlossen war. Anna und Joseph blockierten Patricks Zimmertür mit einem Stuhl und erzählten Mary Louise und ihm alles, worauf es ankam – von der Zeitreise, von Glennie und Biddy Early und sogar von Donal und Taleen. Und von der Schwangerschaft. Sie erzählten so viel, dass sie alles verstanden. Über den Fluch schwiegen sie. Noch.

»Ihr wollt mich wohl auf den Arm nehmen«, erklärte Patrick.

»Ich tendiere zu derselben Meinung«, warf Mary Louise ein.

»Seht mich doch an«, sagte Anna. »Mir fehlen Zähne, und ich habe eine Narbe am Bein, die man von der anderen Straßenseite aus sehen kann. Und schaut euch Joseph an.«

Den letzten Satz hatte sie eigentlich nicht sagen wollen. Patrick lag noch im Bett, konnte aber mit Hilfe eines Gehgeräts aufstehen. Er hatte den Muskeltonus in den Armen verloren, und seine Hände wirkten für seine Verhältnisse ungewöhnlich glatt. Patrick schwang die Beine über die Bettkante, richtete sich mühsam auf, fasste das Gehgerät und tat zögernd ein paar Schritte auf Joseph zu.

»Ich dachte, ich hätte dich verloren, Joey«, sagte Patrick. Sein Kinn zitterte. Das Gehgerät klapperte zu Boden, und Joseph streckte die Arme aus, um seinen Vater zu stützen.

»Ich habe dich, Dad.«

Eine neue, wundersame Schwingung erfüllte den Raum. Anna wollte nicht mehr reden. Am liebsten wäre sie zum Haus ihrer Mutter gefahren, hätte die Vorhänge zugezogen und alle Elektrogeräte ausgestöpselt. Lautlos sank sie zu Boden.

Mary Louise hockte sich neben sie. »Ihr kommt mit zu mir nach Hause, alle beide.«

»Und Madigan auch«, erklärte Joseph.

Anna fiel auf, dass es keine Frage war und seine Stimme fest klang.

»Ja. Wir fahren von hier aus gleich zu Alice und holen Madigan ab. Ich hoffe nur, dass mein Wagen groß genug für sie ist«, sagte Mary Louise.

Annas Mutter mochte nicht von ihrer Seite weichen und nahm sich in der Schule frei.

40

Drei Monate später

Patrick zog beim Gehen noch immer leicht den Fuß nach. Die Ärzte hatten gemeint, bei Hirnverletzungen sei der Ausgang immer ungewiss. Immerhin, sie hatten nicht damit gerechnet, dass er überleben würde, und erst recht nicht damit, dass er sieben Monate später ohne Hilfe würde laufen können.

Anna, Joseph, Patrick und Madigan traten nacheinander durch die Doppelflügeltür der Langzeit-Pflegestation, ein Codename für die Alzheimerabteilung. Madigan, die das Hundefutter von Science Diet liebte, wog inzwischen hundertvierzig Pfund. Sie hatte sich erstaunlich gut im einundzwanzigsten Jahrhundert eingelebt – nur Autos verabscheute sie noch, stieg aber hinein, wenn Joseph darauf bestand.

»Ich habe der Oberschwester mitgeteilt, wir würden heute kommen, und sie hat gesagt, sie sorgen dafür, dass er angezogen und auf ist. Körperlich fehlt ihm nichts. Ich meine, seine Organe funktionieren alle. Alzheimer greift nur das Gehirn an«, erklärte Anna.

»Wir wissen, was Alzheimer ist«, gab Patrick zurück.

Joseph hatte sich geweigert, wieder zur Schule zu gehen. Seine Großmutter unterrichtete ihn derzeit zu Hause, und im Herbst hatte er die Aussicht, Kurse am Greenfield Community College besuchen zu können.

»Ich möchte Steinmetz werden und mit meinem Vater zusammenarbeiten«, hatte er gesagt. »Unsere Firma soll ›Eckstein‹ heißen.«

Die Verhandlungen liefen bereits.

Oscars Großmutter hatte die Anzeige schon lange zurückgenommen, nachdem sie erfahren hatte, dass ihr Enkel der Dieb gewesen war. Oscar hatte vier Wochen in einer Drogentherapie verbracht. Alle anderen Anklagepunkte waren fallen gelassen worden.

Anna hatte überall nach Anzeichen dafür gesucht, dass der Fluch aufgehoben war. Und tatsächlich lernten Joseph und Patrick, besser miteinander auszukommen. Aber dann hatte Anna beschlossen, das Undenkbare zu tun – ihren Vater zu besuchen, ihren gewalttätigen, genialen Vater, der Patrick beinahe umgebracht und sie dann verlassen hatte.

Als ihre Mutter erfuhr, dass ihr Exmann unter Alzheimer litt, hatte sie ihn nach Massachusetts geholt.

Joseph blieb an der Empfangstheke stehen. Madigan hielt neben ihm an, und der Schwanz der Hündin schlug laut gegen den Schreibtisch.

»Weiter komme ich nicht mit. Ich habe meinen Großvater noch nie gesehen. Er erkennt mich sowieso nicht. Geht ihr zwei nur«, sagte er.

Anna und Patrick folgten der Sozialarbeiterin über den Flur in einen gelb gestrichenen Raum, in dem mit Vinyl bezogene Stühle und ein Klavier standen.

»Ich gehe ihn holen«, erklärte die Sozialarbeiterin. Sie hatte kurzes graues Haar und klare blaue Augen.

»Ich bin mir nicht sicher, ob das eine gute Idee war«, meinte Patrick.

Anna hörte den kleinen Jungen in ihm. In seiner Stimme schwang das Grauen, das er während ihrer ganzen gemeinsamen Kindheit zu verbergen gesucht hatte.

Räder, die auf dem Linoleum quietschten, kündigten Charles' Eintreffen an. Nur eines der Räder an seinem Rollstuhl hätte geölt werden müssen, um das Kreischen, das bei jeder Umdrehung entstand, verstummen zu lassen. Anna hatte aufgehört zu atmen und war sich nicht sicher, ob sie wieder damit anfangen könnte. Der jähzornige Vater ihrer Jugend saß zusammengesackt in einem Rollstuhl. Sein dichtes irisches Haar war grau und kurz geschnitten, und er trug ein Sweatshirt mit dem Emblem der Red Sox.

Die Sozialarbeiterin hielt an dem niedrigen Tisch an und legte die Bremse ein.

»Sie haben Besuch, Charles«, sagte sie und berührte ihren Vater an der Schulter, um seine Aufmerksamkeit auf sich zu lenken.

Er war frisch rasiert, und seine Wangen glänzten noch

vom Rasieren. Anna sog mühsam den Atem ein. Sie konnte sich nicht rühren. Das war ein Fehler gewesen. Sie war dazu nicht in der Lage.

Patrick trat vor, wobei sein linker Fuß eine halbe Sekunde länger brauchte als der andere. Charles O'Shea schaute auf und konzentrierte sich mühsam auf Patrick. Das Gesicht ihres Vaters verzerrte sich zu einem Ausdruck offener Angst.

»Es tut mir leid, Daddy. Ich tue es auch nicht wieder«, stieß Charles hervor und umklammerte die Armlehnen des Rollstuhls.

»Sie sehen ihre Kinder oft als ihre Eltern oder jemand anderen aus dieser Generation«, erklärte die Sozialarbeiterin leise.

Patrick erreichte den Rollstuhl und setzte ein Knie auf den Boden. Anna hielt die Hand vor den Mund, um nicht aufzuschreien. Patrick legte die Hand neben die seines Vaters. Beide Hände zitterten.

»Du bist ein braver Junge, Charlie, ein sehr guter Junge. Es tut mir leid, wenn ich dir Angst gemacht habe. Du bist der beste Sohn, den ein Vater sich nur wünschen kann. Ich bin so stolz auf dich.«

Das Entsetzen wich vom Gesicht des Älteren. Madigan, die sich an einer Gruppe bewundernder Senioren vorbeigedrückt hatte, schmiegte sich an Annas Seite.

»Siehst du, so spricht man einen Segen, du Riesenvieh. Komm, ich stelle dir noch einen verlorenen Iren vor.«

Leichtfüßig lief Madigan zu Patrick, sah Charles O'Shea direkt an und schnupperte höflich an seiner Hand. Sogar von hinten sah Anna, dass die Hündin ihre albernste Miene aufgesetzt hatte: den Kopf zur Seite geneigt, ein Ohr aufgestellt und den Kiefer entspannt aufgeklappt.

Charles' Miene hellte sich auf. »Das ist aber eine große Hündin. Können wir sie behalten?«

Patrick streckte die Hand aus, um das Tier hinter den Ohren zu kratzen. »Sie gehört jetzt zur Familie. Wir behalten sie, und sie behält uns.«

41

Anna saß in der ersten Klasse der Aer-Lingus-Maschine. Der Flug war ein Geschenk ihrer Mutter, die gemeint hatte, vielleicht würde Anna nie wieder in ihrem Leben erster Klasse fliegen, also solle sie es genießen. Sie fuhr mit der Zunge über die zwei neuen Zahnimplantate. Die Lücke fehlte ihr, diese Schlucht, die ihre Zunge monatelang erkundet hatte.

Die Rückkehr nach England jagte Anna mehr Angst ein als das Zähneziehen durch den Schmied oder ihre Konfrontation mit dem Direktor des New Cork Prison. Dieses Mal musste sie herausfinden, ob Liebe etwas bedeutete.

»Du fliegst nicht ohne mich«, hatte Joseph gesagt. »Ich muss erfahren, was aus Taleen geworden ist. Ich weiß, dass sie Con geheiratet haben muss. Aber ich muss herausfinden, ob sie glücklich geworden ist.«

Doch sogar sein verzweifeltes Flehen hatte sie nicht von ihrem Plan abgebracht. »Bei der nächsten Reise. Flieg mit deinem Vater, sobald er in der Lage dazu ist. Ihr beiden könnt unseren Stammbaum erforschen.«

Das Flugzeug landete auf dem Shannon Airport. Als die Sonne über Irland aufging, mietete Anna einen Wagen.

Sie stand in einer Seitenstraße außerhalb des Flughafens und sah zum hundertsten Mal auf die Karte. Wohin sollte sie fahren? Zurück nach Bunratty Castle, nach Skibbereen oder Kinsale? Es war April, und die Knospen an den Bäumen, die an der kleinen Straße standen, würden jeden Moment sprießen. Zwei Nebelkrähen landeten auf einem Zweig, wippten und schauten beide zugleich in ihre Richtung. Eine neigte den Kopf zur Seite.

»Natürlich«, sagte sie zu ihnen und spürte im ganzen Körper, dass ihre Entscheidung richtig war. »Tramore.«

Sie fuhr nach Süden, nach Cork, wo sie überlegte, ob sie das New Cork Prison besichtigen sollte. Aber sie entschied sich dagegen. Es wurde zwar seit den 1920er-Jahren nicht mehr als Gefängnis genutzt, doch sie hätte es nicht ausgehalten. Sie fuhr nach Osten, nach Waterford, ließ jedoch die malerische Küstenstraße aus. Dann fuhr sie in Richtung Süden, nach Tramore. Woher sollte sie wissen, wo sie suchen sollte? Sollte sie mit den Kirchenbüchern oder einem Friedhof beginnen?

Der Strand bei Tramore war noch immer lang und herrlich. Später würde sie ihn entlanggehen und sich einen Jungen vorstellen, der vom Meer angespült wurde, einen Mann, den sie geliebt und an den sie jeden Tag gedacht hatte.

Der Teil der Stadt, in dem früher der geschäftige Hafen gelegen hatte, war heute ein einziger großer Jahrmarkt mit Rummelplatzattraktionen und Riesenrädern, der gerade aus dem Winterschlaf erwachte. Sie ging hügelauf, in das alte Stadtzentrum, wo die jüngsten Gebäude aus dem neunzehnten Jahrhundert stammten. Die schmalen Straßen hatten sich nicht verändert. Anna fragte sich, ob sie sich in einen Geist verwandelt hatte.

Sie ging zwei Straßen entlang und bog in die nächste ein. Das müsste es sein, genau hier müsste die ehemalige Buchbinderei liegen. Auf dem Schild stand *Antiquariat Fitzgerald.* Sie hatte Herzklopfen, als sie mit zitternden Händen die Tür aufschob.

Hinter der Theke sah ein junges Mädchen eine Kiste

mit Büchern durch. Sie wirkte nicht wie der typische Bücherwurm. Ihr schwarzes Haar hatte einen kurzen Fransenschnitt, der ihr herzförmiges Gesicht betonte.

»Ich suche etwas«, erklärte Anna. »Etwas Altes.«

»Der Laden ist seit über zweihundert Jahren in der Familie. Wenn Sie etwas Altes wollen, sind Sie hier richtig. Was genau suchen Sie denn? Bücher, hoffe ich.«

»Ich bin mir nicht sicher…«, begann Anna. Sie wandte sich einer Tür zu, als sie das Klappern von Krallen auf dem Boden hörte. Ein Wolfshund spähte um die Ecke und erblickte Anna. Die bernsteinfarbenen Augen verblüfften sie.

»Oh, machen Sie sich wegen Fergus keine Gedanken. Er ist ein sanfter Riese. Das Gefährlichste an ihm ist heute, dass er gar nicht gut riecht. Er hat sich am Strand mit einem toten Fisch gewälzt.«

»Es liegt nicht an seiner Größe«, sagte Anna. »Es sind die Augen. Ich kann mich noch immer nicht an die Augen von Wolfshunden gewöhnen.«

Der Wolfshund lief an der Verkäuferin vorbei und kam mit entspanntem, lockerem Maul auf sie zu. Er nahm Annas Unterarm zwischen seine gewaltigen, feuchten Kiefer. Reflexartig legte sie die andere Hand auf ihren Unterleib. Sie war im vierten Monat schwanger, und für sie fühlte sich ihr Bauch schon riesig an. Aber sie wusste, dass er erst jetzt richtig zu sehen war.

»Also so etwas! Lass die Frau los, Fergus«, schimpfte das Mädchen.

»Ich bin daran gewöhnt. Er stört mich nicht.«

»Das tut er nur bei Leuten aus dem Dorf. Ehrlich gesagt, nur bei Iren.«

Fergus wedelte mit dem kräftigen, fast haarlosen Schwanz und gab ihren durchweichten Arm frei. Er drückte den Kopf an Annas Rippen, und sie streichelte ihn automatisch und bemerkte, dass sein Fell gröber als das von Madigan war. Sie rümpfte die Nase über den starken Geruch, den der glückliche Hund verbreitete.

»Jetzt wollen Sie sich sicher die Hände waschen. Im Hinterzimmer ist ein Waschbecken«, erklärte das Mädchen und wies in den hinteren Teil des Ladens.

Anna sah ihn über den Kopf des Mädchens hinweg, den Wanderstock, der längs auf einem Regalbrett lag. Unterhalb des Knaufs hob sich dunkel und kräftig der Buchstabe A ab. Anna erstarrte.

»Oh, der ist ziemlich alt, doch er steht nicht zum Verkauf. Tut mir leid.«

Das Holz war im Lauf der Jahre nachgedunkelt.

»Würden Sie ihn denn gern ansehen? Unser Fergus hat eine gute Empfehlung für Sie abgegeben. Die Schnitzerei, mit der er auf der ganzen Länge geschmückt ist, lohnt einen Blick. Außerdem habe ich eine Schwäche für schwangere Frauen.« Sie war die Erste außerhalb der Familie, die das Wort aussprach.

Mit Hilfe eines Besens holte das Mädchen den Stock vom Regalbrett. Sie fasste ihn am Knauf und reichte ihn Anna.

»Wenn Sie genau hinschauen, sehen Sie, dass es eine Landkarte ist. Hier, sie fängt oben bei dem Buchstaben A an. Wenn Sie ihn langsam drehen, genau so, setzt sich die Karte fort. Ganz oben liegt Glengarriff, und dann geht es ganz um die Beara-Halbinsel herum. Drehen Sie weiter. Erkennen Sie Skibbereen? Wenn man mit der Küste im Süden nicht vertraut ist, sieht das vollkommen willkürlich aus. Aber es geht immer weiter, durch alle großen und kleinen Buchten, und endet hier in Tramore. Manche Leute sagen auch, das Ganze stelle in Wirklichkeit eine Frau dar, ihren Körper mit all seinen Einbuchtungen und Höhlungen. Sagen Sie selbst, wer hätte heutzutage noch die Zeit, so etwas zu schnitzen?«

Anna drehte den Stock hin und her. Hoffnung und Liebe kreisten in ihren Händen.

»Ein Kartograf«, sagte sie und drückte die Wange an das dunkle Holz.

Danksagungen

Das Thema Zeitreise erfordert eine sehr komplexe Handlung und eine enorme Menge an Informationen aus verschiedenen Gebieten. Die im Folgenden genannten Personen haben mir großzügig ihre Zeit und ihre Fachkenntnisse zur Verfügung gestellt. Cheryl McGraw und Pam Murphy erlaubten mir, Zeit mit ihren prächtigen irischen Wolfshunden zu verbringen. Justin Mooney, ein irischer Steinmetz, der in Connecticut lebt, und Joel Strate, ein amerikanischer Steinmetz aus Massachusetts, haben ihre Liebe zur Steinbearbeitung und die komplizierte Geschichte mit mir geteilt. Ted und Eilis O'Sullivan aus Cork, Irland, haben mich in ihr Zuhause eingeladen und mich auf die richtigen Wege der Geschichte des neunzehnten Jahrhunderts geführt. Cathal Cavanagh, ein irischer Historiker, hat sein Bestes getan, um mir die politischen Wirren lebendig näherzubringen. Brian Cahillane und Thomas E. Maloney haben mir einen Einblick in die juristische Ausbildung und die Gesetze von Jersey vermittelt. Martha Sheehan hat mich freundlicherweise auf den Wegen meiner Charaktere in Irland begleitet, ganz gleich, wie eng die Straßen wurden. Charles MacInerney, ein überragender Yogalehrer aus Austin, Texas, hat mir all seine Geheimtipps aus seiner Zeit als Ringer an der Highschool weitergegeben. Lisa Drnec Kerr hat mir erlaubt, im Owl Cottage zu schreiben. Diana Gordon hat mein Wissen über Pferde erweitert.

Die Mitgliedschaft im *The Great Darkness Writing Club* bereichert mein Leben unendlich. Seine Mitglieder sind Marianne Banks, Jeanne Borfitz, Jennifer Jacobson, Celia Jeffries, Lisa Drnec Kerr, Alan und Edie Lipp, Patricia Lee Lewis, Christine Menard, Patricia Riggs und Marion VanArsdell. Meine Manuskript-Gruppe hat mich mit Ermunterung und einfühlsamer Kritik begleitet. Sie besteht aus Anne Kornblatt, Rita Marks, Brenda Marsian, Elli Meeropol, Lydia Nettler und Dori Ostermiller. Morgan Sheehan-Bubla hat mich als begeisterte und kompetente Redakteurin von Anfang bis Ende betreut.

Das Team beim Verlag Avon/HarperCollins besteht aus Menschen, die Bücher lieben, und ich bin dankbar für ihr Fachwissen. Zu ihnen gehören Carrie Feron als Redakteurin und Tessa Woodward als ihre Mitarbeiterin. Und zuletzt möchte ich meiner Agentin Jenny Bent danken. Sie ist die Beste.